Google निर्माता सर्गेई & लैरी

Google निर्माता सर्गेई & लैरी

प्रदीप ठाकुर

प्रभात
पेपरबैक्स
www.prabhatbooks.com

प्रकाशक

प्रभात पेपरबैक्स

4/19 आसफ अली रोड, नई दिल्ली–110002

फोन : 23289777 • हेल्पलाइन नं. : 7827007777

इ–मेल : prabhatbooks@gmail.com ❖ वेब ठिकाना : www.prabhatbooks.com

संस्करण

प्रथम, 2019

मूल्य

दो सौ रुपए

अ.मा.पु.स. 978-93-5322-589-6

मुद्रक

आर–टेक ऑफसेट प्रिंटर्स, दिल्ली

GOOGLE NIRMATA : SERGEY & LARRY
by Shri Pradeep Thakur

Published by **PRABHAT PAPERBACKS**
4/19 Asaf Ali Road, New Delhi-110002

ISBN 978-93-5322-589-6

₹200.00

मेरी पूर्णकालिक लेखन-यात्रा को
संभव बनानेवाली धर्मपत्नी किरण और
मुझे हमेशा उत्साहित रखनेवाले
सुपुत्रों प्रभाकर, पुष्कर व भाष्कर
को
सस्नेह समर्पित

भूमिका

मार्च 1996 में स्टैनफोर्ड यूनिवर्सिटी के दो पी-एच.डी. छात्र लॉरेंस (लैरी) पेज व सर्गेई ब्रिन ने वेब सर्च इंजन शोध-परियोजना 'बैक रब' पर एक साथ काम शुरू किया था। तब किसी को भी नहीं पता था कि निकट भविष्य में यह 'गूगल' का रूप धारण कर विश्वव्यापी होनेवाली थी, और किसी को यह भी पता नहीं था कि लैरी-सर्गेई की जोड़ी बहुत शीघ्र ही कंप्यूटर व सूचना प्रौद्योगिकी जगत् पर एकाधिकारवादी व्यापार-व्यवहार के कारण अब तक ख्यात हो चुकी कंपनी माइक्रोसॉफ्ट और उसके संस्थापक बिल गेट्स को धूल चटाकर महारथी जोड़ी के रूप में सुविख्यात होनेवाली थी।

स्मरण रहे कि लेलैंड स्टैनफोर्ड जूनियर यूनिवर्सिटी, बोलचाल में सिर्फ स्टैनफोर्ड यूनिवर्सिटी के कारण ही सांता क्लारा वैली (उत्तरी कैलीफोर्निया, संयुक्त राज्य अमेरिका) धीरे-धीरे 'सिलिकॉन वैली' के रूप में विश्वविख्यात होती चली गई थी। सन् 1891 में स्थापित इस विश्वविद्यालय का विशाल परिसर सांता क्लारा वैली उत्तरी पश्चिमी इलाके स्टैंडफोर्ड में करीब 33.10 वर्ग किलोमीटर क्षेत्रफल में फैला हुआ है। स्टैनफोर्ड के एक सर्वेक्षण (अक्तूबर 2012) के मुताबिक, विश्वविद्यालय के पूर्व छात्रों व प्राध्यापकों द्वारा स्थापित गूगल, ह्यूलेट पेकार्ड, नाइके, सन माइक्रोसिस्टम्स, सिस्को सिस्टम्स व याहू जैसी बहुराष्ट्रीय कंपनियाँ सालाना 2700 अरब डॉलर राजस्व पैदा करती हैं; 1930 के दशक से अब तक 39,900 कंपनियों में कुल 54 लाख रोजगार के अवसर पैदा हुए हैं; यदि इन्हें एक स्वतंत्र देश के रूप में इकट्ठा किया जाए तो वह दुनिया की 10वीं सबसे बड़ी अर्थव्यवस्था बन जाएगी।

निस्संदेह, 'गूगल' की तकनीकी उपलब्धियों में स्टैनफोर्ड की ऐतिहासिक

भूमिका रही है, लेकिन कंपनी के उदारवादी-समाजवादी, दार्शनिक, व्यावसायिक दृष्टिकोण में संस्थापकों की पारिवारिक पृष्ठभूमि का योगदान अहम है। लैरी व सर्गेई दोनों का ही ऐसे परिवारों से संबंध रहा, जो यथास्थिति की सीमाओं को पार कर बाहर आए थे। दोनों में से किसी के भी जन्म के पहले, उनके माता-पिता यथास्थितियों की सीमाओं को लाँघकर शैक्षणिक जीवन में आए थे। उन लोगों के पास न तो विरासत में मिली संपत्ति थी, न ही वे व्यापारिक कुलीन परिवारों से संबंधित थे, और न ही उनमें वैसी कोई पूँजीवादी प्रवृत्ति थी, जैसा कि माइक्रोसॉफ्ट के सह-संस्थापक बिल गेट्स ने हाईस्कूल में पढ़ते समय ही दिखा दिया था। लेकिन लैरी व सर्गेई में से कोई भी 'इंटेल' के संस्थापक एंडी ग्रोव की तरह भी नहीं था, जो घोर गरीबी से बाहर निकलकर युवा, प्रतिभाशाली व दरिद्र हंगेरी-शरणार्थी की तरह अदम्य साहस के साथ अमेरिका में सफल होने के लिए आया था, और अपनी कंपनी को बड़ी ऊँचाई पर पहुँचाया था। लैरी व सर्गेई दोनों ही उच्च कोटि के बौद्धिक परिवारों से थे, जिन्होंने शक्तिशाली संस्थाओं में अपने हिस्से से भी अधिक संघर्षों का सामना किया था। लैरी के परिवार ने अमेरिकी मोटरवाहन उद्योग के विरुद्ध श्रमिक संघ का आंदोलन छेड़ा था, जबकि सर्गेई के परिवार ने सोवियत संघ में सरकारी उत्पीड़न व भेदभाव को झेला था।

लैरी के दादा कार्ल डेविस पेज जनरल मोटर्स के संयोजन-संयंत्र (असेंबली प्लांट) में एक कामगार थे। उन्होंने वामपंथी श्रमिक आंदोलन में बढ़-चढ़कर भाग लिया था। हड़ताल के समय में कामगार किसी भी आशंकित हमले से बचाव के लिए अपने पास एक हथौड़ेनुमा हथियार रखा करते थे, जो भारी लोहे का एक पाइप था, जिसके दूसरे सिरे पर शीशे को पिघलाकर मूँठ बनाई गई थी। आपको यह जानकार आश्चर्य नहीं होना चाहिए, लैरी पेज उस हथियार को अपने दादा के स्मृति-चिह्न के रूप सँजोकर रखता है, जो 'एकाधिकारवादी पूँजीवाद' के हमले से स्वयं को बचाने और उस पर प्रहार करने के हथियार का प्रतीक है। परिवार गरीबी से तो जूझ ही रहा था, लैरी के पिता कार्ल विक्टर पेज व बुआ बेवर्ली एन (पेज) बुडजिंसकी, दोनों ही बचपन में पोलियो के शिकार हो गए थे।

निस्संदेह, लैरी को ऐसा कोई संघर्ष नहीं करना पड़ा था, क्योंकि तब एक मिशिगन स्टेट यूनिवर्सिटी (एम.एस.यू.) के कंप्यूटर विज्ञान व अभियांत्रिकी विभाग में प्राध्यापक बनकर आए थे और उसकी माँ ग्लोरिया विंसटीन डाटाबेस सलाहकार थीं तथा एम.एस.यू. में कंप्यूटर प्रोग्रामिंग भी पढ़ाती थीं। लैरी को अपने नाना से

देशभक्ति की प्रेरणा मिली थी। उसकी माँ यहूदी परिवार से थीं और उसके नाना इजराइल चले गए थे; वे रेगिस्तानी शहर अरद में बसनेवाले शुरुआती वाशिंदों में से थे। अरद विश्व का सबसे निचला बिंदु कहे जाने मृत सागर (डेड सी) के 25 किमी. पश्चिम में वर्ष 1962 में बसाया गया था, जहाँ पानी व अन्य संसाधनों की भारी कमी थी। लैरी के देशभक्त नाना ने अपना शेष जीवन औजार व साँचा बनानेवाले कारीगर के रूप में अरद के अभावग्रस्त क्षेत्र में ही बिता दिया था।

अपने पिता के पद-चिह्नों पर चलते हुए कार्ल विक्टर पेज उदारवादी वामपंथी राजनीतिक दल डेमोक्रेटिक पार्टी में भी सक्रिय थे। उन्होंने लैरी को बिना किसी यहूदी पहचान व पूजा-पाठ के बड़ा किया गया था। लैरी ने स्वयं खुद को भी पिता के ढर्रे पर विकसित किया था, जिन्होंने कंप्यूटर को अपने बच्चों के लालन-पालन का खिलौना जैसा हिस्सा बना दिया था। अपने दादा-नाना व माता-पिता की कठिनाइयों को भूलने की बात तो दूर, लैरी पेज ने उन लोगों से सपनों को पालना सीखा था—उतना बड़ा सपना, जो बहुत ही कम लोग देख पाते हैं। विश्व के सबसे युवा अरबपतियों में शामिल होने के बाद भी लैरी पेज ने न तो उन सपनों को पालना छोड़ा है और न ही अपनी बचपन की शिक्षा-दीक्षा को धूमिल होने दिया है।

गूगल की महारथी जोड़ी का अभिन्न हिस्सा हैं सर्गेई ब्रिन। वैसे तो लैरी व सर्गेई दोनों यहूदी हैं; लेकिन जातीयता ने लैरी के मुकाबले सर्गेई के परिवार को बहुत ज्यादा प्रभावित किया था। तत्कालीन सोवियत समाजवादी गणराज्य संघ (यू. एस.एस.आर.) की राजधानी मास्को में यहूदियों से किए जा रहे विकट भेदभावपूर्ण वातावरण में सर्गेई ब्रिन का लालन-पालन हुआ था। संभवतः यही कारण है कि अपने मित्र लैरी की तरह सर्गेई ने भी अपने पारिवारिक संघर्ष को भुलाया नहीं, वरन् वैचारिक प्रतीक बना लिया। यदि लैरी पेज ने अपने दादा के 'हथौड़े' को स्मरण प्रतीक बनाया था, तो सर्गेई ब्रिन ने 'हँसिया' को।

सर्गेई के पिता मिखाइल (अमेरिका आने के बाद माइकल) ब्रिन शुरू से ही कट्टर विचारों वाले गुस्सैल बुद्धिजीवी रहे हैं, लेकिन प्रतिभाशाली गणितज्ञ भी। मिखाइल की दादी ने शिकागो विश्वविद्यालय से सूक्ष्म जैविकी (माइक्रोबायोलॉजी) का अध्ययन किया था, लेकिन वह उन कम्युनिस्ट बुद्धिजीवियों में शामिल थीं, जो वर्ष 1921 में नए सोवियत संघ के निर्माण में योगदान करने के लिए वापस मास्को चली गई थीं। मिखाइल के पिता भी गणित के प्राध्यापक थे; उनकी माँ माया ब्रिन अंग्रेजी पढ़ाती थीं। बचपन से ही मिखाइल ब्रिन ने खगोल विज्ञानी (एस्ट्रोनॉमर) बनने

का सपना पाल रखा था। तब सोवियत संघ में यहूदी-विरोधी व्यवहार अपने चरम पर था। आधिकारिक तौर पर सोवियत संघ सरकार यहूदी-विरोधी नहीं थी, लेकिन वहाँ की कम्युनिस्ट पार्टी के नेतागण विशेष ध्यान रखते थे कि यहूदी समुदाय का कोई व्यक्ति उच्चस्तरीय पेशेवर श्रेणी में न पहुँच सके; इसके लिए विश्वविद्यालयों के उच्चतम पाठ्यक्रमों में यहूदियों का नामांकन ही ठुकरा दिया जाता था। विशेष रूप से, सोवियत संघ के सबसे प्रतिष्ठित विश्वविद्यालय—मास्को स्टेट यूनिवर्सिटी के भौतिकी विभाग (फिजिक्स डिपार्टमेंट) में यहूदियों का नामांकन अघोषित तौर पर पूरी तरह से प्रतिबंधित था। खगोल विज्ञान भौतिकी विभाग में आता था, इस प्रकार मिखाइल ब्रिन का सपना सोवियत यहूदी-विरोधी नीति की भेंट चढ़ गया था। यही कारण था कि मिखाइल ब्रिन ने गणित का अध्ययन करने का विकल्प चुना था। लेकिन विशेष सम्मान (डिस्टिंक्शन) के साथ गणित में स्नातक प्रतिष्ठा उत्तीर्ण होने के बाद भी मिखाइल ब्रिन अंतरिक्ष कार्यक्रम या सैन्य अनुसंधान में जाने का अवसर नहीं दिया गया और उन्हें 'गोसप्लान', अर्थात् रूसी आर्थिक नीति नियोजन अधिकरण में एक अर्थहीन नौकरी पर संतोष करना पड़ा था। स्वाध्याय के बूते मिखाइल ब्रिन पी-एच.डी. की उपाधि भी अर्जित कर ली, लेकिन उनके जीवन में कोई बदलाव नहीं आया था, गोसप्लान में उनकी नौकरी जारी रही थी, उन्हें 100 रूबल की वेतन-वृद्धि दी गई थी।

पिता की तरह सर्गेई ब्रिन की माँ यूजेनिया ब्रिन को भी मास्को स्टेट यूनिवर्सिटी में भेदभाव की नामांकन प्रक्रिया से गुजरना पड़ा था; वे यांत्रिकी (मेकैनिक्स) व गणित में स्नातक करने में सफल रही थीं। यूजेनिया को एक प्रतिष्ठित औद्योगिक स्कूल—सोवियत ऑयल एंड गैस इंस्टीट्यूट—की अनुसंधान प्रयोगशाला में नौकरी मिल गई थी, जहाँ कई और यहूदी काम कर रहे थे। बिन-दंपती को अपनी-अपनी महत्त्वाकांक्षाओं को तिलांजलि देनी पड़ी थी और अपने नौकरियों में संतोष करते हुए जीवन जीना पड़ा था। ऐसे वातावरण में सर्गेई का बचपन बीता था। लेकिन सोवियत संघ में यहूदियों पर लगातार अत्याचार बढ़ता चला गया था और अंततः मिखाइल विकट सरकारी बाधाओं के बाद भी वहाँ से अमेरिका पलायन करने में सफल हो गए। सर्गेई की माँ व दादी दोनों ही इसके लिए तैयार नहीं थीं, विशेष रूप से उसकी दादी, जिसे वामपंथ की राजधानी 'मास्को' से बहुत अधिक लगाव रहा था, लेकिन मिखाइल ने उन्हें भरोसा दिलाया था कि भले ही तत्काल लाभदायक न हो, लेकिन रूस छोड़ना अनिवार्य था, क्योंकि यहाँ यहूदियों के लिए भविष्य की

कोई संभावना बचती दिखाई नहीं दे रही थी।

मिखाइल ब्रिन की यह कहानी उनके बेटे सेर्गेई में उद्यमशीलता के सहज-ज्ञान की जड़ तलाशने का एक सूत्र प्रदान करती है। सर्गेई के माता-पिता का हमेशा ही शिक्षाविद् होना उनके बेटे के भरपूर व्यावसायिक कौशल के गठन में कोई भूमिका से इनकार करता है। फिर भी जोखिम उठाने की सर्गेई की तत्परता, उसकी यह समझ कि किस पर भरोसा करे व किससे सहायता माँगे, कुछ बेहतर देखने की उसकी दृष्टि व उसके पीछे जाने का दृढ़ विश्वास—ये लक्षण स्पष्ट रूप से मिखाइल ब्रिन से मेल खाते हैं कि उन्होंने किस तरह अपने सामने खड़ी होनेवाली अवरोधक शासन प्रणाली के षड्यंत्र को असफल बनाया था, डॉक्टरेट की उपाधि हासिल करने के लिए कैसे दूसरों की तुलना में कई गुना अधिक कठिन परिश्रम किया था, और फिर किस तरह सोवियत संघ को छोड़ देने का भी जोखिम उठाया था।

बचपन से ही सर्गेई को कंप्यूटर ने मोहित किया था; और सिर्फ नौ वर्ष की आयु में पिता ने खिलौने के रूप में पहला कंप्यूटर 'कमोडोर 64' दे दिया था। ऐसे में जब सर्गेई उच्च विद्यालय पहुँचा तो वह अपने सहपाठियों से बहुत आगे था, और एक साल पहले ही उसने स्कूल जाना छोड़ दिया था, क्योंकि वहाँ पर उसके सीखने के लिए कुछ भी बचा नहीं था। उसने यूनिवर्सिटी ऑफ मेरीलैंड में नामांकन के लिए आवेदन किया था और औसत छात्रों की तुलना में एक वर्ष पहले ही उसे महाविद्यालय में पढ़ाई शुरू करने की अनुमति मिल गई थी, और वह भी दो सबसे महत्त्वपूर्ण विषयों—गणित व कंप्यूटर विज्ञान में बी.एस. (बैचलर ऑफ साइंस) में। विश्वविद्यालय में भी सर्गेई के पढ़ने की गति असामान्य रूप से तीव्र थी। उसने नियमित पाठ्यक्रम के साथ-साथ कई विशेष शोध-कार्य भी किए थे…और फिर स्टैनफोर्ड यूनिवर्सिटी पहुँचा था, जहाँ लैरी पेज से उसकी मित्रता बढ़ी थी; दोनों ने मिलकर 'बैक रब' परियोजना पर युगांतकारी शोध कार्य किया था।

मुझे विश्वास है कि गूगल के संस्थापकों की कहानी, सभी सुधी पाठकों के लिए, विशेष रूप से उन युवा पाठकों के लिए प्रेरणादायी सिद्ध होगी, जो अपनी विषम परिस्थितियों से संघर्ष कर रहे हैं।

—प्रदीप ठाकुर

अनुक्रम

1

वाम-उदारवादी परिवार में पलता खोजी उद्यमी लैरी पेज

वैसे तो गूगल के सह-संस्थापक लैरी पेज उच्च कोटि के बौद्धिक परिवार से हैं, लेकिन उसके माता-पिता को अपनी पहचान हासिल करने के लिए काफी संघर्ष करना पड़ा था। लैरी के दादा ने अमेरिकी मोटर वाहन उद्योग के तत्कालीन उत्पीड़न के खिलाफ श्रमिक-आंदोलन में हिस्सा लिया था। जाहिर है, लैरी के जीवन पर दादा की पीड़ा व पिता के संघर्ष—दोनों का काफी असर पड़ा। उसने भी अपने परिवार की वाम-उदारवादी राजनीतिक विचारधारा को कभी भी मिटने नहीं दिया और लगातार राजनीतिक रूप से सक्रिय बना रहा। जब लैरी के पिता की मृत्यु हुई थी तो उसने आग्रह किया था कि मित्र समुदाय फूल खरीदने की बजाय डेमोक्रेटिक पार्टी को दान दे।

26 अप्रैल, 1938 को लैरी के पिता कार्ल विक्टर पेज का जन्म ईस्ट लांसिंग से 75 किमी. पूर्व में स्थित मिशिगन प्रांत के औद्योगिक शहर फ्लिंट में कार्ल डेविस पेज व पॉलिन अक्विला चिपमैन के घर हुआ था। फ्लिंट जनरल मोटर्स (जी.एम.) का जन्म स्थान व उसकी कई फैक्टरियों के लिए जाना जाता है।

यह राजनीतिक आग्रह न केवल लैरी के व्यक्तित्व पर हावी रहा है, बल्कि उसके असर ने गूगल के उदारवादी कारोबारी दर्शन को प्रभावित किया है। गूगल के कर्मचारियों द्वारा दिए गए राजनीतिक दान का करीब 90 फीसदी हिस्सा डेमोक्रेटिक पार्टी को जाता रहा है; और वर्ष 2008 के अमेरिकी राष्ट्रपति के चुनाव में गूगल कर्मचारियों ने जॉन मैक्केन के मुकाबले बराक ओबामा को

जबरदस्त समर्थन दिया था। इतना ही नहीं, गूगल के तत्कालीन मुख्य कार्यकारी अधिकारी (सी.ई.ओ.) व अब सभापति (चेयरमैन) एरिक स्मिथ ने तो बाकायदा ओबामा के लिए चुनाव प्रचार भी किया था और उनके आर्थिक सलाहकारों में एक रहे। ओबामा के राष्ट्रपति चुने जाने पर आयोजित करीब 1.50 लाख डॉलर के उद्घाटन समारोह के लिए स्मिथ, लैरी व गूगल के तीन अन्य पदाधिकारियों में से हरेक ने 25 हजार डॉलर यानी कुल 1.25 लाख डॉलर का दान दिया था। वर्ष 2012 के चुनाव में भी गूगल-कर्मचारियों ने डेमोक्रेटिक पार्टी/ओबामा को 8 लाख डॉलर से अधिक का दान दिया था।

लेकिन यह राजनीतिक दृष्टि लैरी पेज को एक खोजी कारोबारी बनने, महान् उपलब्धियाँ हासिल करने व एक स्वतंत्र चिंतक के रूप में विकसित होने में मददगार ही साबित हुई है।

फ्लिंट (मिशिगन) में पलता लैरी पेज

26 मार्च, 1973 को लॉरेंस एडवर्ड पेज, बोलचाल में सिर्फ लैरी पेज, का जन्म संयुक्त राज्य अमेरिका के मिशिगन प्रांत की राजधानी लांसिंग के पूर्वी इलाके—ईस्ट लांसिंग में हुआ था। सन् 1667 में, लैरी के पिता कार्ल विक्टर पेज मिशिगन स्टेट युनिवर्सिटी (एम.एस.यू.) के कंप्यूटर विज्ञान व अभियांत्रिकी विभाग में प्राध्यापक बन कर आए थे और उसकी माँ ग्लोरिया विन्सटीन डाटाबेस सलाहकार थी और एम.एस.यू. में कंप्यूटर प्रोग्रामिंग भी पढ़ाती थी। जाहिर है कि लैरी को बेहतर शिक्षा व सुविधा का अवसर मिला था, लेकिन उसके माता-पिता को इसके लिए काफी संघर्ष करना पड़ा था।

26 अप्रैल, 1938 को लैरी के पिता कार्ल विक्टर पेज का जन्म ईस्ट लांसिंग से 75 किमी. पूर्व में स्थित मिशिगन प्रांत के औद्योगिक शहर फ्लिंट में कार्ल डेविस पेज व पॉलिन अक्विला चिपमैन के घर हुआ था। फ्लिंट जनरल मोटर्स (जी. एम.) का जन्म स्थान व उसकी कई फैक्टरियों के लिए जाना जाता है। लैरी के दादा कार्ल डेविस पेज जनरल मोटर्स के संयोजन-संयंत्र (असेंबली प्लांट) में एक कामगार थे। वे वहाँ के वामपंथी प्रभावी गुट के श्रमिक संगठन के सदस्य थे और उन्होंने 1937 में फिंट की ऐतिहासिक श्रमिक हड़ताल में सक्रिय भूमिका निभाई थी, जब श्रमिकों ने वहाँ के लगभग समूचे वाहन-उद्योग को अपने कब्जे में ले लिया था। श्रमिक हड़ताल के दौरान अपने दादा सहित लगभग तमाम कामगारों के द्वारा खुद के बचाव के लिए उपयोग में लाए जानेवाले एक हथौड़ेनुमा हथियार—

भारी लोहे के पाइप, जिसके दूसरे सिरे पर सीसे को पिघलाकर मूँठ बनाई थी—को लैरी पेज आज भी यादगार के रूप में अपने पास रखता है।

1960 का दशक, स्पुतनिक व चाँद पर पहुँचने की होड़ का समय था, जब हवाई व अंतरिक्ष यान उद्योग में अच्छे कंप्यूटर इंजीनियरों की भारी माँग थी, लेकिन उन्होंने शिक्षा-क्षेत्र में रहने का फैसला किया था। पी-एच. डी. करने के बाद डॉ. कार्ल विक्टर पेज यूनिवर्सिटी ऑफ नॉर्थ कैरोलिना (चैपल हिल, उत्तरी कैरोलिना, संयुक्त राज्य अमेरिका) में प्राध्यापक हो गए थे।

कार्ल विक्टर पेज व उनकी बहन बेवर्ली एन (पेज) बुडजिंसकी—दोनों ही बचपन में पोलियो के शिकार हो गए थे, जब वे अपनी माँ के साथ मेम्फिस (टेनेसी, संयुक्त राज्य अमेरिका) की एक पारिवारिक यात्रा पर गए थे। हालाँकि बचपन में अनायास ही आई शारीरिक कमजोरी ने कार्ल विक्टर को आजीवन परेशान किया था, लेकिन उन्होंने कभी भी इसे अपनी सफलता की राह में रोड़ा नहीं बनने दिया था। इतना ही नहीं, उन्होंने अपने पारिवारिक माहौल व आर्थिक संकट के खिलाफ जंग छेड़ी थी और अपनी खानदानी यथास्थिति से खुद को बाहर निकाला था। सन् 1956 में फ्लिंट ने मंडेविल्ले हाईस्कूल में पढ़ाई पूरी की। वह परिवार का पहला शख्स साबित हुआ था, जिसने हाईस्कूल की शिक्षा पूरी की हो।

उसके बाद, कार्ल विक्टर पेज पास के शहर एन अर्बोर स्थित यूनिवर्सिटी ऑफ मिशिगन में दाखिल हुए थे और सन् 1960 में दो इंजीनियरिंग स्नातक उपाधियाँ हासिल की थीं, जिनमें से एक कंप्यूटर साइंस का विशिष्ट क्षेत्र था—जिसकी उपाधि लेनेवाले वे अपने विश्वविद्यालय के पहले छात्र थे। जब वे यह पढ़ाई कर ही रहे थे तो सन् 1959 में उन्हें विश्वविद्यालय के अग्रणी शोध दल—लॉजिक ऑफ कंप्यूटर ग्रुप में शामिल किया गया था, जिसका नेतृत्व आर्ट बर्क्स व जॉन हॉलैंड जैसे प्रसिद्ध कंप्यूटर वैज्ञानिक कर रहे थे। फिर सन् 1961 में, कार्ल विक्टर ने संचार विज्ञान (कम्युनिकेशन साइंसेज) में परास्नातक (मास्टर्स) और फिर सन् 1965 में कंप्यूटर विज्ञान में पी-एच.डी. की थी।

उसी दौरान लैरी पेज की माँ ग्लोरिया विन्सटीन भी यूनिवर्सिटी ऑफ मिशिगन में कंप्यूटर विज्ञान में परास्नातक कर रही थीं, जब उनकी मुलाकात कार्ल विक्टर

पेज से हुई थी, और दोनों ने दिसंबर 1962 में शादी की थी। फिर 12 फरवरी, 1964 को कार्ल बेंजामिन पेज (लैरी के बड़े भाई) का जन्म हुआ था। ग्लोरिया के पिता औजार व साँचा बनानेवाले कारीगर थे, जो यहूदी शरणार्थी के रूप में अमेरिका आए थे और मोटर वाहन उद्योग में काम कर रहे थे।

1960 का दशक, स्पुतनिक व चाँद पर पहुँचने की होड़ का समय था, जब हवाई व अंतरिक्ष यान उद्योग में अच्छे कंप्यूटर इंजीनियरों की भारी माँग थी, लेकिन उन्होंने शिक्षा-क्षेत्र में रहने का फैसला किया था। पी-एच.डी. करने के बाद डॉ. कार्ल विक्टर पेज यूनिवर्सिटी ऑफ नॉर्थ कैरोलिना (चैपल हिल, उत्तरी कैरोलिना, संयुक्त राज्य अमेरिका) में प्राध्यापक हो गए थे।

इस बीच मिशिगन की राजधानी लांसिंग में मिशिगन स्टेट यूनिवर्सिटी (एम.एस.यू.) को हाल में ही विश्वविद्यालय का दर्जा मिला था। शैक्षणिक प्रतिष्ठान यू.एम. की तुलना में एम.एस.यू. काफी पीछे था, फिर भी सन् 1967 में डॉ. कार्ल विक्टर पेज ने कंप्यूटर विज्ञान व अभियांत्रिकी विभाग में स्नातक पाठ्यक्रमों का पहला निदेशक बन अपने गृह प्रांत में वापस लौटने को बेहतर समझा था। ग्लोरिया विन्सटीन को भी एम.एस.यू. में कंप्यूटर प्रोग्रामिंग पढ़ाने का अवसर मिल गया था। अब पेज परिवार ईस्ट लांसिंग में रहने लगा था।

तीन साल के भीतर डॉ. कार्ल विक्टर पेज के नेतृत्व में एम.एस.यू. ने कंप्यूटर विज्ञान में 17 स्नातक-पाठ्यक्रम शुरू किए थे, जिसने दुनिया भर के छात्रों को आकर्षित किया था। कंप्यूटर विज्ञान व कृत्रिम बुद्धि (आर्टिफीशियल इंटेलिजेंस) में कार्ल पेज की एक अग्रणी व विश्वस्तरीय प्राधिकारी के रूप में सराहना की जाती थी। सन् 1974-75 के दौरान डॉ. कार्ल विक्टर स्टैनफोर्ड यूनिवर्सिटी में अतिथि प्राध्यापक भी रहे; सन् 1978 में करीब साल भर नासा के एम्स रिसर्च सेंटर (माउंटेन व्यू, कैलीफोर्निया) में भी शोधकर्ता के रूप में बिताया था; बाकी अधिकांश जीवन ईस्ट लांसिंग में रहते हुए एम.एस.यू. में पढ़ाते रहे।

सन् 1995 में, कंप्यूटर इंजीनियरिंग में स्नातक प्रतिष्ठा (बी.एस-सी. ऑनर्स) की उपाधि हासिल करते हुए लैरी ने व्यावसायिक पाठ्यक्रमों को भी पूरा किया था; उसे विश्वविद्यालय का पहला उत्कृष्ट विद्यार्थी पुरस्कार (आउटस्टैंडिंग स्टूडेंट अवार्ड) भी दिया गया था।

करीब 58 साल की उम्र में 9 जून, 1996 को डॉ. कार्ल विक्टर पेज की

निमोनिया की बीमारी से मृत्यु हो गई थी। कुछ ही हफ्तों में उनका स्वास्थ्य तेजी से गिरना शुरू हो गया था, और उन्होंने अस्पताल में ही अंतिम साँसें ली थीं। उस वक्त लैरी पेज स्टैनफोर्ड में दूसरी छमाही (सेमेस्टर) में था और उसके लिए आकस्मिक क्षति काफी दर्दनाक थी। लेकिन तब दोस्तों के अलावा बड़े भाई कार्ल बेंजामिन पेज/कार्ल जूनियर ने लैरी को सँभाला था। कार्ल जूनियर यूनिवर्सिटी ऑफ मिशिगन से कंप्यूटर विज्ञान में परास्नातक (मास्टर्स) करने के बाद सिलिकॉन वैली में काम कर रहा था। दोनों ने अपने पिता व बचपन की यादों के सहारे दु:ख के इस कठिन समय को झेल लिया था।

वैसे यह कोई पहली कठिन परिस्थिति नहीं थी जब पेज बंधुओं को अपने को खोने का दर्द हुआ हो। खैर, कार्ल जूनियर तो करीब 16 साल के हो चुके थे, लेकिन लैरी महज आठ साल का ही था, जब सन् 1981 में उनके माता-पिता के बीच तलाक हो गया था। उस वक्त पेज बंधुओं के सामने भावनात्मक नुकसान की विपरीत परिस्थिति आ गई थी, हालाँकि माता-पिता ने, खासतौर पर लैरी के लालन-पालन व पढ़ाई-लिखाई का हरसंभव खयाल रखा था। लेकिन अंतत: लैरी को यह एहसास हुआ था कि उसे दो माँ—एक अपनी, और दूसरी जॉयसी विल्देंथल, जो एम.एस.यू. के सूक्ष्म पारिस्थितिकी केंद्र (सेंटर फॉर माइक्रोबियल इकोलॉजी) में तकनीकीविद/प्राध्यापक थीं व उसके पिता की लंबे समय तक प्रेमिका रही थीं। डॉ. कार्ल की मृत्यु के बाद भी दोनों महिलाओं के बीच अच्छे ताल्लुकात बने रहे और जॉयसी की बेटी बेकी विल्देंथल भी पेज-परिवार से जुड़ी हुई हैं।

कंप्यूटर इंजीनियरिंग का उत्कृष्ट विद्यार्थी

सन् 1975-79 तक, लैरी पेज को मिशिगन के ओकेमोस में मोंटेसरी रेडमूर भर्ती किया गया था; फिर मैकडोनाल्ड मिडिल स्कूल (ईस्ट लांसिंग) में; और 1991 में उसने ईस्ट लांसिंग हाईस्कूल से 12वीं की पढ़ाई पूरी की थी। लेकिन कंप्यूटर इंजीनियरिंग में बी.एस-सी. के लिए लैरी ने भी एम.एस.यू. को नहीं—जहाँ खुद उसके पिता व माँ पढ़ा रही थीं, बल्कि यूनिवर्सिटी ऑफ मिशिगन (एन अर्बोर) को ही चुना था, जहाँ उसके माता-पिता-बड़े भाई ने पढ़ाई की थी।

सन् 1995 में, कंप्यूटर इंजीनियरिंग में स्नातक प्रतिष्ठा (बी.एस-सी. ऑनर्स) की उपाधि हासिल करते हुए लैरी ने व्यावसायिक पाठ्यक्रमों को भी पूरा किया था; उसे विश्वविद्यालय का पहला उत्कृष्ट विद्यार्थी पुरस्कार (आउटस्टैंडिंग स्टूडेंट अवार्ड) भी दिया गया था। लैरी ने 'एटा कापा नु'—कंप्यूटर इंजीनियरिंग छात्रों के

लिए राष्ट्रीय सम्मान सभा—के मिशिगन अध्याय के अध्यक्ष के रूप में भी सेवा दी थी। उसने स्नातक नेतृत्व विकास कार्यक्रमों, खासतौर पर 'लीडरशिप' का भी लाभ उठाया था। समूचे विश्वविद्यालय के लिए इस कार्यक्रम का उद्देश्य मिशिगन छात्रों को समाज में नेताओं की आवश्यकता के मद्देनजर कौशल प्रदान करना था।

लैरी की सफलता में उसकी पारिवारिक पृष्ठभूमि का काफी योगदान रहा है। एकेडमी ऑफ अचीवमेंट (वाशिंगटन) के एक साक्षात्कार (28 अक्तूबर, 2000) में लैरी ने अपने बचपन के पारिवारिक माहौल को याद करते हुए कहा था—

"मुझे लगता है कि मैं सचमुच भाग्यशाली था कि मुझे माहौल मिला, जब मैं बड़ा हो रहा था। मेरे पिता एक प्राध्यापक थे, वे कंप्यूटर विज्ञान के एक प्रोफेसर हुआ करते थे, और हमारे पास बहुत ही कम उम्र से घर में कंप्यूटर था। अपने प्राथमिक विद्यालय में संभवत: मैं पहला बच्चा था, जो वर्ड-प्रोसेसर पर तैयार दस्तावेज के साथ जाया करता था। मुझे चीजों का इस्तेमाल करने में मजा आता था। ऐसा था कि आसपास चीजें हुआ करती थीं और मैं उनसे खेला करता था। मेरे पास बड़ा भाई भी था, जो यह सब करने में रुचि लिया करता था। लिहाजा, मुझे लगता है कि मेरे पास एक तरह का खास माहौल था, जैसा कि अधिकतर लोगों के पास नहीं होता है; मेरे पिता कंप्यूटर व अन्य चीजें खरीदने के लिए अपनी तमाम उपलब्ध आमदनी को खर्च करने के इच्छुक भी थे। यह सन् 1978 की बात है, जब मैं छह साल का था। मुझे नहीं लगता कि मेरी उम्र के बहुत लोग होंगे, सामान्य रूप से कोई भी, जिन्हें मेरे जैसा अनुभव मिला हो। बहुत ही कम उम्र से, मैंने यह भी महसूस किया था कि मैं चीजों का आविष्कार करना चाहता था। इसीलिए प्रौद्योगिकी के क्षेत्र में वास्तव में मेरी दिलचस्पी बन गई थी और उसके बाद बहुत जल्द ही कारोबार में भी, क्योंकि मैंने आकलन किया था कि चीजों का आविष्कार करना भर ही अच्छा नहीं था।

मैं सभी कंप्यूटर पत्रिकाएँ और उस तरह की चीजें पढ़ता रहा हूँ और मेरी रुचि इसमें रही है कि ये चीजें सचमुच कैसे काम करती हैं—कोई चीज, जिसमें मैकेनिक्स या इलेक्ट्रॉनिक जुड़ा हुआ हो। मैं चीजों को बनाने के सक्षम होना चाहता था। असल में, कॉलेज में मैंने लेगोस (निर्माण-खिलौना) से एक इंकजेट प्रिंटर बनाया था, क्योंकि मैं बड़े चित्र को प्रिंट करने में सक्षम होना चाहता था।

आपको उन्हें बाहर दुनिया में ले जाना पड़ेगा, उनके असर जानने के लिए लोगों को उनका उपयोग करने देना होगा। इसीलिए जब मैं शायद 12 साल का था, मैं जानता था कि मैं अंतत: एक कंपनी शुरू करूँगा।"

आखिर इतनी छोटी-सी उम्र में लैरी पेज को कैसे पता था कि वह आविष्कारक बनाना चाहता था? लैरी ने जवाब दिया था—

"मैं यूँ ही विचारों में खोया रहा करता था। हमारे पास घर में बहुत सी पत्रिकाएँ पड़ी होती थीं। एक तरह का जाम-सा लगा रहता था। लिहाजा, आप हमेशा कुछ न कुछ पढ़ते होते हो, और मैं 'पॉपुलर साइंस' और उसी तरह की चीजें पढ़ा करता था। मेरा अनुमान है कि मैं बस यूँ ही इन चीजों—प्रौद्योगिकी व उपकरण कैसे काम करते हैं—में रुचि लेने लग पड़ा था। मेरे भाई ने मुझे सिखाया था कि चीजों को कैसे अलग-अलग किया जाए, और मैं घर की सारी चीजों को अलग-अलग कर दिया करता था। चाहे जो भी कारण रहा था, मेरी इसमें दिलचस्पी बन गई थी, और इसीलिए मेरे पास ऐसे बहुत-से विचार होते थे कि क्या-क्या चीजें बन सकती थीं व उन्हें कैसे बनाया जाए, और इस तरह की अन्य चीजें। मैं बहुत ही कम उम्र से बिजली से चलने वाली खिलौना गाड़ियों को बनाने में रुचि लिया करता था।"

जाहिर है कि लैरी के लिए कंप्यूटर व इलेक्ट्रॉनिक्स बचपन से ही खिलौने की तरह थे; लैरी आगे कहता है—

"मैं सभी कंप्यूटर पत्रिकाएँ और उस तरह की चीजें पढ़ता रहा हूँ और मेरी रुचि इसमें रही है कि ये चीजें सचमुच कैसे काम करती हैं—कोई चीज, जिसमें मैकेनिक्स या इलेक्ट्रॉनिक जुड़ा हुआ हो। मैं चीजों को बनाने के सक्षम होना चाहता था। असल में, कॉलेज में मैंने लेगोस (निर्माण-खिलौना) से एक इंकजेट प्रिंटर बनाया था, क्योंकि मैं बड़े चित्र को प्रिंट करने में सक्षम होना चाहता था। मैंने आकलन किया था कि इंकजेट कारतूसों का इस्तेमाल कर सचमुच में बड़ा पोस्टर बनाया जा सकता था। इसीलिए मैं (इंकजेट) कारतूस की प्रतिलोम-अभियांत्रिकी (रिवर्स इंजीनियरिंग) की और उसे चलाने के लिए सभी इलेक्ट्रॉनिक व यांत्रिक उपकरण बनाए थे बिल्कुल मनोरंजन परियोजनाओं जैसे। मैं उन तरह की चीजों को करने में सक्षम होना चाहता हूँ।"

निश्चित रूप से लैरी पेज में बचपन से ही ऐसी चीजों के प्रति एक खास तरह का रुझान था। ऐसा क्यों था—शुरुआती शिक्षा-दीक्षा के कारण या फिर माता-पिता के कारण? लैरी कहता है—

"असल में, मेरा भाई मेरे से नौ साल बड़ा था, और वह भी यूनिवर्सिटी ऑफ मिशिगन गया था। वह अपनी इलेक्ट्रॉनिक्स प्रयोगशाला का कुछ हिस्सा और उस तरह की चीजें घर में लाता था और मुझे दिया करता था। वह सब कैसे करना चाहिए—मैंने सीखा था। मुझे लगता है, उस तरह की काफी भाग्यशाली चीजें थीं।"

ऐसा लगता है, लैरी को इस तरह की चीजों से कोई डर नहीं होता था। ऐसा आत्म-विश्वास कैसे पैदा हुआ था? लैरी जवाब देता है—

"मुझे लगता है कि यह आज के बच्चों के लिए भी सच है। यदि आपको काफी बचपन से इस तरह की चीजों तक पहुँच हो, आप बस यूँ ही उन चीजों से वाकिफ हो जाते हो। यह ऐसी ही बात है। यदि आप इस तरह के वातावरण में बड़े होते हैं, जहाँ आपके आसपास आईसी (इलेक्ट्रॉनिक सर्किट) बिखड़े पड़े हों, तो आपको उनसे डर नहीं लगता है।"

स्वतंत्र-चिंतक के रूप में लैरी का विकास

लैरी के सहपाठी उसे एक स्वतंत्र-चिंतक के रूप में याद करते हैं। उसका बड़ा भाई कार्ल जूनियर उसे एक जिज्ञासु छोटे भाई के रूप में याद करता है, कंप्यूटर के दायरे से बाहर भी उसकी रुचि बहुत व्यापक थी। जब वे बड़े हो रहे थे तो दोनों भाई—चीजें कैसे काम करती हैं—को खोजने में काफी रुचि लिया करते थे, लेकिन यह सिर्फ तकनीकी चीजों तक ही सीमित नहीं थी, बल्कि सामाजिक विषयों, सरकार, राजनीति आदि सारे विषयों तक जाया करता था।

उनके दादा वामपंथी विचारों के थे, तो उनके पिता डेमोक्रेटिक पार्टी के आजीवन कट्टर समर्थक, जो 'सभी को शिक्षा व अवसर' का पार्टी की धर्म-शिक्षा का पाठ पढ़ाया करते थे। उनके नाना इजराइल चले गए थे; वे रेगिस्तानी शहर अरद में बसनेवाले शुरुआती बाशिंदों में से थे। अरद दुनिया के सबसे निचले बिंदु कहे जानेवाले मृत-सागर (डेड सी) के 25 किलोमीटर पश्चिम में 1962 में बसाया गया था, जहाँ पानी व अन्य संसाधनों की भारी कमी थी। लैरी व कार्ल जूनियर के देशभक्त नाना ने अपनी बाकी जिंदगी औजार व साँचा बनानेवाले कारीगर के रूप में अरद के अभावग्रस्त इलाके में ही गुजार दी थी।

हालाँकि लैरी की माँ यहूदी हैं, लेकिन उसके पिता का मजहब प्रौद्योगिकी था; और लैरी को बिना किसी यहूदी पहचान व मजहबी पूजा-पाठ के बड़ा किया गया था। लैरी ने खुद को अपने पिता के ढर्रे पर विकसित किया था जिसने नियमित रूप से कंप्यूटर को अपने बच्चों की परवरिश का हिस्सा बनाया था। अपने दादा-नाना व

माता-पिता की कठिनाइयों को लैरी ने कभी नहीं भुलाया; बल्कि उनसे सपनों को पालना सीखा था—उतना बड़ा सपना, जो बहुत ही कम लोग देख पाते हैं। दुनिया के युवा अरबपतियों में शामिल होने के बावजूद लैरी पेज ने न तो उन सपनों को पालना छोड़ा है और न ही अपनी बचपन की शिक्षा-दीक्षा को धूमिल होने दिया।

मेरे पिता के पिता फ्लिंट, मिशिगन में शेवरले प्लांट में काम करते थे। वे संयोजन शृंखला (असेंबली लाइन) में कामगार थे। वे अपने दोनों बच्चों को एन अर्बोर लेकर आए था, और उन्हें कहा था—यह वही जगह है जहाँ तुम लोगों को कॉलेज जाना है। उनके दोनों बच्चों ने (यूनिवर्सिटी ऑफ) मिशिगन से स्नातक किया था। वह उनका अमेरिकी सपना था।

इसका सबूत दुनिया को सार्वजनिक तौर पर तब मिला था, जब 2 मई, 2009 को यूनिवर्सिटी ऑफ मिशिगन द्वारा सम्मानित किए जाने के मौके पर लैरी पेज अपने सारे परिवार—माँ (ग्लोरिया), बुआ (बेवर्ली), पत्नी (लूसी) और 2009 में ही जन्मे पहले बेटे के साथ उपस्थित हुआ था; और अपने उद्घाटन भाषण में दिलचस्प खुलासे किए थे। यह भाषण गूगल के महान् लक्ष्य—दुनिया भर की सूचनाओं को संगठित करना व उन्हें सर्वत्र सुलभ व उपयोगी बनाना—के पीछे खड़े व्यक्ति की व्यापक सोच व जीवन-शिक्षा को समझने के लिए काफी महत्त्वपूर्ण है, इसीलिए उक्त भाषण को बहुत ही जरूरी संपादन के साथ ज्यों-का-त्यों यहाँ पेश किया जा रहा है—

"काफी समय पहले, 1962 के ठिठुरते सितंबर में, इसी विश्वविद्यालय में एक स्टीवंस को-ऑपरेटिव हाउस (प्रोफेसर अल्बर्ट के. स्टीवन के सर्मथन से यूनिवर्सिटी ऑफ मिशिगन में छात्रों के निवास के लिए 1944 में बना पहला सहकारी-निवास) होता था। उस को-ऑपरेटिव में एक रसोई घर भी था, जिसकी छत की हर दशक बाद छात्र स्वयंसेवकों द्वारा सफाई की जाती थी। ग्लोरिया नामक कॉलेज की एक लड़की की छवि बनाएँ, जो सीढ़ी पर चढ़कर उस गंदी छत को साफ करने के लिए जूझ रही थी। फर्श पर खड़ा कार्ल नामक एक युवा आवासी उस दृश्य की सराहना कर रहा था। और इस तरह दोनों की मुलाकात हुई थी। वे मेरे माता-पिता थे; लिहाजा, मुझे लगता है कि आप कह सकते हैं कि मैं—बिल्कुल यहीं मिशिगन में रसोई-रसायन प्रयोग का एक सीधा परिणाम हूँ। मेरी माँ यहाँ आज

मेरे साथ है, और हमें शायद उस स्थान की खोज करनी चाहिए और उस छत पर एक पट्टिका लगानी चाहिए जो कहता हो—'धन्यवाद माँ और पिताजी!'

"मेरे परिवार का हर कोई मिशिगन में ही स्कूल गया था—मैं, मेरा भाई, मेरी माँ व पिताजी—हम सब। मेरे पिताजी को वास्तव में मात्रात्मक छूट मिली थी : उनकी सभी साढ़े तीन उपाधियाँ यहीं से हैं। उनकी पी-एच.डी. संचार विज्ञान (कम्युनिकेशन साइंस) में थी, क्योंकि उन्हें लगा था कि कंप्यूटर गुजर जानेवाले सनक भर थे। उन्होंने यह 44 वर्ष पहले हासिल किया था। उन्होंने व माँ ने इसके लिए एक बड़ा बलिदान दिया था। मेरे नवजात भाई की परवरिश करते हुए वे पैसे-पैसे के लिए अकसर बहस किया करते थे। माँ ने हाथ से मेरे पिताजी का शोध प्रबंध टाइप किया था। मैंने जो मखमल का टोप पहन रखा है, यह मेरे पिताजी का था। और यह डिप्लोमा, बिल्कुल जैसा आप लोगों को मिलनेवाला है, मेरे पिताजी का भी था।

"मेरे पिता के पिता फ्लिंट, मिशिगन में शेवरले प्लांट में काम करते थे। वे संयोजन श्रृंखला (असेंबली लाइन) में कामगार थे। वे अपने दोनों बच्चों को एन अर्बोर लेकर आए था, और उन्हें कहा था—यह वही जगह है जहाँ तुम लोगों को कॉलेज जाना है। उनके दोनों बच्चों ने (यूनिवर्सिटी ऑफ) मिशिगन से स्नातक किया था। वह उनका अमेरिकी सपना था।

"मेरे पिताजी, उफ... मिशिगन स्टेट (यूनिवर्सिटी) में एक प्रोफेसर बने और मैं अविश्वसनीय रूप से एक भाग्यशाली लड़का था। एक प्रोफेसर का जीवन बहुत लचीला होता है और मुझे बड़ा करने के लिए वह ढेर सारा समय खर्च करने में सक्षम था। विश्वविद्यालय के छोकरे की तुलना में एक बेहतर परवरिश क्या हो सकती है?

"सपनों का पीछा करने के बारे में मेरे पास एक कहानी है, या शायद अधिक सही है, यह उन सपनों को हकीकत बनाने के लिए एक रास्ता खोजने के बारे में एक कहानी है। क्या आप जानते हैं कि बीच रात

आप सपने को कभी भी खोने न दें, सिर्फ एक शौक के रूप में इसे सेते रहें। बहुत सी चीजें जिसे करने में अभी लोग कठिन श्रम करते हैं—जैसे खाना पकाना, सफाई, व ड्राइविंग—के लिए भविष्य में काफी कम मानव-समय की जरूरत होगी। ऐसा होगा, यदि हम 'असंभव के लिए स्वस्थ उपेक्षा रखें' और सचमुच नए समाधानों का निर्माण करें।

में एक बिल्कुल स्पष्ट सपना देखते हुए जाग जाना कैसा होता है ? और क्या आपको पता है, यदि आपके बिस्तर पर बगल में पेंसिल व पैड न हो, क्या अगली सुबह वह पूरी तरह गायब हो जाएगा ? खैर, मेरे पास उन सपनों में एक है, जब मैं 23 वर्ष का था। जब मैं अचानक जाग पड़ा था, मैं सोच रहा था—यदि हम समूचे वेब को उतार (डाउनलोड) सकें तो, और लिंक्स रख लें। मैंने कलम उठाई और लिखना शुरू कर दिया! कभी-कभी जाग जाना व सपना देखना रोक देना महत्त्वपूर्ण होता है। मैंने उस मध्य रात्रि को कलम घसीटते हुए बिताया और खुद को तसल्ली दी कि यह काम करेगा। इसके तुरंत बाद, मैंने अपने सलाहकार टेरी विनोग्रैड को बताया कि वेब को उतारने में दो सप्ताह लग जाएँगे—उसने जानबूझकर सिर हिलाया, पूरी तरह यह जानते हुए भी कि इसमें ज्यादा लंबा समय लगेगा, लेकिन वह ज्यादा बुद्धिमान था कि मुझे नहीं कहा। युवाओं का आशावाद अकसर कम आँका जाता है! आश्चर्यजनक रूप से, एक खोज इंजन के निर्माण का मेरे पास कोई विचार नहीं था। विचार राडार पर भी नहीं था। लेकिन बहुत बाद में, हमने सचमुच एक महान् खोज इंजन बनाने के लिए वेब-पृष्ठों की श्रेणी बनाने का अप्रत्याशित रूप से एक बेहतर रास्ता खोज निकाला था और गूगल का जन्म हुआ था। जब सचमुच महान् सपना दिखाई दे, उसे झपट लो!

"जब मैं यहाँ (यूनिवर्सिटी ऑफ) मिशिगन में था, मुझे वास्तव में सिखाया जाता रहा कि सपनों को कैसे सच बनाएँ! मैं जानता हूँ कि यह सुनने में मजाकिया लगता है, लेकिन एक ग्रीष्म शिविर, जिसे 'लीडरशिप' नामक प्रशिक्षण कार्यक्रम में बदल दिया गया था, उसमें मैंने वही कुछ सीखा था। 'असंभव के लिए स्वस्थ उपेक्षा' रखना ही उनका नारा है। उस कार्यक्रम ने उस वक्त मुझे एक पागल विचार को आगे बढ़ाने के लिए प्रोत्साहित किया था, मैं परिसर में बसों की जगह एक व्यक्तिगत त्वरित परिवहन प्रणाली (रैपिड ट्रांजिट सिस्टम) का निर्माण करना चाहता था। मैं अभी भी परिवहन के बारे में बहुत-कुछ सोचता हूँ—आप सपने को कभी भी खोने न दें, सिर्फ एक शौक के रूप में इसे सेते रहें। बहुत सी चीजें जिसे करने में अभी लोग कठिन श्रम करते हैं—जैसे खाना पकाना, सफाई, व ड्राइविंग—के लिए भविष्य में काफी कम मानव-समय की जरूरत होगी। ऐसा होगा, यदि हम 'असंभव के लिए स्वस्थ उपेक्षा रखें' और सचमुच नए समाधानों का निर्माण करें।

"मुझे लगता है कि बहुत ही बड़े महत्त्वाकांक्षी सपनों की दिशा में आगे बढ़ना अकसर ज्यादा आसान होता है। मुझे पता है कि ऐसा कहना पूरी तरह से

हमेशा याद रखें कि हमारे पास दोस्तों व परिवार के साथ जो क्षण हैं, कुछ करने के लिए हमारे पास जो मौके हैं, वे दुनिया में एक बड़ा बदलाव कर सकते हैं या यहाँ तक कि आप जिस किसी को प्यार करते हैं, उनके लिए भी छोटा सा बदलाव करते हैं—उन सभी आश्चर्यजनक अवसरों को, जो जिंदगी हमें प्रदान करती है, उन्हें जिंदगी दूर भी ले जाती है। ऐसा तेजी से हो सकता है, आपके सोचने से भी बहुत ज्यादा जल्दबाजी से।

पागलों जैसा सुनाई पड़ता है। लेकिन, चूँकि इसे करने के लिए कोई और भी उतना पागल नहीं है, आपका मुकाबला बहुत ही कम है। वे सभी यात्रा करते हैं—मानो वे बंद कर दिए गए कुत्ते हों और एक-दूसरे से गोंद की तरह चिपके रहते हों। सबसे अच्छे लोग बड़ी चुनौतियों का काम करना चाहते हैं। ऐसा ही गूगल के साथ भी हुआ। हमारा मिशन—दुनिया भर की सूचनाओं को संगठित करना और उसे सर्वत्र सुलभ व उपयोगी बनाना है। वह आपको कैसे रोमांचित नहीं कर सकता? लेकिन हमने गूगल को लगभग शुरू नहीं किया था, क्योंकि मेरा सह-संस्थापक व मैं पी-एच.डी. कार्यक्रम को छोड़ देने को लेकर बहुत ही चिंतित थे। बारिश-तूफान के दौरान यदि आप एक फुटपाथ के कीड़े की तरह महसूस कर रहे हों तो शायद आप सही रास्ते पर हो! लग रहा है! ऐसा ही हमने तब महसूस किया था, जब हमने अवैध रूप से हार्ड डिस्क खरीदने के लिए तीन क्रेडिट कार्ड समाप्त कर दिए थे। वह गूगल का पहला हार्डवेयर था। माता-पिता और दोस्त : ज्यादा क्रेडिट कार्ड हमेशा सहायता करते हैं। आप दुनिया को कैसे बदलें, एक वाक्य में सारांश क्या है? हमेशा कुछ ऐसी चीजों पर कड़ी मेहनत करें, जो असुविधाजनक रूप से रोमांचक हों!

"एक पी-एच.डी. छात्र के रूप में, मैं वास्तव में तीन परियोजनाओं पर काम करना चाहता था। भगवान का शुक्र है, मेरे सलाहकार ने कहा, 'तुम थोड़े समय के लिए वेब पर काम क्यों नहीं करते।' उन्होंने गंभीरता से मुझे कुछ अच्छी सलाह दी, क्योंकि 1995 में भी, वेब वास्तव में लोगों व गतिविधियों के साथ बढ़ रहा था। प्रौद्योगिकी और विशेष रूप से इंटरनेट, वास्तव में आपको आलसी होने में मदद कर सकते हैं। आलसी? मेरा मतलब है कि तीन लोगों का एक समूह सॉफ्टवेयर लिख सकता है, जिसका लाखों लोग उपयोग कर आनंद उठा सकते हैं। क्या तीन

लोग एक दिन में फोन से दस लाख बार जवाब दे सकते हैं? दुनिया में लाभ उठाने का पता लगाएँ, ताकि आप और अधिक आलसी हो सकें!

"कुल मिलाकर, मुझे पता है, ऐसा लगता है कि दुनिया वहाँ टुकड़े-टुकड़े में ढहती जा रही है, लेकिन वास्तव में आपके जीवन में थोड़े से पागल हो जाने का एक महान् समय है, अपनी जिज्ञासा का पीछा करें और इसके बारे में महत्त्वाकांक्षी हो जाएँ. अपने सपनों से छुटकारा न लें। दुनिया को आप सभी की जरूरत है!

तो मेरी अंतिम कहानी इस तरह है—

"आज की ही तरह एक दिन आप काफी खुशी महसूस करते हैं—जैसे, सर्कस में तोप से आपको छोड़ा गया हो—और यहाँ तक कि (आपको) कोई हरा न सकता हो। उस अविश्वसनीय भावना को कभी भी मत भूलें। इतना ही नहीं, हमेशा याद रखें कि हमारे पास दोस्तों व परिवार के साथ जो क्षण हैं, कुछ करने के लिए हमारे पास जो मौके हैं, वे दुनिया में एक बड़ा बदलाव कर सकते हैं या यहाँ तक कि आप जिस किसी को प्यार करते हैं, उनके लिए भी छोटा सा बदलाव करते हैं—उन सभी आश्चर्यजनक अवसरों को, जो जिंदगी हमें प्रदान करती है, उन्हें जिंदगी दूर भी ले जाती है। ऐसा तेजी से हो सकता है, आपके सोचने से भी बहुत ज्यादा जल्दबाजी से।

"मार्च 1996 के आखिर में, मेरे स्टैनफोर्ड स्नातक विद्यालय में जाने के तुरंत बाद, मेरे पिताजी को साँस लेने में दिक्कतें आने लगी थीं और उन्हें अस्पताल ले जाया गया था। दो माह बाद उनका देहांत हो गया। मैं पूरी तरह से तबाह हो गया था। कई साल बाद, नया छोटा कारोबार शुरू करने के बाद, प्यार में पड़ जाने के बाद और जीवन के अनेक रोमांचक कार्यों के बाद, मैंने खुद को अपने पिता के बारे में सोचते हुए पाया। बहुत दूर तीखी गरमीवाले एक गाँव की सँकरी गलियों से लूसी और मैं गुजर रहे थे। वहाँ हर जगह अद्‍भुत दोस्त-मिजाज लोग थे, लेकिन वह एक बहुत ही गरीब इलाका था—लोग घरों में शौचालय का उपयोग कर

1956 में, फ्लिंट मंदेविल्ले हाईस्कूल से विदाई लेने वाले 90 बच्चों की कक्षा में मेरे पिताजी भी थे। मैं हाल में ही उनके विदाई भाषण को पढ़ रहा था। 53 साल पहले मेरे पिताजी ने कहा था—'"हम बदलती दुनिया में प्रवेश कर रहे हैं, एक प्रकार के स्वचालन व रोजगार के बदलाव के दौर में, जहाँ शिक्षा एक आर्थिक जरूरत है।

रहे थे और मल खुली नालियों से बहता हुआ सीधे नदी में जा रहा था। हमने लँगड़ी टाँग वाले लकड़े को छुआ, जो पोलियो के पक्षाघात का नतीजा था। लूसी और मैं ग्रामीण भारत में थे—कुछ स्थानों में से एक जहाँ पोलियो अभी भी मौजूद है। पोलियो आमतौर पर गंदे पानी के जरिए मौखिक मल मार्ग से फैलता है।

[6 अगस्त, 2006 को, लैरी पेज ने भारत के तमिलनाडु प्रांत के मदुरई स्थित अरविंद आई केयर हॉस्पिटल व उसके आसपास के गाँवों का दौरा किया था। 1976 में डॉ. गोविंदप्पा वेंकटस्वामी द्वारा स्थापित इस अस्पताल ने अपनी स्थापना के 36 वर्षों में 3.20 करोड़ रोगियों का इलाज व 40 लाख आँख-ऑपरेशन कर दुनिया भर में नाम कमाया है। लैरी ने विश्वविख्यात मैनेजमेंट गुरु सी.के. प्रहलाद, जो यूनिवर्सिटी ऑफ मिशिगन में कॉरपोरेट-रणनीति के प्राध्यापक थे, की मशहूर पुस्तक—द फॉर्च्यून एट द बॉटम ऑफ द पिरामिड—में इस अस्पताल की सेवाओं के बारे में पढ़ा था।]

"खैर, मेरे पिताजी को पोलियो था। वह टेनेसी की यात्रा पर गए थे, जब पहली कक्षा में थे, और उसका शिकार हो गए थे। उन्हें दो महीनों तक अस्पताल में भर्ती कराया गया था, और उन्हें सेना के डीसी-3 (हवाई जहाज) से वापस घर भेजा गया था—उनकी पहली उड़ान। मेरे पिताजी ने लिखा था, 'तब, स्कूल जाना शुरू करने से पहले मुझे एक साल से ज्यादा बिस्तर में ही रहना पड़ा था।' यह असल में उनकी पाँचवीं कक्षा की आत्मकथा का उद्धरण है। मेरे पिताजी को सारी उम्र साँस लेने में कठिनाई हुई, और पोलियो की जटिलताओं ने उन्हें बहुत जल्दी हमसे दूर कर दिया था। वह बहुत परेशान होते कि हमारे पास टीका होने के बावजूद पोलियो अभी भी बना हुआ है। वह इससे भी उतने ही परेशान होते कि भारत में बीमारी फैलाने वाली दूषित नालियों के पास से गुजरते हुए हमारे जूतों पर पोलियो के कीटाणु थे। हम हर कदम पर बिल्कुल वहाँ कीटाणु फैला रहे थे, जहाँ हर जगह खूबसूरत बच्चे खेल रहे थे। दुनिया पोलियो के खत्म हो जाने की कगार पर है, अब तक इस साल 328 लोग संक्रमित थे। हमें इसे जल्द पूरा करना चाहिए. शायद आप में कोई ऐसा करेगा।

"1956 में, फ्लिंट मंदेविल्ले हाईस्कूल से विदाई लेने वाले 90 बच्चों की कक्षा में मेरे पिताजी भी थे। मैं हाल में ही उनके विदाई भाषण को पढ़ रहा था। 53 साल पहले मेरे पिताजी ने कहा था, '...हम बदलती दुनिया में प्रवेश कर रहे हैं, एक प्रकार के स्वचालन व रोजगार के बदलाव के दौर में, जहाँ शिक्षा एक आर्थिक

जरूरत है। जैसा कि हमारे कार्य सप्ताह व सेवानिवृत्ति की आयु में गिरावट जारी है, जैसा कि हम अपेक्षा करते है, हमारे पास ऐसा करने की बढ़ी हुई अवधि होगी। ...विज्ञान, दवाई व उद्योग में विकास, जिनका आज हम सपना नहीं देख सकते, उसमें हम भाग लेंगे, या गवाह बनेंगे। ...ऐसा कहा जाता है कि किसी राष्ट्र का भविष्य उसके युवाओं की देखभाल व तैयारी से निर्धारित किया जा सकता है। यदि अमेरिका के सभी युवा हमारी ही तरह शिक्षा हासिल करने में भाग्यशाली रहें, तो संयुक्त राज्य का भविष्य आज के मुकाबले और भी अधिक उज्ज्वल होगा।'

"यदि मेरे पिता आज जिंदा होते, मुझे लगता है, वह इस बात को लेकर सबसे ज्यादा खुश होते कि लूसी व मेरे पास बड़ा हो रहा बच्चा है। मुझे लगता है कि वह नाराज होते कि मुझे अभी तक अपनी पी-एच.डी. हासिल नहीं हुई है। (धन्यवाद मिशिगन!) पिताजी इतनी भरपूर अंतर्दृष्टि, नई चीजों के बारे में उत्साहवाले थे कि आज भी मुझे आश्चर्य होता है कि वह कुछ नए विकास के बारे में क्या सोचते? यदि वह आज यहाँ होते, तो यह उनकी जिंदगी के सबसे अच्छे दिनों में से एक होता। वह एक कैंडी की दुकान में एक बच्चे की तरह होते। एक दिन के लिए, वह फिर से जवान हो जाते।

"हममें से कई काफी भाग्यशाली हैं कि यहाँ होने के लिए परिवार के साथ हैं। हममें से कुछ के पास घर जाने के लिए प्रिय मित्र व परिवार हैं। और कौन जानता है, शायद आप में से कुछ, लुसी और मेरे जैसे, अपने खुद के भविष्य के परिवारों के बारे में सपना देख रहे हैं? कृपया उन्हें करीब रखें और याद रखें, वे हैं जो वास्तव में जिंदगी में मायने रखते हैं।"

जाहिर है कि जब 1995 में लैरी कंप्यूटर विज्ञान में पी-एच.डी कार्यक्रम के लिए पहुँचा था तो न केवल कंप्यूटर विज्ञान में, बल्कि उदार राजनीति में भी उसके ज्ञान की नींव पक्की थी।

2

रूसी भेदभाव के बीच पलता विलक्षण गणितज्ञ सर्गेई ब्रिन

वैसे तो लैरी व सर्गेई दोनों यहूदी हैं, लेकिन जातीयता ने लैरी के मुकाबले सर्गेई के परिवार को बहुत ज्यादा प्रभावित किया था। इतना ही नहीं, यदि लैरी पेज ने अपने दादा के 'हथौड़े' को अपने पारिवारिक इतिहास की वैचारिक निशानी बनाया था, तो गूगल के सह-संस्थापक सर्गेई ब्रिन ने 'हँसिया' को। लैरी की तरह सर्गेई भी लोकतांत्रिक उदारवाद का कट्टर समर्थक है, और यही सोच उसे न केवल क्रांतिकारी विचारों को, गूगल-उत्पादों को लोकहित में परोसने में मदद करती है, बल्कि धन की अंधी दौड़ में शामिल होने से भी रोकती है। हाँ, सर्गेई की एक विशेषता यह भी है कि उसने दोस्ती व संगठन को मजबूत बनाए रखने के लिए व्यक्तिगत महत्त्वाकांक्षा को हावी नहीं होने दिया है। और खुद के 'गणितज्ञ' को जिंदा रखते हुए गूगल की नींव बनाए रखने में ही संतुष्टि हासिल की है। तभी तो सह-संस्थापक लैरी के साथ वह फोटो जरूर खिंचवाता है, लेकिन सी.ई.ओ. बनने की चाहत नहीं रखता...वह गूगल के सूत्रों की तरह हमेशा चुपचाप काम करता है।

उस जमाने में मास्को स्टेट यूनिवर्सिटी को दुनिया के सबसे प्रतिभाशाली गणितज्ञों का गढ़ माना जाता था और गणित विभाग में प्रवेश पाना और वह भी एक यहूदी छात्र के लिए बहुत ही मुश्किल था। विश्वविद्यालय की प्रवेश-परीक्षाओं में यहूदी-छात्रों के साथ खुलेआम भेदभाव किया जाता था। उनके कमरे आरक्षित किए गए थे, जिन्हें घिनौने उपनाम–गैस चैंबर्स–से पुकारा जाता था।

रूसी भेदभाव के शिकार ब्रिन के माता-पिता

21 अगस्त, 1973 को, सर्गेई मिखायलोविच ब्रिन, बोलचाल में सर्गेई ब्रिन, का जन्म तत्कालीन सोवियत समाजवादी गणराज्य संघ (यू.एस.एस.आर.) की राजधानी मास्को के यहूदी रूसी परिवार में हुआ था। सर्गेई के पिता मिखाइल (अमेरिका आने के बाद माइकल) ब्रिन एक जिद्दी विचारोंवाले गुस्सैल किस्म के बुद्धिजीवी, लेकिन प्रतिभाशाली गणितज्ञ हैं। मिखाइल की दादी ने शिकागो विश्वविद्यालय से सूक्ष्मजैविकी (माइक्रोबायोलॉजी) का अध्ययन किया था, लेकिन वह उन कम्युनिस्ट बुद्धिजीवियों में शामिल थीं, जो सन् 1921 में नए सोवियत संघ के निर्माण में योगदान करने के लिए वापस मास्को चले गए थे। मिखाइल के पिता भी गणित के प्राध्यापक थे; और उसकी माँ माया ब्रिन अंग्रेजी पढ़ाती थीं।

बचपन से ही मिखाइल ब्रिन ने खगोल विज्ञानी (एस्ट्रोनॉमर) बनाने का सपना पाल रखा था, लेकिन तब सोवियत संघ में यहूदी-विरोधी व्यवहार अपने चरम पर था। आधिकारिक तौर पर सोवियत संघ सरकार यहूदी-विरोधी नहीं थी, लेकिन हकीकत में वहाँ की कम्युनिस्ट पार्टी के नेतागण बाकायदा निगरानी करते थे कि यहूदी समुदाय का कोई व्यक्ति उच्चस्तरीय पेशेवर श्रेणी में न पहुँच सके; और इसके लिए विश्वविद्यालयों के उच्चतम पाठ्यक्रमों में यहूदियों का नामांकन ही ठुकरा दिया जाता था, खासतौर पर सोवियत संघ के सबसे प्रतिष्ठित विश्वविद्यालय—मास्को स्टेट यूनिवर्सिटी के भौतिकी विभाग (फिजिक्स डिपार्टमेंट) में यहूदियों का नामांकन अघोषित तौर पर पूरी तरह से प्रतिबंधित था। ऐसा सोवियत संघ के रहस्यपूर्ण परमाणु रॉकेट अनुसंधान कार्यक्रमों से यहूदियों को काफी दूर रखने की विभेदकारी रणनीतियों के मद्देनजर किया जा रहा था। दुर्भाग्य से खगोल विज्ञान भौतिकी विभाग के दायरे में आता था और मिखाइल ब्रिन का सपना सोवियत यहूदी-विरोधी नीति की भेंट चढ़ गया था।

फिर मिखाइल ब्रिन ने खगोल विज्ञान की बजाय गणित का अध्ययन करने का विकल्प चुना था। उस जमाने में मास्को स्टेट यूनिवर्सिटी को दुनिया के सबसे प्रतिभाशाली गणितज्ञों का गढ़ माना जाता था और गणित विभाग में प्रवेश पाना और वह भी एक यहूदी छात्र के लिए बहुत ही मुश्किल था। विश्वविद्यालय की प्रवेश-परीक्षाओं में यहूदी-छात्रों के साथ खुलेआम भेदभाव किया जाता था। उनके कमरे आरक्षित किए गए थे, जिन्हें घिनौने उपनाम—गैस चैंबर्स—से पुकारा जाता था। इतना ही नहीं, यहूदी छात्रों के उत्तर-पत्रों का मूल्यांकन भी आम छात्रों के मुकाबले ज्यादा

यहूदी छात्रों के लिए व्यावहारिक तौर पर अपने शोध प्रबंध के मार्गदर्शन के लिए गैर-यहूदी मार्गदर्शक रखना जरूरी होता था। फिर, उन दोनों मार्गदर्शकों की मदद से मिखाइल ब्रिन ने युक्रेन की खर्खोव नेशनल यूनिवर्सिटी में अपना शोध प्रबंध पेश किया, जो मास्को स्टेट यूनिवर्सिटी के मुकाबले काफी निम्न स्तर की मानी जाती थी।

कठोर पैमाने से किया जाता था। फिर भी सौभाग्य से, एक उच्च राजनीतिक पहुँचवाले पारिवारिक मित्र की मदद से गणित विभाग में मिखाइल के नामांकन को स्वीकार किया गया था। खैर, सन् 1970 में, मिखाइल ब्रिन ने विशेष सम्मान (डिस्टिंक्शन) के साथ गणित में स्नातक प्रतिष्ठा (बैचलर ऑनर्स) का पाठ्यक्रम पूरा कर लिया था।

सन् 1970 की दशक में, सोवियत संघ पर अमेरिका के मुकाबले अपनी प्रौद्योगिकी-श्रेष्ठता को साबित करने का भूत सवार था, एक प्रतिभाशाली गणितज्ञ को आमतौर पर अंतरिक्ष कार्यक्रम या सैन्य अनुसंधान के लिए भर्ती किया जाता था, लेकिन मिखाइल ब्रिन के लिए इस विकल्प की पेशकश नहीं की गई थी। वह विश्वविद्यालय में अपनी आगे की पढ़ाई को जारी रखना चाहते थे, लेकिन एक बार फिर उनके आग्रह को ठुकरा दिया गया था, क्योंकि सोवियत संघ में यहूदी-विरोध प्रचलित था। मिखाइल ब्रिन को गोसप्लान—रूसी आर्थिक नीति नियोजन एजेंसी, में एक अर्थहीन नौकरी पर संतोष करना पड़ा था। उनका काम अमेरिका के मुकाबले सोवियत संघ के जीवन-स्तर को उच्चतर प्रदर्शित करनेवाले सही आँकड़ों को निकालना था। वह इस काम से नफरत करते थे, लेकिन यह काम साइबेरिया के किसी अनुसंधान केंद्र में डाल दिए जाने से बेहतर था।

विश्वविद्यालय में शाम के सेमिनार में चुपके से घुसकर व शोध-पत्रों का लेखन कर, मिखाइल ब्रिन ने अपने दम पर गणित का अध्ययन करना जारी रखा था। प्रतिष्ठित शोध-पत्रिकाओं में काफी संख्या में आलेखों के प्रकाशन हो जाने के बाद, उन्होंने गणित में डॉक्टर की उपाधि—पी-एच.डी. के लिए शोध प्रबंध (थीसिस) लिखना शुरू किया था। उस जमाने में, सोवियत संघ में कोई छात्र विश्वविद्यालय में परास्नातक (मास्टर्स) की नियमित कक्षा में भाग लिये बिना भी डॉक्टर की उपाधि अर्जित कर सकता था, बशर्ते कि वह छात्र निश्चित परीक्षा में उत्तीर्ण हो जाए और विश्वविद्यालय का संबंधित विभाग उसके शोध प्रबंध पर विचार

करने के लिए सहमत हो जाए।

इसके लिए काफी मशक्कत के बाद, मिखाइल को दो प्राध्यापकों की खोज करने और उन्हें अपने अपने शोध का सलाहकार बनने के लिए राजी करने में सफलता मिली थी। उनमें से एक, जो कि रूसी मूल के थे, आधिकारिक सलाहकार बने थे; और दूसरे अनौपचारिक यहूदी संरक्षक। यहूदी छात्रों के लिए व्यावहारिक तौर पर अपने शोध प्रबंध के मार्गदर्शन के लिए गैर-यहूदी मार्गदर्शक रखना जरूरी होता था। फिर, उन दोनों मार्गदर्शकों की मदद से मिखाइल ब्रिन ने युक्रेन की खर्कोव नेशनल यूनिवर्सिटी में अपना शोध प्रबंध पेश किया, जो मास्को स्टेट यूनिवर्सिटी के मुकाबले काफी निम्न स्तर की मानी जाती थी। खैर, मिखाइल ब्रिन ने अपने शोध का सफलतापूर्वक बचाव किया और 1975 में पी-एच.डी. की उपाधि हासिल कर ली थी। लेकिन मिखाइल ब्रिन की जिंदगी में कोई खास बदलाव नहीं आया था; गोसप्लान में उनकी नौकरी जारी रही थी और उन्हें 100 रूबल की वेतन-वृद्धि दी गई थी।

पिता की तरह, सर्गेई ब्रिन की माँ यूजेनिया ब्रिन को भी मास्को स्टेट यूनिवर्सिटी में भेदभावपूर्ण नामांकन प्रक्रिया से गुजरना पड़ा था; और वह यांत्रिकी (मैकेनिक्स) व गणित में स्नातक करने में सफल रही थीं। यूजेनिया को एक प्रतिष्ठित औद्योगिक स्कूल—सोवियत ऑयल एंड गैस इंस्टिट्यूट—की अनुसंधान प्रयोगशाला में नौकरी मिल गई थी, जहाँ कई और यहूदी भी काम कर रहे थे। इस बीच, मिखाइल और यूजेनिया ने शादी कर ली थी। ब्रिन परिवार सेंट्रल मास्को में महज 350 वर्गमीटर के एक तीन कमरे के अपार्टमेंट में रहते थे, जिसमें मिखाइल की माँ भी रहती थीं। फिर भी वे उन मास्को निवासियों की तुलना में काफी बेहतर थे, जिन्हें सांप्रदायिक माहौल में रहना पड़ रहा था।

ब्रिन दंपती अपनी नौकरियों में संतोष करते हुए खुशहाल जिंदगी जी रहे थे। यहूदी विरोधी संस्थागत व्यवहार का असर आम

सन् 1977 की गरमियों में एक दिन ऐसा आया, जो सर्गेई व उसके परिवार की जिंदगी को पूरी तरह से बदलने वाला साबित होनेवाला था। मिखाइल ब्रिन पोलैंड की राजधानी वॉरसॉ में गणित के एक अंतरराष्ट्रीय सम्मेलन से वापस लौटे थे और उन्होंने अपनी माँ व पत्नी के सामने घोषणा कर दी थी कि 'अब और ज्यादा हम यहाँ नहीं रुक सकते।'

सामाजिक जीवन में देखने को नहीं मिल रहा था। उनके कई पेशेवर मित्र थे और वे पड़ोसियों के साथ घुल-मिलकर रहते थे। रूसी रहन-सहन व संस्कृति में काफी घुले-मिले होने के कारण वे मास्को के बुद्धिजीवी वर्ग का हिस्सा थे और विश्वविद्यालय में पढ़े उनके दोस्तों की अपनी टोली थी। 21 अगस्त, 1973 को सर्गेई का जन्म हुआ था; और जल्द ही उस विशाल पाँच मंजिला इमारत का आँगन उसके खेल का मैदान बन गया था। मौसम की परवाह किए बिना, रूसी परंपरा का पालन करते हुए, सर्गेई को भी हर दिन सुबह व शाम को दो घंटे घर के बाहर बिताने पड़ते थे।

1970 के दशक में मध्य में रूसी-यहूदियों के देश छोड़ने का सिलसिला लगातार तेज होता जा रहा था। उस जमाने में एक मजाक काफी प्रचलित हुआ करता था, गली में दो यहूदी आपस में बात कर रहे होते थे, और उनकी बगल से गुजरनेवाला तीसरा यहूदी कहता था, 'मैं नहीं जानता कि आप क्या बातें कर रहे हो, लेकिन हाँ, यहाँ से बाहर निकल जाने का यही वक्त है!' हालाँकि ब्रिन परिवार की जिंदगी आम यहूदियों के मुकाबले काफी बेहतर थी, लेकिन रूस में यहूदियों के खिलाफ भेदभाव के घुटन भरे माहौल में, खासतौर पर मिखाइल को अपना कोई बौद्धिक भविष्य नहीं दिख रहा था। असमंजस की स्थिति थी—सर्गेई छोटा था, स्वाभाविक रूप से उसकी माँ कोई जोखिम उठाना नहीं चाहती थी, लेकिन बिगड़ते माहौल का दबाव बढ़ रहा था।

ऐसे में, सन् 1977 की गरमियों में एक दिन ऐसा आया, जो सर्गेई व उसके परिवार की जिंदगी को पूरी तरह से बदलने वाला साबित होनेवाला था। मिखाइल ब्रिन पोलैंड की राजधानी वॉरसॉ में गणित के एक अंतरराष्ट्रीय सम्मेलन से वापस लौटे थे और उन्होंने अपनी माँ व पत्नी के सामने घोषणा कर दी थी कि 'अब और ज्यादा हम यहाँ नहीं रुक सकते।' असल में, वॉरसॉ गणित सम्मेलन में मिखाइल को अपने बौद्धिक जीवन में पहली बार अंतरराष्ट्रीय विद्वानों के बीच खुलकर घुलने-मिलने का मौका मिला था। वहाँ अमेरिका, फ्रांस, इंग्लैंड व जर्मनी

मिखाइल ब्रिन की यह कहानी उनके बेटे सर्गेई में उद्यमशीलता के सहज-ज्ञान की जड़ तलाशने का एक सुराग प्रदान करती है। सर्गेई के माता-पिता का हमेशा ही शिक्षाविद् होना उनके बेटे के भरपूर व्यावसायिक कौशल के गठन में कोई भूमिका से इनकार करता है।

के गणितज्ञ आए हुए थे। उनके भाषणों से मिखाइल को पता लगा था कि पश्चिमी देशों, खासतौर पर अमेरिका में उन जैसे विद्वानों के लिए बौद्धिक ऊँचाइयों को हासिल करने व आरामदायक जीवन जीने की कितनी व्यापक संभावनाएँ थीं। उसी क्षण मिखाइल ने फैसला कर लिया था कि वह जितनी जल्द संभव हो, रूस को छोड़ अमेरिका चला जाएगा।

लेकिन यह काम उतना आसान नहीं था; ब्रिन दंपती को बखूबी पता था कि उस वक्त रूस से बाहर जाने के आज्ञा-पत्र (एग्जिट वीजा) के लिए आवेदन करना कितना खतरनाक हो सकता था। रूसी अधिकारियों के सामने बाहर जाने की इच्छा जाहिर करने का मतलब था कि उन्हें 'रिफ्युज्निक' श्रेणी में डाल दिया जाता, उनकी नौकरी चली जाती, उनके साथ ज्यादा बुरा व्यवहार किया जाता और उनका भविष्य अधर में लटक जाता। उस वक्त रूस सरकार ने अनाधिकारिक रूप से 'रिफ्युज्निक' श्रेणी बना रखी थी, जिसके तहत सोवियत नागरिक, आमतौर पर यहूदी, को बाहर बसने की इजाजत नहीं दी जा रही थी। विदेश में किसी ने भी मिखाइल को कोई पद देने का वादा नहीं किया था, लेकिन उन्हें भरोसा कि वे पश्चिम में काम ढूँढ़ लेंगे और अपने परिवार की मदद कर सकेंगे, बौद्धिक रूप से प्रेरणादायक था।

लेकिन सर्गेई की माँ यूजेनिया को यकीन नहीं हो रहा था। उन लोगों ने अब तक की अपनी पूरी जिंदगी मास्को में रहकर बिताई थी। उनके पास एक अच्छी-खासी नौकरी थी और एक छोटा बेटा था। क्या देश छोड़ने की कोशिश करना उचित था? उसे मास्को से एक तरह का लगाव-सा था और मिखाइल की माँ भी इसके लिए तत्काल तैयार नहीं हो सकी थी। लेकिन मिखाइल ने उन्हें भरोसा दिलाया था कि भले ही तत्काल फायदेमंद साबित न हो, लेकिन सही मायने में रूस छोड़ना बहुत ही आवश्यक था।

मिखाइल ब्रिन की यह कहानी उनके बेटे सर्गेई में उद्यमशीलता के सहज-ज्ञान की जड़ तलाशने का एक सुराग प्रदान करता है। सर्गेई के माता-पिता का हमेशा ही शिक्षाविद्

वीजा प्रक्रिया में लंबा वक्त लगाना था, यह अनुमान लगाना मुश्किल था कि उसमें कितना वक्त लगेगा; सबसे खतरनाक आशंका यह थी कि सरकार इजाजत दे ही देगी। ऐसे असमंजस की परिस्थिति में तत्काल आमदनी के लिए मिखाइल ने तकनीकी दस्तावेजों का अंग्रेजी से रूसी में अनुवाद करना शुरू किया था, जो काफी श्रमसाध्य व कठिन काम था।

होना उनके बेटे के भरपूर व्यावसायिक कौशल के गठन में कोई भूमिका से इनकार करती है। फिर भी, जोखिम उठाने की सर्गेई की तत्परता, उसकी यह समझ कि किस पर भरोसा करे व किससे सहायता माँगे, कुछ बेहतर देखने की उसकी दृष्टि व उसके पीछे जाने का दृढ़ विश्वास—ये लक्षण बहुत ही साफ तौर पर मिखाइल ब्रिन से मेल खाते हैं कि उन्होंने किस तरह अपने सामने खड़ी होने वाली प्रणाली को नाकाम किया था, डॉक्टरेट की उपाधि हासिल करने के लिए कैसे दूसरों के मुकाबले दोगुना कठिन परिश्रम किया था, और फिर किस तरह सोवियत संघ को छोड़ देने का भी जोखिम उठाया था।

यूजेनिया ने तो सिर्फ अपने बेटे सर्गेई के उज्ज्वल भविष्य की कामना के साथ रूस को छोड़ने का फैसला किया था जबकि मिखाइल ब्रिन अपने बेटे व परिवार की तुलना में अपनी शैक्षणिक महत्त्वाकांक्षा को पूरा करने के लिए भी वह जोखिम उठा रहे थे। खैर, ब्रिन परिवार ने सितंबर 1978 में 'एग्जिट वीजा' के लिए आवेदन कर दिया था; जिनमें मिखाइल की माता भी शामिल थीं। मिखाइल को तत्काल नौकरी से निकाल दिया गया था; अपने पति को किसी भी आरोप से बचाने के लिए यूजेनिया को भी अपनी नौकरी को त्यागना पड़ा था और पूरे परिवार को रूसी नागरिकता से हाथ धोना पड़ा था। कोई दूसरी नौकरी मिलने की गुंजाइश नहीं बची थी और अचानक उनकी आमदनी बंद हो गई थी।

अपनी सारी संपत्ति छोड़कर, ब्रिन परिवार एक असमंजस भरी अनिश्चित यात्रा पर निकल पड़ा था; सर्गेई करीब छह साल का था। यात्रा का पहला पड़ाव ऑस्ट्रिया की राजधानी विएना में था, जहाँ ब्रिन परिवार को हिब्रू इमिग्रेंट एड सोसाइटी (एचआईएएस)—जो हजारों पूर्वी यूरोपीय यहूदियों को दुनिया भर में उनके नए जीवन की स्थापना में मदद कर रहा था—के प्रतिनिधियों से मिलना था।

वीजा प्रक्रिया में लंबा वक्त लगाना था, यह अनुमान लगाना मुश्किल था कि उसमें कितना वक्त लगेगा; सबसे खतरनाक आशंका यह थी कि सरकार इजाजत दे ही देगी। ऐसी असमंजस की परिस्थिति में तत्काल आमदनी के लिए मिखाइल ने तकनीकी दस्तावेजों का अंग्रेजी से रूसी में अनुवाद करना शुरू किया था, जो काफी श्रमसाध्य व कठिन काम था। विदेश में कोई शैक्षणिक पद मिलने की अपेक्षा न करते हुए वहाँ की स्थिति से मुकाबले की पूर्व तैयारी

के मद्देनजर मिखाइल ने कंप्यूटर प्रोग्रामिंग भी सीखना शुरू कर दिया था। यूजेनिया ने भी एक अस्थायी नौकरी ढूँढ़ ली थी और दोनों सर्गेई की देखभाल का काम भी साझा कर रहे थे। उन्होंने सर्गेई को खस्ताहाल स्कूल-पूर्व कक्षा में डालने की बजाय घर में रखना ही बेहतर समझा था। इस तरह वे अपने विदेश जाने की इजाजत मिलने के अंतिम सरकारी फैसले का इंतजार कर रहे थे।

अनेक रूसी यहूदियों का 'एग्जिट वीजा' कभी भी नहीं आया था। लेकिन मई 1979 में, ब्रिन परिवार को सोवियत संघ छोड़ने की इजाजत मिल गई थी और उनका 'एग्जिट वीजा' जारी कर दिया गया था। यह अप्रत्याशित था; उन्हें थोड़ी उम्मीद तो थी कि इजाजत मिल जाएगी, लेकिन यह सब इतनी जल्दी हो जाएगा, उनके लिए एक ईश्वरीय वरदान जैसा ही था। ब्रिन परिवार मिखाइल गोर्वाचोव के शासन काल में उन अंतिम रूसी यहूदियों में शामिल थे, जिन्हें देश छोड़ने की इजाजत दे दी गई थी। उसके बाद रूसी प्रशासन ने इस प्रकार की इजाजत देना पूरी तरह से बंद कर दिया था।

फ्रांस में आश्रय के बाद अमेरिका में बसेरा

लगभग अपनी सारी संपत्ति छोड़कर, ब्रिन परिवार एक असमंजस भरी अनिश्चित यात्रा पर निकल पड़ा था; सर्गेई करीब छह साल का था। यात्रा का पहला पड़ाव ऑस्ट्रिया की राजधानी विएना में था, जहाँ ब्रिन परिवार को हिब्रू इमिग्रेंट एड सोसाइटी (एचआईएएस)—जो हजारों पूर्वी यूरोपीय यहूदियों को दुनिया भर में उनके नए जीवन की स्थापना में मदद कर रहा था—के प्रतिनिधियों से मिलना था। फिर वे लोग फ्रांस की राजधानी पेरिस के दक्षिण में स्थित उपनगर बुरेस्सोइस में ठहरे थे, जहाँ इंस्टिट्यूट ऑफ एडवांस्ड साइंटिफिक स्टडीज (आईएचईएस)—गणित व सैद्धांतिक भौतिकी (थ्योरीटिकल फिजिक्स) में उन्नत अनुसंधान को समर्थन देने वाला फ्रांसीसी संस्थान—में डॉ. अनातोली कतोक ने मिखाइल ब्रिन के लिए एक अस्थायी शोध-पद का इंतजाम किया था।

ये वही डॉ. कतोक थे, जिन्होंने मिखाइल ब्रिन को पी-एच.डी. हासिल करने में मदद की थी और उनके शोध-कार्य में अनौपचारिक संरक्षक की भूमिका निभाई थी। कतोक को भी रूसी भेदभाव का शिकार होना पड़ा था; उन्होंने भी साल भर पहले ही अपने परिवार सहित रूस छोड़ा था और फिलहाल अमेरिका की यूनिवर्सिटी ऑफ मेरीलैंड (कॉलेज पार्क, प्रिंस जॉर्ज काउंटी, मेरीलैंड; वाशिंगटन डीसी से 13 किमी. दूर) में गणित का प्राध्यापन कर रहे थे।

मिखाइल अब माइकल ब्रिन बन चुके थे और यूनिवर्सिटी ऑफ मेरीलैंड में गणित पढ़ाने लगे थे। माइकल की माँ माया ब्रिन मास्को में अंग्रेजी पढ़ाती रही थीं। वे उस वक्त 60 साल की हो चुकी थीं। उन्हें इसी विश्वविद्यालय के भाषा, साहित्य व संस्कृति स्कूल में रूसी भाषा पढ़ाने का मौका मिल गया था। यूजेनिया ब्रिन को नासा के ग्रीनबेल्ट स्थित गोडार्ड स्पेस फ्लाइट सेंटर (जीएसएफसी) में शोध-वैज्ञानिक की नौकरी मिल गई थी।

अधिकांश लोग जो रूस छोड़ रहे थे, उन्हें पेरिस में अपने अंतिम पड़ाव तक, जिस देश में वे बसना चाहते थे, के लिए वीजा हासिल करने में महीनों भटकना पड़ता था। लेकिन मिखाइल ब्रिन को डॉ. कतोक व उनके कई सहकर्मी मित्र मदद कर रहे थे; उन लोगों ने मिखाइल के लिए यूनिवर्सिटी ऑफ मैरीलैंड में एक शैक्षणिक पद व अमेरिकी वीजा का इंतजाम किया था। खैर, 25 अक्तूबर, 1979 को, ब्रिन परिवार न्यूयॉर्क के कैनेडी एयरपोर्ट पर उतरा था, जहाँ उन्हें लिवा ले जाने के लिए मिखाइल के मास्को के कई मित्र आए थे। सर्गेई ब्रिन छोटा था, उसे उस दिन का सिर्फ यही दृश्य याद रहा था, जब वह अपने पिता के मित्र की कार में पीछे बैठे एयरपोर्ट से लोंग आइलैंड स्थित उनके घर को जाते हुए न्यूयॉर्क की गगनचुंबी इमारतों व सड़कों पर दौड़ती बड़ी-बड़ी गाड़ियों को अचरज भरी निगाहों से निहार रहा था।

फिर, ब्रिन परिवार अपने अंतिम पड़ाव अमेरिका की राजधानी वाशिंगटन डीसी से सटे मेरीलैंड प्रांत के अर्द्ध शहरी इलाके ग्रीनबेल्ट पहुँचा था। यह जगह यूनिवर्सिटी ऑफ मैरीलैंड के गृहनगर (कॉलेज पार्क) से ज्यादा दूर नहीं थी। वहाँ एक निम्न मध्यमवर्गीय इलाके में राख की ईंट से बना एक साधारण मकान किराए पर लेकर ब्रिन परिवार ने अपना नया जीवन शुरू किया था। मिखाइल अब माइकल ब्रिन बन चुके थे और यूनिवर्सिटी ऑफ मेरीलैंड में गणित पढ़ाने लगे थे। माइकल की माँ माया ब्रिन मास्को में अंग्रेजी पढ़ाती रही थीं। वे उस वक्त 60 साल की हो चुकी थीं। उन्हें इसी विश्वविद्यालय के भाषा, साहित्य व संस्कृति स्कूल में रूसी भाषा पढ़ाने का मौका मिल गया था। यूजेनिया ब्रिन को नासा के ग्रीनबेल्ट स्थित गोडार्ड स्पेस फ्लाइट सेंटर (जीएसएफसी) में शोध-वैज्ञानिक की नौकरी मिल गई थी।

(मार्च 2012 में, उनकी मृत्यु के बाद माइकल ब्रिन ने अपनी माँ की याद में यूनिवर्सिटी ऑफ मेरीलैंड को रूसी भाषा व संस्कृति के विकास के लिए एक विशेष मंच—माया ब्रिन रेजीडेंसी की स्थापना के लिए छह लाख डॉलर का धर्मादा प्रदान किया था।)

फिर, डॉ. कतोक की सलाह पर सर्गेई को पास के शहर अडेल्फी स्थित पेंट ब्रांच मोंटेसरी स्कूल में दाखिल कराया गया था। चमकती आँखों वाले व संकोची स्वभाव के सर्गेई का अंग्रेजी ज्ञान मामूली था; शुरुआत में वह भारी उच्चारण के साथ बात करता था; और पहले साल स्कूल के माहौल में खुद को ढालने के लिए उसे काफी संघर्ष करना पड़ा था। कहा जाता है कि बच्चे स्पंज की तरह होते हैं—वे तुरंत ही भाषा को समझने लग जाते हैं, और उन्हें कोई खास दिक्कत नहीं होती—लेकिन सर्गेई के साथ ऐसा नहीं था। उसे इस मामले में कुछ ज्यादा ही दिक्कत आई थी। लेकिन मोंटेसरी स्कूल की निदेशिका पैटी बारशय, सर्गेई व उसके माता-पिता के संरक्षक जैसी बन गई थी; यूजेनिया को उन्होंने कार चलाना सिखाया था, अकसर अपने घर पर खाने के लिए बुलाया करती थी; वहीं ब्रिन दंपती को तरह-तरह के मांस का स्वाद चखने का मौका मिला, और पता चला था कि अमेरिका के सुपर मार्केट में कितने प्रकार का मांस मिलता है।

सर्गेई ने वास्तव में मोंटेसरी विधि से पढ़ाई का आनंद लिया था; पहेली, नक्शे व गुणा सिखानेवाले गणित खेल की ओर उसका काफी झुकाव था; वह वहाँ अपनी ही चाल में आगे बढ़ सकता था। मोंटेसरी माहौल ने—जो छात्रों को उनकी रुचियों के मुताबिक क्रियाकलापों के चुनाव के मौके प्रदान करता है—से सर्गेई को अपनी रचनात्मकता को बढ़ावा देने में मदद मिलती थी। बहुत बाद में, एक साक्षात्कार में पैटी ने अपने छात्र सर्गेई के बारे में बताया था, "सर्गेई कोई खास खेलने-कूदनेवाला बच्चा नहीं था, लेकिन उसमें हमेशा अपने मन की

ब्रिन परिवार भी इस मामले में अपने साथी आप्रवासियों से अलग नहीं थे कि यहूदी होना एक जातीय अनुभव था, न कि धार्मिक। माइकल ब्रिन ने एक मीडिया मुलाकात में कहा था, "कोषेर (यहूदी आहार कानून) का पालन न कर या फिर यहूदी उपासनागृह न जाकर—हमने अपने यहूदीपन को अलग-अलग तरीकों से देखा था। यह आनुवंशिक है। हम बहुत धार्मिक नहीं थे।

माइकल ब्रिन एक सख्त प्राध्यापक और निष्ठुर पिता थे। डॉ. अनातोली कतोक ने एक साक्षात्कार में कहा था, "माइकल हमेशा से बहुत ही पूछताछ करने व मतलब निकालने वाला रहा है। सर्गेई निश्चित रूप से बहुत तेजस्वी, लेकिन शांत किस्म का था। उसके पिता के सख्त मानक थे और मुझे नहीं लगता कि उसने कम उम्र में अपने बेटे की प्रतिभा की सराहना की थी।"

बात को आगे बढ़ाने का आत्मविश्वास था। वह हर चीज में दिलचस्पी लेता था, लेकिन मुझे कभी नहीं लगा था कि वह किसी और से ज्यादा मेधावी था।"

सोवियत संघ से पश्चिमी देशों में आप्रवास करने वाले हजारों परिवारों की तरह ही, जो एक बात ब्रिन परिवार ने भी साझा की थी कि वे अचानक यहूदी होने के लिए स्वतंत्र थे। रूसी यहूदी आप्रवासियों के सैन फ्रांसिस्को आधारित एक नेटवर्क के संस्थापक लेनी गुसल कहते हैं, "रूसी यहूदियों में, यहाँ तक कि वे क्या महसूस कर रहे थे, को स्पष्ट करने के लिए भी शब्दावली का अभाव था। उन्हें उनके पुराने घर (रूस) में यहूदी माना जाता था। यहाँ (अमेरिका में) उन्हें रूसी माना जा रहा था। कई तो बस अमेरिकियों के रूप में आत्मसात् किए जाने के लिए तरस रहे थे। सर्गेई हमारे समूह का संपूर्ण प्रतीक है—रूसी यहूदी आप्रवासी सफलता की नंबर-1 कहानी।"

ब्रिन परिवार भी इस मामले में अपने साथी आप्रवासियों से अलग नहीं थे कि यहूदी होना एक जातीय अनुभव था, न कि धार्मिक। माइकल ब्रिन ने एक मीडिया मुलाकात में कहा था, "कोषेर (यहूदी आहार कानून) का पालन न कर या फिर यहूदी उपासनागृह न जाकर—हमने अपने यहूदीपन को अलग-अलग तरीकों से देखा था। यह आनुवंशिक है। हम बहुत धार्मिक नहीं थे। मेरी पत्नी 'योम किप्पुर' (प्रायश्चित्त दिवस—यहूदी लोगों के लिए साल का सबसे पवित्र दिन) पर खाना नहीं खाती है, मैं खाता हूँ।" यूजेनिया ने जोड़ा था, "हम हमेशा 'पासओवर सेडर' (यहूदी मुक्ति दिवस पर आयोजित अनुष्ठान भोज) रखते हैं। मेरे पास दादी का गेफिलटे-फिश/भरवाँ मछली बनाने का नुस्खा है।" (पासओवर, यहूदियों का एक पर्व विशेष है, जो इजराइलियों की मिस्र के अधिकार से मुक्ति की याद में मनाया जाता है।)

खैर, धार्मिक थे या नहीं, ब्रिन परिवार के ग्रीनबेल्ट पहुँचते ही वहाँ के यहूदी

उपासनागृह—मिश्कन टोरा ने उन्हें अपना लिया था। सन् 1943 में, ग्रीनबेल्ट के यहूदी समुदाय के निवासियों द्वारा मिश्कन टोरा की स्थापना की गई थी। यह संस्था अपने सदस्यों के लिए न केवल धार्मिक स्थल के रूप में बल्कि सामुदायिक विकास व शिक्षा केंद्र के रूप में भी काम कर रही थी। मिश्कन टोरा के सदस्य इलाके में आने वाले हर नए यहूदी परिवार की हर प्रकार की शुरुआती मदद करते थे और उन लोगों ने ब्रिन परिवार को भी घर के सामान जुटाने में मदद की थी। इसी संस्था से दो हजार डॉलर का उधार लेकर, ब्रिन परिवार ने एक 1973-मॉडल की पुरानी फोर्ड मावेरिक कार खरीदी थी।

लिहाजा, यहूदी तौर-तरीके सीखने के लिए सर्गेई को भी तीन साल तक मिश्कन टोरा द्वारा संचालित कार्प फैमिली हिब्रू स्कूल जाना पड़ा था, लेकिन उसे वहाँ की भाषा, शिक्षा व अन्य बाकी चीजों से काफी चिढ़ थी। उसे वहाँ के दूसरे बच्चे छेड़ते थे, और वह अपनी माँ से वहाँ न भेजने की गुजारिश किया करता था। असल में, वह संस्था रूढ़िवादी यहूदी परिवारों का जमघट था, जो ब्रिन परिवार के लिए कुछ ज्यादा ही धार्मिक साबित हुआ था। जब इजराइल की एक तीन सप्ताह की यात्रा ने सभी यहूदी बातों के बारे में 11 साल के सर्गेई को जाग्रत् किया था, तो परिवार ने 'बार मिट्ज्वा' (आज्ञाकारी बेटा) की तैयारी के लिए पढ़ाई दुबारा शुरू करने के बारे में एक दूसरे आराधनालय में जानकारी ली। (यहूदी कानून के अनुसार, 13 साल के होने पर यहूदी लड़के अपने कार्यों के लिए जवाबदेह हो जाते हैं, जिन्हें 'बार मिट्ज्वा' माना जाता है।) लेकिन रब्बी ने कहा था कि इसे पकड़ पाने में एक साल से अधिक का वक्त लग जाएगा; और सर्गेई ने, जो अपने 13वें जन्मदिन के बीत जाने तक का इंतजार नहीं करना चाहता था, ने इसकी कोशिश ही छोड़ दी। ब्रिन परिवार ने यदि किसी यहूदी मूल्य को बिना किसी रोक-टोक के सही ठहराया था तो वह थी विद्वत्ता; और इसी परंपरा को कायम रखते हुए, धार्मिक शिक्षा में मुक्त कर सर्गेई को आगे की पढ़ाई के लिए ग्रीनबेल्ट इलाके के बड़े सरकारी स्कूल—एलिएनर रूजवेल्ट हाई स्कूल में दाखिल करवाया गया था।

असल में, माइकल ब्रिन एक सख्त प्राध्यापक और निष्ठुर पिता थे। डॉ. अनातोली कतोक ने एक साक्षात्कार में कहा था, "माइकल हमेशा से बहुत ही पूछताछ करने व मतलब निकालने वाला रहा है। सर्गेई निश्चित रूप से बहुत तेजस्वी, लेकिन शांत किस्म का था। उसके पिता के सख्त मानक थे और मुझे नहीं लगता कि उसने कम उम्र में अपने बेटे की प्रतिभा की सराहना की थी।" माइकल

सर्गेई अपने साथ के छात्रों व अधिकांश शिक्षकों की परवाह नहीं करता था, क्योंकि उसे लगता था कि वह अपने घर में ही ज्यादा कुछ सीख लेता था। लिहाजा, तीन साल में ही हाईस्कूल में उसका मन भर गया, और एक साल पहले ही उसने स्कूल जाना छोड़ दिया था। हाईस्कूल में उसके सीखने के लिए कुछ भी बचा नहीं था।

को अपने बेटे की प्रतिभा का तब चला था जब वह आठ-नौ साल का था। एक दिन कतोक व विश्वविद्यालय के अन्य सहकर्मी माइकल के घर बैठे थे और माइकल अपने स्नातक के छात्रों के बारे में शिकायत कर रहे थे कि वे कितने बेवकूफ थे। माइकल ने अपने स्नातक के छात्रों को परा-स्नातक स्तर, उनकी क्षमता से एक स्तर ऊपर का, सवाल दिया था, जिसका कोई भी छात्र जवाब नहीं दे सका था। माइकल उन छात्रों पर नाराज हो रहे थे कि किसी छात्र के पास इतना दिमाग नहीं था कि वह हल निकाल सके। तभी एक कोने में चुपचाप बैठा सर्गेई थोड़ा चीखकर बोल पड़ा था और उस सवाल का हल सुझाया था। एकबारगी उसके पिता ने उसे खारिज कर दिया था। कतोक के मुताबिक, जब उन्होंने बीच में हस्तक्षेप किया और सर्गेई के हल को सही बताया, तब जाकर माइकल ने पहली बार अपने बेटे को गंभीरता से लिया था। उसके बाद, माइकल ने स्कूल पाठ्यक्रम से अलग, सर्गेई की प्रतिभा को उसकी ही दिशा में बढ़ावा देने के लिए घर में ही शिक्षक रख पढ़ाई-लिखाई का विशेष इंतजाम किया था।

19 साल के ब्रिन को दो बी.एस-सी. ऑनर्स उपाधियाँ

बचपन से ही सर्गेई को कंप्यूटर ने आकर्षित किया था और सिर्फ नौ साल की उम्र (1982) में उसे उसका पहला कंप्यूटर 'कमोडोर 64' मिल गया था। उसने जल्द ही इंटरनेट को भी खोज निकाला था। थोड़े समय तक सर्गेई उस जमाने के 'चैट-रूम' पर अकसर लगा रहता था, लेकिन जल्द ही ऊब गया, क्योंकि उसे पता चला था कि चैट-रूम पर अधिकांश बच्चे 'सेक्स' के बारे में बातचीत करने की कोशिश कर रहे थे। असल में सर्गेई की रुचि कंप्यूटर गेम्स में थी, और वह जल्द ही 'मल्टी यूजर डंगऑन' (एम.यू.डी.) की ओर बढ़ गया था, जहाँ कंप्यूटर-विशेषज्ञ बच्चे आभासी योद्धाओं (वर्चुअल वारियर) की तरह देर रात तक एक-दूसरे से युद्ध छेड़े रखते थे। उसने अपना खुद का एक एम.यू.डी. गेम भी लिखा था।

ऐसे में, जब सर्गेई हाईस्कूल पहुँचा तो वह अपने सहपाठियों से काफी आगे था; और अकसर अपने शिक्षकों को गलत साबित करने की कोशिश कर अपनी बुद्धि को लेकर कुछ हद तक घमंड का प्रदर्शन भी करता था। वास्तव में, सर्गेई अपने साथ के छात्रों व अधिकांश शिक्षकों की परवाह नहीं करता था, क्योंकि उसे लगता था कि वह अपने घर में ही ज्यादा कुछ सीख लेता था। लिहाजा, तीन साल में ही हाईस्कूल में उसका मन भर गया, और एक साल पहले ही उसने स्कूल जाना छोड़ दिया था। हाईस्कूल में उसके सीखने के लिए कुछ भी बचा नहीं था। हालाँकि उसे पिता ने 'हाईस्कूल ड्रॉपआउट' कहना शुरू कर दिया था; लेकिन उसने यूनिवर्सिटी ऑफ मेरीलैंड में दाखिले के लिए आवेदन किया और औसत छात्रों के मुकाबले एक साल ही उसे कॉलेज में पढ़ाई शुरू करने की इजाजत दे दी गई थी।

सितंबर 1990 में, सर्गेई ने दो विषयों—गणित व कंप्यूटर विज्ञान में बी.एससी. (बैचलर ऑफ साइंस) की पढ़ाई शुरू की थी। हाईस्कूल की तरह ही, विश्वविद्यालय में भी सर्गेई के पढ़ने की रफ्तार अपने सहपाठियों से काफी तेज थी। अपनी कक्षा में बैठने की बजाय वह अकसर ऊपरी कक्षाओं में जाया करता था। नियमित पाठ्यक्रम की पढ़ाई के अलावा सर्गेई ने विश्वविद्यालय के अपने तीन वर्षों के दौरान कई विशेष शोध-कार्यों का अनुभव व आर्थिक लाभ हासिल किया था।

इन विशेष कार्यक्रमों के चलते सर्गेई ने विश्वविद्यालय में काफी तारीफें बटोरी थीं और उसकी ओर सबका ध्यान गया था। उसे एम.आई.टी. व हार्वर्ड के साथियों की तुलना में बेहतर तरीके से तैयार किया गया था।

1993 में, सिर्फ 19 साल की उम्र में, सर्गेई को यूनिवर्सिटी ऑफ मैरीलैंड से गणित व कंप्यूटर विज्ञान—दोनों विषयों में प्रतिष्ठा सहित दो स्नातक उपाधियाँ प्रदान की गई थीं। सर्गेई को नेशनल साइंस फाउंडेशन ग्रेजुएट रिसर्च फैलोशिप प्रोग्राम (एन.एस.एफ.-जी.आर.एफ.पी.) की ओर से कंप्यूटर विज्ञान में पी-एच.डी. की उपाधि के लिए अध्येतावृत्ति (फेलोशिप) प्रदान की गई थी; और उसने सितंबर 1993 में, स्टैनफोर्ड यूनिवर्सिटी में दाखिला लिया था।

□

3

स्टैनफोर्ड में लैरी व सर्गेई की अनोखी शोध-जोड़ी

लैरी पेज के स्टैनफोर्ड आने से दो वर्ष पहले ही सर्गेई वहाँ पहुँच चुका था। उसके पिता माइकल ब्रिन को लग रहा था कि सर्गेई पी-एच.डी. पूरा कर संभवत: उन्हीं की तरह प्राध्यापक बनेगा। जब उन्होंने सर्गेई से उसकी पहली छमाही के उन्नत पाठ्यक्रमों के बारे में पूछा था तो उन्हें पता चला था कि वह 'कुशल तैराकी' के गुर सीखने की कोशिश कर रहा था।

लैरी एक अर्द्ध-पश्चिमी माहौल में पला-बढ़ा युवक था; उसने स्टैनफोर्ड के अभिजात व प्रतिस्पर्धी पी-एच.डी. कार्यक्रम में भर्ती के लिए चुने गए कुछ में एक होने को लेकर असहज महसूस किया था और उसे गंभीर आशंकाएँ थीं कि यह ठीक-ठाक रहेगा। वैसे उसे उम्मीद थी कि वह विश्वविद्यालय परिसर की यात्रा के दौरान अन्य छात्रों के साथ दोस्ती कर लेगा।

1995 में लैरी से मुलाकात के पहले, सर्गेई को स्टैनफोर्ड में तमाम किस्म के विषयों ने आकर्षित किया था, और वह उनके पीछे भाग रहा था। उसे स्नातक स्तर के पाठ्यक्रम पर जोर डालने की जरूरत नहीं थी, क्योंकि वह पहले से ही मेरीलैंड में कई विषयों में महारत हासिल कर चुका था। उसने नाव चलाना भी सीखा था और उसमें कसरती झूलों के प्रति भी लगाव विकसित हो चुका था। नए शैक्षिक विषयों की खोज के प्रति ग्रहणशीलता उसे कई आकस्मिक, लेकिन महत्त्वपूर्ण खोजों की ओर भी ले गई थी।

जब सितंबर 1995 में सर्गेई की लैरी से मुलाकात हुई थी, तब वह व्यक्तिगत फिल्म मूल्यांकन प्रणाली (पर्सनलाइज्ड

मूवी रेटिंग सिस्टम) विकसित करने के अपने विचार के बारे में काफी उत्साहित था। अगर एक व्यक्ति खुद देखी हुई किसी फिल्म का मूल्यांकन करता है, तो वह प्रणाली उसकी ही रुचि के दूसरे व्यक्तियों द्वारा देखी गई फिल्मों का मूल्यांकन भी खोज निकालती है और वह व्यक्ति संबंधित फिल्मों के बारे में आकलन कर सकता है। सर्गेई का वह विचार बहुत कुछ वैसा ही था, जो उसके कुछ समग्र बाद अमेजन. कॉम पर बुक्स रेटिंग (किताब मूल्यांकन) के रूप में काफी लोकप्रिय हुआ था।

पहली ही मुलाकात में सर्गेई व लैरी का जुड़ाव

स्टैनफोर्ड में नए छात्रों के उन्मुखीकरण के दौरान सर्गेई से लैरी की मुलाकात हुई थी। दोनों के बीच तत्काल जुड़ाव पैदा हो गया था। मतभेदों के बावजूद, उन दोनों के बीच की केमिस्ट्री को कोई नकार नहीं सकता था और दोस्ती की ऊर्जा साफ झलक रही थी। सर्गेई को कंप्यूटर साइंस में पी-एच.डी. के लिए भर्ती हुए नए छात्रों को विश्वविद्यालय के तौर-तरीकों से अवगत कराने और उन्हें वहाँ के माहौल में ढालने के लिए एक-दूसरे के बीच परिचय करने की जिम्मेदारी दी गई थी। लिहाजा, सर्गेई दूसरे नए छात्रों के साथ-साथ लैरी को विश्वविद्यालय परिसर में घुमा रहा था। अचानक इस जोड़ी ने बेतरतीब मुद्दों के बारे में बहस करना शुरू कर दिया था। हाल में ही एक-दूसरे से परिचित हुए दो लोगों के बीच बहस व तनातनी को देखना एक अजीब क्षण था, लेकिन हकीकत में वे पसंदीदा खेल खेल रहे थे।

लैरी व अन्य छात्रों से उम्र में छोटा होने के बावजूद, सर्गेई दो साल पहले से ही स्टैनफोर्ड में था; वह एक गणित विशेषज्ञ था, उसने 19 साल की उम्र में स्नातक विज्ञान प्रतिष्ठा (बी.एस-सी. ऑनर्स) की दो उपाधियाँ हासिल की थीं। अपनी पहली कोशिश में स्टैनफोर्ड में डॉक्टरेट की आवश्यक परीक्षा के सभी दस इक्के लिये थे और प्राध्यापकों के साथ मिलकर आसानी से अनुसंधान कर रहा था। आत्मविश्वास से लबरेज, स्वस्थ व मुखर सर्गेई स्टैनफोर्ड में कंप्यूटर व गणित की समस्याओं पर समय खर्च करते हुए, विशेष रूप से जिम्नास्टिक, तैराकी व सामाजिक जीवन का आनंद भी ले रहा था। लैरी एक अर्द्ध-पश्चिमी माहौल में पला-बढ़ा युवक था; उसने स्टैनफोर्ड के अभिजात व प्रतिस्पर्धी पी-एच.डी. कार्यक्रम में भर्ती के लिए चुने गए कुछ में एक होने को लेकर असहज महसूस किया था और उसे गंभीर आशंकाएँ थीं कि यह ठीक-ठाक रहेगा। वैसे उसे उम्मीद थी कि वह विश्वविद्यालय परिसर की यात्रा के दौरान अन्य छात्रों के साथ दोस्ती कर लेगा।

मतलब भले ही बेतुका-सा लगे, लेकिन लैरी व सर्गेई—दोनों में होड़ लगाने

का एक जैसा जुनून था, और सौभाग्य से दोनों ने एक-दूसरे में योग्य बौद्धिक-विरोधी को खोज लिया था। इस बात का खास महत्त्व नहीं था कि वे किन मुद्दों पर बहस करते थे, बल्कि देखनेवाली बात यह थी कि वे किस तरह एक-दूसरे को अपनी बातें मानने को राजी करते थे। पहली नजर में दोनों ने एक-दूसरे को गुस्ताख व बेहूदा पाया था; लेकिन दोनों के बीच कभी भी न थकनेवाला मजाक व मौखिक बहस का सिलसिला जारी रहा था। इसके चलते दोनों के बीच साझेदारी की ऐसी जमीन तैयार हुई थी, जो आपसी सम्मान से ओतप्रोत था।

दोनों ऐसे माहौल में बड़े हुए थे, जहाँ खासतौर पर कंप्यूटर, गणित व भविष्य से जुड़े मुद्दों पर बौद्धिक मुकाबला उनके दैनिक आहार का हिस्सा था। इन बौद्धिक मुकाबलों में विवश कर देनेवाले विचारों का जोरदार तरीके से बचाव किया जाता था। जाहिर है, अपने माता-पिताओं व उनके नजदीकी दोस्तों-सहकर्मियों के बीच होने वाली बहसों का लैरी व सर्गेई—दोनों के युवा मन पर गहरा असर हुआ था और वे बौद्धिक रूप से काफी समृद्ध थे। ऐसे में, लैरी व सर्गेई को जानने वाले अधिकांश लोग उन्हें तेजस्वी, दोस्ताना व कुछ हद तक नासमझ लड़के भी मानते थे।

सन् 1995 के शरदकाल में लैरी पेज स्टैनफोर्ड पहुँचा था, तो उसने व सर्गेई ब्रिन ने एक साथ घूमना-फिरना व काम करना शुरू कर दिया था। ब्रिन ने फिल्म रैंकिंग प्रणाली विकसित करने संबंधी अपने विचार को पीछे धकेल दिया था और कुछ ऐसी परियोजनाओं पर काम शुरू किया था, जिन्हें पेज करना चाहता था। उन्होंने इंटरनेट के उभरते हुए चमत्कार के बारे में अपनी साझा जिज्ञासा को संतुष्ट करना शुरू कर दिया था।

सर्गेई व लैरी की आकांक्षाएँ व रुचियाँ तो एक-दूसरे को ढकने वाली थीं, लेकिन व्यक्तित्व व कौशल परस्पर पूरक थे। सर्गेई अपने छोटे भाई से काफी बड़ा होने के चलते ज्यादा बड़बोला था और सुर्खियों में होने के आदी होने के कारण बहिर्मुखी भी। इसके उलट, अपने बड़े भाई से छोटा होने के चलते लैरी ज्यादा शांत व मननशील था। फिर भी, 1995-96 शिक्षा-वर्ष के दौरान उनका बौद्धिक-द्वंद्व एक स्थायी दोस्ती में विकसित होता चला गया था। लेकिन इस बदलाव का असल कारण उन सारी घटनाओं के बीच छिपा हुआ था, जो उनके मिलन से पहले घटी थीं।

भूगोल की तुलना में आनुवंशिकी

(जेनेटिक्स) व प्रौद्योगिकी (टेक्नोलॉजी) द्वारा बेहतर परिभाषित होने वाली दुनिया में कुछ खास बातें सर्गेई ब्रिन व लैरी पेज—दोनों में एक जैसी थीं: दोनों के पास दूसरी पीढ़ी का कंप्यूटर था; वे अपने प्राथमिक विद्यालयों में कंप्यूटर का उपयोग करते हुए बड़े हुए थे; दोनों को ऐसे माता-पिता का संरक्षण मिला था, जिन्होंने कंप्यूटर व परिष्कृत गणित का घर में व काम में इस्तेमाल किया था। ये लैरी व सर्गेई को उनकी उम्र के अन्य लोगों से अलग करती हैं। उन दोनों में कई और बातें एक ही तरह की थीं। वे मोंटेसरी विद्यालयों में पढ़े थे, जिसने उनकी प्रारंभिक शिक्षा को तेज गति प्रदान की थी; वे बड़े विश्वविद्यालयों के नजदीक रहते थे, जहाँ उनके पिता प्रतिष्ठित प्राध्यापक थे; और उनकी माँ की नौकरी कंप्यूटिंग व प्रौद्योगिकी के आसपास घूमती थी। उनके घरों में छात्रवृत्ति पर न सिर्फ जोर डाला जाता था, बल्कि उनका खजाना था। लैरी व सर्गेई—दोनों का स्नातकोत्तर कर शैक्षिक व वैज्ञानिक समुदाय में प्रवेश करना बिल्कुल तय-सा था।

नेटस्केप आई.पी.ओ. को सिलिकॉन वैली में इंटरनेट युग के कायम होने के प्रतीक के रूप में देखा गया था और कंप्यूटर सॉफ्टवेयर अभियंताओं व नव उद्यमियों में रातोरात अरबपति बनने की मानसिकता की रचना की थी। अमेरिकी शेयर बाजार, वॉल स्ट्रीट के कारोबारी इस मानसिकता को हवा देने को तैयार हो चुके थे।

ऐसे में, जब सन् 1995 के शरदकाल में लैरी पेज स्टैनफोर्ड पहुँचा था, तो उसने व सर्गेई ब्रिन ने एक साथ घूमना-फिरना व काम करना शुरू कर दिया था। ब्रिन ने फिल्म रैंकिंग प्रणाली विकसित करने संबंधी अपने विचार को पीछे धकेल दिया था और कुछ ऐसी परियोजनाओं पर काम शुरू किया था, जिन्हें पेज करना चाहता था। उन्होंने इंटरनेट के उभरते हुए चमत्कार के बारे में अपनी साझा जिज्ञासा को संतुष्ट करना शुरू कर दिया था।

नेटस्केप की सफलता में बौराया माहौल

जब वे अपने हवाई किले में ठोंक-पीट करने में जुटे हुए थे, उनके आसपास की दुनिया मौलिक रूप से बदल रही थी। स्टैनफोर्ड के पास की सिलिकॉन वैली (उच्च तकनीकी नवाचार व विकास में अमेरिका व दुनिया का सबसे बड़ा केंद्र) से लेकर अमेरिका के दूसरे छोर पर बसी वॉल स्ट्रीट (न्यूयॉर्क शहर में स्थित अमेरिका व दुनिया का सबसे बड़ा वित्तीय केंद्र) में सिर्फ एक घटना धूम मचाए

हुए थी—नेटस्केप का प्रारंभिक सार्वजनिक प्रस्ताव (आई.पी.ओ., इनिशियल पब्लिक ऑफर)।

महज 16 माह पहले, 4 अप्रैल, 1994 को सिलिकॉन वैली (माउंटेनव्यू, कैलीफोर्निया) में नेटस्केप कम्युनिकेशंस कॉरपोरेशन की स्थापना हुई थी; और वह 9 अगस्त, 1995 को न्यूयॉर्क स्टॉक एक्सचेंज में अपना आई.पी.ओ. पेश कर सार्वजनिक हो गई थी। 28 डॉलर प्रति शेयर के प्रस्तावित मूल्य पर नेटस्केप के शेयर का कारोबार शुरू हुआ था, जो तुरंत 75 डॉलर की ऊँचाई पर पहुँचकर 58.25 डॉलर पर बंद हुआ था; और एक ही दिन में एक लाभहीन कंपनी का बाजार मूल्य 290 करोड़ डॉलर हो गया था। नेटस्केप कम्युनिकेशंस का एकमात्र उत्पाद—नेटस्केप नेविगेटर बहुत जल्द ही वेब ब्राउजर बाजार में पहले स्थान पर आ गया था। 1995 में पहली से चौथी तिमाही के बीच कंपनी का राजस्व 50 लाख-1 करोड़-2 करोड़-4 करोड़ डॉलर के स्तर पर पहुँच गया था। 'टाइम' पत्रिका ने 19 फरवरी, 1996 के अपने अंतरराष्ट्रीय संस्करण में नेटस्केप की इस सफलता को आवरण-कथा बनाया था और 'द गोल्डन गीक्स' शीर्षक से आवरण पृष्ठ पर कंपनी संस्थापक मार्क एंड्रिस्से का नंगे पाँववाला चित्र प्रकाशित किया था।

जिस तरह वॉल स्ट्रीट को अमेरिकी पूँजी बाजार का प्रतीक माना जाता है, कुछ वैसा ही इंटरनेट-बुलबुला युग (सन् 1997 से 2000 तक) में, निजी हिस्सेदारी (प्राइवेट इक्विटी) बाजार के रूप में पार्क हिल रोड ने भी अपना स्थान बना लिया था।

नेटस्केप आई.पी.ओ. को सिलिकॉन वैली में इंटरनेट युग के कायम होने के प्रतीक के रूप में देखा गया था और कंप्यूटर सॉफ्टवेयर अभियंताओं व नव उद्यमियों में रातोरात अरबपति बनने की मानसिकता की रचना की थी। अमेरिकी शेयर बाजार, वॉल स्ट्रीट के कारोबारी इस मानसिकता को हवा देने को तैयार हो चुके थे। कंपनी के कामकाज के बारे में बिना किसी जानकारी के ही शेयर दलालों ने निवेशकों को तीव्रबुद्धि से अर्जित धन—'स्मार्ट मनी,' पर दाँव लगाने की होड़ में शामिल होने के लिए उकसाया था। यह कोई महत्त्व की बात नहीं लग रही थी कि नेटस्केप को कोई लाभ नहीं हो रहा था, बल्कि सारा ध्यान इस तथ्य पर केंद्रित किया गया था कि कंपनी की बिक्री हर तिमाही में सौ फीसदी की दर से बढ़ रही थी। असल में, नेटस्केप का वेब-ब्राउजर ऐसा बेहतरीन उत्पाद था, जो

उपभोक्ता को इंटरनेट पर सर्फिंग करने के लिए काफी सुविधाजनक साबित हो रहा था। उसकी बिक्री बढ़ रही थी और निवेशकों को यही लग रहा था कि कंपनी जल्द ही लाभ कमाने लग जाएगी। आई.पी.ओ. के कुछ महीनों में ही, सन् 1995 के अंत में, नेटस्केप का प्रति शेयर भाव 171 डॉलर की ऊँचाई पर चला गया था। यह वॉल स्ट्रीट के वित्तपोषकों को दूसरी इंटरनेट कंपनियों के बारे में ऐसी ही कहानियाँ सुनाने व उनके शेयरों की बिक्री बढ़ाकर लाभ कमाने के लिए उकसा रहा था।

सिलिकॉन वैली व वॉल स्ट्रीट में हो रही इस आसान व जल्द कमाई की खुशबू स्टैनफोर्ड के कंप्यूटर विभाग में फैल रही थी। शिक्षाविदों व उनके वित्तीय पुरस्कारों के बीच विश्वविद्यालय प्रशासन को किसी प्रकार का कोई संघर्ष नहीं दिख रहा था। उलटे, वह इस काम को बढ़ावा दे रहा था। स्टैनफोर्ड का प्राथमिक मिशन प्राध्यापकों व अकादमिक शोधकर्ताओं की अगली पीढ़ी को प्रशिक्षित करने का था, लेकिन उसने खुद को दुनिया की सबसे सफल प्रौद्योगिकी कंपनियों, हेवलेट पैकार्ड से लेकर सन माइक्रोसिस्टम्स तक के लिए, एक 'इनक्यूबेटर' (अंडे सेने की मशीन) के रूप में विकसित किया था।

मेसाचुसेट्स इंस्टिट्यूट ऑफ टेक्नोलॉजी (एम.आई.टी.) व दूसरे बड़े शोध संस्थानों के विपरीत, स्टैनफोर्ड में पी-एच.डी. कार्यक्रमों के छात्रों को संभावित व्यावसायिक प्रयासों पर काम करने के लिए विश्वविद्यालय के संसाधनों का उपयोग करना बहुत ही आसान था। स्टैनफोर्ड के प्रौद्योगिकी लाइसेंसिंग कार्यालय ने भी अपनी भूमिका के लिए एक व्यापक दृष्टिकोण अपनाया हुआ था। यह कार्यालय अपने छात्रों व प्राध्यापकों के विश्वविद्यालय स्तर पर किए गए परिवर्तनकारी शोध-कार्यों पर पूरी तरह से अपना दावा ठोंकने की बजाय, उनकी हरसंभव सहायता करता था, पेटेंट प्रक्रिया का खर्च उठाता था और फिर उनसे दीर्घकालीन लाइसेंस समझौता करता था। इससे स्टैनफोर्ड के वैज्ञानिक छात्रों-प्राध्यापकों को अपनी कंपनियाँ शुरू करने में काफी मदद मिलती थी; और स्टैनफोर्ड प्रौद्योगिकी लाइसेंसिंग कार्यालय को अकसर उन तकनीकी कंपनियों का शेयर प्राप्त होता था।

स्टैनफोर्ड के पास ही समृद्ध शहर मेंलो पार्क के सैंड हिल रोड पर अमेरिका की सबसे आक्रामक उद्यम-पूँजी (वेंचर कैपिटल) निवेश कंपनियों का जमघट था (है भी)। इन कंपनियों ने मोटी कमाई काटने की आशा में, शुरू हुई कंपनियों में हिस्सेदारी के बदले काफी जोखिम-भरे निवेश किए हुए थे (हैं भी)। जिस तरह वॉल स्ट्रीट को अमेरिकी पूँजी बाजार का प्रतीक माना जाता है, कुछ वैसा

बिल गेट्स ने कहा भी था कि उन्होंने उद्योग के भविष्य में निवेश के लिए उपहार दिया था। समर्पण समारोह के मौके पर, इंजीनियरिंग स्कूल के डीन जेम्स गिबंस ने भविष्यवाणी की थी कि आनेवाले 18 महीनों के भीतर वहाँ कुछ वैसा होने वाला था कि भविष्य में इस भवन के कुछ स्थानों, कुछ कार्यालयों, कुछ कोनों की ओर इशारा कर लोग कहेंगे कि 1996 व 1997 में उन्होंने यहाँ काम किया था।

ही इंटरनेट-बुलबुला युग (सन् 1997 से 2000 तक) में, निजी हिस्सेदारी (प्राइवेट इक्विटी) बाजार के रूप में पार्क हिल रोड ने भी अपना स्थान बना लिया था।

चूँकि किसी के पास कोई 'क्रिस्टल बॉल' नहीं थी, जो भविष्य का अनुमान लगा सके, लिहाजा कुछ बुरा निवेश उद्यम-पूँजी खेल का एक अनिवार्य हिस्सा था। बेहतरीन उद्यम-पूँजी कंपनियों के पास ताजे विचारों व नवाचार में डालने के लिए काफी धन होता था। वे इस उम्मीद में धन लगाती जाती थीं कि भारी सफलता के बाद जब निजी कंपनी सार्वजानिक होंगी या फिर बिकेंगी तो उन्हें मोटी कमाई होगी। संयोगवश एकदम आस-पड़ोस में ऐसी कंपनियों की मौजूदगी से, अन्य विश्वविद्यालयों के मुकाबले, स्टैनफोर्ड के छात्रों व प्राध्यापकों को अपनी परियोजनाओं के लिए धन जुटाना या फिर सलाह लेना आसान था। कंपनियों में हिस्सेदारी के मालिक बनने व समय-समय पर उसे भुनाने की अनुमति देकर, स्टैनफोर्ड ने कई सबसे निपुण प्राध्यापकों को बरकरार रखा था। उनमें से कई करोड़पति हो गए थे और इस प्रक्रिया में आनंद लिया था। खुशनुमा प्राकृतिक सौंदर्य, प्रतिभाशाली छात्रों और आकर्षक व अत्याधुनिक विचारों की खोज की आजादी के बीच रहते हुए स्टैनफोर्ड के प्राध्यापकों के पास विश्वविद्यालय छोड़ने का कोई बाध्यकारी कारण नहीं था। स्टैनफोर्ड में अध्यापन करना, समुद्र तट पर बैठने या फिर निजी क्षेत्र में काम करने से भी कहीं अधिक दिलचस्प था।

लैरी व सर्गेई की शिक्षा-प्रतिबद्धता की परीक्षा

अधिक परंपरागत शैक्षिक माहौल में अनुसंधान करनेवाले प्राध्यापकों के बेटे—लैरी व सर्गेई अपने पी-एच.डी. कार्यक्रमों को आगे बढ़ाने में केंद्रित थे, न कि धनी बनने के चक्कर में। उनके परिवारों में महान् शिक्षा के मूल्य को मात दे

सकनेवाला कुछ भी नहीं था। अपने माता-पिता के रास्तों से अलग किसी दूसरे रास्ते का अनुसरण करने में गर्व करने की बजाय, दोनों किसी दिन स्टैनफोर्ड पी-एच.डी. बनने और उस सम्मान का तमगा पहनने की दिशा में कदम बढ़ा रहे थे। दोनों में से किसी को भी जरा-सा भी अनुमान नहीं था कि इतनी जल्दी शिक्षा के प्रति उनकी हार्दिक प्रतिबद्धता की परीक्षा होनेवाली थी।

जनवरी 1996 में, स्टैनफोर्ड के कंप्यूटर विज्ञान के छात्रों व प्राध्यापकों के साथ लैरी व सर्गेई भी नए भवन—विलियम गेट्स कंप्यूटर साइंस बिल्डिंग में चले गए थे। भूरे रंग के पत्थरों से दो वर्षों में बनकर तैयार हुए इस खूबसूरत चार मंजिले भवन के निर्माण पर कुल करीब 3.60 करोड़ डॉलर का खर्च आया था, लेकिन नामकरण अधिकार हथियाने के लिए जरूरी 60 लाख डॉलर का योगदान कर माइक्रोसॉफ्ट के चेयरमैन बिल गेट्स ने इस भवन के प्रवेश द्वार पर हमेशा के लिए अपना नाम चस्पाँ करवा लिया था। हालाँकि गेट्स ने खुद स्टैनफोर्ड में पढ़ाई नहीं की थी, लेकिन माइक्रोसॉफ्ट ने इसके छात्रों को अपने यहाँ नौकरी दी थी; और गेट्स को आशा थी कि प्रवेश द्वार से भविष्य में शीर्ष प्रतिभाओं को बुलाने के कंपनी के अवसरों को बढ़ावा मिलेगा।

बिल गेट्स ने कहा भी था कि उन्होंने उद्योग के भविष्य में निवेश के लिए उपहार दिया था। समर्पण समारोह के मौके पर, इंजीनियरिंग स्कूल के डीन जेम्स गिबंस ने भविष्यवाणी की थी कि आनेवाले 18 महीनों के भीतर वहाँ कुछ वैसा होने वाला था कि भविष्य में इस भवन के कुछ स्थानों, कुछ कार्यालयों, कुछ कोनों की ओर इशारा कर लोग कहेंगे कि 1996 व 1997 में उन्होंने यहाँ काम किया था।

खैर, चार अन्य छात्रों के साथ लैरी पेज को इस भवन की तीसरी मंजिल पर स्थित 'गेट्स 360' कार्यालय आवंटित किया गया था। उन छात्रों में से एक सीन एंडरसन रचनात्मक, सनकी व तेज था; बहुत जल्द ही उसने अपना अपार्टमेंट छोड़ कार्यालय में ही रहना व सोना शुरू कर दिया था। दूसरा छात्र बेन झू कभी-कभार ही बोलता था। तीसरा छात्र लुकास परेरा ऊर्जा का भंडार था; और इस समूह में एकमात्र महिला थी, तमारा मुन्नेर, जो अपनी किस्म की सनकी 'गीक' थी। आसपास रहने के चलते, विभिन्न स्वभावों के बावजूद उन सबके बीच एक प्रकार का सौहार्द कायम हो गया था।

इंटरनेट व नेटस्केप आई.पी.ओ. से सिलिकॉन वैली में आए वित्तीय उछाल ने शिक्षाक्षेत्र के प्रति वफादारी को चुनौतीपूर्ण बना दिया था। छात्रों के लिए अपनी

भारतीय मूल के प्राध्यापक राजीव मोटवानी, सर्गेई के 1993 में स्टैनफोर्ड आने के बाद से उसके पी-एच.डी. सलाहकार थे। उन्होंने सर्गेई व लैरी के बीच लगातार बढ़ती बौद्धिक रिश्तेदारी को काफी नजदीक से देखा था और दोनों के प्रति उनकी चाहत भी तेजी से बढ़ी थी।

पढ़ाई जारी रख पाना मुश्किल-सा हो गया था, क्योंकि वे जब भी किसी पार्टी में जाते, उनके सामने नौकरी-प्रस्तावों की झड़ी लग जाती थी। बहुत कम छात्र ही इन लुभावने प्रस्तावों को ठुकराकर अपनी पढ़ाई में ध्यान केंद्रित कर पाते थे।

सर्गेई ब्रिन के लिए दूसरा दफ्तर निश्चित किया गया था, लेकिन बहुत जल्द ही उसने गेट्स 360 में अपना ज्यादा वक्त लैरी पेज के साथ बिताना शुरू कर दिया था। स्टैनफोर्ड अधिकारियों ने ब्रिन को नए भवन में कार्यालय के लिए नंबरिंग प्रणाली ईजाद करने के लिए कहा था। उसने काम किया और बदले में दबाव बनाया था कि विश्वविद्यालय बेहतर प्रायोगिक डिजाइन की कुरसियाँ प्रदान करे, ताकि काम करनेवाले की थकान व बेचैनी कम हो और उनकी उत्पादकता अधिकतम हो।

इस बीच, सीन एंडरसन की बदौलत, फाँसी पौधों व छत पर बढ़ रही दखलताओं के साथ, गेट्स 360 एक छोटे जंगल की शक्ल ले चुका था और उसने मेजों पर भी पौधे रख दिए थे। उन पौधों को नियमित रूप से पानी देने के लिए एंडरसन ने एक स्वचालित सिंचाई प्रणाली (ऑटोमेटिक वाटरिंग सिस्टम) भी स्थापित की थी। इसके लिए दफ्तर के अंदर पाँच गैलन पानी की एक बाल्टी व पंप लगाया गया था, जो एंडरसन के कंप्यूटर से नियंत्रित था। इसके अलावा उसने दफ्तर में ढेर सारे छोटे खिलौने भी रख दिए थे और अपने कंप्यूटर के साथ एक पियानो भी जोड़ दिया था, जिसे हर कोई बजा सकता था। तमारा मुज्नेर एक चटाई भी ले आई थी, ताकि जरूरत हो तो कोई भी फर्श पर झपकी ले सके।

लैरी व सर्गेई हमेशा साथ ही रहते थे। विश्वविद्यालय परिसर में वे 'लैरी एंड सर्गेई' के रूप में जाने जाते थे और सबकी जुबान से यही संयुक्त नाम निकलता था। सभी को उनके साथ दफ्तर साझा करने में आनंद आता था, और उनका झुंड पागलों की तरह देर रात तक काम किया करता था। लैरी व सर्गेई के बीच मजाक की कोई सीमा नहीं थी; उन्हें एक-दूसरे को चुनौती देना व बहस करना बहुत ही रुचिकर लगता था और वे इसमें किसी और को भी शामिल कर लेते थे। वे कंप्यूटर,

दर्शन और जो कुछ भी उनके दिमाग में कौंध जाए, के बारे में अंतहीन बातचीत करते थे। दफ्तर में लैरी की मेज के नीचे उन्होंने 'लेगो' निर्माण-खिलौनों से कंप्यूटर रैक बनाया हुआ था। वे खाने के बीच में विशाल आकार के प्रदर्शनी निर्माण की संभावनाओं को लेकर भी जोर-जोर से बहस शुरू कर देते थे। उनको चुप कराए बिना दफ्तर में किसी और के लिए काम कर पाना असंभव था।

पेज की चर्चा के पसंदीदा विषयों में से एक था—नई व बेहतर परिवहन प्रणाली की खोज। दुनिया के सबसे बड़े मोटरवाहन उत्पादन केंद्र डेट्रॉइट के नजदीकी शहर में लैरी पेज पले-बढ़े थे, जहाँ यातायात व परिवहन एक गंभीर समस्या थी। लिहाजा, लैरी के मन में बेहतर परिवहन प्रणाली विकसित करने का विचार बचपन से ही रहा था। स्टैनफोर्ड में भी वह इस मुद्दे पर अकसर बहस किया करता था कि दुर्घटनाओं, खर्च, प्रदूषण व यातायात-भीड़ को कम कर इस व्यवस्था में कैसे रचनात्मक सुधार किया जा सकता था। वह एक स्वचालित मोटरवाहन प्रणाली के बारे में बात करता था, जिसमें कारों का बड़ा काफिला फ्री-वे पर चक्कर लगाए और यात्रियों को टैक्सी जैसी सुविधा प्रदान करते हुए सस्ते में उनके मनचाहे गंतव्य तक पहुँचाए।

भारतीय मूल के प्राध्यापक राजीव मोटवानी, सर्गेई के 1993 में स्टैनफोर्ड आने के बाद से उसके पी-एच.डी. सलाहकार थे। उन्होंने सर्गेई व लैरी के बीच लगातार बढ़ती बौद्धिक रिश्तेदारी को काफी नजदीक से देखा था और दोनों के प्रति उनकी चाहत भी तेजी से बढ़ी थी। जब भी उसे किसी चीज की जरूरत या इच्छा होती थी, वह बिना दरवाजा खटखटाए ही मोटवानी के दफ्तर में घुस जाया करता था। दूसरी तरफ, पेज एक गहरा चिंतक था। वह जानना चाहता था कि चीजें क्यों काम कर गईं। असीम महत्त्वाकांक्षा रखते हुए भी पेज का आचरण ज्यादा गंभीर था। मोटवानी के दफ्तर में घुसने से पहले वह दरवाजा खटखटाता था।

1995 में, यूनिवर्सिटी ऑफ कैलिफोर्निया, बर्कले (यू. सी. बर्कले) के प्राध्यापक एरिक ब्रेवर व एक छात्र पॉल गौथिएर ने इंकटोमी नामक एक सर्च इंजन विकसित किया था, इसके नाम पर ही 1996 में इंकटोमी कॉरपोरेशन की स्थापना हुई थी। हालाँकि इंकटोमी सर्च इंजन दूसरों से बेहतर बताया जा रहा था, लेकिन उसके खोजी नतीजे भी सटीक नहीं थे।

मान लें कि 20 लोगों की कोई बैठक हो रही होती, तो सर्गेई अदालत लगाकर बैठ जाता था। इसके उलट, यदि लैरी भीड़ में होता तो आपका ध्यान उसकी ओर नहीं जाता। सर्गेई का तौर-तरीका ठेठ स्टैनफोर्ड के पी-एच.डी. छात्रों से बिल्कुल अलग-सा था; उसमें अजीब-सी तीव्रता थी, वह बहुत ही सीधा था; वह आपके बारे में जो कुछ भी जानता था, आँखों में आँखें डालकर कह सकता था और बातचीत के लिए इच्छुक रहता था।

मिडास शोध समूह : अपने सलाहकार प्राध्यापक राजीव मोटवानी के साथ मिलकर सर्गेई ब्रिन, आँकड़ों के अंबार से जानकारी निकालने यानी आँकड़ा खनन (डाटा माइनिंग) के तरीके ढूँढ़ने पर काम करता आ रहा था। उन्होंने इसके लिए एक शोध-समूह का गठन किया था, जिसका नाम था—मिडास (माइनिंग डाटा एट स्टैनफोर्ड) यानी स्टैनफोर्ड विश्वविद्यालय में आँकड़ों का खनन। इस शब्द-संक्षेप का निहितार्थ बिल्कुल यूनानी पौराणिक कथाओं के राजा मिडास—जिसके स्पर्श से सभी कुछ सोना बन जाता था—की क्षमता से मेल खा रहा था। जिस तरह डाटा माइनिंग के जरिए खुदरा विक्रेता अपने ग्राहकों की खरीद वस्तुओं के संयोजन से अपनी दुकानों में उत्पादों की बेहतर व्यवस्था कर सकता था, ठीक उसी तकनीक को सर्गेई व मोटवानी उभरते व अव्यवस्थित इंटरनेट पर भी लागू करने का प्रयोग कर रहे थे।

1990 के दशक के मध्य में, वर्ल्ड वाइड वेब (WWW) या सिर्फ वेब विशाल घने जंगल के माफिक था, जहाँ न तो कोई नियम था, न रोक-टोक और न ही किसी का नियंत्रण। करोड़ों लोग इ-मेल (इलेक्ट्रॉनिक मेल) के जरिए संवाद कर रहे थे, लेकिन गंभीर शोधकर्ताओं में वेबसाइटों की अव्यवस्था के बीच निराशा बढ़ रही थी। कंप्यूटर उपयोगकर्ताओं को इंटरनेट पर जानकारी खोजने में मदद करने के वेब क्रॉलर, लाइकोस, मैगलन, इन्फोसीक, एक्साइट व हॉटबोट सहित तमाम वेब खोज यंत्र (वेब सर्च इंजन) कमजोर साबित हुए थे।

1995 में, यूनिवर्सिटी ऑफ कैलिफोर्निया, बर्कले (यू.सी. बर्कले) के प्राध्यापक एरिक ब्रेवर व एक छात्र पॉल गौथिएर ने इंकटोमी नामक एक सर्च इंजन विकसित किया था, इसके नाम पर ही 1996 में इंकटोमी कॉरपोरेशन की स्थापना हुई थी। हालाँकि इंकटोमी सर्च इंजन दूसरों से बेहतर बताया जा रहा था, लेकिन उसके खोजी नतीजे भी सटीक नहीं थे। सर्गेई के सलाहकार प्राध्यापक अमित मोटवानी ने यू.सी. बर्कले से ही पी-एच.डी. की थी; उन्होंने इसकी जाँच के लिए

जब सर्च इंजन वेबसाइट पर 'इंकटोमी' टाइप किया था तो उसका कोई नतीजा सामने नहीं आया था; यानी इंकटोमी खुद को ही खोज पाने में कामयाब नहीं हो पा रहा था।

इस बीच, स्टैनफोर्ड में इलेक्ट्रिकल इंजीनियरिंग के छात्रों—जेरी यंग व डेविड फिलो ने वेब खोज एक अलग दृष्टिकोण अपनाया था। अकेले प्रौद्योगिकी पर भरोसा करने की बजाय, उन्होंने संपादकों की एक टीम नियुक्त की और उनके जरिए एक वर्णमाला निर्देशिका (अल्फाबेट डायरेक्टरी) के लिए वेबसाइटों का चयन किया था। जनवरी 1994 में, उन्होंने उस वेब डायरेक्टरी का नाम रखा था—डेविड एंड जेरीज गाइड टू वर्ल्ड वाइड वेब; लेकिन दो माह बाद ही मार्च 1994 में, उसका नाम याहू! (Yahoo!) कर दिया था, और याहू इनकॉरपोरेशन के रूप में कंपनी गठित हुई थी। फिर 18 जनवरी, 1995 को, याहू.कॉम डोमेन पंजीकृत हुआ था। याहू—येट अनोदर हैआर्किअल ऑफीसिअस ओरेकल (फिर भी एक दूसरी परेशान करनेवाला भविष्यवक्ता)—का संक्षेप है।

हालाँकि जेरी यंग व डेविड फिलो के दृष्टिकोण ने बहुमूल्य जानकारी खोजने को आसान कर दिया था, लेकिन यह व्यापक नहीं था और यह वेब के तेजी से विकास के साथ तालमेल नहीं रख सकता था। सर्गेई व मोटवानी ने भी दूसरे तरह की डायरेक्टरी व सर्च इंजन विकसित करने की कोशिशें की थीं, लेकिन उनसे मनमाफिक नतीजे नहीं निकल पा रहे थे। एक आसान खोज के लिए सैकड़ों-हजारों नतीजे आते तो थे, लेकिन वे प्रत्यक्ष क्रम में नहीं थे। अपेक्षित जानकारी खोजने के लिए दोनों को हाथ से घंटों तक वेब पृष्ठों को पलटना पड़ता था। सर्गेई व मोटवानी मान चुके थे कि इंटरनेट खोज करने के लिए एक बेहतर तरीका निकालना अभी बाकी था।

1994 में, हेक्टर गार्सिया-मोलिना—स्टैनफोर्ड के कंप्यूटर विज्ञान व इलेक्ट्रिकल इंजीनियरिंग विभाग के प्राध्यापक के नेतृत्व में स्टैनफोर्ड डिजिटल लाइब्रेरी प्रोजेक्ट (एस.डी.एल.पी.) की शुरुआत हो चुकी थी। टेरी विनोग्रेड और उसी विभाग के एक दूसरे प्राध्यापक डैन बोनेह, कूटलेखन (क्रिप्टोग्राफी) व कंप्यूटर सुरक्षा (कंप्यूटर सिक्योरिटी) के शोधकर्ता भी इस परियोजना के सदस्य थे।

स्टैनफोर्ड डिजिटल लाइब्रेरी प्रोजेक्ट : दूसरी तरफ, स्टैनफोर्ड में आने

के बाद लैरी पेज ने कंप्यूटर विज्ञान एवं इलेक्ट्रिकल इंजीनियरिंग विभाग के प्राध्यापक टेरी विनोग्रैड—मानव कंप्यूटर संपर्क (ह्यूमन-कंप्यूटर इंटरेक्शन) मामले के अग्रणी—को अपना पी-एच.डी. सलाहकार चुना था। उसके तुरंत बाद, लैरी ने अपने पी-एच.डी. शोध प्रबंध के विषय की खोज शुरू कर दी थी। यह एक महत्त्वपूर्ण फैसला था। लैरी को अपने पिता से मालूम हुआ था कि शोध प्रबंध किसी के समूचे शैक्षणिक जीवन का ढाँचा-निर्माण कर सकता था; लिहाजा, वह दस से ज्यादा विचारों को ठुकरा चुका था; अंत में लैरी को तेजी से उभरते वर्ल्ड वाइड वेब ने आकर्षित किया था।

इस बीच 1994 में, हेक्टर गार्सिया-मोलिना—स्टैनफोर्ड के कंप्यूटर विज्ञान व इलेक्ट्रिकल इंजीनियरिंग विभाग के प्राध्यापक के नेतृत्व में स्टैनफोर्ड डिजिटल लाइब्रेरी प्रोजेक्ट (एस.डी.एल.पी.) की शुरुआत हो चुकी थी। टेरी विनोग्रैड और उसी विभाग के एक दूसरे प्राध्यापक डैन बोनेह, कूटलेखन (क्रिप्टोग्राफी) व कंप्यूटर-सुरक्षा (कंप्यूटर सिक्योरिटी) के शोधकर्ता भी इस परियोजना के सदस्य थे। एस.डी.एल.पी. का उद्देश्य विश्वविद्यालय के पुस्तकालयों को एकीकृत कर सिर्फ एक सर्वव्यापक डिजिटल पुस्तकालय के लिए सक्षम प्रौद्योगिकी का विकास करना था।

टेरी विनोग्रैड के सुझाव पर लैरी एस.डी.एल.पी. के साथ जुड़ गया था; उसने एक नए सर्च इंजन 'ऑल्टा' का उपयोग कर वेब पर अपनी खोज को आगे बढ़ाया था। हालाँकि यह दूसरे सर्च इंजन की तुलना में कुछ हद तक बेहतर नतीजे दे रहा था, लेकिन पेज ने इसे एक बिल्कुल अलग नजरिए से देखा था। वेबसाइटों की एक सूची के अलावा, अल्टाविस्टा के खोज परिणामों में कुछ अस्पष्ट जानकारियों—हाइपरलिंक्स—को भी शामिल कर रहा था। इन हाइपरलिंक्स ने वेब की गतिशीलता में योगदान किया था; यदि कंप्यूटर उपयोगकर्ताओं की इच्छा हो तो वे और अधिक जानने के लिए रेखांकित शब्द या वाक्यांश देखकर उस लिंक्स पर

लैरी के दिमाग में ब्रिटिश कंप्यूटर वैज्ञानिक सर टिम बर्नर्स ली—जिन्होंने 1989 में वर्ल्ड वाइड वेब का आविष्कार किया था—की दूरदर्शी धारणा ने हलचल मचा रखी थी। ली ने कहा था कि रेखांकित शब्दों पर एक क्लिक जानकारी के भूखे कंप्यूटर उपयोगकर्ताओं को एक दस्तावेज से दूसरे की ओर जाने को प्रेरित करेगा।

क्लिक कर सकते थे और जो उन्हें तत्काल दूसरे वेब पृष्ठों पर ले जा सकता था। अल्टाविस्टा के मुख्य खोज परिणामों पर ध्यान केंद्रित करने की बजाय, लैरी ने इस बारे में सोचना शुरू किया था कि उन हाइपरलिंक्स के विश्लेषण से क्या बटोरा जा सकता था।

एस.डी.एल.पी. के तीनों सदस्य सहमत थे कि उन हाइपरलिंक्स के बारे में आँकड़ों का विश्लेषण संभावित रूप से मूल्यवान था। उन हाइपरलिंक्स को कच्चे रूप में सूचित करने के अलावा, अल्टाविस्टा उनके साथ कुछ और भी करता दिख नहीं रहा था। लैरी उन लिंक्स की गहराइयों में उतरकर यह देखना चाहता था कि उनका आगे और कैसे इस्तेमाल किया जा सकता था। लेकिन लैरी को अपने किसी भी सिद्धांत के परीक्षण के लिए एक बड़े आँकड़ा-आधार (डाटाबेस) की जरूरत थी। यह आसान काम नहीं था, लेकिन उसमें महत्त्वाकांक्षा की भी कोई कमी नहीं थी; उसने कुछ गणनाएँ की थीं और तब अपने सलाहकार को बताया था कि वह समूचे वर्ल्ड वाइड वेब को ही अपने कंप्यूटर डेस्कटॉप पर उतारने (डाउनलोड करने) जा रहा था।

लैरी के विचार सुनकर एक बार तो हेक्टर गार्सिया-मोलिना के साथ-साथ इस परियोजना के अन्य सदस्य भी हक्के-बक्के-से हो गए थे; सरसरी तौर पर वह विचार दुस्साहसिक से ज्यादा बेतुका लग रहा था। लैरी ने तो यह भी घोषित कर दिया था कि पूरे वेब को डेस्कटॉप पर बहुत ही आसानी से व तेजी से उतारा जा सकता था। सभी ने इस बात का मजाक उड़ाया था, लेकिन लैरी बेहद गंभीर था। वह इस शोध को अपना मिशन बना चुका था, और उसे पूरा करने के लिए किसी भी हद तक जाने के लिए खुद को तैयार कर चुका था। लैरी के दिमाग में ब्रिटिश कंप्यूटर वैज्ञानिक सर टिम बर्नर्स ली—जिन्होंने 1989 में वर्ल्ड वाइड वेब का आविष्कार किया था—की दूरदर्शी धारणा ने हलचल मचा रखी थी। ली ने कहा था कि रेखांकित शब्दों पर एक क्लिक जानकारी के भूखे कंप्यूटर उपयोगकर्ताओं को एक दस्तावेज से दूसरे की ओर जाने को प्रेरित करेगा। उस दूरदर्शी कंप्यूटर धुरंधर ने भविष्य को तभी देख लिया कि वेब का सारा खेल 'हाइपरलिंक' पर ही टिका हुआ था। खैर, सभी सदस्यों ने, खासतौर पर टेरी विनोग्रैड ने लैरी को इस दिशा में आगे बढ़ने के लिए ज्यादा उत्साहित किया था।

'पेजरैंक' का आविष्कार व गूगल का नामकरण

लैरी ने वर्ल्ड वाइड वेब के हाइपरलिंक्स को सूचीबद्ध करने के लिए तकनीकी भाषा में—वेब इंडेक्सिंग के लिए एक खास प्रकार का वेब रोबोट सॉफ्टवेयर प्रोग्राम— वेब क्रॉलर/वेब स्पाइडर विकसित किया था। आसान अर्थों में, यह सॉफ्टवेयर बिल्कुल मकड़ी जैसा था, जो स्वचालित रोबोट की तरह समूचे वर्ल्ड वाइड वेब पर तेजी से रेंग सकता था और संबंधित वेबसाइट या हाइपरलिंक्स की सूची तैयार कर सकता था। लैरी के अनुमान के मुताबिक, उसके वेब स्पाइडर को समूचे वेब पर जाने और उसे सूचीबद्ध करने में स्टैनफोर्ड के कंप्यूटर विज्ञान विभाग को हरेक बार 20 हजार डॉलर की लागत आने वाली थी और वह ऐसा करके देखना चाहता था।

जिन साइटों की ओर ज्यादा लिंक्स संकेत कर रहे थे, वे कम लिंक्स साइटों की तुलना में ज्यादा महत्त्वपूर्ण थे। दूसरे शब्दों में, यदि लोकप्रिय याहू होमपेज एक इंटरनेट साइट से जुड़ा था, तो वह साइट तुरंत अधिक महत्त्वपूर्ण बन गया था। लैरी ने अपनी वेबसाइट/पृष्ठ की रैंकिंग प्रणाली को 'पेजरैंक' (PageRank) कहा था; जिसमें 'पेज' उसके नाम का अंतिम हिस्सा था; उसका सीधा-सपाट अर्थ था—पृष्ठ का वरीयता-क्रम।

लैरी द्वारा इन स्वचालित पार संदर्भों (क्रॉस रेफरेंसेज) के महत्त्व को खोजने के अभियान ने न केवल सर्गेई का, बल्कि उसके सलाहकार राजीव मोटवानी का ध्यान भी आकर्षित किया था। उनकी मिडास (माइनिंग डाटा एट स्टैनफोर्ड) परियोजना भी एस.डी.एल.पी. से मिलती-जुलती थी, क्योंकि उसके जरिए भी वेब-खोज को बेहतर बनाने के लिए सक्षम प्रौद्योगिकी की तलाश की जा रही थी। सर्गेई को अपने गणित व प्रोग्रामिंग कौशल के साथ हमला करने के लिए समूचे वर्ल्ड वाइड वेब से बड़ा या बेहतर क्या हो सकता था? लिहाजा, मार्च 1996 में सर्गेई भी लैरी के साथ जुड़ गया था और वे दोनों समूचे वेब को डेस्कटॉप पर उतारने व उसके हाइपरलिंक्स के विश्लेषण के काम को तेजी से आगे बढ़ाने की कोशिशों में जुट गए थे।

लैरी पेज के पास एक बिल्कुल सपाट सिद्धांत था—एक वेबसाइट की

लोकप्रियता का दर्जा उसकी ओर इशारा करते लिंक्स की संख्या की गणना के आधार पर तय होना चाहिए। वैसे लोकप्रियता का गुणवत्ता से कोई खास तालमेल नहीं होता; फिर भी लैरी व सर्गेई का उन घरों से ताल्लुक था, जो उद्धरणों के साथ अकादमिक पत्रिकाओं में प्रकाशित विद्वत्तापूर्ण अनुसंधान को महत्त्व देता था। हाइपरलिंक ने लैरी को एक तरह से उद्धरण की याद दिलाई थी। मतलब, जैसे शैक्षिक व शोध-समुदाय में किसी शोध-पत्र की विश्वसनीयता व प्रभाव अन्य शोध-पत्रों में उसके उद्धरणों की संख्या से आँका जाता है; उसी तरह लैरी की नजर में, किसी वेबसाइट/वेबपेज की लोकप्रियता के दर्जे को उसकी ओर आने वाले हाइपरलिंक्स की संख्या से तय किया जा सकता था।

इस मुद्दे को एक कदम और आगे बढ़ाते हुए लैरी ने एक नया वैचारिक आयाम दिया था—सभी लिंक्स की रचना एक जैसी नहीं थी। दूसरों की तुलना में कुछ लिंक्स अधिक मायने रखते थे। लैरी को महत्त्वपूर्ण साइटों से आनेवाली लिंक के लिए अधिक-से-अधिक वजन देना था। वह कैसे तय करनेवाला था? कौन से साइट महत्त्वपूर्ण थे? बिल्कुल आसान जवाब था—जिन साइटों की ओर ज्यादा लिंक्स संकेत कर रहे थे, वे कम लिंक्स साइटों की तुलना में ज्यादा महत्त्वपूर्ण थे। दूसरे शब्दों में, यदि लोकप्रिय याहू होमपेज एक इंटरनेट साइट से जुड़ा था, तो वह साइट तुरंत अधिक महत्त्वपूर्ण बन गया था। लैरी ने अपनी वेबसाइट/पृष्ठ की रैंकिंग प्रणाली को 'पेजरैंक' (PageRank) कहा था; जिसमें 'पेज' उसके नाम का अंतिम हिस्सा था; उसका सीधा-सपाट अर्थ था—पृष्ठ का वरीयता-क्रम।

बैकरब सर्च इंजन का विकास : 1997 की शुरुआत तक, लैरी ने अनगढ़ वेब खोज यंत्र (वेब सर्च इंजन) का विकास कर लिया था और उसे 'बैकरब' (पीठ खुजाना) नाम दिया था, क्योंकि यह संबंधित वेब पृष्ठ की ओर आनेवाली—या पीठ (बैक) लिंक्स के मामले को निपटाती थी। हमेशा कम खरचीले लैरी ने एक स्कैनर पर अपना बायाँ हाथ डाला, छवि को काला-सफेद बनाया, नई वेबसाइट बैकरब को उसका प्रतीक चिह्न (लोगो) मिल गया।

लैरी, सर्गेई व राजीव मोटवानी—सभी ने उभरती परियोजना के लिए विचारों का योगदान दिया। यह जल्द ही स्पष्ट हो जानेवाला था कि उन तीनों ने साथ मिलकर जो रचना की थी, वह उनके शैक्षणिक शोध को आगे बढ़ाने के तरीके से भी ज्यादा थी। बिना इरादे के, तीनों ने एक वेब वरीयता प्रणाली (वेब रैंकिंग सिस्टम) तैयार कर लिया था और इस प्रक्रिया में अनजाने में वेब पर जानकारी

इस विशाल संख्या ने लैरी को तत्काल आकर्षित किया था; लेकिन वह इसे थोड़ा छोटा करना चाहता था और एंडरसन ने अपने कंप्यूटर पर गूगोल (Googol) की जगह गलती से टाइप कर दिया था : G-o-o-g-l-e; और इस नाम का अभी तक किसी ने पंजीकरण नहीं कराया था। यह नाम लैरी को भा गया था, और उसने उसी दिन–15 सितंबर, 1997–शाम को 'गूगल.कॉम' को पंजीकृत करा लिया था।

की खोज की मूल समस्याओं में से एक को हल कर लिया था। ऐसा नहीं था कि उन्होंने सोचा हो कि 'चलो, हम दूसरे महान् सर्च इंजन का निर्माण करें।' वे दिलचस्प समस्याओं को हल करने की कोशिश कर रहे थे और संयोगवश कुछ खालिस विचारों से टकरा गए थे। लैरी ने दिमाग लगाया, सर्गेई ने उसमें अपना जोर डाला, मोटवानी ने भी विचार दिए, और यह साफ होता चला गया था कि वे एक संपूर्ण पैमाने के सर्च इंजन का निर्माण कर सकते थे। उन लोगों ने किसी कंपनी के निर्माण के बारे में कुछ भी नहीं सोचा था, बल्कि उनका एकमात्र लक्ष्य वेब खोज का बेहतर तरीका ढूँढ़ना था।

फिर लैरी, सर्गेई व राजीव मोटवानी ने साथ मिलकर, स्टैनफोर्ड में आंतरिक उपयोग के लिए अपने व्यापक खोज इंजन की मूल प्रतिकृति (ओरिजिनल प्रोटोटाइप) पेश किया था। पारंपरिक खोज इंजन प्रौद्योगिकी पर आधारित, पेजरैंक के साथ, यह जानकारी के लिए इंटरनेट पर खोज करने का एक रास्ता था, जिसने प्रासंगिकता व प्राथमिकता के आधार पर नतीजे दिए थे। दूसरे सर्च इंजन पूछे गए सवालों के मिलान शब्दों को वेब पृष्ठों पर ढूँढ़ने की कोशिश करते थे, जबकि पेजरैंक ने खोज परिणामों को तार्किक क्रम में रखकर अतिरिक्त आयाम प्रदान किया था। ऐसा पहली बार था, जब इंटरनेट खोज करने व तेजी से उपयोगी जवाब पाने का रास्ता मिला था।

'गूगल' का नामकरण : 1997 की शरद ऋतु में, लैरी व सर्गेई ने फैसला किया था कि बैकरब सर्च इंजन को एक नए नाम की जरूरत थी। लैरी को एक ऐसा आकर्षक नाम, जो किसी और के पास पहले से न हो, ढूँढ़ने में दिक्कत हो रही थी; और इसके लिए उसने अपने सहपाठी सीन एंडरसन से मदद करने को कहा था। एंडरसन ने इसके लिए सफेद पट्टी (व्हाइट बोर्ड) पर लिख-लिखकर माथा-पच्ची शुरू किया था। कई नाम सुझाए और लैरी उन्हें खारिज करता गया

था। यह सिलसिला कई दिनों तक चला था। फिर एंडरसन ने एक नाम सुझाया था : गूगोलप्लेक्स (10 गूगोल); गूगोल एक के आगे सौ शून्य (10 100) का संख्यात्मक नाम है। इस विशाल संख्या ने लैरी को तत्काल आकर्षित किया था; लेकिन वह इसे थोड़ा छोटा करना चाहता था और एंडरसन ने अपने कंप्यूटर पर गूगोल (Googol) की जगह गलती से टाइप कर दिया था : G-o-o-g-l-e; और इस नाम का अभी तक किसी ने पंजीकरण नहीं कराया था। यह नाम लैरी को भा गया था, और उसने उसी दिन—15 सितंबर, 1997—शाम को 'गूगल.कॉम' को पंजीकृत करा लिया था।

फिर गूगल.स्टैंडफोर्ड.कॉम पर सर्च इंजन को आंतरिक तौर पर विश्वविद्यालय के छात्रों, प्राध्यापकों व प्रशासकों को उपलब्ध करा दिया गया था। विश्वविद्यालय परिसर में एक से दूसरी जुबान इसकी लोकप्रियता बढ़ी थी। विश्वविद्यालय के प्रौद्योगिकी लाइसेंसिंग कार्यालय (ऑफिस ऑफ टेक्नोलॉजी लाइसेंसिंग) ने पेटेंट हासिल किया था। डिजाइनर नियुक्त करने के लिए धन व कुछ भव्य रचने के लिए कलात्मक प्रतिभा के सर्गेई ने गूगल होमपेज को साधारण रखा था। शुरू से ही गूगल के साफ-सुथरे व खालिस रूप ने उपयोगकर्ताओं को आकर्षित किया था। अस्त-व्यस्त दुनिया में गूगल के बुनियादी रंगों व सफेद पृष्ठभूमि ने सार्वभौमिक आकर्षण के साथ शुद्धता को जाहिर किया था। अधिकांश वेबसाइटों के होमपेज व अन्य पृष्ठ फ्लैश विज्ञापनों से भरे-भरे व काफी व्यस्त दिखते थे; ऐसे में गूगल का खाली-खाली होमपेज बिल्कुल खास था।

जैसे ही डाटा आधार व उपयोगकर्ताओं की संख्या बढ़ी, लैरी व सर्गेई को ज्यादा कंप्यूटरों की जरूरत भी हुई। नकदी के अभाव में, उन्होंने हिस्से-पुर्जे खरीदकर अपनी मशीनें तैयार कीं और पास के बंदरगाह पर बिना दावा किए कंप्यूटरों को बहुत सस्ते में खरीदना शुरू किया था। उनकी दिक्कतों को समझनेवाले सलाहकारों ने उन्हें एस.डी.एल.पी. की ओर से 10 हजार डॉलर का राजस्व प्रदान किया था। गेट्स 360 में जितना संभव था, उतनी मशीनें लगाने के बाद उन्होंने लैरी के शयनकक्ष को डाटा केंद्र बना दिया था। इस दौरान, लैरी व सर्गेई ने सस्ते हिस्सों-पुर्जों से कंप्यूटर संयोजित कर और उन्हें आपस में जोड़कर कंप्यूटर भंडारण क्षमता को अधिक-से-अधिक बढ़ाने का महत्त्वपूर्ण सबक सीखा था।

□

4

मान्यता का संघर्ष व 'गूगल' की स्थापना

मार्च 1998 में, डेनिस एलिसन ने लैरी व सर्गेई की खोज की बाजार संभावनाओं को तलाशने के लिए पालो ऑल्टो के मंडारिन गौर्मेट रेस्टोरेंट में पॉल फ्लाहेर्टी—स्टैनफोर्ड से पी-एच.डी. प्राप्त फ्लाहेर्टी अल्टॉविस्ट सर्च इंजन के नक्शा-निर्माताओं में से एक—को रात के खाने पर बुलाया था। उस मौके पर, लैरी व सर्गेई ने अपनी उच्च श्रेणी की सर्च इंजन प्रौद्योगिकी की खूबियों के बारे में फ्लाहेर्टी को विस्तार से बताया था। दोनों को उम्मीद थी कि अल्टाविस्टा उनके बहुत जल्द पेटेंट की जा रही पेजरैंक प्रणाली के लिए अधिक-से-अधिक 10 लाख डॉलर के भुगतान के लिए तैयार हो जाएगा। उस वक्त, सर्च इंजन बाजार में अल्टाविस्टा की बाजार हिस्सेदारी 54 फीसदी थी और पेजरैंक प्रौद्योगिकी से वह अपने खोज नतीजे बेहतर कर सकती थी। लिहाजा, यह बिल्कुल तार्किक था कि कंपनी सर्वोत्तम प्रौद्योगिकी को अच्छी कीमत पर खरीदकर उसे लागू करेगी। लैरी व सर्गेई उस कमाई से स्टैनफोर्ड में अपनी आगे की पढ़ाई को आसानी से जारी रख सकते थे।

अल्टाविस्टा व याहू की नकार, 'गूगल' की घोषणा

फ्लाहेर्टी ने अल्टाविस्टा के बारे में जो बताया था, उससे लैरी व सर्गेई को पता चला था कि उनके पास कुछ बेहतर चीज थी। फिर भी, फ्लाहेर्टी की कही बातों में से एक ने उनके दिमाग में अपनी छाप छोड़ी थी कि यदि अल्टाविस्टा के डाटा-आधार को प्रिंट किया जाए तो 60 मील ऊँचा कागजों का ढेर बन जाएगा; और उस ढेर में से किसी भी शब्द को आधे सेकंड से भी कम समय में खींच सकने में वह सर्च इंजन सक्षम था। फ्लाहेर्टी ने दोनों के काम की सराहना की, वेबपृष्ठों के वरीयता-क्रम के लिए अपनाए गए लिंक-आधारित दृष्टिकोण—पेजरैंक को नायाब

बताया था और माना था कि इस मामले में अल्टाविस्टा तकनीकी रूप से कमजोर थी। साथ ही, फ्लाहेर्टी ने आगाह भी किया था कि सर्च इंजन के साथ असल परेशानी तब आती है, जब वह काफी लोकप्रिय हो जाता है—लोग आपके नेटवर्क में घुसपैठ करने की कोशिश करते हैं, आपकी साइट पर हमला करते हैं और आपकी खोज प्रणाली में हेरफेर करते हैं, लेकिन लैरी व सर्गेई को कतई डर नहीं लगा था। वे आत्मविश्वास से लबालब थे और चाहते थे कि उनकी प्रौद्योगिकी ज्यादा लोगों के हाथों में जाए।

कुछ सप्ताह बाद, फ्लाहेर्टी की ओर से जवाब आया था कि अल्टाविस्टा ने गूगल के प्रस्ताव को अस्वीकार कर दिया था। अल्टाविस्टा की मूल कंपनी, डिजिटल इक्विपमेंट कॉरपोरेशन (डी.ई.सी.) को बाहरी लोगों पर भरोसा करना पसंद नहीं था; उसके इंजीनियरिंग विभाग के लोगों में 'यहाँ का आविष्कार नहीं' का बड़ा मनोभाव था। एक उलझन यह थी कि कॉम्पैक के साथ डी.ई.सी. के विलय का मामला लंबित था। सर्च इंजन प्राथमिकता नहीं रह गई थी; खासतौर पर जब से अल्टाविस्टा लोगों के लिए उनके ऑनलाइन अनुभव शुरू करने का एकमात्र ठिकाना बनने की दिशा में बढ़ रही थी। अल्टाविस्टा की ओर से इंटरनेट उपयोगकर्ताओं को उपलब्ध—समाचार, इ-मेल, शॉपिंग सहित दूसरे अनेक सेवा प्रस्तावों में से वेब सर्च महज एक रह गया था।

खैर, अल्टाविस्टा द्वारा ठुकराए जाने के बाद स्टैनफोर्ड के प्राध्यापकों व प्रौद्योगिकी लाइसेंसिंग कार्यालय के जरिए, लैरी व सर्गेई ने एक्साइट व अन्य सर्च इंजन सेवा कंपनियों को अपनी पेजरैंक प्रणाली बेचने की असफल कोशिशें की थीं। ऐसा नहीं लग रहा था कि उन लोगों के पास कोई खास प्रौद्योगिकी थी। लगभग सभी कंपनियाँ जितनी तेजी से संभव हो, अधिक-से-अधिक विज्ञापन बेचकर

अल्टाविस्टा द्वारा ठुकराए जाने के बाद स्टैनफोर्ड के प्राध्यापकों व प्रौद्योगिकी लाइसेंसिंग कार्यालय के जरिए, लैरी व सर्गेई ने एक्साइट व अन्य सर्च इंजन सेवा कंपनियों को अपनी पेजरैंक प्रणाली बेचने की असफल कोशिशें की थीं। ऐसा नहीं लग रहा था कि उन लोगों के पास कोई खास प्रौद्योगिकी थी। लगभग सभी कंपनियाँ जितनी तेजी से संभव हो, अधिक-से-अधिक विज्ञापन बेचकर नकदी जुटाने में लगी हुई थीं।

फिलो ने कहा था कि इस तरह वे अपना खुद का कारोबार डिजाइन कर सकते थे, जो उनके सर्च इंजन से तालमेल रखता हो। फिलो का कहना था कि जैसा कि लैरी व सर्गेई दावे कर रहे थे, यदि सर्च इंजन उतना ही अच्छा था तो यह अपनी पकड़ बना लेगा, क्योंकि इंटरनेट का उपयोग तेजी से बढ़ रहा था और कंप्यूटर उपयोगकर्ता सर्वोत्तम सेवाओं व वेबसाइटों की ओर केंद्रित हो रहे थे।

नकदी जुटाने में लगी हुई थीं। लैरी के पी-एच.डी. सलाहकार व एस.डी.एल.पी. के सदस्य टेरी विनोग्रैड दोनों सैंड हिल रोड स्थित कई उद्यम-पूँजी कंपनियों में गए थे, लेकिन कोई भी 'सर्च इंजन' में धन लगाने को लेकर उत्साहित नहीं था। लैरी व सर्गेई को जानकारी के लिए इंटरनेट पर भटकने वाले कंप्यूटर उपयोगकर्ताओं के लिए सर्च इंजन सबसे महत्त्वपूर्ण व खास दिख रहा था, जबकि दूसरे लोग इसे बहुत-सी अन्य इंटरनेट सेवाओं के बीच महज एक सुविधा के रूप में देख रहे थे। लेकिन दोनों ने हार नहीं मानी थी; उनमें दूसरों की भटकन या भेड़चाल को देखकर कोई दुविधा नहीं आई थी, और वे आश्वस्त थे कि उनकी समझ बिल्कुल दुरुस्त थी।

साफ दिखता था कि याहू एक तार्किक खरीदार था, क्योंकि उसने लोगों द्वारा संपादित निर्देशिका पर भरोसा किया था और उसके पास समूचे इंटरनेट को तेजी से खँगालनेवाला कोई तरीका नहीं था। लेकिन उसने भी, गूगल प्रौद्योगिकी को खरीदने या उसका लाइसेंस हासिल करने का अवसर ठुकरा दिया था। याहू द्वारा सौदे को खारिज करने के पीछे का एक बड़ा कारण यह था कि कंपनी चाहती थी कि कंप्यूटर उपयोगकर्ता याहू पर ही अधिक समय बिताएँ। इसके उलट, गूगल सर्च इंजन तो लोगों को उनके सवालों का तेज जवाब देने के लिए सबसे अधिक प्रासंगिक वेबसाइट पर तेजी से भेज देने के लिए डिजाइन किया गया था। याहू निर्देशिकाओं के डिजाइन—सवालों के जवाब देने व याहू की साइट पर लोगों को रखने—दोनों के लिए किया गया था, जहाँ वे खरीदारी, विज्ञापन देखने, अपने इमेल की जाँच, खेल खेलने और कम की बजाय अधिक पैसा व समय खर्च कर सकते थे।

गूगल के प्रस्ताव को ठुकराते हुए, याहू के सह-संस्थापक डेविड फिलो ने लैरी व सर्गेई को एक सलाह दी थी कि यदि वे अपनी अनोखी सर्च इंजन प्रणाली

की संभावनाओं को साकार करना चाहते हैं एवं उसमें भरोसा रखते हैं, तो उनके लिए सबसे अच्छी बात यह थी कि स्टैनफोर्ड पी-एच.डी. कार्यक्रम से छुट्टी लें व अपना कारोबार शुरू करें। फिलो ने कहा था कि इस तरह वे अपना खुद का कारोबार डिजाइन कर सकते थे, जो उनके सर्च इंजन से तालमेल रखता हो। फिलो का कहना था कि जैसा कि लैरी व सर्गेई दावे कर रहे थे, यदि सर्च इंजन उतना ही अच्छा था तो यह अपनी पकड़ बना लेगा, क्योंकि इंटरनेट का उपयोग तेजी से बढ़ रहा था और कंप्यूटर उपयोगकर्ता सर्वोत्तम सेवाओं व वेबसाइटों की ओर केंद्रित हो रहे थे।

याहू से खारिज होने के बाद लैरी व सर्गेई काफी निराश व परेशान जरूर हुए थे; लेकिन डेविड फिलो द्वारा सलाह के रूप में खुद को साबित करने की चुनौती ने उन्हें अपने इरादे को और ज्यादा मजबूत बनाने के लिए उकसाया था। लेकिन वे नहीं जानते थे कि क्या करना चाहिए। कुछ महीनों तक वे दुविधा में रहे थे और यह तय नहीं कर पा रहे थे कि उस परियोजना को छोड़ दें या फिर जारी रखें। लेकिन खारिज किए जाने के कई महीनों बाद उन्होंने तय किया था कि कम-से-कम कुछ समय के लिए, वे स्टैनफोर्ड उपयोगकर्ताओं के लिए गूगल में जितना संभव हो, उतना सुधार लाने पर ध्यान देंगे और कोई बड़ा निर्णय नहीं लेंगे।

1998 की वसंत ऋतु में, 29 अप्रैल को, लैरी व सर्गेई ने एक इ-मेल संवाद-पत्र (न्यूजलैटर) के जरिए गूगल सर्च इंजन की आधिकारिक घोषणा की थी और उसे पसंद करनेवाले उपयोगकर्ताओं को 'गूगल फ्रेंड्स' संबोधित करते हुए उक्त मासिक संवाद-पत्र के लिए खुद को सूचीबद्ध करने का आग्रह किया था।

यदि किसी सर्च इंजन कंपनी ने लैरी व सर्गेई के पेजरैंक प्रौद्योगिकी को खरीद लिया होता, गूगल का जन्म व करिश्मा संभव नहीं होता। जी हाँ, यह एक संयोग ही था, जिसने इन दो शिक्षाविद् परिवारों के छात्रों को सदी के महानतम प्रौद्योगिकी महारथियों में शुमार होने का रास्ता दिखाया था और गूगल जैसी सफलतम कंपनी अस्तित्व में आ सकी थी।

उसके बाद एक दिन सर्गेई ने गिम्प/जी.आई.एम.पी. (जी.एन.यू. इमेज मैनीपुलेशन प्रोग्राम) नामक ग्राफिक्स कार्यक्रम के साथ छेड़छाड़ करता हुआ, याहू की नकल उतार कर, अंत में एक विस्मयादिबोधक बिंदु के साथ गूगल अक्षरों

का एक रंग प्रतिपादन बनाया था। प्राथमिक रंगों में बालवाड़ी शैली के स्पष्ट अक्षरों से बने नए गूगल प्रतीक चिह्न (लोगो) को लेकर सर्गेई को काफी गर्व महसूस हो रहा था। यह रूप वैसा नहीं था, जो कि सर्गेई के लिए बहुत मायने रखता हो, फिर भी वह इस बात से खुश था कि उसने खुद को गिम्प—चला पाने में मुश्किल मुक्त सॉफ्टवेयर—का उपयोग कर पाने के काबिल बना लिया था।

इस खुशखबरी के बावजूद, लैरी के सलाहकार टेरी विनोग्रैड को पता था कि दोनों मुसीबत में थे। वास्तव में, गूगल के बढ़ने के लिए उन्हें विश्वविद्यालय परिसर से बाहर जाने और कुछ जोखिम उठाने की जरूरत थी। लेकिन धन के जुगाड़ के बिना उनके पास कंप्यूटर के हिस्से-पुर्जे खरीदने का कोई रास्ता नहीं बचा था और उनके लिए अपनी कोशिशों को आगे बढ़ा पाना मुश्किल था। विनोग्रैड को लैरी की बुरी हालत से सहानुभूति थी; उन्हें आशा नहीं थी कि उन लोगों को कभी भी धन मिल सकेगा। लेकिन लैरी उन्हें विश्वास दिलाता था कि वह सारा इंतजाम कर लेगा।

लैरी व सर्गेई ने जीता फरिश्ता-निवेशकों का भरोसा

अब तक की कहानी साफ करती है कि यदि किसी सर्च इंजन कंपनी ने लैरी व सर्गेई के पेजरैंक प्रौद्योगिकी को खरीद लिया होता, गूगल का जन्म व करिश्मा संभव नहीं होता। जी हाँ, यह एक संयोग ही था, जिसने इन दो शिक्षाविद् परिवारों के छात्रों को सदी के महानतम प्रौद्योगिकी महारथियों में शुमार होने का रास्ता दिखाया था और गूगल जैसी सफलतम कंपनी अस्तित्व में आ सकी थी। यह घटना इस तथ्य को भी साबित करती है कि भले दुत्कारनेवालों की संख्या बहुत अधिक हो, यदि आप खुद पर विश्वास रख आगे बढ़ने की हिम्मत दिखाते हैं, तो आपके सपने को साकार करने के लिए फरिश्ते जरूर आते हैं।

अपनी इसी ईजाद की बदौलत बेचटोल्शेइम ने 1982 में विनोद खोसला, बिल जोय व स्कॉट मैकनेअली के साथ मिलकर सन माइक्रोसिस्टम्स की स्थापना की थी। 1995 में सन माइक्रोसिस्टम्स को छोड़ने के बाद उन्होंने ग्रेनाइट सिस्टम्स की स्थापना की थी और 1996 में सिस्को सिस्टम्स द्वारा अधिगृहीत किए जाने के बाद उस इकाई के उपाध्यक्ष के रूप में काम कर रहे थे।

ऐसा ही कुछ लैरी व सर्गेई के साथ भी हुआ था। पता नहीं दोनों कहाँ-कहाँ भटक आए थे, जबकि असल मददगार तो

स्टैनफोर्ड के कंप्यूटर विभाग के प्राध्यापक डेविड रॉस चेरीटोन साबित हुए थे। कनाडा मूल के चेरीटोन स्टैनफोर्ड में 'डिस्ट्रिब्यूटेड सिस्टम्स ग्रुप' की स्थापना व नेतृत्व के लिए जाने जाते थे, जिन्होंने खासतौर पर चित्रात्मक उपयोगकर्ता अंतराफलक (ग्राफिकल यूजर इंटरफेस) के शोध में इस्तेमाल होनेवाले वी-ऑपरेटिंग सिस्टम का विकास किया था। लेकिन, स्टैनफोर्ड के शोधार्थियों के बीच चेरीटोन की लोकप्रियता हाल की एक सफल परियोजना को लेकर भी थी, जिसकी बदौलत वे अचानक करोड़पतियों में शामिल हो गए थे। यही कारण था कि लैरी व सर्गेई को उनसे काफी उम्मीद थी। 1995 में चेरीटोन ने सन माइक्रोसिस्टम्स के पूर्व सह-संस्थापक एंडी बेचटोल्शेइम के साथ मिलकर गीगाबिट ईथरनेट उत्पादों का विकास करने वाली कंपनी 'ग्रेनाइट सिस्टम्स' की स्थापना की थी, जिसे 1996 में सिस्को सिस्टम्स ने 22 करोड़ डॉलर में अधिगृहीत किया था। इस सौदे में दोनों, खासतौर पर एंडी बेचटोल्शेइम को, जो 60 फीसदी के मालिक थे, को मोटी कमाई हुई थी। चेरीटोन ने लैरी व सर्गेई की मुलाकात एंडी बेचटोल्शेइम से करवाने का आश्वासन दिया था।

जर्मन मूल के एंडी बेचटोल्शेइम ने 1975 में कार्नेगी मेलॉन यूनिवर्सिटी (पिट्सबर्ग, पेंसिल्वेनिया, संयुक्त राज्य अमेरिका) से कंप्यूटर विज्ञान में स्नातकोत्तर उपाधि (मास्टर्स डिग्री) लेने के बाद, इंटेल कॉरपोरेशन (सिलिकॉन वैली) में काम किया था और फिर 1977 में स्टैनफोर्ड में इलेक्ट्रिकल इंजीनियरिंग में पी-एच.डी. शुरू की थी। उस वक्त, स्टैनफोर्ड यूनिवर्सिटी नेटवर्क (एस.यू.एन./सन) की स्थापना हो रही थी और बेचटोल्शेइम ने उसके तहत तकनीकी व वैज्ञानिक अनुप्रयोगों के लिए खास तरह का कंप्यूटर डिजाइन किया था, जो सन वर्कस्टेशन के रूप में मशहूर हुआ था। अपनी इसी ईजाद की बदौलत बेचटोल्शेइम ने 1982 में विनोद खोसला, बिल जोय व स्कॉट मैकनेअली के साथ मिलकर सन माइक्रोसिस्टम्स की स्थापना की थी। 1995 में सन माइक्रोसिस्टम्स को

लैरी ने आत्मविश्वास से बताया था कि वे सस्ते व्यक्तिगत कंप्यूटर नेटवर्क के जरिए समूचे इंटरनेट को उतारने, सूचीबद्ध करने और खोजी गई जानकारी को तेजी से वरीयता क्रम में पेश करने में पूरी तरह से सक्षम थे; लेकिन उनकी एक ही समस्या थी कि उनके पास कंप्यूटर मशीन खरीदने के पैसे नहीं थे।

छोड़ने के बाद उन्होंने ग्रेनाइट सिस्टम्स की स्थापना की थी और 1996 में सिस्को सिस्टम्स द्वारा अधिगृहीत किए जाने के बाद उस इकाई के उपाध्यक्ष के रूप में काम कर रहे थे।

अगस्त 1998 के तीसरे सप्ताह में, पालो अल्टो स्थित डेविड चेरीटोन के घर में सामने के बरामदे पर बैठे लैरी व सर्गेई अपने फरिश्ता निवेशक एंडी बेचटोल्शेइम का इंतजार कर रहे थे। उन्हें समझ में नहीं आ रहा था कि वे बेचटोल्शेइम जैसे तकनीकी महारथी से निवेश की बातें कैसे करेंगे; वे सचमुच घबराए हुए-से थे, क्योंकि अब तक की तमाम मुलाकातों में उन्हें निराशा ही हाथ लगी थी। लेकिन अपने प्राध्यापक चेरीटोन के सहायता-भाव के चलते उन्हें भरोसा था कि कुछ-न-कुछ अच्छा जरूर होगा। तभी एक चाँदी के रंग की चमचमाती पोर्श कार रुकी थी और बेचटोल्शेइम बाहर निकलकर बरामदे की ओर बढ़े थे, जहाँ लैरी व सर्गेई के साथ मेजबान चेरीटोन भी उनकी अगवानी के लिए खड़े थे।

उस वक्त बेचटोल्शेइम को सिलिकॉन वैली के उन कुछ धनी उद्यमियों में शुमार किया जाता था, जो बेशुमार दौलत के बावजूद कड़ी मेहनत करते रहे थे। इसका कारण था कि वह प्रौद्योगिकी की ताकत के बारे में भावुक थे और समस्याओं को हल करने के लिए नए तरीके खोजने में उन्हें मजा आता था। वह बहुत ही मामूली-से दिखते थे। सिस्को सिस्टम्स में उनके साथ काम करनेवाले बहुत कम लोग जानते थे कि वह सन माइक्रोसिस्टम्स के सह-संस्थापक रह चुके थे और जिस इकाई को उपाध्यक्ष के रूप में सँभाल रहे थे, वह भी उनकी ही 22 करोड़ डॉलर की कंपनी थी।

खैर, चेरीटोन ने बेचटोल्शेइम को लैरी व सर्गेई की खोज के बारे में पहले से बता रखा था। बेचटोल्शेइम खुद भी इंटरनेट का इस्तेमाल जानकारी खोजने के लिए करते थे, और उस समय सबसे लोकप्रिय सर्च इंजन अल्टाविस्टा के उलटे-सीधे खोज-नतीजे उन्हें भी परेशान करते थे। ऐसे में, जब चेरीटोन ने उन्हें गूगल की पेजरैंक प्रणाली के बारे में बताया था तो वह काफी खुश हुए थे और लैरी-सर्गेई की जोड़ी से मिलने को उत्सुक थे। ऐसे जब मुलाकात हुई थी तो बेचटोल्शेइम ने लैरी व सर्गेई से उस प्रौद्योगिकी के बारे में समझने की कोशिश की थी; वे अंदाजा लगाना चाहते थे कि इन लड़कों की सोच इस विचार को किस स्तर तक ले जा सकने में सक्षम थी। लैरी ने आत्मविश्वास से बताया था कि वे सस्ते व्यक्तिगत कंप्यूटर नेटवर्क के जरिए समूचे इंटरनेट को उतारने, सूचीबद्ध करने और खोजी

गई जानकारी को तेजी से वरीयता क्रम में पेश करने में पूरी तरह से सक्षम थे; लेकिन उनकी एक ही समस्या थी कि उनके पास कंप्यूटर मशीन खरीदने के पैसे नहीं थे।

चेरीटोन को बखूबी मालूम था कि बेचटोल्शेइम की भागीदारी इस या किसी अन्य उद्यम की सफलता की संभावनाओं को नाटकीय ढंग से बढ़ा सकती थी। इसका कारण बेचटोल्शेइम का अकूत धन ही नहीं, बल्कि सिलिकॉन वैली के प्रमुख धनवानों व प्रौद्योगिकीविदों से उसका गहरा संबंध और नए विचारों व युवा प्रतिभाओं की छानबीन का उसका कठोर तरीका भी था।

बेचटोल्शेइम को विचार तो पसंद आया था, लेकिन वे इसकी वाणिज्यिक व्यवहार्यता के बारे में सोच रहे थे; उन्हें पता था कि अल्टाविस्टा व बाजार के दूसरे सर्च इंजन पैसे गँवा रहे थे। वैसे तो कुछ लोग सर्च इंजन को भी वर्ल्ड वाइड वेब की कार्ड सूची की तरह की वस्तुओं के रूप में देख रहे थे, जिसमें स्थायी बढ़त या टिकाऊ प्रतिस्पर्धात्मक लाभ नहीं था, लेकिन बेचटोल्शेइम इस तरह की व्याख्याओं को ठीक मानने को तैयार नहीं थे। वे जानते थे कि किस तरह एक छोटे से नावाचार—डेवी दशमलव प्रणाली—ने दुनिया भर के पुस्तकालयों में लाखों किताबों को व्यवस्थित करने का तौर-तरीका बदलकर रख दिया था। [सन् 1876 में, अमेरिकी पुस्तकालयाध्यक्ष मेल्वी डेवी ने पुस्तकालय वर्गीकरण प्रणाली—डेवी डेसीमल सिस्टम (डेवी दशमलव प्रणाली) का पेटेंट कराया था।]

उस सुबह बरामदे में बैठे लैरी व सर्गेई ने बेचटोल्शेइम के साथ खुद को बिल्कुल सहज महसूस किया था और वे बेहिचक अपनी बातें रख रहे थे। भावना व साहस के साथ कठिनाई का सामना करने की उन लड़कों की क्षमता से बेचटोल्शेइम प्रभावित हुए थे। अपनी दैनिक व्यस्तताओं के बीच बेचटोल्शेइम को नियमित तौर पर ऐसी आश्चर्यकारी प्रौद्योगिकियों की जानकारी मिलती रही थी, जो सचमुच में धुआँधार कारोबार करने में कामयाब नहीं रहे थे। सिलिकॉन वैली में 'हाईटेक बूम' (उच्च-तकनीकी बुलबुला) का जमाना था। डॉट कॉम पुछल्ले वाली तमाम कंपनियाँ भारी कारोबारी संभावनाओं के साथ सार्वजनिक हो रही थीं। लेकिन दूसरों को लुभानेवाली फैंसी पावर पॉइंट प्रस्तुतियों के बारे में बेचटोल्शेइम ने अपना

स्वस्थ संदेह बरकरार रखा हुआ था। उनके पास अपने दिमाग को काबू में रखने का एक रास्ता था और वे नए उद्यमों के मूल्यांकन के लिए आसान तरीके इस्तेमाल करते थे। वे महज वादे पर दाँव खेलना पसंद नहीं करते थे। इसके विपरीत वे विभिन्न बातों की तहकीकात करते थे, उनकी समझ में आ सकने वाली वास्तविक समस्याओं के समाधान करनेवाले विचार; वास्तविक लाभ का उत्पादन करने की संभावनाओं वाले कारोबार; और तेजस्वी, भावुक व सक्षम संस्थापक।

इसके अलावा, बेचटोल्शेइम अपने सहज ज्ञान और सिलिकॉन वैली के मुट्ठी भर सहकर्मियों पर भी भरोसा करते थे। व्यावसायिक अनुभव व रुचि वाले डेविड चेरीटोन प्राध्यापक होने के साथ ही, बेचटोल्शेइम की प्रौद्योगिकी विशेषज्ञों की मंडली में शामिल थे। लिहाजा, चेरीटोन को बखूबी मालूम था कि बेचटोल्शेइम की भागीदारी इस या किसी अन्य उद्यम की सफलता की संभावनाओं को नाटकीय ढंग से बढ़ा सकती थी। इसका कारण बेचटोल्शेइम का अकूत धन ही नहीं, बल्कि सिलिकॉन वैली के प्रमुख धनवानों व प्रौद्योगिकीविदों से उसका गहरा संबंध और नए विचारों व युवा प्रतिभाओं की छानबीन का उसका कठोर तरीका भी था। इसीलिए चेरीटोन ने लैरी व सर्गेई को बेचटोल्शेइम के सामने पेश करने का मन बनाया था।

सर्च इंजन के अपने साझे शोध-पत्र में भी, लैरी व सर्गेई ने विज्ञापन के दुष्प्रभाव के संबंध में अपनी आशंकाओं का इजहार किया था। उन दोनों ने सर्च इंजन प्रौद्योगिकी को दूसरी कंपनियों को लाइसेंस करने के बारे में भी बेचटोल्शेइम से अपनी धारणा को साफ किया था। उनका मानना था कि बड़ी कंपनियाँ इस प्रौद्योगिकी को खरीदने के बाद उसे अपनी उत्पाद-शृंखला में शामिल कर उसकी संभावनाओं को चौपट भी कर सकती हैं।

चेरीटोन का अनुमान सही साबित हुआ था। लैरी व सर्गेई से बातचीत करने व उनका नमूना प्रदर्शन देखने के बाद, बेचटोल्शेइम ने गूगल को बेहतर खोज नतीजे ला सकने में सक्षम करनेवाली प्रौद्योगिक-सफलताओं को बखूबी समझा व सराहा था। वह लैरी व सर्गेई की कुछ अन्य बातों से भी काफी प्रभावित हुए थे। मसलन, वे दूसरी कंपनियों की तरह विज्ञापन या महँगे उपकरणों पर बेहिसाब धन बर्बाद करने के पक्ष में नहीं थे; वे

अपने काम के प्रचार के लिए 'गूगल फ्रेंड्स नेटवर्क' के जरिए 'वर्ड ऑफ माउथ' (मौखिक प्रचार) का मुफ्त व सबसे अधिक प्रभावी तरीका उपयोग में ला रहे थे; और वे बाजार से सस्ती कीमतों पर मदर बोर्ड व दूसरे घटक खरीदकर काफी कम लागत में खुद ही कंप्यूटर बनाकर सूचना भंडारण व संशोधन की क्षमता को बढ़ा रहे थे; वे पूरी तरह खोज-सक्षम डाटा आधार विकसित करने के बाद ही किसी बड़ी उद्यम-पूँजी (वेंचर कैपिटल) कंपनी के सामने संभावित निवेश प्रस्ताव को लेकर प्रस्तुत होना चाहते थे; और वे चाहते थे कि उनका सर्च इंजन उपयोगकर्ताओं को खुद ही अपनी खूबियाँ महसूस करा सकने में सक्षम हो।

खैर, बेचटोल्शेइम एक बात के लिए पूरी तरह से आश्वस्त हो चुके थे कि गूगल के पास ऐसी प्रौद्योगिकी थी, जो बाजार के तत्कालीन सर्च इंजन के मुकाबले काफी बेहतर थी और संस्थापकों में उस सेवा को कम-से-कम लागत में उच्चतम स्तर तक ले जाने की तकनीकी क्षमता भी थी। लेकिन असल मुद्दा था—राजस्व, आखिर यह सर्च इंजन किस तरीके से कैसे पैसे कमाएगा? बेचटोल्शेइम को अब इसी सबसे जरूरी सवाल का सही जवाब सुनना था, लेकिन लैरी व सर्गेई के पास इस बारे में कोई ठोस व तैयार जवाब नहीं था।

सर्च इंजन के कारोबार को लेकर बेचटोल्शेइम के दिमाग में जो धारणा बनी थी, वह यही था कि गूगल सर्च इंजन की सेवा मुफ्त देकर कंप्यूटर उपयोगकर्ताओं का उपभोक्ता-आधार बनाया जाए और फिर विज्ञापन या कुछ दूसरे उत्पाद बेचकर कमाई हो। वे सर्च इंजन को येलो पेज की तरह जानकारी खोज पाने में सक्षम इलेक्ट्रॉनिक डायरेक्टरी के रूप में देख रहे थे, जिसके पृष्ठों पर विज्ञापन प्रदर्शित कर कमाई की जा सकती थी और वे इस कारोबार में उतरने के बारे में काफी पहले से सोच भी रहे थे। लेकिन बेचटोल्शेइम को यह जानकर हैरानी हुई थी कि विज्ञापन को लेकर लैरी व सर्गेई के दिलोदिमाग में न सिर्फ स्वाभाविक घृणा का भाव था, बल्कि वे काफी डरे हुए थे कि विज्ञापन खोज नतीजों को भ्रष्ट कर देगा। सर्च इंजन के अपने साझे शोध-पत्र में भी, लैरी व सर्गेई ने विज्ञापन के दुष्प्रभाव के संबंध में अपनी आशंकाओं का इजहार किया था। उन दोनों ने सर्च इंजन प्रौद्योगिकी को दूसरी कंपनियों को लाइसेंस करने के बारे में भी बेचटोल्शेइम से अपनी धारणा को साफ किया था। उनका मानना था कि बड़ी कंपनियाँ इस प्रौद्योगिकी को खरीदने के बाद उसे अपनी उत्पाद-शृंखला में शामिल कर उसकी संभावनाओं को चौपट भी कर सकती हैं।

खैर, गूगल सर्च इंजन कैसे धन का उपार्जन करेगा और उसका असल व्यापारिक नमूना (बिजनेस मॉडल) क्या होगा—इसके बारे में लैरी व सर्गेई कोई ठोस जवाब नहीं दे सके थे। बेचटोल्शेइम के लिए यह कोई नई बात नहीं थी। वह गूगल संस्थापकों की आदर्श भावना को बखूबी समझ रहे थे, उन्हें अपने अनुभव पर भरोसा था कि यदि कोई प्रौद्योगिकी उपभोक्ताओं की जरूरत को पूरा करने में सक्षम थी तो उससे कमाई का सटीक तरीका भी निकल आएगा। फिलहाल, इन स्वप्नद्रष्टा युवाओं के उत्साह को बनाए रखना और उनकी सोच के मुताबिक गूगल सर्च इंजन की विकास-प्रक्रिया को आगे बढ़ाने के लिए न्यूनतम साधन मुहैया करना सबसे जरूरी था वरना भविष्य की सारी संभावनाओं पर पानी फिर सकता था।

फिर, बेचटोल्शेइम ने सचमुच में एक फरिश्ता निवेशक की भूमिका अदा की; उन्होंने अपनी चेकबुक निकाली, उस पर 'गूगल इनकॉरपोरेशन' लिखा, राशि की जगह 1,00,000 डॉलर भरा, अपना हस्ताक्षर किया और वह चेक लैरी व सर्गेई की ओर बढ़ा दिया। कोई तोलमोल नहीं; हिस्सेदारी या मूल्यांकन के बारे में कोई बहस नहीं; सीधा प्रस्ताव था—जाओ, कंप्यूटर खरीदो, और अपना काम आगे बढ़ाओ! बाकी बातें अगली मुलाकात में होंगी। हकीकत यह थी कि बेचटोल्शेइम को यह भी पता नहीं था कि लैरी व सर्गेई ने अभी तक 'गूगल इनकॉरपोरेशन' नाम की किसी कंपनी का विधिवत् गठन नहीं किया था और इस नाम से कोई बैंक खाता भी नहीं था। लेकिन बेचटोल्शेइम को उस तरह की चीजों की कोई परवाह नहीं थी; वे उस क्षण को कभी भी नहीं भूल सकते थे, जब सन माइक्रोसिस्टम्स की स्थापना के समय एक शुरुआती निवेशक ने इसी तरह उन्हें भी चेक भेंट किया था; वह जानते थे कि इस तरह का तत्काल भागीदारी प्रस्ताव एक बहुमूल्य उद्यम को उसके असल मुकाम पर पहुँचाने के लिए क्या करिश्मा कर सकता था; और उन्होंने गूगल के साथ भी वैसा ही कुछ किया था।

4 सितंबर, 1998 को गूगल इनकॉरपोरेशन के विधिवत् गठन का आवेदन दाखिल किया गया था और चेक को भुनाने के लिए कंपनी का बैंक खाता खोला गया था। स्टैनफोर्ड में लैरी व सर्गेई के सहपाठी पी-एच.डी. छात्र क्रेग सिल्वरस्टीन को गूगल के पहले कर्मचारी के रूप में भर्ती किया गया था।

एंडी बेचटोल्शेइम अपनी पोर्शे में फुर्र हो गए थे, बिना इस बात का असल महत्त्व समझे कि उन्होंने क्या किया था। अपने

बरामदे में प्रोफेसर चेरीटोन द्वारा आयोजित एक तरह का मँगनी समारोह सफल हुआ था।

लैरी व सर्गेई के लिए यह सब एक ईश्वरीय वरदान जैसा ही था। उन्होंने कभी नहीं सोचा था कि कोई उन पर इतना भरोसा भी कर सकता था। बेचटोल्शेइम उनके लिए यूनानी पौराणिक कथा के राजा मिडास—जिसके स्पर्श मात्र से सब कुछ सोना बन जाता था—साबित होने वाले थे। लैरी व सर्गेई इतने उत्साहित थे कि जश्न मनाने बर्गर किंग गए थे। बेचटोल्शेइम के समर्थन ने उन्हें जरूरी विश्वास व साख प्रदान किया था, जिसकी बदौलत वह परिवार व दोस्तों से धन का जुगाड़ कर सकते थे। कुल मिलाकर, बहुत कम समय में वे 10 लाख डॉलर जुटाने में कामयाब हो गए थे, जो कंप्यूटर उपकरणों की खरीद व शुरुआती कार्यशील पूँजी (वर्किंग कैपिटल) की जरूरतों को पूरा करने के लिए पर्याप्त था। बेचटोल्शेइम में जितनी रकम प्रोफेसर चेरीटोन ने लगाई थी; बाकी आठ लाख लगानेवालों में सिलिकॉन वैली के मशहूर अमेरिकी फरिश्ता निवेशक रॉन कॉनवे और भारतीय मूल के कवितार्क राम श्रीराम (अमेजन.कॉम द्वारा अधिगृहीत जंगली.कॉम के अध्यक्ष) प्रमुख थे।

मेंलो पार्क के गैरेज में 'गूगल' की स्थापना

मुलाकात से लौटने के बाद लैरी ने बेचटोल्शेइम के उस चेक को सँभालकर अपने मेज की दराज में रख दिया था और गूगल की विधिवत् स्थापना की तैयारियाँ शुरू हो गई थीं। सर्गेई ने अपने एक परिचित की मदद से मेंलो पार्क में 1700 डॉलर प्रति माह में एक गैरेज किराए पर लिया था। यह सुसान वोज्सिक्की का घर था, जो बहुत जल्द गूगल की कर्मचारी बनकर उत्पाद प्रबंधन व इंजीनियरिंग विभागों के प्रभारी के रूप में महत्त्वपूर्ण भूमिका अदा करनेवाली थी। लैरी व सर्गेई ने स्टैनफोर्ड के पी-एच.डी. कार्यक्रम से लंबी छुट्टियाँ ले लीं और सारे साजो-सामान को अपने कारोबारी ठिकाने पर स्थानांतरित कर लिया था। फिर 4 सितंबर, 1998 को गूगल इनकॉरपोरेशन के विधिवत् गठन का आवेदन दाखिल किया गया था और चेक को भुनाने के लिए कंपनी का बैंक खाता खोला गया था। स्टैनफोर्ड में लैरी व सर्गेई के सहपाठी पी-एच.डी. छात्र क्रेग सिल्वरस्टीन को गूगल के पहले कर्मचारी के रूप में भर्ती किया गया था।

(सुसान के पोलिश अमेरिकी पिता स्टैनली वोज्सिक्की स्टैनफोर्ड में भौतिकी (फिजिक्स) विभाग के अध्यक्ष थे और यहूदी अमेरिकी माता एस्थर वोज्सिक्की पालो ऑल्टो हाईस्कूल में पत्रकारिता पढ़ाती थीं। सुसान ने कैलिफोर्निया

विश्वविद्यालय, लॉस एंजिल्स के एंडरसन स्कूल ऑफ मैनेजमेंट से 1998 में ही एमबीए किया था। सुसान की बहन ऐनी वोज्सिक्की ने मई 2007 में सर्गेई ब्रिन से विवाह किया था।)

इससे महज दो दिन पहले 2 सितंबर, 1998 को 'बुधवार वक्ता श्रृंखला' में लैरी व सर्गेई को गूगल सर्च इंजन की खूबियों के बारे में व्याख्यान के लिए बुलाया गया था। प्रौद्योगिकी क्षेत्र में महत्त्वपूर्ण प्रगति व सफलताओं पर चर्चा करने के लिए इसका आयोजन स्टैनफोर्ड कंप्यूटर विज्ञान विभाग के प्राध्यापक डेनिस एलिसन की मेजबानी में किया जाना था। लैरी व सर्गेई के जीवंत व्यक्तित्व, उनकी अद्भुत बौद्धिक क्षमता, युवावस्था के बावजूद उनकी असामान्य परिपक्वता व दूसरों के द्वारा असंभव करार दिए गए कार्य को पूरा करने की उनकी महत्त्वाकांक्षा से एलिसन काफी प्रभावित थे। लैरी व सर्गेई ने विशाल चुनौतियों को अपनी ताकत में बदल दिया था। एलिसन ने वर्षों से स्टैनफोर्ड में कई प्रतिभाशाली कंप्यूटर वैज्ञानिकों, गणितज्ञों व प्रौद्योगिकीविदों को आते-जाते देखा था, लेकिन वह लैरी व सर्गेई में बहुत कुछ खास देखते थे। उन्होंने सन माइक्रोसिस्टम्स, याहू, लॉजिटेक व अन्य कई तकनीकी कंपनियों के संस्थापकों को स्टैनफोर्ड के उस पवित्र हॉल से गुजरते देखा था; लेकिन उनके लिए गूगल के ये दो लड़के बिल्कुल अलग-से थे।

□

5

गूगल की बढ़ती लोकप्रियता और उद्यम-पूँजी निवेश

में लो पार्क स्थित वोज्सिक्की के गैरेज वाला गूगल का दफ्तर बहुत जल्द छोटा साबित हुआ था। वोज्सिक्की परिवार ने सोचा था कि दफ्तर दिन में चला करेगा और उन्हें किसी प्रकार की अशांति का सामना नहीं करना पड़ेगा, लेकिन वे गलत थे। गूगल का दफ्तर 24 घंटे चल रहा था, रविवार को भी कोई छुट्टी नहीं। नतीजा सामने था—दिसंबर में गूगल द्वारा सूचीबद्ध वेबपृष्ठों की संख्या 6 करोड़ के ऊपर गई थी। स्टैनफोर्ड व गूगल फ्रेंड्स नेटवर्क में पहले से ही काफी लोकप्रिय गूगल सर्च इंजन रोजाना करीब एक लाख सवालों को सँभाल रहा था।

> **स्टैनफोर्ड के पी-एच.डी. छात्रों की जोड़ी के द्वारा गूगल.कॉम एक शोध-परियोजना के रूप में शुरू हुई—जो बेशक वैसे ही शुरू हुई जैसे कि याहू—निर्देशिका साइट, जो वेब की सबसे लोकप्रिय सेवा हो चुकी है। याहू अन्य खोज साइटों से ज्यादा कीमती हो जाता है, क्योंकि उसके सूचीक्रम की रचना कंप्यूटर प्रोग्राम की बजाय मनुष्य द्वारा की गई है।**

उपयोगकर्ताओं का प्यार व मीडिया का समर्थन

गूगल की इस बढ़त को बहुत कम लोगों ने गंभीरता से लिया था, लेकिन तेज-तर्रार पत्रकार स्कॉट रोसेनबर्ग को गूगल की संभावना बखूबी नजर आई थी और उन्होंने बहुचर्चित वेब पत्रिका—सलोन.कॉम के अपने आलेख (21 दिसंबर, 1998 को प्रकाशित) में गूगल को तमाम बड़े पोर्टलों के लिए 'बुरी खबर' घोषित कर दिया था। अमेरिकी पत्रकार जगत् में रोसेनबर्ग

तकनीकी मामलों के गंभीर विश्लेषक माने जाते रहे हैं और उनकी वह समीक्षा गूगल के लिए एक सार्वजनिक प्रमाण-पत्र जैसी ही थी। चूँकि रोसेनबर्ग ने उस आलेख में तत्कालीन महारथी इंटरनेट कंपनियों को अपने अनोखे अंदाज में लपेटा था—

"मैं आपके बारे में नहीं जानता, लेकिन भारी-भरकम प्रचार अभियान के साथ गो.कॉम—पोर्टल-युद्ध में डिज्नी का नव प्रवेश—के आगमन से कतई उत्साहित नहीं हो सकता। क्या दुनिया को बस एक अन्य वेबसाइट की जरूरत है, जो निर्देशिका-सूचीकरण (डायरेक्टरी लिस्टिंग), समाचार, मौसम, शेयर भाव, फिल्म समीक्षा, नि:शुल्क इ-मेल, शॉपिंग व अन्य ऑनलाइन कार्यों को एक बदसूरत वेब पृष्ठ पर इकठ्ठा करती है—ऐसा जो ध्यान से देखने से अपनी लोकप्रिय प्रतियोगियों की तरह दिखती व व्यवहार करती है...अधिकांश पोर्टलों के पास ऑयबाल्स-साइट आवागमन हैं, जो उन्हें संभावित तौर पर सफल कारोबार बनाते हैं, क्योंकि वे एक सर्च इंजन के रूप में शुरू हुए थे। लेकिन वाणिज्यिक वेब के विकास के करीब तीन सालों में, जिसके दौरान अनुक्रमण-योग्य (इंडेक्सेबल) वेब पृष्ठों की संख्या तेजी से बढ़ी है, इन सर्च इंजनों ने अपनी प्रौद्योगिकी में महज सबसे छोटे सुधार किए हैं।

'पीसी मैगजीन' ने गूगल को 1998 का 'पसंदीदा सर्च इंजन' घोषित करते हुए कहा था—"गूगल को अत्यंत प्रासंगिक परिणाम लौटाने की एक अलौकिक आदत है।"

स्टैनफोर्ड के पी-एच.डी. छात्रों की जोड़ी के द्वारा गूगल.कॉम एक शोध-परियोजना के रूप में शुरू हुई—जो बेशक वैसे ही शुरू हुई जैसे कि याहू—निर्देशिका साइट, जो वेब की सबसे लोकप्रिय सेवा हो चुकी है। याहू अन्य खोज साइटों से ज्यादा कीमती हो जाता है, क्योंकि उसके सूचीक्रम की रचना कंप्यूटर प्रोग्राम की बजाय मनुष्य द्वारा की गई है। लेकिन इस एकसमान कारण के चलते, याहू को वेब की विस्फोटक वृद्धि के साथ चलने में कठिन दौर से गुजरना पड़ रहा है। गूगल एक गणितीय एल्गोरिथ्म का उपयोग करके उल्लेखनीय हाजिरजवाब खोज नतीजे पा जाता है, जो 'आपसे कौन जुड़ता है' के आधार पर आपकी साइट का दर-निर्धारण (रेटिंग) करता है। पदक्रम (रैंकिंग) बस आपकी साइट से जुड़नेवाली साइटों की संख्या पर नहीं, बल्कि जुड़नेवाली साइटों के खुद के महत्त्व दर-निर्धारण (इम्पोर्टेंस रेटिंग) पर निर्भर करता है। परिणाम एक प्रकार का स्वचालित समकक्ष समीक्षा (ऑटोमेटिक पीर रिव्यु) है, जो साइटों का वेब के खुद के सामूहिक विवेक के

आधार पर छानबीन करता है। प्रोग्राम जटिल है, लेकिन सबूत नतीजों में है। कुछ सप्ताह पहले गूगल को खोजने के बाद से, मैं इसकी उपयोगिता व सटीकता से इतना प्रभावित होता रहा हूँ कि मैंने इसे अपना पहला खोज-पड़ाव बना लिया है।

गूगल अभी तक एक तैयार उत्पाद नहीं है। उसके रचनाकारों, सर्गेई ब्रिन और लैरी पेज, ने सिर्फ तीन महीने पहले अपनी कंपनी चालू की थी और गूगल.कॉम का मुख्य पृष्ठ अपने आप को 'अल्फा परीक्षण' पुकारता है। पेज (लैरी) कहते हैं कि गूगल के मौजूदा संस्करण, जिसने करीब 6 करोड़ पृष्ठों में अनुक्रमित किया है, में कंपनी के विस्तार के साथ-साथ सुधार किया जाना जारी रहेगा। वे जोड़ते हैं कि खोज-औजार (सर्च टूल), जो कि लिनक्स प्रणाली पर चल रहा है, में वेब की बढ़त की तरह ही आनुपातिक वृद्धि करनी चाहिए। पेज (लैरी) के मुताबिक, कुटिल वेबमास्टर्स के लिए उसकी साइट के वरीयता-क्रम (रैंकिंग) दृष्टिकोण के साथ चालाकी करना या अनचाहा थोक-संदेश (स्पैम) भेजना लगभग असंभव है, क्योंकि यह अन्य सम्मानित साइटों द्वारा किए गए जोड़ों (लिंक्स) व फैसलों पर आधारित है—"आपको वास्तव में किसी महत्त्वपूर्ण व्यक्ति को समझाना है कि आप महत्त्वपूर्ण हो।"

इसके अलावा, लोकप्रिय कंप्यूटर पत्रिका 'पीसी मैगजीन' ने भी अपनी '1998 के शीर्ष 100 वेब साइट' सूची में गूगल को सर्च इंजन वर्ग में अल्टाविस्टा के बाद दूसरे स्थान पर रखा था, जबकि हॉटबोट तीसरे, मेटा क्रॉलर चौथे व नॉर्दर्न लाइट पाँचवें स्थान पर था। 'पीसी मैगजीन' ने गूगल को 1998 का 'पसंदीदा सर्च इंजन' घोषित करते हुए कहा था—"गूगल को अत्यंत प्रासंगिक परिणाम लौटाने की एक अलौकिक आदत है।"

साधारण-सा दिखनेवाला यह दो मंजिला भवन '165-यूनिवर्सिटी एवेन्यु' सिलिकॉन वैली का सबसे भाग्यशाली पता साबित होने जा रहा था। इसका पहला मशहूर किराएदार लॉजिटेक—कंप्यूटर के सहायक उपकरणों की विश्वविख्यात निर्माता कंपनी थी और दूसरा गूगल।

जैसे-जैसे काम आगे बढ़ा था, गूगल टीम भी बड़ी होती जा रही थी, और वोज्सिक्की के गैरेज वाला गूगल का दफ्तर में सभी का ठीक तरह से काम करना मुश्किल हो रहा था। शुरुआती पूँजी बहुत तेजी से खत्म हो रही थी, लकिन लैरी व सर्गेई को यह बिल्कुल अंदाजा नहीं था कि आगे वे कहाँ से धन का जुगाड़ कर सकेंगे,

और अभी भी वे साफ तौर पर तय नहीं कर पा रहे थे कि कंपनी में राजस्व का प्रवाह कैसे संभव होगा। फिर भी, ज्यों-ज्यों काम आगे बढ़ रहा था, उपयोगकर्ताओं के साथ-साथ मीडिया जगत की दिलचस्पी भी बढ़ रही थी, गूगल संस्थापकों का आत्मविश्वास लगातार बढ़ता जा रहा था कि उनके पास सर्वोत्तम सर्च इंजन है, जिसका उपयोग दूसरे संगठन भी अपने यहाँ करना पसंद करेंगे। उनके जबरदस्त उत्साह का सबसे बड़ा कारण यह एहसास था कि वे लोगों को ज्यादा प्रासंगिक व तेज ऑनलाइन जानकारियाँ खोज पाने में मदद कर रहे थे। ऐसे में गूगल को लगातार आगे बढ़ाते जाना और उसके लिए बेहतरीन प्रतिभाओं को भी अपने साथ लाना जरूरी था।

गूगल पालो ऑल्टो के आलीशान नगर-केंद्र में

लैरी व सर्गेई शुरू से ही काम को आकर्षक व मजेदार बनाए रखना चाहते थे। इसके लिए न केवल ज्यादा बड़े दफ्तर की जरूरत पड़ने वाली थी, बल्कि उसका बेहतर मौके पर होना भी जरूरी था। लिहाजा, लैरी व सर्गेई ने पालो ऑल्टो के आलीशान नगर-केंद्र (डाउन टाउन) के 165-यूनिवर्सिटी एवेन्यु स्थित भवन की दूसरी मंजिल पर गूगल का दफ्तर बनाने का फैसला किया था, जो स्टैनफोर्ड विश्वविद्यालय परिसर से महज तीन किलोमीटर दूर था।

सात साल की सेवाओं के बाद, 2005 में, गूगल छोड़ने के बाद हीथर की कुल संपत्ति करोड़ों डॉलर में पहुँच गई थी और उसने फरिश्ता निवेशक के रूप में अपना काम शुरू कर लिया व समाजसेवी गतिविधियों से जुड़ गई।

साधारण-सा दिखनेवाला यह दो मंजिला भवन '165-यूनिवर्सिटी एवेन्यु' सिलिकॉन वैली का सबसे भाग्यशाली पता साबित होने जा रहा था। इसका पहला मशहूर किराएदार लॉजिटेक—कंप्यूटर के सहायक उपकरणों की विश्वविख्यात निर्माता कंपनी थी और दूसरा गूगल; फिर पेपाल—अंतरराष्ट्रीय ऑनलाइन धन हस्तांतरण सेवा कंपनी, डेंजर इनकॉरपोरेशन—मोबाइल फोन विकासकर्ता कंपनी व ऑनलाइन शॉपिंग सेवा कंपनी—मिलो.कॉम. डेंजर इनकॉरपोरेशन को 2008 में माइक्रोसॉफ्ट ने करीब 50 करोड़ डॉलर व मिलो.कॉम को 2010 में 7.5 करोड़ डॉलर में अधिगृहीत किया था। मजेदार तथ्य यह भी है कि फेसबुक ने भी इसे पाँच साल के लिए किराए पर लेने की असफल कोशिश की थी। इस भवन के मालिक

ईरान मूल के सईद अमिदी हैं, जो 1970 के दशक की ईरान-क्रांति के दौरान अमेरिका में शरणार्थी बनकर आए थे और अब उनकी गिनती सिलिकॉन वैली के सफल फरिश्ता निवेशक व कारोबारी के रूप में की जाती है।

खैर, फरवरी 1999 के अंत में, लैरी व सर्गेई अपने छह साथी कर्मचारियों के साथ नए दफ्तर में आ गए थे, जिनमें शामिल थे—

क्रैग सिल्वरस्टीन: हार्वर्ड कॉलेज से स्नातक विज्ञान (बी.एस.) क्रैग सिल्वरस्टीन, स्टैनफोर्ड में कंप्यूटर साइंस में पी-एच.डी. कर रहे थे। क्रैग व सर्गेई—दोनों के पी-एच.डी. सलाहकार राजीव मोटवानी थे, जिनकी सलाह पर उन्होंने पढ़ाई छोड़ दी। गूगल के तकनीकी विकास में संस्थापकों के बाद सबसे ज्यादा शुरुआती योगदान क्रैग का ही माना जाता है। 2004 में गूगल आई.पी.ओ. के बाद, क्रैग को प्रौद्योगिकी निदेशक (डायरेक्टर ऑफ टेक्नोलॉजी) पद पर नवाजा गया था और वह 2 फरवरी, 2012 तक उस पद पर बने रहे। उसके बाद से, क्रैग ने खान अकैडमी— मुफ्त ऑनलाइन विश्वस्तरीय शिक्षा प्रदान करने वाली गैर-लाभकारी संस्था में शामिल हो गए, और वहाँ बुनियादी ढाँचा अध्यक्ष (डीन ऑफ इंफ्रास्ट्रक्चर) की भूमिका अदा कर रहे हैं। गूगल छोड़ते समय क्रैग की कुल संपत्ति 75 करोड़ डॉलर आँकी गई थी।

सॉफ्टवेयर इंजीनियर हैरी च्युंग ने लैरी व सर्गेई द्वारा ईजाद वेब-क्रॉलर का इस्तेमाल कर समूचे वेब को गूगल डेटाबेस में सूचीबद्ध करने यानी गूगल वेब इंडेक्स तैयार करने में अहम भूमिका निभाई थी और अपने सहकर्मियों के बीच 'स्पाइडर मैन' के रूप में जाना जाता था।

हीथर कैरंस : मैसाचुसेट्स कॉलेज ऑफ आर्ट्स से स्नातक ललित कला (बी.एफ.ए.) हीथर कैरंस ने मानव संसाधन प्रबंधक (मैनेजर, ह्यूमन रिसोर्स) की भूमिका अदा की। शुरुआती 200 से अधिक कर्मचारियों की नियुक्ति और संस्थापकों की सोच के मुताबिक गूगल की सर्वश्रेष्ठ मानव संसाधन प्रथाओं व नीतियों को ठोस शक्ल देने में हीथर की भूमिका अहम मानी जाती है। सात साल की सेवाओं के बाद, 2005 में, गूगल छोड़ने के बाद हीथर की कुल संपत्ति करोड़ों डॉलर में पहुँच गई थी और उसने फरिश्ता निवेशक के रूप में अपना काम शुरू कर

लिया व समाजसेवी गतिविधियों से जुड़ गई।

रे सिडनी : गूगल के शुरुआती विकास में सॉफ्टवेयर इंजीनियर रे सिडनी की भूमिका भी अहम रही। गूगल के आई.पी.ओ. से 13 महीने पहले, 2003 में ही, सिडनी अपना पूँजी विकल्प (स्टॉक ऑप्शन) भुनाकर करोड़पति बन गया था। उसके बाद सिडनी ने अपनी उद्यम पूँजी कंपनी बिग जॉर्ज वेंचर्स की स्थापना की थी और समाजसेवी गतिविधियों से जुड़ गया था।

हैरी च्युंग : सॉफ्टवेयर इंजीनियर हैरी च्युंग ने लैरी व सर्गेई द्वारा ईजाद वेब-क्रॉलर का इस्तेमाल कर समूचे वेब को गूगल डेटाबेस में सूचीबद्ध करने यानी गूगल वेब इंडेक्स तैयार करने में अहम भूमिका निभाई थी और अपने सहकर्मियों के बीच 'स्पाइडर मैन' के रूप में जाना जाता था। 2005 में गूगल का पूँजी विकल्प भुनाकर करोड़पति च्युंग भी फरिश्ता निवेशक बन गया था। फिलहाल वह रूस्टीफाई—घर खरीदने की ऑनलाइन सेवा देने वाली कंपनी—में मुख्य प्रौद्योगिकी अधिकारी (सी.टी.ओ., चीफ टेक्नोलॉजी ऑफिसर) है।

गूगल सेवाओं को आश्चर्यजनक ताकत देनेवाली तकनीकी विकास प्रक्रिया व बुनियादी ढाँचा—सर्वर, नेटवर्क व डाटा सेंटर के विशाल तंत्र के डिजाइन, स्थापना व संचालन में उर्स होज्ले की भूमिका सबसे अहम रही है और फिलहाल उनका पद नाम वरिष्ठ उपाध्यक्ष-बुनियादी ढाँचा (वाइस प्रेसिडेंट, इंफ्रास्ट्रक्चर) है।

अमित पटेल : स्टैनफोर्ड विश्वविद्यालय में कंप्यूटर विज्ञान में पी-एच.डी. छात्र अमित पटेल ने गूगल में अंशकालिक कर्मचारी के रूप में काम शुरू किया था। गूगल खोज प्रणाली में उपयोगकर्ता की जरूरतों के मुताबिक खोज नतीजे प्रदान करने संबंधी तकनीकी विकास में अमित का अहम योगदान माना जाता है। गूगल के अनाधिकारिक घोष वाक्य—'बुरा न बनें' (डोंट बी इविल) को लोकप्रिय बनानेवालों के रूप में अमित को खासतौर पर याद किया जाता है। फिलहाल अमित रेड ब्लॉब गेम्स वेबसाइट पर शैक्षिक सामग्रियों से कंप्यूटर गेम विकासकर्ताओं की मदद करते हैं।

उर्स होज्ले : गूगल में शामिल होने से पहले उर्स होज्ले कैलिफोर्निया विश्वविद्यालय-सांता बारबरा में कंप्यूटर विज्ञान के सह-प्राध्यापक (एसोसिएट

प्रोफेसर) थे। स्विट्जरलैंड में पले-बढ़े उर्स ने स्विस फेडरल इंस्टीट्यूट ऑफ टेक्नोलॉजी-ज्यूरिख (ईटीएच ज्यूरिख) से कंप्यूटर विज्ञान में स्नातकोत्तर (पोस्ट ग्रेजुएशन/मास्टर्स) किया था और फुलब्राइट प्रोग्राम—अंतरराष्ट्रीय शैक्षिक आदान-प्रदान के लिए अमेरिकी सरकार के शिक्षा-संस्कृति विभाग द्वारा सीनेटर जे. विलियम फुलब्राइट के नाम पर दुनिया के 155 देशों में संचालित अत्यधिक प्रतिस्पर्धी व योग्यता-आधारित अनुदान कार्यक्रम—के जरिए स्टैनफोर्ड विश्वविद्यालय से कंप्यूटर विज्ञान में पी-एच.डी. (1994) की उपाधि को हासिल किया था। फिर उर्स ने सह-संस्थापक के रूप में एक जावा वर्चुअल मशीन—हॉटस्पॉट का विकास शुरू किया था, जिसे 1997 में सन माइक्रोसिस्टम्स ने अधिगृहीत कर लिया था, और अब ओरेकल कॉरपोरेशन द्वारा संचालित है। गूगल सेवाओं को आश्चर्यजनक ताकत देनेवाली तकनीकी विकास प्रक्रिया व बुनियादी ढाँचा—सर्वर, नेटवर्क व डाटा सेंटर के विशाल तंत्र के डिजाइन, स्थापना व संचालन में उर्स होज्ले की भूमिका सबसे अहम रही है और फिलहाल उनका पद नाम वरिष्ठ उपाध्यक्ष-बुनियादी ढाँचा (वाइस प्रेसिडेंट, इंफ्रास्ट्रक्चर) है।

इस बीच, 'वाशिंगटन पोस्ट', 'सीएटल टाइम्स' जैसे लोकप्रिय अखबारों सहित कई तकनीकी समाचार वेबसाइटों में भी गूगल के सटीक खोज नतीजे निकाल पाने की क्षमता की प्रशंसा की गई थी, लेकिन गूगल को अब तक की सबसे बड़ी तारीफ अंतरराष्ट्रीय प्रतिष्ठावाली पत्रिका 'न्यूजवीक' की ओर से मिली थी। 22 फरवरी, 1999 के अंक में 'न्यूजवीक' के तत्कालीन मुख्य प्रौद्योगिकी लेखक व वरिष्ठ संपादक स्टीवन लेवी ने अपने आलेख में गूगल को 'हॉटेस्ट न्यू सर्च इंजन' कहा था, जो "ग्राहकों के प्रश्नों को अधिक प्रासंगिक जवाब देने के लिए वेब से ही प्रतिक्रिया ले रहा था।"

इन समीक्षाओं से उत्साहित गूगल संस्थापकों—लैरी पेज व सर्गेई ब्रिन ने, नए ठिकाने पर आने के बाद, 26 फरवरी, 1999 को, गूगल फ्रेंड्स न्यूजलेटर में लिखा था—

'जब हम स्टैनफोर्ड में थे, तभी से आप में से कई लोग हमारे साथ रहे हैं। आपने शायद देखा है कि गूगल अनुसंधान परियोजना गूगल.कॉम बन गया है। हम दुनिया के लिए उच्च गुणवत्ता व बहुत उत्तम खोज लाना चाहते हैं और उस लक्ष्य को पूरा करने के लिए एक कंपनी सबसे अच्छा वाहन लग रही है। वेब पर खोज में सुधार करने के लिए एक बहुत बड़ा काम किया जा सकता है और गूगल.कॉम

अपनी अधिकांश कोशिशें आपके जीवन को आसान बनाने के लिए नई प्रौद्योगिकियों के विकास में लगाएगा।''

हमारी क्षमता (आप सभी उपयोगकर्ताओं का धन्यवाद!) ऊपर जा रही है और हम माँग को पूरा करने के लिए विस्तार करते रहे हैं। हमने ज्यादा कर्मचारियों को काम पर रखा है और प्रणाली के स्तर को ऊँचा उठाने के लिए ज्यादा सर्वर लगाए हैं (हमने 21 पैक में अपने कंप्यूटरों के आदेश देने शुरू कर दिए हैं)। हमने अपने नतीजों को न केवल तेज बल्कि ताजातरीन रखने के लिए भी अधिक बार रेंगना (क्रॉलिंग) शुरू कर दिया है। वास्तव में, हम अभी भी क्रॉल (रेंगना) कर रहे हैं और अब से लगातार क्रॉल करने की उम्मीद कर रहे हैं।

लैरी व सर्गेई ने अपनी प्रौद्योगिकी की श्रेष्ठता व उसकी ऊँची उड़ान की संभावना को बखूबी देख लिया था, और अब तेजी से आगे बढ़ने की कोशिशों में जुट गए थे। संभावनाशील व्यापारिक हिस्सेदारों व निवेशकों द्वारा ठुकराए जाने के बावजूद, उपयोगकर्ताओं की तेजी से बढ़ती संख्या गूगल संस्थापकों के आत्मविश्वास को लगातार पुख्ता कर रही थी।

क्या आपको एक शुरू हुए रोमांच की तलाश है? गूगल अगली पीढ़ी के खोज इंजन की अग्रणी डिजाइनर है। हम वेब के लिए नवीनतम व सबसे बड़ी प्रौद्योगिकी लाने के लिए प्रतिभाशाली लोगों को तेजी से भर्ती कर रहे हैं। गूगल के लिए काम करने के कारण—

1. गरमागरम प्रौद्योगिकी; 2. सुकून देने वाली प्रौद्योगिकी; 3. बुद्धिमान, मजेदार, प्रतिभावान, मेहनती, उच्च ऊर्जावान साथी; 4. स्थान! पालो ऑल्टो का नगर केंद्र यूनिवर्सिटी एवेन्यु—सिलिकॉन वैली का शहरी केंद्र; 5. शानदार लाभ; 6. पूँजी विकल्प (स्टॉक ऑप्शन); 7. आरामदायक पोशाक माहौल; 8. मुफ्त नाश्ता व पेय; 9. काम करने के लिए एक आकर्षक जगह आपके विचारों में फर्क ला सकते हैं; लाखों लोग आपके सॉफ्टवेयर का उपयोग व सराहना करेंगे।

जाहिर है कि लैरी व सर्गेई ने अपनी प्रौद्योगिकी की श्रेष्ठता व उसकी ऊँची उड़ान की संभावना को बखूबी देख लिया था, और अब तेजी से आगे बढ़ने की कोशिशों में जुट गए थे। संभावनाशील व्यापारिक हिस्सेदारों व निवेशकों द्वारा ठुकराए जाने के बावजूद, उपयोगकर्ताओं की तेजी से बढ़ती संख्या गूगल संस्थापकों के

आत्मविश्वास को लगातार पुख्ता कर रही थी। इसके अलावा, इंटरनेट का व्यावसायिक रुझान भी गूगल को आगे बढ़ने का मौका दे रहा था। उस वक्त इंटरनेट पर चलनेवाली तमाम गतिविधियों का रुझान अभिसरण (कन्वर्जेंस) की ओर था; इंटरनेट सेवाओं के जरिए अधिक-से-अधिक उपभोक्ताओं को एक मंच पर आकर्षित करने और फिर विज्ञापन व आई.पी.ओ. के जरिए जल्द-से-जल्द मोटी कमाई की होड़-सी लगी हुई थी। अल्टाविस्टा, एक्साइट, लाइकोस जैसी व्यावसायिक सर्च इंजन कंपनियों का ध्यान असल प्रौद्योगिकी की धार को बढ़ाने की बजाय दूसरी गतिविधियों की ओर चला गया था। ऐसे में, इंटरनेट पर सटीक जानकारी न खोज पाने से निराश उपयोगकर्ताओं ने गूगल को तहेदिल से अपनाया था।

गूगल भले ही कोई मुनाफा नहीं कमा रहा था, फिर भी उसके पास आई.पी.ओ. के जरिए पूँजी बाजार से धन उगाही करने का विकल्प खुला हुआ था, क्योंकि सिलिकॉन वैली में अभी भी 'डॉट.कॉम बुलबुला' के लगातार बड़े होते जाने का सिलसिला जारी था।

विस्तार के लिए बड़ी उद्यम-पूँजी की तलाश

नए दफ्तर में आने के बाद, रोजाना बढ़ रही खोज-जिज्ञासाओं की संख्याओं को सँभालना गूगल की सबसे बड़ी चुनौती थी। इसके लिए टीम गूगल ने सस्ते हिस्से-पुर्जों के जरिए एक बड़ा कंप्यूटर-संजाल तैयार किया था, जो खास प्रकार के सॉफ्टवेयर से संचालित था। कुल मिलाकर, गूगल की यह कंप्यूटिंग प्रणाली अनोखी थी और उसे एक छोटे सुपर कंप्यूटर जैसी ताकत प्रदान कर रही थी। इसी ताकत की बदौलत गूगल लगातार बढ़ती वेब की जानकारियों को अपने सर्वर पर इकठ्ठा कर रहा था और उपयोगकर्ताओं को उनकी खोज के मुताबिक तेजी से सटीक नतीजे दे पा रहा था।

लेकिन जैसे-जैसे खोज-जिज्ञासाओं की संख्या बढ़ रही थी, वैसे-वैसे कंप्यूटर-संजाल को भी बड़ा करना पड़ रहा था; और जैसे-जैसे गूगल अपनी क्षमता बढ़ा रहा था, माँग उससे भी आगे होती जा रही थी। यह सिलसिला काफी समय तक जारी रहा था। मई-जून में एक समय ऐसा भी आया, जब फरिश्ता निवेशकों से जुटाई 10 लाख डॉलर की रकम बस खत्म होने की कगार पर आ गई थी और लैरी व सर्गेई क्रेडिट कार्ड के उधार पर चलने लग पड़े थे। तब तक गूगल

पर उपयोगकर्ताओं के रोजाना आगमन की संख्या पाँच लाख के स्तर को पार करने लगी थी।

गूगल उपयोगकर्ताओं की इस बढ़त को आगे भी जारी रखने व कंप्यूटर-संजाल को बड़ा करने के लिए अब लैरी व सर्गेई को हर हाल में एक बड़ी पूँजी की जरूरत थी। लेकिन इसके लिए वे दोनों किसी भी रूप में कंपनी पर अपना नियंत्रण कम करने को तैयार नहीं थे। गूगल भले ही कोई मुनाफा नहीं कमा रहा था, फिर भी उसके पास आई.पी.ओ. के जरिए पूँजी बाजार से धन उगाही करने का विकल्प खुला हुआ था, क्योंकि सिलिकॉन वैली में अभी भी 'डॉट.कॉम बुलबुला' के लगातार बड़े होते जाने का सिलसिला जारी था। (यह बुलबुला 10 मार्च, 2010 को फूटा था, जब नैस्डैक सूचकांक 5408.60 पर पहुँचकर अचानक 5048.62 पर धड़ाम से गिरा था।) लेकिन आई.पी.ओ. लाने के लिए गूगल को अपने कारोबारी रहस्य व तरीकों को जगजाहिर करना पड़ता और उसके लिए लैरी व सर्गेई कतई तैयार नहीं थे। उन्हें तो सिर्फ उतने ही धन की जरूरत थी ताकि वे सर्च इंजन के स्तर को आगे बढ़ाना जारी रख सकें।

गूगल की कार्यशील पूँजी की जरूरत अब बड़ी हो चुकी थी और इसे फरिश्ता निवेशकों से पूरा कर पाना व्यावहारिक नहीं था। इसके लिए बड़ी उद्यम-पूँजी कंपनियों को आकर्षित करने की जरूरत थी। लेकिन जब तक ऐसा हो पाता, तब तक अपने काम को चलाने के लिए लैरी व सर्गेई ने अपनी खोज-प्रौद्योगिकी अन्य कंपनियों को उधार देने का फैसला किया था। वे काफी मशक्कत के बाद, मुक्त स्रोत (ओपन सोर्स) सॉफ्टवेयर उत्पादों का विकास करनेवाली कंपनी—रेडहैट इनकॉरपोरेशन को अपना पहला आधिकारिक ग्राहक बनाने में सफल हो सके थे। लेकिन यह एक अपवाद ही था; अपनी खोज सेवा के बदले भुगतान करने के लिए कंपनियों को तैयार कर पाना लैरी व सर्गेई को काफी मुश्किल लगा था।

सिलिकॉन वैली में हर व्यक्ति जानता था कि हरेक उद्यमी का सपना सैंड हिल रोड (मेंलो पार्क) स्थित प्रतिष्ठित उद्यम-पूँजी कंपनियों से धन हासिल करना था। प्रौद्योगिकी कारोबार के भविष्य को सुनिश्चित करने के लिए सही व्यक्तियों से सही धन का जुगाड़ सबसे जरूरी था, क्योंकि यह सही लोगों से संबंध का दायरा देता था।

लिहाजा, अब उद्यम-पूँजी कंपनियों

के शरण में जाने के अलावा और कोई रास्ता नहीं बचा था। लेकिन किसी के पास जाने से पहले, लैरी व सर्गेई ने उस वक्त के उद्यम-पूँजी बाजार के समीकरण का गहरा अध्ययन किया था। वे बड़ी व विश्वसनीय उद्यम-पूँजी कंपनी से ही धन की उगाही तो करना चाहते थे, लेकिन हर हाल में कंपनी का संपूर्ण नियंत्रण अपने ही हाथों में रखना चाहते थे। यह काम भी वैसा ही था, जैसे लैरी ने सर्च इंजन बनाने के लिए समूचे वेब को उतारने का सपना देखा था; दूसरों को वह काम भी असंभव ही लगा था, लेकिन उन दोनों ने उसे भी सच कर दिखाया था। उसी तरह, लैरी व सर्गेई को पूरा भरोसा था कि वे कंपनी का संपूर्ण नियंत्रण अपने पास रखते हुए भी बड़ी उद्यम-पूँजी कंपनियों से वित्तपोषण (फाइनेंस) हासिल करने में सक्षम होंगे।

सिलिकॉन वैली में हर व्यक्ति जानता था कि हरेक उद्यमी का सपना सैंड हिल रोड (मेंलो पार्क) स्थित प्रतिष्ठित उद्यम-पूँजी कंपनियों से धन हासिल करना था। प्रौद्योगिकी कारोबार के भविष्य को सुनिश्चित करने के लिए सही व्यक्तियों से सही धन का जुगाड़ सबसे जरूरी था, क्योंकि यह सही लोगों से संबंध का दायरा देता था। लेकिन उद्यम पूँजीपतियों के हाथों में कंपनी का नियंत्रण, उद्यम संस्थापकों की दूरदृष्टि व क्रांतिकारी प्रौद्योगिकी की दूरगामी संभावनाओं को ध्वस्त कर सकता था। धन की उगाही के लिए संभावित सबसे बड़े धन-भंडारवाली उद्यम-पूँजी कंपनियों के हाल के इतिहास का अध्ययन करने के बाद, लैरी व सर्गेई को साफ पता चला था कि किस तरह एक के बाद दूसरी कंपनियाँ अपने भाग्य का नियंत्रण खो चुकी थीं। उद्यम पूँजीपतियों ने कंपनियों को तेजी से आई.पी.ओ. लाने के लिए उकसाया था या फिर उन्हें विज्ञापन के जरिए अधिक-से-अधिक नकदी जुटाने के रास्ते पर धकेल दिया था।

संयोगवश लैरी व सर्गेई को अपनी जिद को कामयाब कर दिखाने का मौका मिल गया था। डॉट कॉम शेयरों की उछाल के उन्माद काल में, क्लीनर पर्किंस के जॉन डोएर व सिकोइया कैपिटल के माइकल मोरित्ज—दोनों नए व्यापार के विचारों के बारे में 'पावर पॉइंट' प्रस्तुतियों की लंबी शृंखला को देख-देखकर थके हुए-से थे। उनके लिए भी यह तय करना मुश्किल हो रहा था कि किन उद्यमियों पर दाँव खेला जाए।

तो फिर क्या करना चाहिए था, जिससे पूँजी भी आ जाए और नियंत्रण भी

खोना न पड़े? इस गंभीर सवाल का सही जवाब ढूँढ़ने के लिए लैरी व सर्गेई ने अमेजन के संस्थापक व मुख्य कार्यकारी अधिकारी (सी.ई.ओ.) जेफ बेजोस से सलाह-मशवरा किया था। फिर, गूगल संस्थापकों ने सिलिकॉन वैली की दो प्रतिष्ठित उद्यम-पूँजी कंपनियों—क्लीनर पर्किंस कौफील्ड एंड बायर्स, व सिकोइया कैपिटल—तक एक साथ पहुँचने का फैसला किया था। रणनीति साफ थी—पहले दोनों कंपनियों को गूगल की अनोखी प्रौद्यागिकी व व्यापार संभावनाओं के प्रति आकर्षित किया जाए; फिर दोनों के बीच एकमात्र निवेशक का दबदबा, नियंत्रण व अधिकार कायम करने के लिए निवेश-युद्ध की स्थिति बनाई जाए, और अंत में दोनों से कम-से-कम हिस्सेदारी में अधिक-से-अधिक निवेश सुनिश्चित कर संपूर्ण मालिकाना हक अपने पास ही रख लिया जाए।

और यदि ऐसा न हो सके तो फिर दूसरी कंपनियों से संपर्क साधा जाए; मतलब, हर हाल में गूगल का संपूर्ण नियंत्रण लैरी व सर्गेई के पास ही रहना चाहिए ताकि वे अपने सपने को अपने तरीके से पूरा कर सकें। उन दोनों को इस बात की भी चिंता नहीं थी कि दूसरे लोग वैसा नहीं कर पा रहे थे। अपने तरीके से काम करना उनकी जिद थी, चाहे इसके लिए कितना भी संघर्ष क्यों न करना पड़े। क्या कमाल की योजना थी उनकी? कितना आत्मविश्वास व साहस था उनमें! एक तरह दो नौसिखिया उद्यमी और दूसरी तरफ तेज-तर्रार व अनुभवी उद्यम-पूँजीपतियों की जमघटवाली सिलिकॉन वैली की दो नामी-गिरामी बड़ी कंपनियाँ! जी हाँ, गूगल संस्थापकों ने 'दो को लड़ाकर अपना उल्लू सीधा करना' वाली कहावत का नमूना पेश किया था और सबको दाँतों तले उँगली दबाने के लिए मजबूर कर दिया था। तभी तो गूगल जैसी कंपनियाँ यूँ ही नहीं खड़ी हो जातीं, उसके लिए लैरी व सर्गेई जैसे 'सपनों का सौदागर' बनना पड़ता है।

यहाँ भी संयोगवश लैरी व सर्गेई को अपनी जिद को कामयाब कर दिखाने का मौका मिल गया था। डॉट कॉम शेयरों की उछाल के उन्माद काल में, क्लीनर पर्किंस के जॉन डोएर व सिकोइया कैपिटल के माइकल मोरित्ज—दोनों नए व्यापार के विचारों के बारे में 'पावर पॉइंट' प्रस्तुतियों की लंबी श्रृंखला को देख-देखकर थके हुए-से थे। उनके लिए भी यह तय करना मुश्किल हो रहा था कि किन उद्यमियों पर दाँव खेला जाए। फिर भी, यह जानना भी उनकी मजबूरी थी कि कंप्यूटर स्क्रीन पर प्रदर्शित किए जानेवाले कौन से विचार कामयाब हो सकते थे। सिलिकॉन वैली में वित्तपोषण के इन दोनों दिग्गजों को लैरी व सर्गेई ताजी हवा के

झोंके की तरह लगे थे। पावर पॉइंट प्रस्तुति की बजाय वे चालू सर्च इंजन प्रौद्योगिकी के साथ पहुँचे थे, जो डोएर व मोरित्ज की नजर में आए किसी भी चीज से उच्चतर श्रेणी के थे। उन दिग्गजों को गूगल के ये दोनों लड़के बहुत तेजस्वी लगे थे, साथ ही काफी ढीठ भी। लेकिन उनके पास संबंध, स्टैनफोर्ड की वंशावलियाँ, कुछ भी हासिल कर लेने का जुनून और अपने आप पर भरोसा भी था। वे उन अच्छे विचारोंवाले लोगों की तरह नहीं थे, जो खुद की संभावनाओं को देख पाने के काबिल न हों; यह साफ लग रहा था कि ये लड़के चाहे जो भी करना पड़े, अपने विचारों को लागू कर लेंगे।

मोरित्ज व उसकी कंपनी सिकोइया कैपिटल ने याहू को 20 लाख डॉलर का समर्थन दिया था और 1996 में याहू के 3.20 करोड़ डॉलर के आई.पी.ओ. में मोटी कमाई की थी। उस समय लैरी व सर्गेई कंपनी शुरू करने, उसके मूल्यांकन व अन्य तकनीकी जानकारियाँ जुटा रहे थे ताकि वे स्टैनफोर्ड के साथ पेटेंट सुविधा व विश्वविद्यालय से लाइसेंस हासिल कर सकनेवाला समझौता कर सकें।

लेकिन सिलिकॉन वैली के दोनों दिग्गजों के सामने सबसे बड़ा सवाल यह था कि खोज प्रौद्योगिकी, जिसके साथ कोई व्यापारिक प्रतिरूप नहीं था, का मूल्यांकन कैसे करें? दूसरा बड़ा सवाल यह था कि क्या कोई गंभीर निवेशक कभी भी इन दोनों के साथ काम करने को तैयार हो सकता था, क्योंकि वे जितना संभव हो, उतना अधिकार रखते हुए अधिक-से-अधिक धन चाहते थे। लैरी व सर्गेई की दीर्घकालीन रणनीति को लेकर न तो डोएर को और न ही मोरित्ज को कोई खास दिक्कत थी। उन दोनों की कंपनियाँ डॉटकॉम पागलपन का फायदा उठाते हुए कहीं और से भारी मात्रा में धन कमा रही थीं। चूँकि स्टैनफोर्ड के प्रोफेसर डेविड चेरीटोन—उद्यम पूँजीपतियों के विश्वासपात्र ने पहले ही गूगल के लड़कों को मदद कर उनकी ईमानदारी व कार्यनीति को प्रमाणित कर दिया था, इसलिए उन पर शक की तो कोई गुंजाइश ही नहीं बची थी। यहाँ तो उन लड़कों की एक अलग ही प्रतिभा सामने आई थी, जिसे देखकर डोएर व मोरित्ज हैरान हुए थे। अपनी पेजरैंक प्रौद्योगिकी व कंप्यूटर हार्डवेयर रणनीति को अत्यंत गंभीर तरीके के आगे बढ़ाने के बावजूद ये लड़के वास्तव में अच्छे लोग लग रहे थे, जो विभिन्न विषयों पर बातचीत कर

ये दोनों—लैरी व सर्गेई—बहुत ही चतुर लोग थे। इंटरनेट की उत्क्रांति (इवोल्यूशन) के आसपास होने से हमें कुछ लाभ होना था। दूसरी बात यह थी कि याहू ने अच्छी-खासी संख्या में खोज विक्रेताओं के साथ लाइसेंस-संबंध बनाए थे। उनका संबंध ओपन टेक्स्ट के साथ, अल्टाविस्टा के साथ और इंकटोमी के साथ था। और गूगल नवीनतम था जो साथ आनेवाला था।

सकते थे। वे असामान्य थे; और अपनी उसी खासियत के चलते वे सिलिकॉन वैली के दिग्गजों के लिए पसंदीदा साबित हुए थे।

असल में, लैरी व सर्गेई से मोरित्ज की मुलाकात याहू के सह-संस्थापक डेविड फिलो के जरिए तब हुई थी, जब वे स्टैनफोर्ड में ही थे। मोरित्ज व उसकी कंपनी सिकोइया कैपिटल ने याहू को 20 लाख डॉलर का समर्थन दिया था और 1996 में याहू के 3.20 करोड़ डॉलर के आई.पी.ओ. में मोटी कमाई की थी। उस समय लैरी व सर्गेई कंपनी शुरू करने, उसके मूल्यांकन व अन्य तकनीकी जानकारियाँ जुटा रहे थे ताकि वे स्टैनफोर्ड के साथ पेटेंट सुविधा व विश्वविद्यालय से लाइसेंस हासिल कर सकनेवाला समझौता कर सकें। लेकिन वह मुलाकात बहुत छोटी थी, मोरित्ज ने उनके बारे में उसके बाद कभी भी सोचा नहीं था।

आखिर मोरित्ज ने लैरी व सर्गेई की संभावनाओं का आकलन कैसे किया था ? सिलिकॉन वैली के सबसे सफल उद्यम पूँजीपति कैसे फैसले करते थे, इसके बारे में मोरित्ज का जवाब कुछ सुराग प्रदान करता है। इससे साफ होता है कि निवेश के बारे में फैसला करना विज्ञान जैसी ही कला होती है। इसके अलावा यह भी साबित होता है कि फैसले लेने की प्रक्रिया को कौन से संबंध प्रभावित करते हैं। मोरित्ज ने गूगल के साथ हुए सौदे के घटनाक्रम व कारणों को कुछ इस तरह याद किया था—

"रॉन कोनवे ने उनके बारे में हमें सनसनाहट दी थी। हम याहू के लड़कों के माध्यम से पहले ही उनके बारे में सुन चुके थे। यह 1999 का वसंत था, इसलिए सब कुछ अव्यवस्थित भीड़ में किया गया था। उन दिनों की परिस्थितियाँ व समय काफी उन्मादपूर्ण थे। हमने सिकोइया में, और पालो ऑल्टो में नगर-केंद्र के मुख्य मौके पर उनके छोटे से कार्यालय में कई बैठकें की थीं। उनका गूगल बीटा साइट चल रहा था, इसलिए खोज परिणामों—जो वे प्रदान कर रहे थे और जो दूसरे प्रदान

कर रहे थे—के बीच अंतर की गुणवत्ता का पता लगाना काफी आसान था। उनके मूल व्यवसाय विचार का विज्ञापन के साथ कुछ भी लेना-देना नहीं था। वह अन्य इंटरनेट कंपनियों व विभिन्न प्रकार के उद्यमों को प्रौद्योगिकी लाइसेंस के उद्देश्य से किया गया था।

"हम बहुत सारे मौकों पर गलत होते रहे थे। यह गूगल द्वारा प्रदान की जा रही सेवा की गुणवत्ता थी, जो प्रदर्शित रूप में उनसे बेहतर थी, जो आपको कहीं और नहीं मिल सकती थी। हमारे निवेश का यही कारण था और हमने सोचा था कि इंटरनेट के विकसित होते जाने के साथ खोज अधिक महत्त्वपूर्ण होगी, कम महत्त्वपूर्ण नहीं। ये दोनों—लैरी व सर्गेई—बहुत ही चतुर लोग थे। इंटरनेट की उत्क्रांति (इवोल्यूशन) के आसपास होने से हमें कुछ लाभ होना था। दूसरी बात यह थी कि याहू ने अच्छी-खासी संख्या में खोज विक्रेताओं के साथ लाइसेंस-संबंध बनाए थे। उनका संबंध ओपन टेक्स्ट के साथ, अल्टाविस्टा के साथ और इंकटोमी के साथ था। और गूगल नवीनतम था जो साथ आनेवाला था।

"याहू के लोग अपनी सेवा को एक खोज इंजन के रूप में ताकत देने के लिए गूगल में बहुत रुचि रखते थे और वे हमें कंपनी में निवेशक बनने की जरूरतों में मदद करने में भी रुचि ले रहे थे, क्योंकि उन्हें लगता था कि इससे याहू को मदद मिलेगी। सिकोइया कुछ हद तक याहू को सहायता करने के लिए गूगल में निवेश करने को इच्छुक था—हमारे लिए मदद सुनिश्चित करता था कि याहू का खयाल रखा जाएगा। वे सही ढंग से गूगल को देख रहे थे। कोई भी 1999 में समझ नहीं पा रहा था कि चीजें कैसे विकसित होने जा रही थीं। गूगल याहू के लिए एक संभावित विक्रेता था। हमें लग रहा था कि इंटरनेट ने दो उपयोगी अनुप्रयोगों की वंशवृद्धि की थी: एक 'इ-मेल' था व दूसरा 'खोज' थी। उन्होंने एक बेहतर खोज जाल का निर्माण किया था।

"वे असामान्य रूप से चतुर पुरुषों की एक जोड़ी थी, यह बहुत स्पष्ट था। अपने व्यवसाय में हम बहुत-से लोगों से मिलते हैं,

डोएर ने कॉम्पैक कंप्यूटर, सन माइक्रोसिस्टम्स व अमेजन.कॉम को लोगों का समर्थन देकर अपना भाग्य चमकाया था; और वे ऐसे उद्यम-पूँजीपति साबित हुए थे, जिसने अधिकांश लोगों के पहले उन कंपनियों को संचालित करनेवाली अवधारणाओं को बखूबी समझ लिया था।

और समय के साथ आप में—आंशिक रूप से उन्होंने क्या किया है या क्या कर रहे हैं, व आंशिक रूप से जिस रास्ते से वे खुद अभिव्यक्त करते हैं, के आधार पर भावना विकसित होती है कि कौन विशेष व्यक्ति हैं। उनमें उद्देश्य के लिए एक महान् भावना थी, जो एक कंपनी शुरू करने की चाहत करनेवाले किसी के लिए भी पर्याप्त रुचि की शर्त है। दृढ़ विश्वास की ज्वलंत भावना वह है, जिसकी आपको अपरिहार्य बाधाओं को दूर करने के लिए जरूरत होती है।" (स्रोत : द गूगल स्टोरी, पैन मैकमिलन, 2005)

जाहिर है कि गूगल में निवेश का फैसला करते हुए, मोरित्ज ने लैरी व सर्गेई की साझा दृष्टि की ताकत को भी पहचान लिया था। संभवत: मोरित्ज के सामने माइक्रोसॉफ्ट के बिल गेट्स व पॉल एलन, एप्पल के स्टीव जॉब्स व स्टीव वोज्निअक व याहू के जैरी यंग व डेविड फिलो जैसे सफल उद्यमी जोड़ियों की छवियाँ उभर आई होंगी; और उसे यह लगा था कि लैरी व सर्गेई की जोड़ी भी गूगल को सफल बनाने में सफल हो सकेगी।

इसके उलट, क्लीनर पर्किंस के जॉन डोएर ने लैरी व सर्गेई की जोड़ी की खासियतों के बजाय, इंटरनेट की दीर्घकालिक गतिशीलता, संभावना व उसमें गूगल की भूमिका के दावे के आकलन पर ज्यादा जोर दिया था। पिछले कई सालों से बढ़ते इंटरनेट उपयोग का कुशल तरीकों से फायदा उठा सकने वाली प्रौद्योगिकियों पर बड़ा दाँव लगाने के लिए, सिलिकॉन वैली के अधिकांश उद्यम-पूँजीपतियों के मुकाबले, डोएर ज्यादा इच्छुक रहे थे। डॉट कॉम उछाल के दौरान, अधिकांश लोग पारंपरिक बुद्धिमानी बरत रहे थे कि बाजार में जरूरत से ज्यादा तेजी व कोलाहल था। लेकिन डोएर ने उस सोच को नकारकर यह समझने पर जोर दिया था कि इंटरनेट की व्यापक संभावनाएँ लोगों की समझदारी से कहीं ज्यादा थीं। डोएर ने कॉम्पैक कंप्यूटर, सन माइक्रोसिस्टम्स व अमेजन.कॉम को लोगों का समर्थन देकर अपना भाग्य चमकाया था; और वे ऐसे उद्यम-पूँजीपति साबित हुए थे, जिसने अधिकांश लोगों के पहले उन कंपनियों को संचालित करनेवाली अवधारणाओं को बखूबी समझ लिया था।

असल में, लैरी व सर्गेई से मुलाकत करने के पहले से डोएर का अमेजन के संस्थापक जेफ बेजोस के जरिए गूगल से संबंध था। बेजोस गूगल के शुरुआती निवेशक भी थे और लैरी व सर्गेई के अनौपचारिक सलाहकार भी। डोएर के अनुभव व सिलिकॉन वैली में सितारा उद्यम पूँजीपति के रूप में उसकी हैसियत

को लैरी व सर्गेई ने कतई नजरअंदाज नहीं किया था। वे जानते थे कि गूगल के साथ डोएर की भागीदारी उनकी दृष्टि व विचारों को मजबूत व्यापारिक सौदों में बदलने में मदद कर सकती थी। उन्हें मालूम था कि डोएर अमेरिका ऑनलाइन (ए.ओ.एल.) में भी प्रारंभिक निवेशक रहे थे। उस समय की इंटरनेट सेवा प्रदान करनेवाली सबसे बड़ी कंपनी ए.ओ.एल., गूगल के विशाल संभावित ग्राहकों की सूची में सबसे ऊपर थी। लैरी व सर्गेई को ऐसे सौदों के जरिए आनेवाली बड़ी रकम का महत्त्व पता था। यदि वे ब्रह्मांड का सबसे अच्छा व व्यापक सर्च इंजन बनाने का सपना देखते थे तो उसे साकार करने के लिए यह आवश्यक संघटक (इंग्रेडीएंट) था। कुल मिलाकर, डोएर की अगुआई में क्लीनर पर्किंस का निवेश हासिल करना गूगल जैसी शुरुआती कंपनी को सफलता का अनुज्ञा-पत्र (परमिट) मिलने जैसा ही था।

लैरी व सर्गेई—दोनों खुश थे कि घटनाएँ उनके अनुमान के मुताबिक ही घट रही थीं। लेकिन गूगल की आर्थिक जरूरतें जिस तरह मुँह खोल कर खड़ी थीं, उसमें सौदे का रद्द होना उनके लिए बेहद खतरनाक हालात पैदा कर सकता था। लिहाजा दोनों उलझन में थे। उन्होंने पहले ही तय कर रखा था कि किसी भी सूरत में किसी को नियंत्रण-हिस्सेदारी नहीं बेचेंगे।

महारथी उद्यम-पूँजीपतियों को 'छोकरों' ने झुकाया

खैर, मोरित्ज व डोएर, दोनों ने अपनी संबंधित उद्यम-पूँजी कंपनियों के जरिए गूगल में निवेश करने का फैसला कर लिया था। यह बिल्कुल वही स्थिति आ गई थी, जिसका लैरी व सर्गेई ने मुलाकातों से काफी पहले ही अनुमान लगा रखा था। लेकिन बड़ी मुश्किल यह थी कि दोनों उद्यम-पूँजीपतियों ने कंपनी में संयुक्त निवेश से इनकार कर दिया था और दोनों के हाथ से निकल जाने का खतरा पैदा हो गया था। दोनों गूगल को 'अपना' सौदा होने का दावा करना चाहते थे; दोनों अपने आप में इतने बड़े थे कि वे दूसरे के लिए नियंत्रण छोड़ने को तैयार नहीं थे; दोनों को अल्पमत हिस्सेदार (माइनॉरिटी पार्टनर) बनकर सौदे में भाग लेने की कोई जरूरत भी नहीं थी और वे अकेले दम पर आसानी से सारा निवेश करने में सक्षम थे। क्लीनर पर्किंस व सिकोइया, दोनों के नियंत्रण में इतना ज्यादा धन था कि उन्हें गूगल जैसी शुरुआती कंपनी में निवेश साझा करने की परवाह करने की जरूरत

नहीं थी। सिलिकॉन वैली में उस समय तक ऐसा कुछ करने का चलन भी नहीं था; कम-से-कम सैंड हिल रोड की सबसे प्रतिष्ठित कंपनियाँ तो इस तरह के सौदे नहीं कर रही थीं।

लैरी व सर्गेई—दोनों खुश थे कि घटनाएँ उनके अनुमान के मुताबिक ही घट रही थीं। लेकिन गूगल की आर्थिक जरूरतें जिस तरह मुँह खोल कर खड़ी थीं, उसमें सौदे का रद्द होना उनके लिए बेहद खतरनाक हालात पैदा कर सकता था। लिहाजा दोनों उलझन में थे। उन्होंने पहले ही तय कर रखा था कि किसी भी सूरत में किसी को नियंत्रण-हिस्सेदारी नहीं बेचेंगे। ऐसे में, एक ही विकल्प था कि वे दोनों कंपनियों को गूगल में निवेश के लिए राजी कर लें। जैसे-जैसे सप्ताह घिसट रहे थे, लैरी व सर्गेई को समझ में आ रहा था कि उद्यम-पूँजीपति (वेंचर कैपिटलिस्ट) क्यों 'गिद्ध पूँजीपति' (वल्चर कैपिटलिस्ट) की शक्ल अख्तियार करते जा रहे थे; और उन्होंने यह सोचना शुरू कर दिया था कि गूगल उन दोनों के बिना ही बेहतर था।

वैसे तो यह असंभव-सी बात लग रही थी कि सिलिकॉन वैली के दोनों दिग्गज लैरी व सर्गेई जैसे नौसिखिए 'छोकरों' की शर्तें मानने को तैयार हो जाएँगे, लेकिन एक बार फिर से सौभाग्य ने उनका साथ दिया था। उनके पास संयोग से एक फरिश्ता निवेशक रॉन कोनवे था, जिसका मोरित्ज से और दूसरा राम श्रीराम था, जिसका डोएर से अच्छा संबंध था और उन्होंने उस असामान्य गतिरोध को हल करने में अहम भूमिका अदा की थी। लेकिन लैरी व सर्गेई ने उन्हें सीधे तौर पर इस काम के लिए नहीं कहा था। उन्होंने कॉनवे पर सिलिकॉन वैली के दूसरे फरिश्ता निवेशकों को जुटाने का दबाव बढ़ाया था। निष्क्रिय निवेशकों की व्यूह रचना का मतलब था कि लैरी व सर्गेई के हाथों में कंपनी की कमान होगी। उन्होंने कॉनवे को साफ कर दिया था कि वे सिर्फ इसी रास्ते पर चलने को तैयार थे; साथ ही, एक तरह से यह चेतावनी भी दे दी कि यदि जल्द ही धन का इंतजाम नहीं हुआ तो उनके व अन्य निवेशकों द्वारा किए गए शुरुआती निवेश भी बेकार हो सकते थे, क्योंकि गूगल को आगे चला पाने की नकदी जल्द ही खत्म हो जानेवाली थी।

दोनों सिलिकॉन वैली के स्टार उद्यम-पूँजीपति थे, उनकी आपस में प्रतिस्पर्धा भी थी और स्वाभाविक रूप से वे अभिमानी भी थे; लेकिन वे काफी सुलझे हुए पेशेवर थे।

ऐसी स्थिति में, रॉन कोनवे तेजी से सक्रिय हुआ था। उसने राम श्रीराम से संपर्क साधा। फिर एक ने मोरित्ज पर, व दूसरे

ने डोएर पर नैतिक दबाव बनाया कि यदि वे लोग जल्द ही एक साथ चलने का फैसला नहीं करते हैं, तो गूगल के लड़के उन्हें छोड़कर दूसरों के पास चले जाएँगे। हालाँकि मोरित्ज व डोएर, दोनों के पास धन के लिए अर्जी लगानेवालों की कतार काफी लंबी थी, लेकिन उनको गूगल के लड़के सबसे अलग व खास लग रहे थे। दोनों सिलिकॉन वैली के स्टार उद्यम-पूँजीपति थे, उनकी आपस में प्रतिस्पर्धा भी थी और स्वाभाविक रूप से वे अभिमानी भी थे; लेकिन वे काफी सुलझे हुए पेशेवर थे। लिहाजा, उन्होंने अपने-अपने अभिमान को एक तरफ रख दिया था, और एक अति संभावनाशील कंपनी—गूगल में संयुक्त रूप से निवेश करने को तैयार हो गए थे। कॉनवे व राम श्रीराम ने दोनों में से हरेक की ओर से 9 फीसदी हिस्सेदारी के बदले 1.25 करोड़ डॉलर यानी कुल 18 फीसदी हिस्सेदारी के लिए 2.5 करोड़ डॉलर का उद्यम निवेश करने और लैरी व सर्गेई को मुख्य हिस्सेदार के रूप में कंपनी की पूरी कमान देने के लिए तैयार कर लिया था।

लेकिन मोरित्ज व डोएर, दोनों ने अपने निवेश प्रस्ताव के साथ एक शर्त लगा दी थी—लैरी व सर्गेई वादा करें कि वे दोनों सर्च इंजन को एक लाभकारी व्यवसाय बनाने में अपनी मदद के लिए एक अनुभवी उद्योग कार्यकारी नियुक्त करेंगे।

चूँकि तब गूगल के पास व्यावसायिक योजना के नाम पर एक प्रारूप तक मौजूद नहीं था, ऐसे में बड़ा जोखिम उठाने जा रहे उद्यम पूँजीपतियों का आग्रह तार्किक था। उस स्वाभाविक आग्रह को मान लेने में लैरी व सर्गेई को भला कोई एतराज भी क्यों होता? उनके पास 2.50 करोड़ डॉलर की पूँजी आ रही थी और कंपनी पर संपूर्ण नियंत्रण का मताधिकार भी सुरक्षित था। वे भविष्य में अपने बहुमत के अधिकार का उपयोग कर निदेशक मंडल द्वारा मुख्य कार्यकारी अधिकारी (सी.ई.ओ.) की नियुक्ति या फिर किसी भी अनचाहे प्रस्ताव को खारिज करने या उसे मनचाहे समय तक टालने में पूरी तरह से सक्षम थे। कुल मिलाकर, गूगल के नौसिखिए लड़कों ने सिलिकॉन वैली के दिग्गजों को अपनी शर्तों पर राजी कर साबित किया था कि उनके पास न केवल प्रौद्योगिक विशिष्टता की ताकत थी, बल्कि वे बड़े कारोबार को सँभालने में सक्षम कुशल सौदेबाज भी थे।

जी हाँ, स्टैनफोर्ड से छुट्टी लेने के महज एक साल के भीतर 7 जून, 1999 को, लैरी व सर्गेई ने प्रेस विज्ञप्ति जारी कर ऐलान किया था कि गूगल इनकॉरपोरेशन में कुल 2.50 करोड़ डॉलर के निवेश के लिए क्लीनर पर्किंस व सिकोइया कैपिटल तैयार हो गई है। इस खबर ने स्टैनफोर्ड परिसर के छात्रों-प्राध्यापकों, पालो ऑल्टो

> **क्लीनर पर्किंस ने अमेजन.कॉम, अमेरिका ऑनलाइन, @होम, एक्साइट, हेअल्थेओन, इन्टुईट व स्पोर्ट्सलाइन जैसी टॉप-10 इंटरनेट कंपनियों में निवेश किया था, जिसने पिछले चार वर्षों में 250 अरब डॉलर से अधिक का बाजार मूल्य अर्जित किया था। जाहिर है कि गूगल के इस सफल सौदे की खबर को 8 जून, 1999 को तमाम अखबारों ने प्रमुखता से लिया था।**

के उद्यम-पूँजीपतियों व इंटरनेट कारोबार से जुड़े छोटे-बड़े सभी उद्यमियों को दाँतों तले उँगली दबाने पर मजबूर कर दिया था। यह निश्चित रूप से एक बहुत बड़ी रकम थी; इससे बड़ी अनोखी घटना यह थी कि जॉन डोएर व माइकल मोरित्ज जैसे प्रतिस्पर्धी दिग्गज एक साथ गूगल के निदेशक मंडल में शामिल होने को तैयार हो गए थे और सबसे बड़ी आश्चर्यजनक बात यह थी कि लैरी व सर्गेई जैसे विश्वविद्यालय से निकले छात्रों ने बिना अपना बहुमत अधिकार खोए—महज 18 फीसदी हिस्सेदारी के बदले—इतनी बड़ी उद्यम-पूँजी को हासिल कर किया था। सचमुच में, लैरी व सर्गेई के लिए यह 'सपनों का सौदा' (ड्रीम डील) जैसा ही था—अब उनके पास अपनी प्रेमिका जैसी सर्च इंजन को साकार रूप देने के लिए मनचाही रकम भी, और उस पर अपना हुक्म चलाने का अधिकार भी।

इस विज्ञप्ति में गूगल ने खुद का परिचय देते हुए यह भी कहा था कि कंपनी 50 फीसदी मासिक वृद्धि दर से आगे बढ़ रही थी। साथ ही, दोनों उद्यम पूँजी कंपनियों —सिकोइया कैपिटल व क्लीनर पर्किंस कौफील्ड एंड बायर्स का संक्षिप्त परिचय भी गूगल को अचानक अंतरराष्ट्रीय महत्त्व की कंपनी बना देने के लिए काफी था। उस वक्त सिकोइया कैपिटल और क्लीनर पर्किंस द्वारा वित्तपोषित कंपनियों का संयुक्त बाजार मूल्य क्रमशः 300 अरब डॉलर व 250 अरब डॉलर था। सिकोइया कैपिटल द्वारा संस्थापक निवेशक के रूप में वित्तपोषित कंपनियों में सिस्को सिस्टम्स, एप्पल कंप्यूटर, याहू !, लीनियर टेक्नोलॉजी, इलेक्ट्रॉनिक आर्ट्स, विटेसी सेमीकंडक्टर व इंटरनेशनल नेटवर्क सर्विसेज शामिल थीं। क्लीनर पर्किंस ने अमेजन.कॉम, अमेरिका ऑनलाइन, @होम, एक्साइट, हेअल्थेओन, इन्टुईट व स्पोर्ट्सलाइन जैसी टॉप-10 इंटरनेट कंपनियों में निवेश किया था, जिसने पिछले

चार वर्षों में 250 अरब डॉलर से अधिक का बाजार मूल्य अर्जित किया था।

जाहिर है कि गूगल के इस सफल सौदे की खबर को 8 जून, 1999 को तमाम अखबारों ने प्रमुखता से लिया था। फिर भी, लैरी व सर्गेई ने गूगल फ्रेंड्स न्यूजलेटर के जरिए अपने तमाम उपयोगकर्ताओं व मुफ्त के अनमोल सलाहकार मित्रों को सीधे संबोधित करना उचित समझा था।

निश्चित तौर पर, गूगल व इसके संस्थापकों के लिए यह एक मादक क्षण था। अपनी सफल सौदेबाजी, सर्च इंजन की प्रौद्योगिक श्रेष्ठताओं, उपयोगकर्ताओं की लगातार बढ़ती संख्या के मद्देनजर बेहतर भविष्य की संभावनाओं के बारे में अखबारों में हो रही तारीफों के बावजूद गूगल के दोनों संस्थापक केन्द्रीय सवाल का जवाब देने में अभी तक असफल साबित रहे थे। यह रहस्य बरकरार था—आखिर गूगल कमाई कैसे करेगा?

□

6

गूगल की तेज बढ़त और प्रौद्योगिक मान्यताएँ

सिलिकॉन वैली की दो दिग्गज उद्यम-पूँजी कंपनियों द्वारा अल्पमत हिस्सेदारी की घोषणा के बाद अब गूगल सर्च इंजन प्रौद्योगिकी की श्रेष्ठता को लेकर किसी को आशंका व्यक्त करने का कोई आधार नहीं बचा था। इस दिशा में 1 जुलाई, 1999 को गूगल ने एक और तमगा हासिल कर लिया था, जब नेटस्केप कम्युनिकेशंस ने अपनी सर्च सेवा के लिए गूगल से समझौता किया था।

> **लिहाजा, दफ्तर के निर्माण कार्य व आगे उसकी देखरेख के लिए उन्हें एक अनुभवी व पूर्णकालिक सुविधा-प्रबंधक (फेसिलिटीज मैनेजर) की तलाश थी। उन्होंने एक नजदीकी दोस्त के हवाले से जमीन-जायदाद मामले के विशेषज्ञ जॉर्ज सलाह, जो उस वक्त ओरेकल कॉरपोरेशन में सुविधा प्रबंधक की जिम्मेदारी सँभाल रहे थे, को सलाह-मशवरे के लिए बुलाया था।**

बीते साल 24 नवंबर, 1998 को अमेरिका ऑनलाइन ने 420 करोड़ डॉलर मूल्य के शेयरों के हस्तांतरण-सौदे के तहत नेटस्केप को अधिगृहीत किया था। इतनी बड़ी कंपनी द्वारा गूगल से समझौता साबित करता था कि वह खोज के मामले में किस·स्तर की सेवा प्रदान करने में सक्षम हो गया था।

इस समझौते से गूगल के उपयोगकर्ताओं की संख्या में अचानक काफी वृद्धि हुई थी। इसका सबूत जल्द ही सबके सामने आ गया था। 16 अगस्त, 1999 को जारी विश्वस्तरीय अमेरिकी कंपनी नीलसन होल्डिंग्स की इंटरनेट मिडिया उपभोक्ता-व्यवहार माप व विश्लेषण सेवा—नीलसन नेट रेटिंग्स की रिपोर्ट में गूगल को जुलाई

1999 माह के लिए अद्वितीय दर्शक आकार (यूनिक ऑडियंस साइज) में सबसे तेज बढ़त हासिल करनेवाला सर्च इंजन घोषित किया गया था, यानी इस दौरान गूगल पर सबसे ज्यादा नए उपयोगकर्ता आए थे। नीलसन-नेटरेटिंग्स के मुताबिक, उस जुलाई 1999 में टॉप-10 वेब पोर्टल/सर्च इंजन के अद्वितीय दर्शक आकार की औसत वृद्धि दर सिर्फ 2.1 फीसदी रही थी, जबकि गूगल की 88 फीसदी।

गूगल के दर्शकों की इतनी बड़ी संख्या को सँभालना आसान नहीं था। गूगल को न केवल तेजी से अपनी सर्वर क्षमता में विस्तार करना पड़ा था, बल्कि अपनी सॉफ्टवेयर-संरचना में भी आमूलचूल बदलाव को लागू करना था। गूगल की नई सुविधा व स्वरूप को अंजाम देने के लिए, जून 1999 के अंत तक लैरी व सर्गेई के अलावा गूगल-टीम के सदस्यों की कुल संख्या 6 से बढ़कर 18 हो चुकी थी।

माउंटेन व्यू में स्थानांतरण और तेज विस्तार

जल्द ही कंपनी के लिए पालो ऑल्टो का दफ्तर छोटा पड़ने लगा था; लैरी व सर्गेई को अंदाजा था कि गूगल कर्मचारियों की संख्या में तेजी से इजाफा होनेवाला था; लिहाजा, उन्होंने अब एक बहुत बड़े दफ्तर की तलाश शुरू कर दी। जल्द ही उन्हें पालो ऑल्टो के दक्षिण में स्थित माउंटेन व्यू शहर के व्यावसायिक इलाके में हाईवे-101 के सामने 2400 बेशोर पार्कवे में एक 42 हजार वर्गफुट जगह वाला बड़ा खाली भवन मिल गया था। यह इलाका स्टैनफोर्ड विश्वविद्यालय परिसर से महज 9 किलोमीटर दूर था। यहाँ हेवलेट पैकार्ड, नेटस्केप कॉरपोरेशन, सिलिकॉन ग्राफिक्स, इन्टुइट इनकॉरपोरेशन, रेमेडी कॉरपोरेशन व सन माइक्रोसिस्टम्स के मुख्यालय पहले से मौजूद थे और वहाँ माइक्रोसॉफ्ट के सिलिकॉन वैली कैंपस का निर्माण चल रहा था।

नए दफ्तर की सुविधाओं को लेकर लैरी व सर्गेई की बिल्कुल अपनी सोच थी। लिहाजा, दफ्तर के निर्माण कार्य व आगे उसकी देखरेख के लिए उन्हें एक अनुभवी व पूर्णकालिक सुविधा-प्रबंधक (फेसिलिटीज मैनेजर) की तलाश थी।

गूगल संस्थापक कंप्यूटर के सस्ते हिस्से-पुर्जों को जोड़कर बनाए गए सर्वर के जरिए अपनी सूचना भंडारण व प्रसंस्करण (इनफॉर्मेशन स्टोरेज एंड प्रोसेसिंग) क्षमता विस्तार करते रहे थे; और उसे अपने विशेष दूरस्थ नियंत्रण सॉफ्टवेयर प्रणाली (रिमोट कंट्रोल सॉफ्टवेयर सिस्टम) के जरिए संचालित कर रहे थे।

उन्होंने एक नजदीकी दोस्त के हवाले से जमीन-जायदाद मामले के विशेषज्ञ जॉर्ज सलाह, जो उस वक्त ओरेकल कॉरपोरेशन में सुविधा प्रबंधक की जिम्मेदारी सँभाल रहे थे, को सलाह-मशवरे के लिए बुलाया था। जब सलाह पालो ऑल्टो स्थित दफ्तर में लैरी पेज से मिलने गए थे, तो उन्हें बड़ी हैरानी हुई थी कि तब महज 35 कर्मचारियोंवाली छोटी कंपनी गूगल को इतने बड़े नए दफ्तर व उसकी देखरेख के लिए पूर्णकालिक सुविधा प्रबंधक की जरूरत क्यों थी! सलाह ने इस बारे में लैरी पेज से असल जानकारी ले लेना ही उचित समझा था। जब लैरी ने उन्हें बताया था कि अगले पाँच वर्षों में गूगल को माउंटेनव्यू में ऐसे कई भवनों की जरूरत होगी, दुनिया भर में गूगल के कई दफ्तर व डाटा केंद्र होंगे तो उन्हें भरोसा नहीं हुआ था। फिर भी, जॉर्ज सलाह ने गूगल का नौकरी का प्रस्ताव स्वीकार कर लिया था और नए दफ्तर को लैरी व सर्गेई की सोच के मुताबिक विकसित करने में जुट गए थे।

13 अगस्त, 1999 को गूगल का सारा दफ्तर, पालो ऑल्टो से माउंटेनव्यू दफ्तर में स्थानांतरित हो गया था। बाद में, 26 अगस्त को जारी प्रेस विज्ञप्ति में इस बदलाव की जानकारी देते हुए गूगल के सह-संस्थापक व अध्यक्ष सर्गेई ब्रिन ने कहा था—

"हमारा नया माउंटेनव्यू कार्यालय अपने कर्मचारियों को एक जीवंत, रोचक, खुला काम करने का माहौल प्रदान करता है। हम सबसे अच्छी व सबसे तेजस्वी प्रतिभाओं को आकर्षित करने व अपने पास बनाए रखने हेतु उच्च गुणवत्तावाले कार्यक्षेत्र की रचना के लिए प्रतिबद्ध हैं। उस लिहाज से, हमारी नई सेवा सुविधाजनक मौके पर स्थित है और कर्मचारियों को खुश, स्वस्थ व कार्यशील रखने के लिए अतिरिक्त सुख-सुविधाएँ मुहैया कराता है।"

नए दफ्तर में आने के बाद गूगल ने अपनी बढ़त दर व पहचान को लगातार अगले स्तर पर ले जाने की प्रक्रिया को और तेज किया था। उपयोगकर्ताओं की लगातार बढ़ती संख्या व उनकी बढ़ती खोज जिज्ञासाओं को कम-से-कम समय में पूरा करने के लिए तीन मोर्चों पर एक साथ काम किया जा रहा था : सर्वर व नेटवर्क क्षमता का विकास व दूरस्थ नियंत्रण; बुनियादी सर्च इंजन सॉफ्टवेयर को त्रुटिरहित बनाना और आंतरिक जटिलताओं के बावजूद उपयोगकर्ता अंतरफलक (यूजर इंटरफेस)/ मुख पृष्ठ (होम पेज) को साफ-सुथरा बनाए रखना।

सर्वर व नेटवर्क क्षमता का विकास : हम जानते हैं कि अब तक के गूगल संस्थापक कंप्यूटर के सस्ते हिस्से-पुर्जों को जोड़कर बनाए गए सर्वर के जरिए

अपनी सूचना भंडारण व प्रसंस्करण (इनफॉर्मेशन स्टोरेज एंड प्रोसेसिंग) क्षमता विस्तार करते रहे थे; और उसे अपने विशेष दूरस्थ नियंत्रण सॉफ्टवेयर प्रणाली (रिमोट कंट्रोल सॉफ्टवेयर सिस्टम) के जरिए संचालित कर रहे थे। लेकिन वेब पृष्ठों की सूची व उपयोगकर्ताओं के विस्तार के साथ सर्वर की संख्या में वृद्धि व उसे आपस में जोड़नेवाले संजाल (नेटवर्क) के लगातार बड़े होते जाने के चलते मौजूदा दूरस्थ नियंत्रण प्रणाली को नए सिरे से विकसित करने की जरूरत थी। जून के अंत में नेटस्केप नेटसर्च के लिए गूगल द्वारा खोज सेवा शुरू करने के बाद अचानक दबाव बढ़ने के चलते कुछ समय के लिए गूगल की नियंत्रण प्रणाली ध्वस्त भी हो चुकी थी। कुछ समय के लिए गूगल को अपने खुद के उपयोगकर्ताओं के लिए वेबसाइट को बंद रखना पड़ा था।

लेकिन गूगल संस्थापकों को इस दुर्घटना का पहले अंदाजा था। वे बखूबी जानते थे कि यह काम कंप्यूटर संचालित स्नायुतंत्र (न्यूरो सिस्टम) विकसित करने जैसा था। लिहाजा, उन्होंने इस अत्यंत संवेदनशील काम को अंजाम देने के लिए जेम्स रीज को चुना था, जो न केवल स्नायु शल्य-चिकित्सक (न्यूरो सर्जन) थे, बल्कि स्नायु विज्ञान (न्यूरो साइंस) से संबंधित सॉफ्टवेयर के विकास के भी अनुभवी थे। लेकिन जून के तीसरे सप्ताह में जब जेम्स रीज ने अपना काम शुरू किया था, तब नेटस्केप की सेवा शुरू होने में कुछ ही दिन बचे थे और लैरी व सर्गेई ने उन्हें दो हजार सर्वर को जल्द-से-जल्द स्थापित करने व चालू करने का आदेश दे दिया था।

तमाम दिक्कतों का सामना करते हुए, लगभग जान पर खेलकर, जेम्स रीज ने उस वक्त गूगल की प्रौद्योगिकी क्षमता की बाजार-साख को बचा लिया था। उसके बाद जेम्स की अगुआई में गूगल के परिचालन समूह में नए इंजीनियरों की नियुक्ति होती गई थी और गूगल अपनी सर्वर व संजाल नियंत्रण क्षमता के लगातार विकास की दिशा में तेजी से कदम बढ़ाता गया।

अभी गूगल के परिचालन समूह (ऑपरेशन ग्रुप)—संजाल व प्रणाली प्रशासन (नेटवर्क एंड सिस्टम्स एडमिनिस्ट्रेशन) का गठन होना बाकी था और जेम्स रीज अपने विभाग के प्रमुख भी थे और एकमात्र कर्मचारी भी। लैरी व सर्गेई सहित रीज गूगल के 18वें कमर्चारी के रूप में नियुक्त हुए थे। आपाधापी का माहौल था, सब अपने-अपने काम में लगे हुए थे।

पदनाम सिर्फ कहने भर के लिए था, सब काम खुद-ब-खुद करना पड़ता था, लैरी व सर्गेई भी अपने-अपने काम पर लगे रहते थे। ऐसे में जेम्स रीज को उनके कठिन काम को अंजाम देने के लिए सहयोगी के नाम पर बिक्री विभाग के स्टीव स्चिमेल को मदद करने को कहा गया था।

असल में 24 जून की रात में नेटस्केप व गूगल के समझौते पर हस्ताक्षर हुए थे, और अगले ही दिन नेटस्केप ने अपनी ओपन डायरेक्टरी के यातायात को गूगल पर स्थानांतरित कर दिया था। नेटस्केप ने यही अनुमान लगाया था कि गूगल के मौजूदा यातायात में 1.70 गुना की वृद्धि होगी, और जेम्स ने अपनी तरफ से एहतियात बरतते हुए पाँच गुना ज्यादा यातायात सँभालने का इंतजाम किया था। लेकिन हकीकत में यातायात पाँच गुना ज्यादा बढ़ गया था, और लैरी व सर्गेई को खुद भी एक्सोडस आकर मशीनों को जोड़ने में सहायता देनी पड़ी थी। खैर, तमाम दिक्कतों का सामना करते हुए, लगभग जान पर खेलकर, जेम्स रीज ने उस वक्त गूगल की प्रौद्योगिकी क्षमता की बाजार-साख को बचा लिया था। उसके बाद जेम्स की अगुआई में गूगल के परिचालन समूह में नए इंजीनियरों की नियुक्ति होती गई थी और गूगल अपनी सर्वर व संजाल नियंत्रण क्षमता के लगातार विकास की दिशा में तेजी से कदम बढ़ाता गया।

सिलिकॉन वैली की दो बड़ी उद्यम-पूँजी कंपनियों द्वारा कुल 2.5 करोड़ डॉलर के निवेश के बाद, गूगल के लिए न तो धन की कोई समस्या रह गई थी और न ही लैरी व सर्गेई के मनोबल को बढ़ावा देनेवालों की। उन दोनों कंपनियों के दिग्गज गूगल संस्थापकों के सपनों व महत्त्वाकांक्षाओं को

गूगल के विशाल संजाल में रोजाना विफल होनेवाले कंप्यूटरों की संख्या भी काफी अधिक होने की आशंका थी और उन्हें हटाकर उनकी जगह नया कंप्यूटर स्थापित करना भी अपने आप में बहुत बड़ा काम था। लैरी व सर्गेई को तथ्य का अनुमान था और वे बखूबी जानते थे कि इस काम को मानवीय तरीके से अंजाम देना न केवल मुश्किल था, बल्कि महँगा भी था। इस समस्या ने निपटने के लिए भी गूगल का इंतजाम अनोखा था; उसका संजाल नियंत्रण सॉफ्टवेयर विफल कंप्यूटर को 'बाईपास' कर संजाल की निरंतरता को कायम रखता था।

हवा दे रहे थे। अब सबसे बेहतरीन प्रतिभाओं को आकर्षित करना भी आसान हो गया था। लिहाजा, सितंबर 1999 में गूगल ने भारी मात्रा में कंप्यूटर व संबंधित हिस्सों-पुर्जों की खरीदारी का अभियान चलाया था; और एक्सोडस के अलावा अन्य होस्टिंग कंपनियों की सुविधाओं पर जगह किराए पर लेकर अपना डाटा-केंद्र विकसित किया था।

अब लैरी व सर्गेई को स्टैनफोर्ड लोडिंग डॉक (स्टैनफोर्ड विश्वविद्यालय की आपूर्ति सुविधा) में जाकर रद्दी कंप्यूटर खरीदने की जरूरत नहीं थी। अब वे खुद को दूसरे मुकाम पर ले आए थे। वे अपनी गाड़ी में बैठकर सीधे सिलिकॉन वैली स्थित इलेक्ट्रॉनिक्स एम्पोरियम—फ्राईस इलेक्ट्रॉनिक्स पहुँच जाते और वहाँ प्रदर्शित अनगिनत प्रकारों के कंप्यूटर, हार्ड डिस्क व रैंडम एक्सेस मेमोरी (रैम) की भारी खरीदारी करते थे। गूगल कार्यालय—गूगलप्लेक्स में वापस लौटकर उन मशीनों को पूरी तरह खोल दिया जाता था; उनकी ज्यादा बिजली खपत करनेवाले व ज्यादा जगह घेरनेवाले गैरजरूरी हिस्से-पुर्जों को अलग निकाल दिया जाता था, रैक में उन कंप्यूटरों को श्रृंखलाबद्ध किया जाता था, उनकी वायरिंग की जाती थी और फिर एक खास प्रकार के सॉफ्टवेयर के जरिए उन्हें संचालित किया जाता था।

जी हाँ, इस तरह से कम-से-कम लागतवाली, कम-से-कम बिजली खपत करनेवाली, कम-से-कम जगह घेरनेवाली और अपेक्षाकृत बहुत ज्यादा क्षमतावाली गूगल सुपर कंप्यूटर प्रणाली का विकास किया जाता था। वे 8 लाख डॉलरवाली महँगी आईबीएम कंप्यूटर प्रणाली की जगह 2.5 लाख लाख डॉलर में अपना सर्वर तैयार करते थे। वे माइक्रोसॉफ्ट की महँगी परिचालन प्रणाली (ऑपरेटिंग सिस्टम) नहीं खरीदते थे, बल्कि मुफ्त लिनक्स प्रणाली का इस्तेमाल करते थे। कुल मिलाकर, गूगल प्रति डॉलर की लागत पर अपने प्रतिस्पर्धियों के मुकाबले तीन गुना से भी अधिक कंप्यूटिंग क्षमता का विकास कर रहा था।

चूँकि गूगल के बुनियादी व्यक्तिगत कंप्यूटर (पीसी) में आईबीएम सुपर कंप्यूटर जैसे अंतर्निहित सुरक्षा-उपाय नहीं थे, इसीलिए उनके विफल होने की आशंका भी ज्यादा थी। एक साधारण डेस्कटॉप कंप्यूटर की तरह संयोजित गूगल कंप्यूटर की औसत उम्र महज दो से तीन साल ही थी; लिहाजा, नियत समय के बाद उन्हें बदलने की जरूरत की आशंका भी ज्यादा थी। ऐसे में, गूगल के विशाल संजाल में रोजाना विफल होनेवाले कंप्यूटरों की संख्या भी काफी अधिक होने की आशंका थी और उन्हें हटाकर उनकी जगह नया कंप्यूटर स्थापित करना भी

सितंबर 1999 में गूगल पर खोज की जानेवाली जिज्ञासाओं की संख्या रोजाना 30 से 50 लाख के स्तर तक पहुँच रही थी; व्यस्त क्षणों में गूगल प्रति सेकंड औसतन 65 सवालों के खोज नतीजे पेश कर रहा था।

अपने आप में बहुत बड़ा काम था। लैरी व सर्गेई को तथ्य का अनुमान था और वे बखूबी जानते थे कि इस काम को मानवीय तरीके से अंजाम देना न केवल मुश्किल था, बल्कि महँगा भी था। इस समस्या ने निपटने के लिए भी गूगल का इंतजाम अनोखा था; उसका संजाल नियंत्रण सॉफ्टवेयर विफल कंप्यूटर को 'बाईपास' कर संजाल की निरंतरता को कायम रखता था। मतलब, गूगल के डाटा सेंटर में विफल कंप्यूटरों को बदलने या हटाने की कोई जरूरत नहीं थी।

जेम्स रीज ने संस्थापकों की इस मूल योजना को एक और नया आयाम दिया था। रीज ने एक्सोडस के अलावा उत्तरी कैलिफोर्निया में ही दूसरा डाटा केंद्र बनाया था और तीसरा वाशिंगटन डीसी क्षेत्र में। जब रीज गूगल में आए थे तो कंप्यूटरों की संख्या सिर्फ 300 थी, जो एक माह के भीतर 2000 बढ़ गई थी और अगली गरमी तक उसमें चार हजार कंप्यूटर और जुड़ गए थे। यह सिलसिला लगातार जारी रहा था। जेम्स रीज व उनके दल के सदस्य इन डाटा केंद्रों को एक स्थान से नियंत्रण करने की स्थिति में थे। इन डाटा केंद्रों में गूगल की सूचनाओं का भंडारण इस तरह से किया गया था कि तमाम सूचनाएँ हर हाल में सुरक्षित रहें। यदि किसी डाटा केंद्र में आग भी लग जाए तो भी गूगल के कामकाज पर कोई फर्क नहीं पड़नेवाला था, क्योंकि रीज समानांतर संजालों में हर सूचना की कई प्रतियाँ सुरक्षित करता जा रहा था।

बीटा परीक्षण खत्म, नए गूगल का शुभारंभ

गूगल के सामने सिर्फ सूचना भंडारण व प्रसंस्करण क्षमता के विकास की ही चुनौती नहीं थी। जिज्ञासाओं के बिल्कुल सटीक नतीजों के लिए गूगल के बुनियादी सॉफ्टवेयर की वास्तु संरचना में आमूलचूल बदलाव लाने की जरूरत महसूस होने लगी थी और इस काम को अंजाम देने में गूगल के इंजीनियरिंग विभाग के उपाध्यक्ष उर्स होजले जुटे हुए थे। तीसरा मसला, गूगल के साफ-सुथरे मुख पृष्ठ को और बेहतर बनाने की थी, जिसके लिए मारिसा मेयर जुटी हुई थी।

सितंबर 1999 में गूगल पर खोज की जानेवाली जिज्ञासाओं की संख्या रोजाना

30 से 50 लाख के स्तर तक पहुँच रही थी; व्यस्त क्षणों में गूगल प्रति सेकंड औसतन 65 सवालों के खोज नतीजे पेश कर रहा था। अभूतपूर्व तेजी के साथ इंटरनेट का विस्तार हो रहा था, रोजाना करीब 15 लाख नए वेब पृष्ठ जोड़े जा रहे थे, गूगल का तेज व स्वचालित वेब क्रॉलर उन वेब पृष्ठों को तत्काल पकड़कर गूगल इंडेक्स में जोड़े जा रहा था; और गूगल सर्च इंजन द्वारा हरेक जिज्ञासा के बदले पेश किए जा रहे खोज नतीजों की संख्या भी लगातार बढ़ती जा रही थी। लेकिन इन बहुत ज्यादा खोज नतीजों में से बिल्कुल सही नतीजों को ढूँढ़ना उपयोगकर्ताओं के लिए एक समस्या बनती जा रही थी।

इस समस्याओं से निपटने के लिए गूगल ने गूगल स्काउट (Google Scout) नामक नई खोज सुविधा ईजाद की थी, जो प्रत्येक खोज परिणाम के लिए संबंधित साइटों की एक सूची प्रदान करता था। इसके अलावा, उपयोगकर्ताओं को वेब खोज का और बेहतर अनुभव प्रदान करने के लिए उपयोगकर्ता अंतराफलक (यूजर इंटरफेस)/मुख पृष्ठ (होम पेज) को दुबारा डिजाइन किया गया था, जिसमें बीटा परीक्षण के दौरान पाई गई खामियों को पूरी तरह से खत्म करने की कोशिशें की गई थीं। फिर, 21 सितंबर, 1999 को, गूगल स्काउट की नई सुविधा के साथ गूगल सर्च इंजन के संपूर्ण संस्करण की घोषणा की गई थी। इस तरह गूगल ने नए वेबसाइट के शुभारंभ व गूगल स्काउट सुविधा की शुरुआत कर अपना सफल व व्यापक रूप से प्रचारित बीटा परीक्षण पूरा कर लिया था, जो स्टैनफोर्ड विश्वविद्यालय के कंप्यूटर विज्ञान विभाग में तीन साल से अधिक के उन्नत अनुसंधान पर आधारित था।

'साइट सर्च' के जरिए दर्शक संबंधित साइट पर मौजूद जानकारियों को गूगल जैसी तेजी व सटीकता के साथ खोज सकने में सक्षम हो गए थे। ये अनुप्रयोग (एप्लीकेशन) सॉफ्टवेयर नहीं थे, बल्कि गूगल की ओर से प्रदान की जा रही सेवाएँ थीं। लिहाजा, इसमें आनेवाली किसी भी गड़बड़ी को गूगल की स्वचालित प्रौद्योगिकी खुद-ब-खुद दुरुस्त कर लेती थी और संबंधित साइट को इसके रख-रखाव की कोई चिंता की जरूरत नहीं थी।

इसके साथ ही, गूगल ने इंटरनेट सर्च को सार्वजनिक सुविधा बना देने की

क्रांतिकारी रणनीति के तहत दो खोज सेवा उत्पादों— वेब सर्च (Web Search) व साइट सर्च (Site Search)—का विकास किया था। ये किसी भी वेबसाइट पर पूरी तरह मेजबानी कर सकनेवाले खोज समाधान सेवाएँ थीं, जिन्हें वेबसाइट के विकासकर्ता (वेब मास्टर/वेब डेवलपर) आसानी से स्थापित कर सकते थे।

'वेब सर्च' की स्थापना के बाद संबंधित वेबसाइट के दर्शकों को वेब पर जानकारी की खोज के लिए उस साइट को छोड़ने की जरूरत नहीं पड़ती थी बल्कि गूगल उसी वेबसाइट पर सारे खोज नतीजे पेश कर सकने में सक्षम था और वह भी संबंधित वेबसाइट की दिखावट व बनावट में किसी छेड़छाड़ के बिना ही। 'साइट सर्च' के जरिए दर्शक संबंधित साइट पर मौजूद जानकारियों को गूगल जैसी तेजी व सटीकता के साथ खोज सकने में सक्षम हो गए थे। ये अनुप्रयोग (एप्लीकेशन) सॉफ्टवेयर नहीं थे, बल्कि गूगल की ओर से प्रदान की जा रही सेवाएँ थीं। लिहाजा, इसमें आनेवाली किसी भी गड़बड़ी को गूगल की स्वचालित प्रौद्योगिकी खुद-ब-खुद दुरुस्त कर लेती थी और संबंधित साइट को इसके रख-रखाव की कोई चिंता की जरूरत नहीं थी।

नेटस्केप का यह घोषित करना कि उसके नंबर-1 होने का बड़ा कारण गूगल खोज प्रौद्योगिकी थी, बहुत बड़ी बात थी। नेटस्केप अब उस अमेरिकी ऑनलाइन (ए.ओ.एल.) की सहयोगी कंपनी थी, जो उस वक्त परस्पर संवादात्मक (इंटरैक्टिव) सेवाओं, वेब ब्रांडों, इंटरनेट प्रौद्योगिकी, व इलेक्ट्रॉनिक वाणिज्य (ई कॉमर्स) सेवाओं की दुनिया की अग्रणी कंपनी थी। अब गूगल दुनिया भर में फैलने लगा था।

यह उस जमाने की अद्भुत सेवा थी। तमाम पोर्टल दूसरों के दर्शकों को अपनी ओर खींचने की कोशिशों में जुटे हुए थे, जबकि गूगल आपकी साइट के दर्शकों को आपके पास ही बनाए रखने में आपकी मदद कर रहा था। लेकिन यही मुफ्त सेवा निकट भविष्य में गूगल के लिए अब तक अज्ञात खजाने का ऐतिहासिक मार्ग साबित होनेवाली थी। इसी विशिष्ट प्रौद्योगिकी सेवा के जरिए गूगल अपने पास आपके दर्शकों की पसंद का आँकड़ा जमा करती जा रही थी, जिसके जरिए ग्राहक लक्षित विज्ञापन (कस्टमर टार्गेटेड एडवरटिजमेंट) सेवा का विशाल कारोबारी संजाल खड़ा होनेवाला था।

गूगल प्रौद्योगिकी की लगातार बढ़ती मान्यता

नई संपूर्ण वेबसाइट के शुभारंभ की घोषणा के अगले ही दिन, सिलिकॉन वैली को गूगल प्रौद्योगिकी के लगातार प्रभाव का एक और सबूत मिला था। 22 सितंबर, 1999 को, नेटस्केप कम्युनिकेशंस ने 'सर्च इंजन वॉच' के ताजे सर्वेक्षण के हवाले से अपनी नई इंटरनेट खोज सेवा—नेटस्केप सर्च को नंबर-1 घोषित कर दिया था। प्रेस विज्ञप्ति में, नेटस्केप के तत्कालीन कार्यकारी उपाध्यक्ष (एक्जीक्यूटिव वाइस प्रेसिडेंट) जिम मार्टिन ने कहा था—"नेटस्केप—लोग वेब पर जो चीज खोजते हैं, वे कैसे प्राप्त करते हैं—को सुधारने के लिए एक जबरदस्त प्रयास कर रही है और हमें यह घोषणा करते हुए खुशी है कि इंटरनेट सर्च सेवाओं के भीड़ भरे क्षेत्र में, नेटस्केप सर्च बाजार की पेशकश में सबसे अच्छा है।" उसी प्रेस विज्ञप्ति में, आगे दावा किया गया था—"नेटस्केप सर्च, अपने अभिनव प्रथम पृष्ठ परिणाम (फर्स्ट पेज रिजल्ट्स) प्रणाली के जरिए पहले पृष्ठ पर जल्दी व आसानी से सटीक व प्रासंगिक खोज परिणाम देनेवाली पहली इंटरनेट खोज सेवा है। सेवा गूगल इनकॉरपोरेशन के जरिए अगली पीढ़ी की खोज-प्रौद्योगिकी की विशेषता भी प्रदान करती है। गूगल का सर्च इंजन, जो उपलब्ध सबसे बड़ी व सबसे व्यापक सूचीक्रमों में से एक है, अत्यंत प्रासंगिक व उच्च गुणवत्तावाले खोज परिणाम देने के लिए जटिल गणितीय कलन विधि (कॉम्प्लेक्स एल्गोरिदम) का उपयोग करता है।"

नेटस्केप का यह घोषित करना कि उसके नंबर-1 होने का बड़ा कारण गूगल खोज प्रौद्योगिकी थी, बहुत बड़ी बात थी। नेटस्केप अब उस अमेरिकी ऑनलाइन (ए.ओ.एल.) की सहयोगी कंपनी थी, जो उस वक्त परस्पर संवादात्मक (इंटरैक्टिव) सेवाओं, वेब ब्रांडों, इंटरनेट प्रौद्योगिकी, व इलेक्ट्रॉनिक वाणिज्य (इ-कॉमर्स) सेवाओं की दुनिया की अग्रणी कंपनी थी। अब गूगल दुनिया भर में फैलने लगा था। 12 नवंबर, 1999 को, इटली के सबसे लोकप्रिय वेब पोर्टल—विर्गिलियो (अब टेलिकॉम इटालिया समूह का हिस्सा) ने; और 15 नवंबर को, सैन फ्रांसिस्को की ऑनलाइन शिक्षा में क्रांतिकारी प्रयोग करने वाली शुरुआती कंपनी हंग्री माइंडस इनकॉरपोरेशन (अब जॉन विएली एंड संस का हिस्सा); और 17 नवंबर को, समलैंगिक समुदाय की सबसे बड़ी इंटरनेट सेवा कंपनी प्लेनेट आउट कॉरपोरेशन और 29 नवंबर को, यूनाइटेड किंग्डम में मनोरंजन व पर्यटन पोर्टल—वर्जिन नेट (वर्जिन समूह) ने गूगल वेब सर्च/गूगल साइट सर्च की सेवाएँ शुरू करने का ऐलान किया था।

इस बीच, 16 नवंबर, 1999 को, लास वेगास में आयोजित कॉमडेक्स (कंप्यूटर डीलर्स एक्जीबीशन) के दौरान, गूगल को इंटरनेट बुनियादी ढाँचे में तकनीकी उत्कृष्टता के लिए वेब अनुप्रयोग (एप्लीकेशन) श्रेणी में 'पीसी मैगजीन' अवार्ड्स के लिए चुना गया था। 'पीसी मैगजीन' विभिन्न उत्पाद श्रेणियों में नई प्रौद्योगिकियों, अवधारणाओं व प्रमुख उन्नतियों को अंजाम देनेवाली कंपनियों को हर साल इस प्रतिष्ठित तकनीकी उत्कृष्टता पुरस्कार के लिए चुनती है। उस साल 'पीसी मैगजीन' के संपादक-मंडल ने विभिन्न श्रेणी में गूगल सहित 33 सफल उत्पादों को अपनी अंतिम चुनाव सूची में शामिल किया था, जिसके लिए सैकड़ों कंपनियों ने पत्रिका को 30 सितंबर, 1999 तक अपने उत्पाद व संबंधित जानकारियाँ भेजी थीं।

गूगल के लगातार बढ़ते प्रभाव व पहचान का अगला सबूत 10 दिसंबर, 1999 को मिला था, जब एनपीडी ऑनलाइन रिसर्च ने 13 खोज इंजनों व पोर्टलों के बीच उपयोगकर्ता संतुष्टि व वफादारी के मामले में गूगल को पहले स्थान पर रखकर सिलिकॉन वैली के महारथियों को चौंकने पर मजबूर कर दिया था। यह सर्वेक्षण अक्तूबर व नवंबर 1999 के दौरान 39 हजार से अधिक योग्य उत्तरदाताओं के बीच आयोजित किया गया था, जिनमें शामिल होनेवाली 13 कंपनियाँ थीं— अल्टाविस्टा, ए.ओ.एल., आस्क जीवेस, एक्साइट, गो नेटवर्क, गूगल, गोटू.कॉम, हॉटबोट, लुकस्मार्ट, लाइकोस, नेटस्केप, वेबक्रॉलर व याहू!

साल 1999 के अंत में गूगल को एक और बड़ा सार्वजनिक खिताब मिला था, जब अंतरराष्ट्रीय समाचार पत्रिका—'टाइम' ने 20 दिसंबर, 1999 को प्रकाशित अपने वैश्विक संस्करण में गूगल को '1999 की सर्वश्रेष्ठ साइबरटेक' सूची में सातवें स्थान पर रखा था। गूगल के बारे में 'टाइम' की टिप्पणी इस प्रकार थी—

"खुद को मेगा-मॉल के ऑनलाइन-समतुल्य के रूप में बढ़ानेवाली याहू, इन्फोसीक व एक्साइट जैसी साइटों के साथ, एक सर्च इंजन को पाना ताजगी भरा है, जो सिर्फ खोज ही करता है और अच्छे तरीके से खोजता है। गूगल का पुरस्कृत, सामान्य बुद्धि दृष्टिकोण लगभग हमेशा वास्तव में वही लाता हुआ दिखता है, जिसे आप ढूँढ़ रहे होते हैं।"

□

7

'गूगल' बना दुनिया का सबसे बड़ा सर्च इंजन

1999 के अंत में, हालाँकि गूगल रोजाना औसत 70 लाख खोज जिज्ञासाओं को सँभाल रहा था, लेकिन लाइसेंस-समझौतों से होनेवाली उसकी आमदनी काफी कम थी। गूगल संस्थापकों—लैरी पेज व सर्गेई ब्रिन को अमीर बनने की परवाह नहीं थी और वे कारोबार में किसी प्रकार की अशुद्धि नहीं चाहते थे, लेकिन गूगल को एक लाभ दे सकने वाले कारोबार का रूप देना उनकी चिंता का विषय जरूर था। वे जानते थे कि यदि गूगल में राजस्व का प्रवाह तेज नहीं हुआ तो ब्रह्मांड की जानकारियों को मुफ्त में सर्वसुलभ बनाने का उनका सपना पूरा हो पाना असंभव हो जाएगा।

याहू की निर्देशिकाओं की जानकारियाँ लगातार पुरानी होती चली गई थीं, जाहिर तौर पर उनके प्रति उपभोक्ताओं का आकर्षण कम होता चला गया था; और याहू के लिए यह काम बिना लाभ का झंझट बन गया था और उसने यह काम ठेके पर इंकटोमी कॉरपोरेशन को सौंप दिया था, जिसके पास उस वक्त वेब जानकारियों का सबसे बड़ा भंडार था।

लेकिन राजस्व के लिए, लैरी व सर्गेई ऐसा कुछ भी करने को राजी नहीं थे, जिससे उपयोगकर्ताओं के साथ गूगल के अब तक कायम विश्वास के रिश्ते को कभी भी कोई भी नुकसान पहुँचे। बड़े विज्ञापनों को लेकर उनके मन में शुरू से ही एक प्रकार की नफरत जैसी भावना थी। वे 1998 के अपने मूल शोध-पत्र में कड़े शब्दों में एतराज जता चुके थे कि विज्ञापन से वित्तपोषित खोज इंजन स्वाभाविक तौर पर विज्ञापनदाताओं के प्रति पक्षपाती थे। लेकिन उन्होंने सुझाया था

कि बेहतर खोज इंजन को उन कुछ विज्ञापनों की जरूरत होगी, जो उपभोक्ताओं को उनकी जरूरत की चीजें खोजने में मदद करे। मतलब, विज्ञापन एक प्रकार की जानकारी भी है, जिसकी कुछ उपभोक्ताओं को जरूरत हो सकती थी। लिहाजा, यह संभव था कि सभी विज्ञापन लैरी व सर्गेई द्वारा गूगल के लिए अपनाए गए मूल सिद्धांत—बुरा मत बनें! (डोंट बी इविल!)—का उल्लंघन न करते हों।

विशाल वेबसाइट—याहू! जाहिर तौर पर विज्ञापन पर निर्भर था; उसने जानकारियों की खोज को अपनी कई सुविधाओं के बीच एक और सुविधा भर ही माना था। लिहाजा उसने उपभोक्ताओं की जिज्ञासाओं को खोज का काम यानी सर्च इंजन का काम दूसरों को सौंप रखा था। याहू का मुख्य कारोबार लाखों पंजीकृत इ-मेल उपयोगकर्ताओं का अड्डा बनना और उन्हें बेहतरीन सेवा, सामग्री व समुदाय प्रदान करना था। जहाँ तक जानकारियों की खोज का सवाल था, तो वह मानव संपादित व श्रेणीबद्ध निर्देशिकाएँ मुहैया कराने की याहू संस्थापकों की मूल सोच से तालमेल नहीं बना पा रहा था। इसका सबसे बड़ा कारण था—वेब का जबरदस्त तेजी से अनंत विस्तार की ओर फैलते चले जाना। ज्यों-ज्यों वेब पर जानकारियों का पहाड़ बनता गया था, याहू के मानव संपादकों के लिए उन्हें निर्देशिकाओं में शामिल व श्रेणीबद्ध करना मुश्किल हो गया था। याहू की निर्देशिकाओं की जानकारियाँ लगातार पुरानी होती चली गई थीं, जाहिर तौर पर उनके प्रति उपभोक्ताओं का आकर्षण कम होता चला गया था; और याहू के लिए यह काम बिना लाभ का झंझट बन गया था और उसने यह काम ठेके पर इंकटोमी कॉरपोरेशन को सौंप दिया था, जिसके पास उस वक्त वेब जानकारियों का सबसे बड़ा भंडार था।

माइक्रोसॉफ्ट को भी जानकारियों की खोज करना कोई खास कारोबारी अवसर नहीं दिखाई दे रहा था; इसीलिए उसने इंटरनेट से जुड़े तमाम अन्य कारोबारों में तो भारी निवेश किया, लेकिन सर्च इंजन विकास पर ध्यान नहीं दिया था। यही हाल अमेरिका ऑनलाइन का भी था। तीनों कंपनियाँ अपनी इ-मेल सेवाओं के जरिए विज्ञापनदाताओं के लिए उपभोक्ताओं को अपने-अपने मंच पर इकट्ठा कर रही थीं और खोज सेवा के लिए इंकटोमी व उस जैसी अन्य कंपनियों पर निर्भर हो गई थीं।

गूगलप्लेक्स में अनोखी कार्य-संस्कृति का विकास

यह वह समय था जब सिलिकॉन वैली डॉट कॉम बुलबुला जल्द ही फूटने की कगार की ओर बढ़ रहा था और अधिकांश कंपनियाँ छँटनी कर रही थीं; लेकिन, तब बिना कोई शोर मचाए, लैरी व सर्गेई ने एक दूरगामी रणनीति के तहत

कंप्यूटर विज्ञान की बेहतरीन प्रतिभाओं को गूगलप्लेक्स की ओर खींचना जारी रखा था। गूगल संस्थापकों के निशाने पर वे प्रतिभाएँ थीं, जो विभिन्न विश्वविद्यालयों में खोज प्रौद्योगिकी से जुड़ी जटिल बारीकियों पर शोध कर रही थीं या फिर अन्य कंपनियों में अपने भविष्य के प्रति चिंतित थीं। मतलब, भले ही गूगल का राजस्व तेजी से नहीं बढ़ पा रहा हो, लेकिन उसके कर्मचारियों की सामूहिक मानसिक क्षमता में जबरदस्त बढ़ोतरी होती जा रही थी।

गूगल संस्थापकों की शुरुआती शिक्षा मोंटेसरी विद्यालयों में हुई; उनके दिलोदिमाग पर मोंटेसरी शिक्षा-पद्धति का गहरा असर हुआ था और उन्होंने गूगलप्लेक्स में भी मोंटेसरी कक्षा जैसा तनावरहित रचनात्मक माहौल बनाने पर जी खोलकर खर्च किया था।

मजेदार तथ्य यह है कि गूगल उन प्रतिभाओं को आकर्षित करने के लिए कोई बड़ा वेतन प्रस्ताव नहीं कर रहा था। लैरी व सर्गेई ने अपनी ही तरह उन शोध-केंद्रित प्रतिभाओं को गूगल के बुनियादी शोध-लक्ष्यों से जोड़ा था और शेयर-विकल्प (स्टॉक ऑप्शन) के जरिए उन्हें कंपनी में साझेदार होने का अहसास कराया था। कुल मिलाकर, गूगल उन प्रतिभाओं को उनकी व्यक्तिगत वैज्ञानिक उपलब्धियाँ हासिल करने का एक शोध-मंच प्रदान कर रहा था, जिसकी सामूहिक सफलता में उनकी आर्थिक संभावना भी सुरक्षित थी।

लेकिन गूगल में काम करने की सबसे बड़ी वजह थी, उसकी अनोखी कार्य-संस्कृति (वर्क कल्चर) व कार्यस्थल पर मौजूद तमाम घरेलू सुविधाएँ। चाहे वह मेंलो पार्क हो या फिर पालो ऑल्टो, शुरू से ही लैरी व सर्गेई ने दफ्तर के माहौल को बिल्कुल दोस्ताना व घरेलू बनाए रखने की कोशिश की थी। माउंटेनव्यू में आने के बाद, गूगल मुख्यालय—गूगलप्लेक्स, जो अब बिल्डिंग जीरो के नाम से जाना जाता है, में वे तमाम सुविधाएँ जोड़ी गई थीं, जो गूगल के कार्यस्थल को दूसरों की तुलना में अनोखा बनाती थीं।

हालाँकि अपने कारोबार को संचालित करनेवाले कंप्यूटर के बुनियादी ढाँचे के निर्माण पर लैरी व सर्गेई ने विवेकपूर्ण तरीके से खर्च किया था, लेकिन जब गूगलप्लेक्स के अंदर जिंदादिल माहौल बनाने, गूगलर्स (गूगल के कर्मचारी) के बीच मजबूत वफादारी व नौकरी के प्रति संतुष्टि पैदा करने की बारी आई तो

उन्होंने बेहिसाब खर्च करने में कोई कसर नहीं छोड़ी। गूगलप्लेक्स में यहाँ-वहाँ हर जगह चटख रंगों की व्यायाम गेंदों (एक्सरसाइज बॉल/मेडिसिन बॉल), ज्वालामुखी विस्फोट से निकलते पिघले चट्टान/लावा का एहसास कराते खगोल दीपकों (एस्ट्रो लैंप/लावा लैंप) और विविध प्रकार के आधुनिकतम इलेक्ट्रॉनिक उपकरण व खिलौने रखवाकर गूगल के कार्यस्थल को जीवंत मोंटेसरी कक्षा का माहौल प्रदान करने के लिए दिल खोलकर खर्च किया गया था। दोनों संस्थापकों को बखूबी पता था कि लंबे समय में ये खर्च अनमोल नतीजे देनेवाले थे।

जी हाँ, गूगल संस्थापकों की शुरुआती शिक्षा मोंटेसरी विद्यालयों में हुई; उनके दिलोदिमाग पर मोंटेसरी शिक्षा-पद्धति का गहरा असर हुआ था और उन्होंने गूगलप्लेक्स में भी मोंटेसरी कक्षा जैसा तनावरहित रचनात्मक माहौल बनाने पर जी खोलकर खर्च किया था। लैरी व सर्गेई एक तरह से महान् इतालवी चिकित्सक व शिक्षाविद् मरिया मोंटेसरी के इस दावे का अनुसरण कर रहे थे—

"अनुशासन स्वतंत्रता के जरिए ही आना चाहिए।··· हम व्यक्ति विशेष को सिर्फ तभी अनुशासित नहीं मानते, जब वह बनावटी तौर पर एक गूँगे की तरह चुप बना रहे और लकवाग्रस्त की तरह स्थिर हो। वह सर्वनाश कर दिया गया एक व्यक्ति है, न कि अनुशासित। हम एक व्यक्ति को अनुशासित तब मानते हैं जब वह खुद का मालिक हो।"

जैसा कि मोंटेसरी के लिए सबसे महत्त्वपूर्ण बात यह थी कि शिक्षक को ऐसा कुछ भी नहीं करना चाहिए जो बच्चों की रचनात्मक मासूमियत को खत्म करे, उसी तरह लैरी व सर्गेई ने महसूस किया था कि गूगल के नेताओं को किसी इंजीनियर के चंद्रमा पर अंतरिक्ष यान भेजने जैसी किसी रचना से दुनिया को बदलने के मनोवेग को बर्बाद नहीं करना चाहिए। एकदम शुरुआत से ही, लैरी व सर्गेई की यह धारणा बिल्कुल साफ थी कि गूगल कैसे सबसे अलग होगा। इसमें से कुछ हिस्सा तो उनका दोनों के खुद के व्यक्तित्व का था और कुछ उनकी दूरदृष्टि थी।

जब गूगल का दफ्तर पालो ऑल्टो के यूनिवर्सिटी एवेन्यू में स्थानांतरित हुआ था, तभी से लैरी व सर्गेई ने कार्यस्थल पर ही खान-पान की सुविधा प्रदान करने की कोशिशें शुरू कर दी थीं, लेकिन यह दफ्तर के माउंटेनव्यू में स्थानांतरित होने के बाद ही संभव हो पाया था।

यह कार्य संस्कृति तभी से आकार लेना

शुरू हो गई थी, जब दोनों संस्थापकों ने एक शोध परियोजना को कंपनी में बदला था और एकमात्र कर्मचारी के साथ स्टैनफोर्ड विश्वविद्यालय परिसर से निकलकर मेंलो पार्क स्थित सुसान वोज्सिक्की के घर में गूगल का पहला दफ्तर खोला था। घर के आधे हिस्से—गैराज व दो कमरे में गूगल का दफ्तर था, जिसे एक झीना दरवाजा वोज्सिक्की के निवास से अलग करता था। गैराज उपकरणों से भरा हुआ था और बाकी दोनों कमरों में सॉहॉर्स टेबल (कटाई के पटरे पर तख्ता रखकर बनाई गई मेज) पर लैरी, सर्गेई व अन्य इंजीनियर काम करते थे। वे तमाम घरेलू सुविधाओं का इस्तेमाल करते हुए दिन-रात काम कर पाने में सफल हुए थे; और उन्हें अहसास हुआ था कि कार्यस्थल पर स्नान-घर, आसपास खाने-पीने की चीजों की मौजूदगी, कपड़े धोने-सुखाने की व्यवस्था आदि का होना कितना जरूरी था।

जब गूगल का दफ्तर पालो ऑल्टो के यूनिवर्सिटी एवेन्यू में स्थानांतरित हुआ था, तभी से लैरी व सर्गेई ने कार्यस्थल पर ही खान-पान की सुविधा प्रदान करने की कोशिशें शुरू कर दी थीं, लेकिन यह दफ्तर के माउंटेनव्यू में स्थानांतरित होने के बाद ही संभव हो पाया था। असल में, गूगल संस्थापकों को एक प्रयोगधर्मी भोजन-पारखी बावर्ची (गौर्मेट शेफ) की तलाश थी, जो गूगलर्स को नायाब किस्म के स्वास्थ्यवर्धक व स्वादिष्ट अंतरराष्ट्रीय व्यंजन परोसने में सक्षम हो। इसके लिए गूगल की वेबसाइट पर बाकायदा विज्ञापन जारी किया गया था। कई आवेदकों को साक्षात्कार के लिए बुलाया गया था और उनके बीच प्रतियोगिता भी कराई गई थी। अंत में, चार्ली अय्यर को कार्यकारी बावर्ची (एग्जीक्यूटिव शेफ) की जिम्मेदारी के लिए चुना गया था। उन्होंने कुछ माह बाद, नवंबर 1999 में, 56वें गूगल कर्मचारी के रूप में माउंटेनव्यू दफ्तर में गूगल की बहुचर्चित खान-पान सेवा का शुभारंभ किया था।

(कनाडा में जन्मे व न्यूयॉर्क में पले-बढ़े अय्यर ने अपना पेशेवर जीवन हिल्टन

उपहार गृह के अलावा समूचे दफ्तर में कई छोटी-छोटी रसोइयाँ भी थीं, जिनके फ्रीजर हमेशा जलपान, सूखे मेवे, विटामिनयुक्त पानी व अन्य पेय पदार्थों भरे होते थे। वहाँ बेहतरीन किस्मों की कॉफी बनाने के लिए जटिल परिचालन प्रक्रियावाली एक्सप्रेसो मशीनें भी रखी गई थीं। ये सुविधाएँ इसलिए पेश की गई थीं, ताकि गूगलर्स चौबीस घंटे जब चाहें—जितना चाहें, खाते-पीते भरपूर ऊर्जा के साथ काम कर सकें।

होटल श्रृंखला की न्यूजर्सी स्थित शाखाओं से किया था। बाद में, हिल्टन छोड़कर वह जॉनसन एंड वेल्स विश्वविद्यालय (प्रोविडेंस, रोड आइलैंड, संयुक्त राज्य अमेरिका) के पाक कला महाविद्यालय (कॉलेज ऑफ कलिनरी आर्ट्स) दाखिल हुए। फिर प्रोविडेंस व बोस्टन क्षेत्र के कई लोकप्रिय रेस्तराँओं में विशेषज्ञ बावर्ची के रूप में काम किया; और गूगल में आने से पहले वह मशहूर अमेरिकी बैंड—ग्रेटफुल डेड (पालो ऑल्टो, कैलिफोर्निया) के लिए विशेष आयोजनों पर बावर्ची की सेवा दे रहे थे। वह पूँजी विकल्प हासिल करनेवाले गूगल के एकमात्र कार्यकारी बावर्ची थे। मई 2006 में, जब अय्यर ने गूगल से विदाई ली थी, तब उनके मातहत काम करने वाले 5 बावर्चियों व 150 कर्मचारियों का बड़ा दल गूगल मुख्यालय परिसर के 10 उपहार गृहों (कैफेटेरिया) में रोजाना चार हजार से अधिक दिन व रात के भोजन परोस रहा था। अय्यर ने गूगल के पूँजी विकल्प को करीब 2.60 करोड़ डॉलर में भुनाया था और अब वह पालो ऑल्टो में अपना खुद का रेस्तराँ चलाते हैं।)

हालाँकि, शुरू में गूगलप्लेक्स के 'बिल्डिंग जीरो' में अय्यर को उपहार गृह बनाने के लिए ज्यादा बड़ी जगह नहीं मिल सकी थी, लेकिन उनके पास संस्थापकों की ओर से पर्याप्त धन मुहैया कराया गया था कि वह गूगलर्स की सेवा में शाकाहारी व मांसाहारी दोनों प्रकार के जलपान व भोजन के साथ-साथ मिठाइयों व पेय पदार्थों की लंबी फेहरिस्त भी परोस सकें। अय्यर ने इस बात का खास ध्यान रखा था कि गूगलर्स मछली, मांस, अंडे के साथ अधिक-से-अधिक मात्रा जैविक अनाजों, हरी सब्जियों व ताजे फलों का सेवन करें। उपहार गृह के अलावा समूचे दफ्तर में कई छोटी-छोटी रसोइयाँ भी थीं, जिनके फ्रीजर हमेशा जलपान, सूखे मेवे, विटामिनयुक्त पानी व अन्य पेय पदार्थों भरे होते थे। वहाँ बेहतरीन किस्मों की कॉफी बनाने के लिए जटिल परिचालन प्रक्रियावाली एक्सप्रेसो मशीनें भी रखी गई थीं। ये सुविधाएँ इसलिए पेश की गई थीं, ताकि गूगलर्स चौबीस घंटे जब चाहें—जितना चाहें, खाते-पीते भरपूर ऊर्जा के साथ काम कर सकें।

इसके अलावा, शुक्रवार की सामूहिक साप्ताहिक बैठक—टी.जी.आई.एफ. (थैंक गॉड इट इज फ्राइडे)—के बाद भरपूर मात्रा में बियर भी परोसी जाती थी, लेकिन अधिकांश गूगलर्स सीमित मात्रा में ही बियर का सेवन करते थे, क्योंकि साप्ताहिक अवकाश पर जाने से पहले वह देर रात तक जरूरी कार्यों को संपन्न करना अपना कर्तव्य समझते थे। वैसे ऐसा करने के लिए उन पर कोई दबाव नहीं बनाया जाता था।

जी हाँ, सुविधा सिर्फ परिवार की तरह खिलाने-पिलाने तक ही सीमित नहीं थी। कार्यस्थल पर ही कार धुलाई, मालिश, बाल-सँवार (हेयर स्टाइलिंग), साधारण ठंडा-गरम स्नान (शॉवर), भाप-स्नान (सॉना बाथ), कपड़ों की सूखी धुलाई (ड्राई क्लीनिंग), तंदुरुस्ती-केंद्र (फिटनेस सेंटर), दाँत व स्वास्थ्य जाँच (डेंटल एंड मेडिकल चेकअप) सहित छोटे बच्चों के लिए शिशु-गृह (क्रेच) आदि की सुविधाएँ मुहैया कराई जा रही थीं। इसके साथ ही, बीच-वॉलीबॉल, रोलर हॉकी जैसे सामूहिक खेलों का भी इंतजाम था, ताकि एकाकी जीवनवाले अधिकांश युवक-युवती इंजीनियर अपने ऊबाऊ क्षणों को हँसते-खेलते काट सकें।

9 मई, 2000 को, गूगल ने अपनी सर्च सेवाओं के दुनिया की 10 भाषाओं–फ्रेंच, जर्मन, इतालवी, फिनिश, स्वीडिश, स्पेनिश, पुर्तगाली, डच, नार्वेजियन व दानिश–में विस्तार करने का ऐलान किया था। साथ ही, कंपनी ने दावा किया था कि वह साल के अंत तक चीनी, जापानी व कोरियाई भाषाओं सहित कई अन्य भाषाओं में भी सेवा का विस्तार करेगी।

इससे भी आगे, सैन फ्रांसिस्को क्षेत्र में निवास करने वाले गूगलर्स के लिए वाई-फाई इंटरनेट सेवायुक्त लक्जरी बसों का इंतजाम किया गया था, ताकि उन्हें दफ्तर आने व घर वापस जाने की कोई चिंता या असुविधा न हो और वे अपने सफर का समय लैपटॉप पर काम करते हुए गुजार सकें।

याहू के कंधों पर सबसे बड़े सर्च इंजन का निर्माण

गूगल के लिए यह अच्छा ही था कि वह अब तक एक निजी कंपनी थी और उस पर सार्वजनिक कंपनियों की तरह आम निवेशकों का दबाव नहीं था। वैसे तो नई सदी के शुरुआती छह महीनों में भी गूगल का अपना सारा ध्यान उपयोगकर्ताओं के आधार विस्तार पर केंद्रित दिख रहा था, लेकिन लैरी व सर्गेई को एक ऐसे जादुई-सूत्र (मैजिक फॉर्मूला) की तलाश थी, जो गूगल में सही मायने में राजस्व प्रवाह को बढ़ा सके। संस्थापकों को पता था कि प्रौद्योगिकी लाइसेंस-समझौते की आमदनी से गूगल का खर्च चलाना मुश्किल था, फिर भी उनका पहला लक्ष्य दुनिया का सबसे बड़ा सर्च इंजन बनना था और वे इस दिशा में गूगल को आगे बढ़ाते जा रहे थे।

26 जनवरी 2000 को, गूगल ने इस दिशा में एक और क्रांतिकारी कदम

2000 की पहली तिमाही (1 जनवरी से 31 मार्च) में याहू का औसत बाजार मूल्य 95.84 अरब डॉलर रह गया, जो दूसरी तिमाही (1 अप्रैल से 30 जून) में 71.78 अरब डॉलर, तीसरी तिमाही (1 जुलाई से 30 सितंबर) में और गिरकर 67.83 अरब डॉलर, और चौथी तिमाही (1 अक्तूबर से 31 दिसंबर) में 28.76 अरब डॉलर रह गया था। गिरावट का यह सिलसिला जारी रहा और 2001 की तीसरी तिमाही में याहू का औसत बाजार मूल्य 8.40 अरब डॉलर के निचले स्तर पर चला गया।

बढ़ाया था और छोटी वेबसाइटों के लिए 'गूगल फ्री वेबसर्च' की सेवा शुरू की। इसे कोई भी बिना किसी खास तकनीकी जानकारी के अपनी साइट पर चालू कर सकता था लेकिन गूगल फ्री वेब सर्च सेवा में परिणाम पृष्ठ पर विज्ञापन लगाने का अधिकार गूगल ने अपने पास सुरक्षित रखा था। इसके बाद, 22 मार्च, 2000 को, गूगल ने दावा किया कि उसके फ्री वेब सर्च सेवा की सदस्यता लेनेवाली वेबसाइटों की संख्या 13 हजार से अधिक हो चुकी थी। 9 मई, 2000 को, गूगल ने अपनी सर्च सेवाओं के दुनिया की 10 भाषाओं—फ्रेंच, जर्मन, इतालवी, फिनिश, स्वीडिश, स्पेनिश, पुर्तगाली, डच, नार्वेजियन व दानिश—में विस्तार करने का ऐलान किया था। साथ ही, कंपनी ने दावा किया था कि वह साल के अंत तक चीनी, जापानी व कोरियाई भाषाओं सहित कई अन्य भाषाओं में भी सेवा का विस्तार करेगी।

लेकिन गूगल प्रौद्योगिकी की प्रतिष्ठित मान्यताओं की सूची में एक और बढ़त तब हुई थी, जब इंटरनेशनल अकैडमी ऑफ डिजिटल आर्ट्स एंड साइंसेज (न्यूयॉर्क) ने वर्ष 2000 के लिए 'सर्वश्रेष्ठ तकनीकी उपलब्धि' वर्ग में दोनों पुरस्कारों—वेब्बी अवाड्र्स व वेब्बी पीपल्स वॉइस अवाड्र्स के लिए गूगल को चुना था। इन दोनों पुरस्कारों की घोषणा 11 मई, 2000 को सैन फ्रांसिस्को में आयोजित एक समारोह में की गई थी। वेब्बी अवाड्र्स को 'इंटरनेट का ऑस्कर' कहा जाता है।

इस बीच, 8 मई, 2000 को, गूगल पर दैनिक खोज जिज्ञासाओं की संख्या 80 लाख को पार कर गई थी, जो अगले एक पखवाड़े में 10 लाख और बढ़कर 90 लाख हो गई थी। ऐसा क्यों हुआ था, गूगल के भीतर भी सबको पता नहीं था।

गूगल गुपचुप तरीके से एक बहुत बड़ी छलाँग लगाने की तैयारी में जुटा हुआ था; और वह याहू की ओर से आनेवाले खोज नतीजों का परीक्षण कर रहा था। याहू ने भी अपनी खोज सेवा का ठेका इंकटोमी से हटाकर गूगल को देने के फैसले को गोपनीय रखा हुआ था।

असल में, गूगल को पता था कि याहू के लोग इंकटोमी की सेवाओं से संतुष्ट नहीं थे और जून में इंकटोमी के साथ अपने करार के नवीकरण को लेकर ऊहापोह की स्थिति में थे। मीडिया मैट्रिक्स के मूल्यांकन के मुताबिक, अप्रैल माह (2000) में, 4.86 करोड़ अद्वितीय आगंतुक (यूनिक विजिटर) के साथ याहू, ए.ओ.एल. के बाद दुनिया की सबसे बड़ी इंटरनेट सेवा कंपनियों के बीच दूसरे स्थान पर थी। ऐसे में, याहू की खोज सेवा का ठेका मिलने से गूगल को दोहरा लाभ मिलने वाला था—गूगल पर परोक्ष रूप से 4.86 करोड़ अद्वितीय आगंतुकों की वृद्धि होनेवाली थी और खाते में मोटी रकम भी।

याहू के लिए यह ठेकेदार बदलने जैसा मामूली कदम था। वह तो महज अपना खोज-ठेकेदार बदल रहा था—चाहे वह इंकटोमी हो या फिर गूगल। याहू को तब इस बात का गुमान नहीं था कि वह अपनी सबसे बड़ी पूँजी—4.86 करोड़ अद्वितीय आगंतुकों/उपभोक्ताओं को गूगल के हवाले करने की ऐतिहासिक गलती करने जा रहे थे। उस वक्त याहू के लिए यह सोच पाना मुश्किल था कि बहुत जल्द गूगल उसके लिए सबसे बड़ा प्रतिस्पर्धी भी बन जाएगा।

यह वही समय था जब डॉट कॉम बुलबुले के फूलने का क्रम जारी था और 3 जनवरी, 2000 को याहू का प्रति शेयर मूल्य 118.75 डॉलर व याहू का कुल बाजार मूल्य 128 अरब डॉलर की ऐतिहासिक ऊँचाई पर बंद हुआ था। याद रहे कि डॉट कॉम बुलबुले के फूटने का सिलसिला 10 मार्च, 2000 को शुरू हुआ था, जब नैस्डेक 5408.60 से गिरकर 5048.62 रह गया था। 2000 की पहली तिमाही (1 जनवरी से 31 मार्च) में याहू का औसत बाजार मूल्य 95.84 अरब डॉलर रह गया, जो दूसरी तिमाही (1 अप्रैल से 30 जून) में 71.78 अरब डॉलर, तीसरी तिमाही (1 जुलाई से 30 सितंबर) में और गिरकर 67.83 अरब डॉलर, और चौथी तिमाही (1 अक्तूबर से 31 दिसंबर) में 28.76 अरब डॉलर रह गया था। गिरावट का यह सिलसिला जारी रहा और 2001 की तीसरी तिमाही में याहू का औसत बाजार मूल्य 8.40 अरब डॉलर के निचले स्तर पर चला गया।

लेकिन 2000 की पहली छमाही (30 जून तक) में याहू ने 45.70 करोड़

याहू के हितों को हर तरह से सुरक्षित करने के मद्देनजर उदी मनबर ने एकतरफा समझौता पेश किया था, जिसे गूगल ने खुशी-खुशी मान भी लिया था। फिर कुछ सप्ताहों में, याहू के निर्देशों के मुताबिक गूगल ने युद्ध स्तर पर दो नए डाटा-केंद्र विकसित किए थे और अपनी वेब जानकारियों के सूचीक्रम (इंडेक्स) को ज्यादा सामयिक व बड़ा बनाया था।

डॉलर का विज्ञापन राजस्व व 50.37 करोड़ डॉलर का कुल राजस्व हासिल किया था, जो पिछले साल की इसी अवधि के मुकाबले 116 फीसदी ज्यादा था। याहू के कुल विज्ञापनदाताओं की संख्या 3675 हो गई थी, जो पिछले साल की दूसरी तिमाही में सिर्फ 2800 थी। कुल मिलाकर उस वक्त याहू के मुकाबले गूगल का कहीं भी कोई वजूद नहीं था; गूगल तो महज एक ठेकेदार की तरह याहू के सामने खड़ा था। याहू ने तो बहुत पहले ही खोज-सेवा को अपनी कारोबारी प्राथमिकता की सूची से बाहर कर दिया था, क्योंकि उसमें उसे कोई राजस्व संभावना नजर नहीं आ रही थी; फिर याहू को गूगल से किसी प्रकार का कोई खतरा क्यों महसूस होना चाहिए था?

इसके उलट, याहू की असल चिंता यह थी कि गूगल सचमुच में इंकटोमी के मुकाबले उसके 4.86 करोड़ अद्वितीय आगंतुकों की खोज-जिज्ञासाओं को बेहतर तरीके से सँभाल पाने में सक्षम होगा कि नहीं? लेकिन गूगल ने याहू के मुख्य प्रौद्योगिकी अधिकारी (चीफ टेक्नोलॉजी ऑफिसर) उदी मनबर को अपने खोज नतीजों की सटीकता व गुणवत्ता से प्रभावित कर लिया था और साबित कर दिया था कि गूगल की प्रौद्योगिकी इंकटोमी से काफी बेहतर थी। जहाँ तक बुनियादी ढाँचे व जानकारी सूचीकरण को बड़े स्तर पर लाने का सवाल था, तो गूगल ने वादा किया था कि वह जल्द ही पाँच हजार नए कंप्यूटर के साथ दो बड़े डाटा-केंद्रों का विकास करेगा। इसके अलावा गूगल ने याहू को जमानत (वारंटी) के तौर पर आई.पी.ओ. आने के बाद भारी संख्या में पूँजी विकल्प (स्टॉक ऑप्शन) का वादा किया था। वैसे याहू के संस्थापकों के इंकटोमी की बजाय गूगल से गठजोड़ के लिए इच्छुक होने के कुछ भावनात्मक कारण भी थे—याहू व गूगल—दोनों के संस्थापक स्टैनफोर्ड के छात्र रहे थे और सिकोइया कैपिटल के माइकल मोरित्ज ने याहू व गूगल—दोनों कंपनियों में उद्यम-पूँजी का निवेश किया था।

खैर, याहू के हितों को हर तरह से सुरक्षित करने के मद्देनजर उदी मनबर ने एकतरफा समझौता पेश किया था, जिसे गूगल ने खुशी-खुशी मान भी लिया था। फिर कुछ सप्ताहों में, याहू के निर्देशों के मुताबिक गूगल ने युद्ध स्तर पर दो नए डाटा-केंद्र विकसित किए थे और अपनी वेब जानकारियों के सूचीक्रम (इंडेक्स) को ज्यादा सामयिक व बड़ा बनाया था।

26 जून, 2000 को दो ऐतिहासिक घोषणाएँ की गई थीं। एक ओर याहू ने गूगल को अपनी खोज सेवा प्रदाता घोषित किया था, तो दूसरी तरफ, गूगल ने खुद एक अरब सम स्रोत निर्धारकों (यूनिफॉर्म रिसोर्स लोकेटर/यूआरएल)/वेब पते (वेब एड्रेस) के साथ दुनिया का सबसे बड़ा सर्च इंजन होने का ऐलान किया था। इस घोषणा के मुताबिक, अगले 30 दिनों के भीतर, याहू की खोज सेवा को गूगल की खोज प्रणाली से पूरी तरह एकीकृत हो जाने की संभावना जताई गई थी।

गूगल संस्थापकों की अब तक की कोशिशों से साफ था कि उनकी पहली प्राथमिकता संतुष्ट व वफादार उपयोगकर्ताओं का बड़ा आधार विकसित करना था। लेकिन ज्यों-ज्यों समय बीतता जा रहा था, उद्यम पूँजीपतियों का धैर्य कमजोर पड़ता जा रहा था।

इस ऐतिहासिक ऐलान के दिन ही, गूगल द्वारा एक अरब यू.आर.एल. के साथ खुद को दुनिया का सबसे बड़ा सर्च इंजन घोषित करना भी लैरी व सर्गेई की दूरगामी व्यापार रणनीति का ही हिस्सा था। एनईसी रिसर्च इंस्टिट्यूट (जापानी बहुराष्ट्रीय कंपनी एनईसी कॉरपोरेशन का हिस्सा) के अध्ययन के मुताबिक, उस वक्त वर्ल्ड वाइड वेब पर कुल एक अरब से ज्यादा वेब पृष्ठ मौजूद थे। जाहिर है कि एक अरब यूआरएल के साथ गूगल का नया वेब सूचीक्रम (वेब इंडेक्स) उपयोगकर्ताओं को वेबसाइटों का सबसे व्यापक संग्रह पेश कर रहा था। इस सूचीक्रम में 56 करोड़ संपूर्ण व 50 करोड़ अपूर्ण वेब पृष्ठों को शामिल किया गया था और इसकी खूबसूरती यह थी कि इसमें यह सिर्फ अंग्रेजी ही नहीं, बल्कि फ्रेंच, जर्मन, इतालवी व स्पेनिश सहित दुनिया की 10 भाषाओं के वेब पृष्ठों को शामिल किया गया था।

अब तक गूगल दुनिया भर के 70 से अधिक पोर्टल व वेबसाइटों को लाइसेंसशुदा खोज सेवा प्रदान कर रहा था। इस घोषणा के जरिए गूगल ने दो निशाने

साधे थे—एक तरफ अन्य सर्च इंजनों को परोक्ष रूप से चुनौती दी थी, तो दूसरी तरफ उनकी सेवाएँ लेनेवाली कंपनियों को बताया था कि उन्हें गूगल की सेवा हासिल करनी चाहिए। गूगल के इस ऐलान का सबसे महत्त्वपूर्ण हिस्सा यह था कि वह बहुत जल्द रोजाना औसतन तीन करोड़ खोज जिज्ञासाओं के नतीजे पेश करने जा रहा था, जो करीब एक माह पहले—मई 2000 के अंत में—सिर्फ 90 लाख के स्तर पर था यानी गूगल की क्षमता में अचानक 300 फीसदी से ज्यादा की बढ़त होनेवाली थी।

अगले माह, 4 अक्तूबर, 2000, को गूगल की खोज सेवा को एक और बड़ा समर्थन मिला था, जब नेटस्केप ने गूगल के साथ अपने समझौते के नवीकरण का ऐलान किया था। याद रहे कि जून 1999 में नेटस्केप ने अपने नेटस्केप नेटसर्च के लिए गूगल के साथ समझौता कर उसे अपने उपयोगकर्ताओं के आधार में विस्तार करने का पहला मौका दिया था।

गूगल को मिला कमाई का 'मैजिक फॉर्मूला'

गूगल संस्थापकों की अब तक की कोशिशों से साफ था कि उनकी पहली प्राथमिकता संतुष्ट व वफादार उपयोगकर्ताओं का बड़ा आधार विकसित करना था। लेकिन ज्यों-ज्यों समय बीतता जा रहा था, उद्यम पूँजीपतियों का धैर्य कमजोर पड़ता जा रहा था। वे 2.5 करोड़ डॉलर की बड़ी रकम उन दो सनकी छात्रों के हवाले कर चुके थे, जो साल भर से ज्यादा समय बीत जाने के बावजूद कमाई की दिशा में कुछ ठोस करता हुआ नहीं दिख रहा था। अब वे क्या करें, कुछ समझ नहीं आ रहा था; पेशेवर मुख्य कार्यकारी अधिकारी की नियुक्ति को लेकर लैरी व सर्गेई ने यह कहकर साफ मना कर दिया था कि वे खुद ही गूगल को चलाने में सक्षम थे। निराश उद्यम-पूँजीपतियों ने अपने पूँजी विकल्पों के लिए खरीदारों को ढूँढ़ने की कम कोशिशें नहीं की थीं, लेकिन कोई लिवाल सामने नहीं आ सका था, क्योंकि डॉटकॉम बुलबुला

गूगल के लिए कमाई का सटीक विज्ञापन सूत्र खोजने की दिशा में बढ़ते समय, एक दिन अचानक सर्गेई ब्रिन का ध्यान गोटू.कॉम की ओर गया था, जो उस वक्त याहू, ए.ओ.एल., अर्थलिंक व अन्य बड़े वेबसाइटों को 'स्थान के लिए भुगतान' (पे-फॉर-प्लेसमेंट) विज्ञापन खोज सेवा उपलब्ध करा रहा था और काफी लोकप्रिय हो रहा था।

फूटने के बाद इसके सिलिकॉन वैली के निवेशक फूँक-फूँककर कदम रख रहे थे।

खैर, उद्यम पूँजीपतियों के लिए राहत की बात यही थी कि गूगल अब दुनिया का सबसे बड़ा सर्च इंजन बन गया था और उन्हें लग रहा था कि जब गूगल उपभोक्ताओं का सबसे बड़ा मंच बनने की दिशा में ठोस कदम बढ़ा रहा था तो कमाई का भी कोई न कोई जरिया जरूर निकल आएगा। जी हाँ, लैरी व सर्गेई ने भले ही अपने ऊपर किसी पेशेवर मुख्य कार्यकारी अधिकारी को भले ही बैठने न दिया हो, लेकिन उन्होंने गूगल में काबिल इंजीनियरों के अलावा बिक्री, विपणन व जनसंपर्क विशेषज्ञों का काबिल दल जरूर इकट्ठा कर लिया था। वे गूगल संस्थापकों की बुनियादी सोच को अंजाम देने की हर संभव कोशिशें कर रहे थे।

काफी माथापच्ची के बाद, गूगल संस्थापकों ने मन बनाया था कि उन्हें भी टेलीविजन नेटवर्क जैसा कोई कमाई-सूत्र निकलना पड़ेगा। मतलब, जिस तरह टेलीविजन अपने दर्शकों को मनोरंजन व समाचार मुफ्त में उपलब्ध कराकर विज्ञापन के जरिए कमाई करता है, बहुत कुछ उसी तरह से गूगल भी उपयोगकर्ताओं को खोज सेवा मुफ्त देते हुए अपने खोज-परिणाम-पृष्ठों पर व्यवसायों को बेजा दखल न देने वाला लक्षित विज्ञापन बेचकर कमाई कर सकता है। लेकिन, लैरी व सर्गेई को उपभोक्ता हितों का उल्लंघन करते हुए वेबपृष्ठों पर प्रमुखता से चमकते गुमराह करनेवाले पताका विज्ञापनों (बैनर एडवरटीजमेंट) से सख्त नफरत थी, जिन्हें मोटी कमाई के लालच में नकदी के भूखे अधिकांश सर्च इंजन व वेबसाइट प्रदर्शित कर रहे थे। गूगल संस्थापकों का स्पष्ट मत था कि परिणाम-पृष्ठों पर छोटे आकार के सिर्फ मजमून विज्ञापन (टेक्स्ट एडवरटीजमेंट) हों, जो उपभोक्ताओं द्वारा खोजी गई जानकारियों से मेल खाते हों यानी संबंधित पृष्ठ पर प्रदर्शित विज्ञापन भी उपयोगकर्ताओं के उपयोग की जरूरी जानकारियाँ पेश करते हों।

गूगल के लिए कमाई का सटीक विज्ञापन सूत्र खोजने की दिशा में बढ़ते समय, एक दिन अचानक सर्गेई ब्रिन का ध्यान गोटू.कॉम की ओर गया था, जो उस वक्त याहू, ए.ओ.एल., अर्थलिंक व अन्य बड़े वेबसाइटों को 'स्थान के लिए भुगतान' (पे-फॉर-प्लेसमेंट) विज्ञापन खोज सेवा उपलब्ध करा रहा था और काफी लोकप्रिय हो रहा था। पहली नजर में लैरी पेज व सर्गेई ब्रिन को भी गोटू.कॉम के खोज आधारित मजमून-विज्ञापन के प्रदर्शन का तरीका संभावनाशील लगा था, और उन्होंने इसका बारीकी से गंभीर अध्ययन शुरू किया था। बहुत जल्द ही, गूगल संस्थापकों ने इस क्रांतिकारी विज्ञापन वितरण प्रणाली की अच्छाइयों व कमियों

व्यापारिक रणनीति बिल्कुल साफ व आसान थी– उपभोक्ताओं को मुफ्त में खोज नतीजे जारी रखना और विज्ञापन के जरिए कमाई करना। हाँ, इस प्रक्रिया में उपभोक्ताओं के भरोसे को कायम रखने के लिए सबसे जरूरी व संवेदनशील पहलू यह सुनिश्चित करना था कि गूगल के स्वाभाविक खोज नतीजों पर विज्ञापन का कोई असर नहीं होगा।

को ढूँढ़ निकाला था। उन्हें यह जानकर बुरा लगा था कि गोटू.कॉम ज्यादा कमाई के लालच में इस प्रणाली का बेजा इस्तेमाल कर रहा था; अपनी अन्य सेवाओं के साथ-साथ, गोटू.कॉम विज्ञापनदाताओं को यह जमानत (गारंटी) भी बेच रहा था कि उनकी वेबसाइटों को खोज नतीजों में ज्यादा बार शामिल किया जाएगा, बशर्ते कि वे इसके लिए अतिरिक्त भुगतान को तैयार हों।

लैरी व सर्गेई की नजर में स्वाभाविक खोज नतीजों से छेड़छाड़ साफ तौर पर उपभोक्ताओं के साथ धोखाधड़ी थी और यही कारण था कि वे अब तक विज्ञापन राजस्व के चक्रव्यूह से अपनी सर्च इंजन को बचाने की हर संभव कोशिशें करते आ रहे थे। लेकिन दोनों को खोज नतीजों के साथ-साथ मजमून विज्ञापन प्रदर्शन की यह प्रणाली बहुत पसंद आई थी; अब उन्हें गूगल के विज्ञापन राजस्व कमाने के जादुई-सूत्र (मैजिक फॉर्मूला) की बुनियादी संरचना का पता चल गया था। चूँकि दोनों खोज-प्रौद्योगिकी के ही धुरंधर थे, इसीलिए उन्हें यह सोचने में भी ज्यादा वक्त नहीं लगा था कि इस प्रणाली की प्रौद्योगिक कमियों को कैसे दूर किया जा सकता था।

अब लैरी व सर्गेई के सामने दो विकल्प थे : वे गूगल.कॉम पर खोज नतीजों की बगल में मजमून विज्ञापन प्रदर्शित करने के लिए गोटू.कॉम की सेवा ले सकते थे या फिर वे खुद ही विज्ञापन बेचने की कोशिश कर सकते थे। यह कोई कठिन फैसला नहीं था। गूगल ने अपने सारे सॉफ्टवेयर खुद ही लिखे थे और अपने सभी कंप्यूटर भी खुद ही तैयार किए थे। लैरी व सर्गेई, दोनों यदि किसी चीज पर भरोसा करते रहे थे तो वह थी—उनकी खुद की क्षमताएँ। यदि वे सिलिकॉन वैली के दो दिग्गज उद्यम-पूँजीपतियों को अपनी शर्तों पर गूगल में एक साथ आने व मोटी रकम दाँव पर लगाने के लिए मजबूर में सक्षम थे, तो गोटू.कॉम को यह सेवा ठेका देकर विज्ञापन की आमदनी में हिस्सेदारी देने की बजाय, वे खुद ही विज्ञापन बेचकर

लैरी व सर्गेई ने संपादकीय व विज्ञापन के बीच स्पष्ट अंतर रखने की बुनियादी अवधारणा को गूगल के सभी पृष्ठों पर सख्ती से लागू करने के लिए विज्ञापनों के आकार व प्रकार तय करने के मानक विकसित किए थे। इसके अलावा, उन्होंने अंतिम पृष्ठ पर मुफ्त खोज नतीजों को विज्ञापन से अलग करने के लिए एक चमकती रेखा भी खींचने का फैसला किया था और विज्ञापन के साथ 'स्पॉन्सर्ड लिंक्स' (प्रायोजित कड़ियाँ) नाम भी चिपकाया था।

सौ फीसदी रकम अपने पास क्यों नहीं रख सकते थे।

सवाल सिर्फ आमदनी का नहीं था; इस काम को खुद ही करने के कई फायदे थे—संपूर्ण प्रक्रिया पर उनका खुद का नियंत्रण, संभावित खतरनाक झंझटों से मुक्ति और दूसरी कंपनी के व्यापार व्यवहार के प्रति उपभोक्ताओं की गलत धारणाओं से विश्वसनीय ब्रांड नाम के रूप में गूगल के कद को नुकसान की आशंका से संपूर्ण सुरक्षा। लिहाजा, गूगल संस्थापकों ने इस काम को खुद ही करने का फैसला किया था और गोटू.कॉम के 'मजमून विज्ञापन' के प्रारूप में जरूरी फेर-बदल कर उसे लागू करने की प्रौद्योगिक परीक्षण प्रक्रिया शुरू कर दी गई थी। व्यापारिक रणनीति बिल्कुल साफ व आसान थी—उपभोक्ताओं को मुफ्त में खोज नतीजे जारी रखना और विज्ञापन के जरिए कमाई करना। हाँ, इस प्रक्रिया में उपभोक्ताओं के भरोसे को कायम रखने के लिए सबसे जरूरी व संवेदनशील पहलू यह सुनिश्चित करना था कि गूगल के स्वाभाविक खोज नतीजों पर विज्ञापन का कोई असर नहीं होगा।

सही काम करने की लगन व गंभीरता ने ही तो अब तक गूगल संस्थापकों को सिलिकॉन वैली की स्वार्थी भीड़ से अलग रखा हुआ था और गूगल को नैतिकताओं का पालन करनेवाली कंपनी के रूप में पहचान दी थी। लैरी व सर्गेई अपनी व गूगल के प्रति विशिष्ट छवि को किसी भी कीमत पर बरकरार रखने के लिए कृतसंकल्प थे। यही कारण था कि उन्होंने मजमून-विज्ञापन शुरू करने में काफी देरी की थी और उसके नफे-नुकसान का गहराई से अध्ययन किया था। इस दिशा में कदम बढ़ाने से पहले उन्होंने सुनिश्चित किया था कि वे कोई गलत कदम उठाने नहीं जा रहे थे। उनके आगे बढ़ने के फैसले का स्पष्ट वैचारिक आधार था—अखबारों व टेलीविजन

चैनलों द्वारा समाचार/संपादकीय सामग्री व विज्ञापन के बीच स्पष्ट अंतर रखना; और उन्हें पूरा विश्वास था कि वे गूगल.कॉम पर ऐसा कर पाने में सक्षम होंगे।

यही कारण था कि संस्थापकों ने गूगल के मुखपृष्ठ (होम पेज) को पूरी तरह विज्ञापन मुक्त रखने व पहले की ही तरह उसे बिल्कुल साफ-सुथरा बनाए रखने की अपनी जिद पर कायम रहने का कठोर फैसला किया था। मुखपृष्ठ का विज्ञापन सबसे ज्यादा अधिशुल्क (प्रीमियम) पर बेचा जा सकता था और गूगल को उसके लिए मुहमाँगी रकम मिल सकती थी। लेकिन लैरी व सर्गेई के नि:स्वार्थ फैसले ने गूगल उपयोगकर्ताओं को साफ संकेत दिया था कि गूगल की प्राथमिकता विज्ञापन नहीं थी। इतना ही नहीं, लैरी व सर्गेई ने संपादकीय व विज्ञापन के बीच स्पष्ट अंतर रखने की बुनियादी अवधारणा को गूगल के सभी पृष्ठों पर सख्ती से लागू करने के लिए विज्ञापनों के आकार व प्रकार तय करने के मानक विकसित किए थे। इसके अलावा, उन्होंने अंतिम पृष्ठ पर मुफ्त खोज नतीजों को विज्ञापन से अलग करने के लिए एक चमकती रेखा भी खींचने का फैसला किया था और विज्ञापन के साथ 'स्पॉन्सर्ड लिंक्स' (प्रायोजित कड़ियाँ) नाम भी चिपकाया था। इस तरह, कोई भी यह तर्क नहीं दे सकता था कि खोज परिणाम विज्ञापनों के साथ संयुक्त थे; हालाँकि साफ तौर पर विज्ञापन (advt.) लिखे जाने की तुलना में, 'स्पॉन्सर्ड लिंक्स' शीर्षक के अंतर्गत विज्ञापनों के ज्यादा बार क्लिक किए जाने की संभावना थी।

गूगल ने एडवर्ड कार्यक्रम के विज्ञापन की दरों को भी आकर्षक बनाने की कोशिशें की थीं। इसके लिए विज्ञापन प्रदर्शन श्रृंखला में तीन स्थान–शीर्ष, मध्य व निचला–नियत किए गए थे, जिसकी प्रति हजार छापा लागत (कॉस्ट पर मिलियन/सी.पी.एम. इम्प्रेशंस) क्रमशः 15, 12 व 10 डॉलर थीं। मतलब, शीर्ष, मध्य व निचले स्थान पर प्रति विज्ञापन प्रति छापा दर क्रमशः 1.5, 1.2 व 1 सेंट थी।

शुरू में, गूगल ने पारंपरिक मीडिया कंपनियों की तरह दर्शकों की संख्या के आधार पर अपने विज्ञापनों की कीमत को तय किया था। लेकिन विशेषज्ञों से बातचीत व विभिन्न चित्रपट खाकाओं (स्क्रीन लेआउट्स) पर परीक्षण के बाद, कंपनी ने मुफ्त खोज नतीजों के ऊपर स्पष्ट चिह्नित बक्से में विज्ञापनों को प्रदर्शित

किया था। गूगल संस्थापक अपने उपयोगकर्ताओं को अच्छा अनुभव देना चाहते थे। लिहाजा, यह सुनिश्चित किया गया था कि विज्ञापनों के साथ खोज नतीजों में हस्तक्षेप करनेवाला कोई 'पॉप अप' या फिर ग्राफिक का इस्तेमाल न हो। विज्ञापन को संक्षिप्त व एक जैसा दिखनेवाला—बिल्कुल एक शीर्षक, एक कड़ी की तरह रखा गया था। शुरुआत में, गूगल ने उन विज्ञापनों के लिए बड़े विज्ञापनदाताओं को अपना लक्ष्य बनाया था, जो अपने प्रचार अभियान में मोटी रकम लगा सकते थे। लेकिन कंपनी इससे संतुष्ट नहीं थी और उनकी नजर छोटे विज्ञापनदाताओं के बड़े समुदाय पर टिकी हुई थी।

करीब महीने भर के बीटा परीक्षण के बाद, 23 अक्तूबर, 2000 को गूगल ने विज्ञापन की कमाई का अपना जादुई-सूत्र पंजीकृत ट्रेडमार्क—एडवर्ड्स (AdWords)—के नाम से जगजाहिर कर दिया था। यह ऑनलाइन उपलब्ध स्वयंसेवा विज्ञापन कार्यक्रम था, जो किसी भी विज्ञापनदाता को व्यक्तिगत पसंद के सस्ते बीज-शब्द (कीवर्ड) विज्ञापन खरीदने की स्वतंत्रता प्रदान करता था बशर्ते कि उसके पास बैंक क्रेडिट कार्ड हो। बीटा परीक्षण के दौरान, दुनिया भर के 350 कारोबारियों व विज्ञापन एजेंसियों ने इस कार्यक्रम में खुद को पंजीकृत किया था और उसके प्रति जबरदस्त उत्साह दिखाया था।

उस वक्त गूगल खुद को दुनिया का सबसे बड़ा सर्च इंजन घोषित कर चुका था। उसके संतुष्ट व वफादार उपयोगकर्ताओं द्वारा गूगल.कॉम पर की जा रही खोज जिज्ञासाओं की संख्या रोजाना औसतन दो करोड़ के ऊपर चल रही थी और उस संख्या में प्रति माह तीन करोड़ का इजाफा हो रहा था। इसके बावजूद, गूगल ने एडवर्ड कार्यक्रम के विज्ञापन की दरों को भी आकर्षक बनाने की कोशिशें की थीं। इसके लिए विज्ञापन प्रदर्शन शृंखला में तीन स्थान—शीर्ष, मध्य व निचला—नियत किए गए थे, जिसकी प्रति हजार छापा लागत (कॉस्ट पर मिलियन/सी.पी.एम. इम्प्रेशंस) क्रमश: 15, 12 व 10 डॉलर थी। मतलब, शीर्ष, मध्य व निचले स्थान पर प्रति विज्ञापन प्रति छापा दर क्रमश: 1.5, 1.2 व 1 सेंट थी।

सचमुच, एडवर्ड्स कार्यक्रम के जरिए गूगल संस्थापकों ने गुणवत्तापूर्ण विज्ञापन का आदर्श नमूना पेश किया था, जिसमें विज्ञापनदाता, उपयोगकर्ता व सुविधा प्रदाता—तीनों के हितों का बराबर खयाल रखा गया था। गूगल की क्रांतिकारी खोज प्रौद्योगिकी की तरह ही एडवर्ड्स कार्यक्रम प्रणाली को मानवीय हस्तक्षेप से बिल्कुल अलग रखा गया था। निश्चित तौर पर, इस कार्यक्रम के

जरिए गूगल ने अपनी आमदनी बढ़ाने के लिए दुनिया भर में फैले मझोले व छोटे विज्ञापनदाताओं को अपना लक्ष्य बनाया था; और बेहतरीन प्रौद्योगिक सुविधाओं व आकर्षक विज्ञापन दरों से लुभाया भी था; लेकिन इस प्रक्रिया की असल कमान को पूरी तरह से उपभोक्ताओं के नियंत्रण में रखा था।

एडवड्र्स कार्यक्रम की सबसे बड़ी खूबी थी—विज्ञापन स्थान निर्धारण प्रक्रिया, जो विज्ञापनदाता या फिर गूगल कर्मचारियों द्वारा मानवीय हस्तक्षेप से नहीं, बल्कि स्वचालित प्रणाली द्वारा 'क्लिक थ्रू रेट' के आधार पर तय होती थी; और 'क्लिक थ्रू रेट' तो उपभोक्ता की पसंद पर निर्भर था। किसी विज्ञापन कड़ी पर क्लिक कर उपभोक्ता ज्यादा बार उस विज्ञापनदाता की साइट पर जाएगा, उसका क्लिक-थ्रू-रेट उतना अधिक होता जाएगा। इसके उलट, यदि कोई विज्ञापन उपभोक्ता की जरूरत का नहीं है या उसे नापसंद है तो उसका क्लिक नहीं होगा या कम होगा, उसका क्लिक-थ्रू-रेट, कम होगा। मतलब, गूगल.कॉम पर प्रदर्शित विज्ञापन सूची में सबसे ऊपर वही विज्ञापन प्रदर्शित होगा, जिसका 'क्लिक-थ्रू-रेट' सबसे ज्यादा होगा; और सूची का बाकी स्थान भी उसी क्रम में होगा। इससे विज्ञापनदाताओं को अधिक-से-अधिक लक्षित उपभोक्ताओं तक पहुँचने का मौका मिलता था; उपभोक्ताओं को उनकी जरूरत की प्रायोजित जानकारियाँ भी मिलती थीं और उपभोक्ताओं को नाराज किए बिना गूगल के खाते में धन आता था। गुणवत्तापूर्ण विज्ञापन के इसी सर्वहितकारी त्रिकोणीय आदर्श का पालन करते हुए गूगल ने अपना कदम आगे बढ़ाया था और उसे उम्मीद से ज्यादा सफलता मिली थी।

कुल मिलाकर, साल 2000 के अंत तक, गूगल ने छह हजार लिंक्स आधारित कंप्यूटरों का संजाल निर्माण कर लिया था; उसके सूचीक्रम में कुल 26 भाषाओं में उपलब्ध वेब पृष्ठों की संख्या 1.30 अरब हो चुकी थी; और वह गूगल.कॉम पर रोजाना 2.70 करोड़ व 30 देशों के फैले कुल 120 उपभोक्ता वेबसाइटों के जरिए रोजाना कुल छह करोड़ यानी पिछले साल के मुकाबले 3180 फीसदी ज्यादा खोज जिज्ञासाओं के जवाब दे रहा था। अब एडवड्र्स विज्ञापन कार्यक्रम के जरिए गूगल खाते में आने वाले राजस्व में भी रोजाना उल्लेखनीय वृद्धि हो रही थी, लेकिन इसके असल आँकड़े को कंपनी हर हाल में छुपाए रखने की रणनीति पर अमल कर रही थी।

□

8

आखिरकार लैरी-सर्गेई ने चुना पेशेवर अभिभावक

ज्यों ही गूगल 'मैजिक फॉर्मूला' ने अपना कमाल दिखाना शुरू किया था, खासतौर पर कंपनी के उद्यम पूँजीपतियों की जान में जान आई थी। फरिश्ता निवेशकों को ज्यादा चिंता नहीं थी, क्योंकि कई लोगों ने मिलकर कुल 10 लाख डॉलर का ही निवेश किया था; लेकिन सिलिकॉन वैली के दो दिग्गजों—जॉन डोएर व माइकल मोरित्ज के लिए गूगल पर लगा कुल 2.5 करोड़ का साझा दाँव लगातार भारी पड़ रहा था। कुल 16 महीने के लंबे इंतजार के बाद, उनकी आँखों में उम्मीद की किरण झिलमिलानी शुरू हुई थी; और एक बार फिर से दोनों को गूगल में निवेश के लिए अपने फैसलों पर गर्व करने का मौका भी नजदीक आता दिखाई पड़ा था।

लेकिन इन दिग्गजों की अनुभवी दूरदृष्टि ने कामयाबी के रास्ते में खड़ी मजबूत दीवार—लैरी व सर्गेई की जिद—को भी भलीभाँति देख लिया था; और उन्हें साफ दिखाई दे रहा था कि यदि गूगल के क्रांतिकारी संस्थापकों ने अपने लिए एक अनुभवी पेशेवर अभिभावक को नहीं चुना तो गूगल प्रतिस्पर्धियों की तिकड़मों में उलझकर रास्ता भटक सकती है। दोनों को एक ऐसी शख्सियत की तलाश थी, जो न केवल प्रबंधन कला में माहिर हो, बल्कि

करीब 14 वर्षों के लंबे कार्यकाल में अपने जबरदस्त प्रबंधन कौशल की बदौलत एरिक ने सन माइक्रोसिस्टम्स के निदेशक-सॉफ्टवेयर इंजीनियरिंग, उपाध्यक्ष व महाप्रबंधक-जनरल सिस्टम्स ग्रुप व अध्यक्ष-सन टेक्नोलॉजी इंटरप्राइजेज जैसे बड़े पदों पर सफलतापूर्वक काम किया था।

कंप्यूटर विज्ञान की भी जानकार हो, क्योंकि इसके बिना तो गूगल संस्थापकों को समझ पाना संभव नहीं था और फिर उन्हें सँभाल पाने की संभावना ही नहीं बन सकती थी।

लैरी-सर्गेई पर 'अभिभावक' चुनने का दबाव

खैर, उद्यम पूँजीपतियों के दबाव को और ज्यादा टाल पाना लैरी व सर्गेई के लिए भी संभव नहीं था। लिहाजा, जब दिसंबर 2000 के मध्य में एक दिन माइकल मोरित्ज ने एरिक इमर्सनस्मिथ को मुलाकात के लिए भेजा तो वे मना नहीं कर पाए थे। यही हाल स्मिथ का भी था। वे गूगल संस्थापकों के अड़ियल रवैये के बारे में पहले से ही सुन चुके थे; उस जमाने के तमाम दिग्गजों की तरह उन्हें भी वेब सर्च इंजन की व्यावसायिक सफलता पर शक था; इसीलिए उन्हें गूगल में न तो अपनी कोई उपयोगिता नजर आ रही थी और न ही अपने पेशेवर जीवन का बेहतर भविष्य ही। चूँकि स्मिथ की क्लीनर पर्किंस कौफील्ड एंड बायर्स मुखिया जॉन डोएर से काफी नजदीकी थी और वे सिकोइया कैपिटल के माइकल मोरित्ज को भी बखूबी जानते थे; इसीलिए वे सिलिकॉन वैली के इन दो प्रतिस्पर्धी दिग्गजों के द्वारा गूगल में संयुक्त निवेश करने व एक साथ निदेशक मंडल में शामिल होने की संभावना पर कोई शक करने की स्थिति में नहीं थे। ऐसे में, इन दोनों के आग्रह को ठुकराने का कोई ठोस कारण भी नहीं था और इससे भी बड़ी बात यह थी कि तब स्मिथ नोवेल को छोड़ने का मन भी बना रहे थे।

लैरी व सर्गेई हर हाल में गूगल को विश्वविद्यालयों की शोध-केंद्रित परियोजना की ही तरह चलाना चाहते थे; वे अपने रणनीतिक फैसलों व प्रतिभाशाली इंजीनियरों के कामकाज की स्वाभाविक रचनात्मक प्रक्रिया में, तथाकथित 'निगमित नियंत्रण' (कॉरपोरेट कंट्रोल) के नाम पर, किसी भी प्रकार के बाहरी हस्तक्षेप को नुकसानदेह मानते थे।

(एरिक इमर्सन स्मिथ (27 अप्रैल, 1955, वाशिंगटन डीसी) ने 1976 में प्रिंसटन विश्वविद्यालय से स्नातक विज्ञान-इलेक्ट्रिकल इंजीनियरिंग व 1979 में कैलिफोर्निया विश्वविद्यालय (बर्कले, कैलिफोर्निया) से स्नातकोत्तर विज्ञान-इलेक्ट्रिकल इंजीनियरिंग व कंप्यूटर विज्ञान (एमएस-ईईसीएस) की शिक्षा पूरी की और फिर वहीं से 1982 में पी-एच.डी. भी किया। एरिक के पी-एच.डी. शोध प्रबंध का

विषय था—वितरित वातावरण में विशाल सॉफ्टवेयर विकास का नियंत्रण।

शुरुआत में, बिज्रोमोत्ति डिजाइन, बेल लैब व जेरॉक्स के पालो ऑल्टो रिसर्च सेंटर (पीएआरसी) में तकनीकी पदों पर काम करने के बाद, 1983 में, एरिक स्मिथ को सन माइक्रोसिस्टम्स का पहला सॉफ्टवेयर प्रबंधक बनने का मौका मिला था। करीब 14 वर्षों के लंबे कार्यकाल में अपने जबरदस्त प्रबंधन कौशल की बदौलत एरिक ने सन माइक्रोसिस्टम्स के निदेशक-सॉफ्टवेयर इंजीनियरिंग, उपाध्यक्ष व महाप्रबंधक-जनरल सिस्टम्स ग्रुप व अध्यक्ष-सन टेक्नोलॉजी इंटरप्राइजेज जैसे बड़े पदों पर सफलतापूर्वक काम किया था।

जब अप्रैल 1997 में, एरिक ने सभापति व मुख्य कार्यकारी अधिकारी (चेयरमैन एंड सी.ई.ओ.) के रूप में नोवेल इनकॉरपोरेशन का नेतृत्व सँभाला था, तब उसके बहुमंच संजाल परिचालन प्रणाली (मल्टी प्लेटफॉर्म नेटवर्क ऑपरेटिंग सिस्टम) बाजार के अग्रणी उत्पाद—नोवेल-नेटवेयर (Novell NetWare) को आईबीएम के ओएस-2 व माइक्रोसॉफ्ट के विंडो एनटी से कड़े मुकाबले का सामना करना पड़ रहा था। अंतत: 1999 में माइक्रोसॉफ्ट ने नेटवर्क सॉफ्टवेयर बाजार में नोवेल की बादशाहत को अपने कब्जे में ले लिया था। फिर भी, एरिक ने अपनी कार्यकुशलता से नोवेल के कारोबार को एक नई दिशा दी थी, और कंपनी का बाजार मूल्य तेजी से बढ़ा था। मार्च 2000 में डॉट कॉम बुलबुला फूटने के बावजूद, 2000 में नोवेल का बाजार मूल्य में ज्यादा गिरावट नहीं आई और उसका वार्षिक औसत 5.29 अरब डॉलर रहा; लेकिन एरिक के नोवेल से विदाई के वक्त 2001 की पहली तिमाही में उसका औसत बाजार मूल्य 2.15 अरब डॉलर रह गया था।)

उधर, गूगलप्लेक्स में लैरी व सर्गेई, दोनों स्मिथ के पहुँचने का इंतजार जरूर कर रहे थे, लेकिन पहले के उम्मीदवारों की तरह ही उन दोनों ने स्मिथ को भी परेशान कर वापस भेज देने का मन बनाया हुआ था; हाँ, अपने धन दाताओं के आग्रह को सीधे ठुकरा देने की बजाय, वे उनका मान रखने के लिए औपचारिकता निभाने का नाटक जरूर कर रहे थे। जॉन डोएर व माइकल मोरित्ज पहुँचे हुए खिलाड़ी थे; उन्हें अंदाजा था कि स्मिथ के साथ लैरी व सर्गेई कैसा व्यवहार करनेवाले थे, लेकिन उन्हें भरोसा था कि स्मिथ अपनी सहनशीलता व व्यवहार कुशलता से 'बिल्ली के गले में घंटी' बाँधने में जरूर सफल हो जाएँगे, और बिल्कुल वैसा ही हुआ भी था।

स्मिथ के लिए यह अजीबोगरीब स्थिति थी। कोई उनकी हैसियत की शख्सियत से इतनी फूहड़ भाषा में भी बात कर सकता था—इसकी उन्होंने कल्पना तक नहीं की थी। फिर भी वह शांत रहे और अपनी रणनीति को जायज ठहराते हुए हर सवाल का बिल्कुल सटीक व तार्किक जवाब देने की कोशिश करते रहे।

वैसे, लैरी व सर्गेई अपनी जगह पर गलत नहीं थे। उनके सामने ऐसे कई उदाहरण थे, जहाँ उद्यम-पूँजीपतियों द्वारा संस्थापकों के कंधों के ऊपर बिठाए गए पेशेवर सीईओ ने परियोजनाओं को ही चौपट कर दिया था। लिहाजा, वे अपने आसपास ऐसी किसी भी आशंका को पनपने का मौका नहीं देना चाहते थे। लैरी व सर्गेई हर हाल में गूगल को विश्वविद्यालयों की शोध-केंद्रित परियोजना की ही तरह चलाना चाहते थे; वे अपने रणनीतिक फैसलों व प्रतिभाशाली इंजीनियरों के कामकाज की स्वाभाविक रचनात्मक प्रक्रिया में, तथाकथित 'निगमित नियंत्रण' (कॉरपोरेट कंट्रोल) के नाम पर, किसी भी प्रकार के बाहरी हस्तक्षेप को नुकसानदेह मानते थे। उनका स्पष्ट मत था कि गूगल जैसी उच्च-प्रौद्योगिकी संस्था की मूल भावना को सिर्फ उसी क्षेत्र का जानकार ही समझ सकता है, कोई व्यावसायिक पेशेवर नहीं।

असल में, पेशेवर नेतृत्व की अहमियत को समझाने के लिए जॉन डोएर व माइकल मोरित्ज ने गूगल संस्थापकों को कई बड़े संस्थानों में घुमाया था और उनके मुख्य कार्यकारी अधिकारियों से उनकी अनौपचारिक मुलाकातें भी कराई थीं। लेकिन लैरी व सर्गेई को एप्पल के स्टीव जॉब्स के अलावा और कोई भी पसंद नहीं आया था। जी हाँ, करीब 13 वर्षों की जुदाई के बाद, मार्च 1998 में, एक बार फिर से स्टीव जॉब्स को प्रेमिका से भी ज्यादा प्यारी खुद की कंपनी 'एप्पल' को अपने हिसाब से सँभालने का मौका मिला था। लैरी व सर्गेई का मानना था कि स्टीव जॉब्स जैसा जुनूनी प्रौद्योगिकी प्रेमी ही गूगल को नेतृत्व प्रदान करने के काबिल हो सकता था और वे खुद को 'स्टीव जॉब्स' जैसी आदर्शवादी ऊँचाइयों पर पहुँचाने की कामना करते थे। गूगल संस्थापकों के आदर्शवादी सपने को पूरा करना डोएर व मोरित्ज के लिए संभव नहीं था, लेकिन उन्होंने उनके लिए एक ऐसे अभिभावक को जरूर तलाश लिया था, जो उन पर हुक्म नहीं चलाएगा, बल्कि एक अनुभवी मार्गदर्शक (गाइड) की भूमिका में उनकी मदद करेगा। वे मानते थे कि स्मिथ

में लैरी व सर्गेई की वैज्ञानिक उड़ान की संवेदनशीलता को समझ सकने की पूरी शैक्षणिक योग्यता भी थी और समूचे गूगल परिवार को सँभालकर उसे नई ऊँचाइयों तक ले जा सकने की भरपूर नेतृत्व क्षमता भी।

खैर, उम्मीदवार और नियोक्ता—दोनों आमने-सामने थे गूगलप्लेक्स में। यह वही भवन था जहाँ काफी पहले सन माइक्रोसिस्टम्स का दफ्तर हुआ करता था और स्मिथ मुख्य प्रौद्योगिकी अधिकारी (चीफ टेक्नोलॉजी ऑफिसर) के रूप में वहाँ काम करते थे। स्मिथ अंदर बढ़े तो एकबारगी हक्के-बक्के-से ठिठक गए थे—लैरी व सर्गेई के सामने खाने की ट्रे पड़ी हुई थी और उन्होंने एक प्रोजेक्टर के जरिए स्मिथ का पूरा जीवन परिचय (बायोडाटा) कमरे की दीवार पर प्रदर्शित किया हुआ था; उनकी शारीरिक भाषा से कतई नहीं लग रहा था कि वे कंपनी के किसी संभावित चेयरमैन से मुलाकात कर रहे थे, बल्कि उनके हाव-भाव ऐसे थे मानो उनके सामने कॉलेज से बाहर आया कोई साधारण आवेदक साक्षात्कार के लिए पेश हुआ हो। लेकिन स्मिथ ने खुद को तत्काल सँभाला व संयत किया था।

इतना ही होता तो गनीमत थी, स्मिथ अपनी जगह पर बैठे ही थे कि दोनों ने उन पर नोवेल से संबंधित विवादित सवालों से आक्रमण करना शुरू कर दिया था। स्मिथ द्वारा नोवेल में लागू की गई बाजार रणनीति की काफी आलोचनाएँ होती रही थीं और वह उन आलोचनाओं को संजीदगी से लेते आ रहे थे। लेकिन लैरी व सर्गेई ने तो हद ही कर दी थी; उन्होंने तो स्मिथ की रणनीति को 'मूर्खतापूर्ण' कदम तक करार दिया था और ऐसा करते हुए उनमें कहीं कोई थोड़ी-सी भी हिचक नहीं दिखाई दी थी। स्मिथ के लिए यह अजीबोगरीब स्थिति थी। कोई उनकी हैसियत की शख्सियत से इतनी फूहड़ भाषा में भी बात कर सकता था—इसकी उन्होंने कल्पना तक नहीं की थी। फिर भी वह शांत रहे और अपनी रणनीति को जायज ठहराते हुए हर सवाल का बिल्कुल सटीक व तार्किक जवाब देने की कोशिश करते रहे।

स्मिथ से लंबी तीखी बहस के बाद लैरी व सर्गेई को लगा था कि वे उस बेहद सहनशील व्यक्ति से तालमेल बिठाकर काम कर सकते थे। उन्होंने स्मिथ की असफलताओं को उनकी सबसे बड़ी उपलब्धियों व खूबियों की सूची में शामिल किया था। उन्होंने स्मिथ में एक ऐसे शख्स को देखा था, जो असफलताओं से घबराता नहीं था, बल्कि असंभव से भी डटकर मुकाबला करने का जज्बा रखता था।

जल्द ही, स्मिथ को एहसास हो गया था कि सवाल पूछनेवाले अद्भुत प्रतिभा के धनी थे; उनकी भाषा भले ही शालीनता की श्रेणी में नहीं आती थी, लेकिन अधिकांश सवाल जायज व हकीकत की तह में जानेवाले थे। दोनों बेखौफ, बिंदास अंदाज में कमरे में आगे-पीछे टहलते रहे थे और स्मिथ को सवाल पर सवाल दागकर उलझाने की कोशिश कर रहे थे। स्मिथ ज्यों-ज्यों सवालों का जवाब देते जा रहे थे, त्यों-त्यों वे उन लड़कों की तीक्ष्ण बुद्धि व दूरदृष्टि के कायल भी होते जा रहे थे; लेकिन उन्हें तब पता नहीं था कि 'बाल की खाल निकालना' लैरी व सर्गेई की पैदाइशी आदत थी और वे सामनेवाले को परेशान करने में अजीबोगरीब आनंद की अनुभूति करते थे। करीब डेढ़ घंटे तक तीखी बहस हुई थी; स्मिथ को वे दोनों कभी खामख्वाह बहस करते, कभी बेवजह असहमत होते, तो कभी बौद्धिकता के द्वंद्व में उलझे नजर आए थे। कुल मिलाकर, जब स्मिथ कमरे से बाहर निकले थे तो इस लंबे विमर्श से उनके मन में दो धारणाएँ स्पष्ट हुई थीं—लंबे समय बाद यह तर्क-वितर्क का उनका बेहतरीन सत्र था; और वह किसी न किसी रूप में गूगल में जरूर शामिल होनेवाले थे।

जहाँ तक लैरी व सर्गेई का सवाल था, तो वे भी स्मिथ से प्रभावित हुए बिना नहीं रह सके थे; वे अब तक जिन उम्मीदवारों से मिले थे, उन सब में स्मिथ सबसे अलग व सबसे काबिल लगे थे। उन दोनों पर पेशेवर नेतृत्व की बहाली के लिए निदेशक मंडल की ओर से, खासतौर पर डोएर व मोरित्ज की तरफ दबाव लगातार बढ़ता जा रहा था।

कुछ समय पहले एक ऐसी भी स्थिति आ गई थी कि जब मोरित्ज ने लैरी व सर्गेई को उनका मौखिक वादा याद दिलाया था और उसे न पूरा करने की स्थिति में सिकोइया कैपिटल की ओर से गूगल में लगाया गया 1.25 करोड़ डॉलर वापस ले लेने के लिए कानूनी कारवाई करने तक की धमकी भी दे दी थी। वह कोई सामान्य बहस नहीं थी, बल्कि मोरित्ज दोनों पर बुरी तरह से भड़क गए थे; तब मोरित्ज को गहरी ठेस पहुँची कि दो लड़के उनकी सलाह को ठुकराकर उनके जैसे पितातुल्य व्यक्तित्व को अपमानित कर रहे थे; लेकिन तब निदेशक मंडल के सदस्य व गूगल के शुरुआती फरिश्ता निवेशक राम श्रीराम ने मोरित्ज को सँभाला था और उन्हें आश्वस्त किया था कि वह लैरी व सर्गेई को राजी कर लेंगे।

एरिक स्मिथ में अभिभावक बनने के सारे गुण

स्मिथ से लंबी तीखी बहस के बाद लैरी व सर्गेई को लगा था कि वे उस बेहद

इन 'लड़कों' को पता था कि गूगल आनेवाले समय में कई महारथी कंपनियों को खुली चुनौती देने जा रही थी और स्मिथ के रूप में उन्हें ऐसा अभिभावक मिल रहा था, जो उनकी 'परीक्षण व त्रुटि' (ट्रायल एंड एरर) की शिक्षण प्रक्रिया में लगनेवाले अमूल्य समय व संसाधन—दोनों की भारी बचत कर सकता था।

सहनशील व्यक्ति से तालमेल बिठाकर काम कर सकते थे। उन्होंने स्मिथ की असफलताओं को उनकी सबसे बड़ी उपलब्धियों व खूबियों की सूची में शामिल किया था। उन्होंने स्मिथ में एक ऐसे शख्स को देखा था, जो असफलताओं से घबराता नहीं था, बल्कि असंभव से भी डटकर मुकाबला करने का जज्बा रखता था। जी हाँ, स्मिथ ही वह शख्स थे, जिन्होंने माइक्रोसॉफ्ट के एकाधिकार को चुनौती देते हुए सन माइक्रोसिस्टम्स में एक स्वतंत्र कंप्यूटर कार्यक्रम भाषा (प्रोग्रामिंग लैंग्वेज)—जावा के विकास को नेतृत्व प्रदान किया था और कंपनी की इंटरनेट रणनीति को परिभाषित किया था। यह हकीकत है कि सन माइक्रोसिस्टम्स का जावा आधारित अभियान, माइक्रोसॉफ्ट के विंडो परिचालन प्रणाली के मुकाबले लोकप्रिय व्यावसायिक विकल्प पेश कर पाने में बहुत हद तक असफल ही माना गया, लेकिन उन जाँबाज कोशिशों को कम करके नहीं आँका जा सकता।

यदि सन ने जावा का विकास नहीं किया होता तो आजाद खयाल सॉफ्टवेयर विकासकर्ताओं, व्यवसायों व उपभोक्ताओं के बहुत बड़े समुदाय के लिए माइक्रोसॉफ्ट के एकाधिकारवादी व्यापार व्यवहार के खिलाफ खड़े होने का आधार ही नहीं मिल पाता और खुला स्रोत (ओपन सोर्स) सॉफ्टवेयर के विकास का आंदोलन ही खड़ा न हो पाता। याद रहे कि गूगल का समूचा प्रौद्योगिक ढाँचा खुले स्रोत सॉफ्टवेयरों पर ही आधारित है; वह खुद भी इस आंदोलन का ही पैरोकार है और यही कारण है कि दुनिया के कई अरब आम लोग आज गूगल द्वारा अरबों डॉलर की लागत से विकसित किए गए तमाम बुनियादी सॉफ्टवेयर की सुविधाओं का आनंद ले पा रहे हैं। सन माइक्रोसिस्टम्स के इस क्रांतिकारी अभियान का श्रेय यदि किसी व्यक्ति को जाता है तो वह एरिक स्मिथ ही हैं, जिन्हें बिल गेट्स जैसी अड़ियल व उस जमाने में 'बेहद खतरनाक' मानी जानेवाली दुनिया की सबसे बड़ी प्रौद्योगिकी शख्सियत से भी सीधे टकरा जाने में किसी प्रकार की कोई घबराहट नहीं महसूस हुई थी।

यही कारण था कि लैरी व सर्गेई ने स्मिथ में एक खास व्यक्तित्व को देखा था, जो गूगल के 'असंभव को संभव' करने के अभियान में उनके साथ मजबूती से खड़े होने व सफलता को सुनिश्चित करने में अहम भूमिका अदा कर सकता था। उम्र व अनुभव के लिहाज से लैरी व सर्गेई भले ही अब भी 'नाबालिग लड़कों' जैसे ही दिखते थे, लेकिन वे सूक्ष्म पारखी थे; उन्हें बखूबी मालूम था कि सफलता को सुनिश्चित करने के रास्ते में असफलताओं का कड़वा अनुभव कितना ज्यादा जरूरी था। इन 'लड़कों' को पता था कि गूगल आनेवाले समय में कई महारथी कंपनियों को खुली चुनौती देने जा रही थी और स्मिथ के रूप में उन्हें ऐसा अभिभावक मिल रहा था, जो उनकी 'परीक्षण व त्रुटि' (ट्रायल एंड एरर) की शिक्षण प्रक्रिया में लगनेवाले अमूल्य समय व संसाधन—दोनों की भारी बचत कर सकता था।

स्मिथ द्वारा अपेक्षित पूँजी विकल्प के आकार को लेकर लैरी व सर्गेई गोल-गोल घूम रहे थे। दोनों ने अपने स्टैनफोर्ड के दोस्तों या फिर जो भी शुरू में उनके साथ आए थे, उनको दिल खोलकर पूँजी विकल्प दिए थे; लेकिन स्मिथ की माँग पर वे कोई फैसला नहीं कर पा रहे थे, क्योंकि यह पूँजी विकल्प के लाखों शेयर का मामला था, जो स्मिथ को सबसे बड़ा कर्मचारी शेयरधारक बनाने जा रहा था।

हालाँकि लैरी व सर्गेई की स्मिथ से शुरुआती मुलाकात बिना किसी नतीजे के खत्म हो गई थी, लेकिन करीब डेढ़ घंटे तक चले वाद-विवाद ने उन्हें एक-दूसरे को गहराई से समझ पाने व उनके बीच प्रेम-प्रसंग को शुरू होने का अवसर जरूर दे दिया था।

जैसा कि लैरी व सर्गेई गूगल के मुख्य कार्यकारी अधिकारी (सी.ई.ओ.) के पद पर आने वाले किसी भी व्यक्ति को पसंद करते, उन्होंने स्मिथ को भी पसंद किया था। लेकिन उन दोनों का ऐसा कोई इरादा नहीं था कि वे स्मिथ को, बिना उनकी ओर किसी ठोस व बहुत बड़ी प्रतिबद्धता के, उदारभाव से इतनी बड़ी मात्रा में सस्ते पूँजी विकल्प (स्टॉक ऑप्शन) की पेशकश करें, जो कभी बहुत बड़ी रकम बन जाए। गूगल के संस्थापकों को इस बात का ठोस सबूत चाहिए था कि उनके द्वारा स्थापित व निर्मित कंपनी में स्मिथ भी उन दोनों की तरह ही भावनात्मक व आर्थिक तौर पर अपना निवेश बनाए रखेंगे।

कुल मिलाकर, लैरी व सर्गेई ने स्मिथ को गूगल का चेयरमैन व सी.ई.ओ. बनाने का फैसला कर लिया था और वर्ष 2001 की शुरुआत में स्मिथ से तोल-मोल करने का सिलसिला चालू किया था। कुछ समय बाद स्मिथ की मुआवजा प्रस्तावली (कंपनसेशन पैकेज) को लेकर गंभीर तोल-मोल का दौर शुरू हुआ था। लैरी व सर्गेई अड़े हुए थे कि स्मिथ भी अपना कुछ धन कंपनी में निवेश करें। स्मिथ भी उतने ही अड़े हुए थे कि यदि वे पहले चेयरमैन और बाद में सी.ई.ओ. बनने जा रहे थे, तो उन्हें ज्यादा बड़े पूँजी विकल्प का अवसर दिया जाना चाहिए था। स्मिथ को पता था कि कंपनी नकदी से गरीब व विचारों से धनी थी, इसीलिए वह बड़े सालाना वेतन प्रस्तावों के लिए जोर नहीं डाल रहे थे। उन्हें धन की ज्यादा चिंता नहीं थी, क्योंकि वह नोवेल में अपना पूँजी विकल्प भुनाकर बड़ी रकम हासिल करनेवाले थे। उनकी सबसे बड़ी चिंता थी—पेशेवर प्रतिष्ठा। उस जमाने में सर्च इंजन के व्यावसायिक भविष्य के बारे में सिलिकॉन वैली में कोई अच्छी धारणा नहीं थी। ऐसे में, यदि स्मिथ तत्कालीन बुद्धिमानी को नजरअंदाज कर गूगल में काम करने का मन बना रहे थे, तो वह वार्षिक आमदनी से कहीं ज्यादा बड़ा जोखिम उठाने का मामला था—उनकी पेशेवर साख व भविष्य दाँव पर थे।

दोनों संस्थापकों ने आधिकारिक तौर पर स्मिथ को अपना अभिभावक व मार्गदर्शक जरूर मान लिया था, लेकिन प्रौद्योगिकी से संबंधित सारे अधिकार खुद के पास ही रख लिये थे—लैरी का पदनाम अध्यक्ष-उत्पाद (प्रेसिडेंट-प्रोडक्ट्स) और सर्गेई का अध्यक्ष -प्रौद्योगिकी (प्रेसिडेंट-टेक्नोलॉजी) हो गया था। इस तरह, अब गूगल की आधिकारिक कमान भले ही एरिक स्मिथ के हाथों में चली गई थी, लेकिन व्यावहारिक रूप से गूगल का बुनियादी नियंत्रण लैरी व सर्गेई के हाथों में ही रहा था।

लेकिन स्मिथ द्वारा अपेक्षित पूँजी विकल्प के आकार को लेकर लैरी व सर्गेई गोल-गोल घूम रहे थे। दोनों ने अपने स्टैनफोर्ड के दोस्तों या फिर जो भी शुरू में उनके साथ आए थे, उनको दिल खोलकर पूँजी विकल्प दिए थे; लेकिन स्मिथ की माँग पर वे कोई फैसला नहीं कर पा रहे थे, क्योंकि यह पूँजी विकल्प के लाखों शेयर का मामला था, जो स्मिथ को सबसे बड़ा कर्मचारी शेयरधारक बनाने जा रहा था।

लेकिन दो चीजों ने सौदे को अंतिम रूप देने में मदद की थी। पहली, स्मिथ ने गूगल के अधिमानी शेयर (प्रेफेरेड स्टॉक) खरीदने में 10 लाख डॉलर का खुद का धन लगाने पर सहमत होकर अपनी प्रतिबद्धता जाहिर कर दी थी। उन्होंने ऐसा तब किया था, जब 2001 की शुरुआत में कंपनी नकदी की कमी से जूझ रही थी, इसीलिए उक्त धनराशि ने सही मायने में व्यापारिक उद्देश्य को पूरा किया था। दूसरी, लैरी व सर्गेई ने इस हकीकत को मान्यता दी थी कि जॉन डोएर व माइकल मोरित्ज का भी उन दोनों पर कुछ हक बनता था; आखिरकार करीब डेढ़ साल से उन्हीं दोनों के धन की बदौलत गूगल आगे बढ़ रहा था और वे कह सकते थे कि लैरी व सर्गेई ने सी.ई.ओ. की बहाली के अपने वादे को पूरा नहीं किया था। अब और ज्यादा टाँग अड़ाने का सीधा मतलब था : उद्यम पूँजी कंपनियों को पूँजी वापस लेने के लिए दावा ठोंकने पर मजबूर करना; और ऐसी नौबत गूगल की आर्थिक सेहत को ही नहीं, उसकी साख को भी चौपट कर सकती थी।

अनोखी 'त्रिमूर्ति' संचालन व्यवस्था की स्थापना

खैर, जनवरी 2000 के अंत में, एरिक स्मिथ, लैरी व सर्गेई के बीच अंतिम सहमति बन गई थी। करीब दो माह बाद, दोनों पक्षों ने उक्त नियुक्ति समझौते पर हस्ताक्षर कर दिए थे और 26 मार्च को गूगल की ओर प्रेस विज्ञप्ति जारी कर आधिकारिक घोषणा कर दी गई थी कि डॉ. एरिक एमर्सन स्मिथ को तत्काल प्रभाव से कंपनी के निदेशक मंडल का सभापति (चेयरमैन) नियुक्त किया जा चुका था। अब तक, संस्थापक सभापति के रूप में इस पद की जिम्मेदारी सर्गेई ब्रिन सँभाल रहे थे, जो आगे अध्यक्ष (प्रेसिडेंट) की पूर्व भूमिका में बने रहने वाले थे; सी.ई.ओ. की जिम्मेदारी पूर्ववत् लैरी पेज के पास थी। उक्त प्रेस विज्ञप्ति में बाकायदा इस बात का भी उल्लेख किया गया था कि स्मिथ ने कंपनी में एक महत्त्वपूर्ण निवेश भी किया था।

20 सितंबर, 2001 को गूगल ने ऑनलाइन सूचना पुनर्प्राप्ति प्रौद्योगिकी (ऑनलाइन इनफॉर्मेशन रिट्रीवल टेक्नोलॉजी) की अग्रणी विकासकर्ता कंपनी– आउटराइड इनकॉरपोरेशन (रेडवुड सिटी, कैलिफोर्निया) के अधिग्रहण का ऐलान किया था। इससे गूगल की खोज प्रणाली में सटीक नतीजों को और भी ज्यादा कारगर बनाने में काफी मदद मिली थी।

अगले करीब तीन महीनों तक, एरिक स्मिथ गूगल के चेयरमैन होने के साथ-साथ नोवेल इनकॉरपोरेशन के चेयरमैन व सी.ई.ओ. की जिम्मेदारियाँ सँभालते रहे थे। जुलाई 2001 में, नोवेल में कैंब्रिज टेक्नोलॉजी पार्टनर्स (जो नोवेल का इंटरनेट प्रभाग बना था) की विलय प्रक्रिया संपन्न हो जाने के बाद स्मिथ ने नोवेल के सी.ई.ओ. पद से त्यागपत्र दे दिया था, लेकिन चेयरमैन पद पर बने रहे थे। फिर, 6 अगस्त को, लैरी पेज ने तत्काल प्रभाव से गूगल का अपना सी.ई.ओ. पद एरिक स्मिथ को सौंपने का ऐलान किया था। इस तरह दोनों संस्थापकों ने आधिकारिक तौर पर स्मिथ को अपना अभिभावक व मार्गदर्शक जरूर मान लिया था, लेकिन प्रौद्योगिकी से संबंधित सारे अधिकार खुद के पास ही रख लिये थे—लैरी का पदनाम अध्यक्ष-उत्पाद (प्रेसिडेंट-प्रोडक्ट्स) और सर्गेई का अध्यक्ष -प्रौद्योगिकी (प्रेसिडेंट-टेक्नोलॉजी) हो गया था। इस तरह, अब गूगल की आधिकारिक कमान भले ही एरिक स्मिथ के हाथों में चली गई थी, लेकिन व्यावहारिक रूप से गूगल का बुनियादी नियंत्रण लैरी व सर्गेई के हाथों में ही रहा था।

यह हकीकत थी कि एरिक स्मिथ अंतरराष्ट्रीय स्तर पर जाने-माने प्रौद्योगिकीविद् व व्यावसायिक थे और वह अपने सॉफ्टवेयर विकास, प्रबंधन व विपणन के करीब दो दशकों के अनुभव के साथ गूगल में आए थे। स्मिथ की तुलना में लैरी व सर्गेई कहीं भी नहीं टिक सकते थे, ये बातें दोनों को अच्छी मालूम थीं, और यही कारण था कि दोनों ने स्मिथ को अपने दायरे से बिल्कुल दूर रखने की व्यवस्था की थी। स्मिथ को भी यह साफ पता था कि संस्थापकों के आसपास केंद्रित व्यवस्था में गूगल का संचालन टेढ़ी खीर साबित होनेवाली थी। फिर भी, बहाव के विपरीत जाने का उनका शौक पुराना था; और अब वह अपने जीवन की सबसे बड़ी चुनौती का बीड़ा उठा चुके थे तो पीछे हटने का सवाल ही कहाँ पैदा होता था?

जी हाँ, स्मिथ के आने के बाद ही गूगल में अनोखी 'त्रिमूर्ति' संचालन व्यवस्था की स्थापना हुई थी और गूगल संस्थापकों द्वारा ब्रह्मांड की समस्त जानकारियों को सर्वसुलभ बनाने का महान् लक्ष्य व्यावसायिक धरातल पर मजबूती से खड़ा होने में कामयाब हो सका था। वर्ष 2001 में, इस त्रिमूर्ति ने गूगल को आगे बढ़ाने की दिशा के कई महत्त्वपूर्ण कदम बढ़ाए, मसलन—

- 12 फरवरी, 2001 को गूगल ने डेजा न्यूज रिसर्च सर्विस (ऑस्टिन, टेक्सास) के अधिग्रहण का ऐलान किया था। यह कंपनी का पहला अधिग्रहण था।

डेजा न्यूज ने मार्च 1995 में यूजनेट आधारित समाचार व चर्चा समूहों के विशाल अभिलेख की खोज-सेवा की शुरुआत की थी। उस वक्त डेजा के अभिलेख में 50 करोड़ से अधिक व्यक्तिगत संवाद थे, जो रोजाना तेजी से बढ़ रहे थे। गूगल ने उपयोगकर्ता अंतरफलक (यूजर इंटरफेस) में इसका नाम 'गूगल ग्रुप' रखा था और यह नई सेवा बीटा संस्करण शुरू की थी। मौजूदा समय में यह 'गूगल प्लस' के रूप में उपलब्ध है।

- 28 जुलाई, 2001 को गूगल ने करीब 25 करोड़ चित्रों/ग्राफिक्स के प्रारंभिक सूची-क्रम के साथ क्रांतिकारी चित्र खोज सेवा—गूगल इमेज सर्च—का शुभारंभ किया था। यह उस जमाने की अनोखी व असाधारण सेवा थी, जो दुनिया भर में तेजी से लोकप्रिय हुई थी। अब तक लोगों के पास सिर्फ मजमून सामग्रियाँ (टेक्स्ट मेटेरियल्स) ही खोज पाने का साधन था।

- 20 सितंबर, 2001 को गूगल ने ऑनलाइन सूचना पुनर्प्राप्ति प्रौद्योगिकी (ऑनलाइन इनफॉर्मेशन रिट्रीवल टेक्नोलॉजी) की अग्रणी विकासकर्ता कंपनी—आउटराइड इनकॉरपोरेशन (रेडवुड सिटी, कैलिफोर्निया) के अधिग्रहण का ऐलान किया था। इससे गूगल की खोज प्रणाली में सटीक नतीजों को और भी ज्यादा कारगर बनाने में काफी मदद मिली थी।

इस तरह, साल 2001 के अंत में, दुनिया का सबसे बड़ा सर्च इंजन—गूगल एक नए मुकाम पर पहुँच गया था। अब वह रोजाना औसतन 15 करोड़ खोज-जिज्ञासाओं को सँभाल रहा था। 11 दिसंबर को गूगल ने सूचित किया था कि उसके सूची-क्रम में वेब दस्तावेजों की संख्या तीन अरब से भी ज्यादा हो गई थी। याद रहे कि 26 जून, 2000 को, जब गूगल ने खुद को दुनिया का सबसे बड़ा सर्च इंजन होने का दावा किया था, तब उसके सूचीक्रम में सिर्फ एक अरब वेब पृष्ठ ही शामिल थे, और उसमें भी करीब आधे-अधूरे पृष्ठ ही थे। लेकिन करीब डेढ़ साल में गूगल ने अपने खोज योग्य सूचना भंडार को तीन गुना बढ़ा लिया था।

अब गूगल वेब सर्च के दायरे में एच.टी.एम.एल. (हाइपर टेक्स्ट मार्कअप लैंग्वेज) वेब पृष्ठों के अलावा, पी.डी.एफ. (पोर्टेबल डॉक्यूमेंट फॉर्मेट), माइक्रोसॉफ्ट ऑफिस व कोरेल के दो अरब से ज्यादा दस्तावेजों को शामिल किया जा चुका था। गूगल ग्रुप्स के जरिए 35 हजार से अधिक विषय-श्रेणियों के 70 करोड़ से ज्यादा व्यक्तिगत संवादों से अपने मतलब के उपयोगी संदर्भ खोजे जा सकते थे। महज चार महीनों में गूगल इमेज सर्च के खोजे जा सकने योग्य चित्रों व

ग्राफिक्स का सूचीक्रम 25 करोड़ से बढ़कर 33 करोड़ हो गया था।

इसके साथ ही, 20 दिसंबर, 2001 को 'गूगल जिटगेइस्ट' (गूगल युग-सत्य)—सालाना शीर्ष खोज पद (टॉप सर्च टर्म्स) सेवा का ऐलान किया था। इसके जरिए गूगल ने अपनी वेबसाइट पर होनेवाली औसतन रोजाना 15 करोड़ खोज जिज्ञासाओं के आँकड़ों के आधार पर पहली बार विश्व उपभोक्ता प्रवृत्तियों का ठोस पैमाना पेश किया था। इस पैमाने में प्रमुख घटनाओं, प्रौद्योगिकियों, उत्पाद व सेवा ब्रांडों को शामिल किया गया था।

□

9

गूगल ने पलटा ऑनलाइन विज्ञापन समीकरण

विपणन क्षेत्र में एक मजाकिया धारणा लंबे समय से चली आ रही थी: सिर्फ आधा विज्ञापन ही लागत का फल देता है, लेकिन वह आधा हिस्सा कौन-सा होता है, किसी को नहीं मालूम। गूगल इस धारणा को, कम-से-कम ऑनलाइन विज्ञापन की दुनिया में, हमेशा के लिए बदलने जा रहा था। गूगल ने अक्तूबर 2000 में शुरू हुआ पहला जादुई विज्ञापन सूत्र—एडवर्ड्स शुरू किया था, जिसमें विज्ञापन लागत की गणना सी.पी.एम. (मूल्य प्रति हजार) पद्धति के आधार पर किया जाता था। इसी को परिवर्धित कर गूगल ने 20 फरवरी, 2002 को एडवर्ड्स सेलेक्ट का शुभारंभ किया था, जिसमें विज्ञापन लागत की गणना के लिए सीपीसी (कॉस्ट पर क्लिक/मूल्य प्रति क्लिक) पद्धति अपनाई गई थी।

'डोंट बी ईविल!' अवधारणा ने दिलाई सफलता

गूगल की 'डोंट बी ईविल!' की यही बुनियादी सोच उसे सबसे अलग करती थी। एडवर्ड्स की तरह ही, एडवर्ड्स सलेक्ट को भी छोटे व मझले स्तर के विज्ञापनदाताओं ने हाथों-हाथ लिया था और गूगल के खजाने में विज्ञापन राजस्व रहस्यमय तेजी के साथ बढ़ रहा था। अब बहुत जल्द ही गूगल ऑनलाइन विज्ञापन बाजार के पारंपरिक समीकरण को पलट देने की तैयारियाँ कर रहा था, लेकिन इस बात की भनक किसी को भी नहीं थी। इसके अलावा, गूगल ने कई साहसिक परियोजनाओं को अंजाम दिया था, मसलन—गूगल न्यूज, गूगल ब्लॉग, गूगल बुक सर्च आदि—जिसने न केवल वेब बाजार के दायरे को नया विस्तार दिया था, बल्कि गूगल को नई संभावनाओं के ध्वजवाहक के रूप में स्थापित किया था।

उस जमाने की अग्रणी ऑनलाइन विज्ञापन खोज सेवा कंपनी ओवरचर सर्विसेज अपनी मस्त चाल में आगे बढ़ती जा रही थी। ए.ओ.एल., याहू, एम.एस.एन. सहित तमाम बड़े पोर्टल ओवरचर की सेवाएँ ले रहे थे; और वह भी ओवरचर की शर्तों पर। ओवरचर अपने ग्राहक पोर्टलों से विज्ञापन राजस्व का अधिकांश हिस्सा—करीब 50 फीसदी वसूल रही थी। ओवरचर सर्विसेज की सेवा एक विज्ञापन अभिकर्ता जैसी ही थी, फिर इतना ज्यादा अभिकर्ता आढ़त (एजेंसी कमीशन) क्यों? यह चौंकानेवाला तथ्य जरूर है, लेकिन वह इंटरनेट विज्ञापन का शुरुआती दौर था और ऐसी ही अनाप-शनाप दरें चलन में थीं। जरा सोचिए, दुनिया की सबसे बड़ी इंटरनेट सेवा प्रदाता कंपनी व पोर्टल ए.ओ.एल. को ओवरचर क्या दे रहा था? 2000 के अंत में, ओवरचर ने ए.ओ.एल. के पोर्टल पर विज्ञापन खोज सेवा प्रदान करने के लिए सिर्फ 5 करोड़ डॉलर का सौदा किया था, जबकि वह अपने विज्ञापनदाताओं से करीब 10 करोड़ डॉलर वसूल रही थी। ए.ओ.एल. ही क्यों, याहू, एम.एस.एन. (माइक्रोसॉफ्ट नेटवर्क) जैसे तमाम बड़े पोर्टल ओवरचर की सेवाएँ ले रहे थे।

> **ओवरचर सर्विसेज के वार्षिक वित्तीय प्रतिवेदन (एनुअल फाइनेंशियल रिपोर्ट-2002) के मुताबिक, 1998 (31 दिसंबर) में उसका कुल राजस्व 8.22 लाख डॉलर था, जो 1999 में करीब 2.68 करोड़ डॉलर और 2000 में करीब 10.30 करोड़ डॉलर के स्तर पर पहुँच गया था। 8 अक्तूबर 2001 को गोटू. कॉम ने अपना नाम बदलकर ओवरचर सर्विसेज रख लिया था; और वर्ष 2001 में कंपनी का राजस्व करीब 28.81 करोड़ डॉलर के स्तर पर पहुँच गया था।**

ओवरचर की आमदनी बेहिसाब थी; चलिए, उसकी आमदनी की रफ्तार पर नजर दौड़ाते हैं। 15 सितंबर, 1997 को अमेरिका के डेलावेर प्रांत में ओवरचर सर्विसेज की मूल कंपनी गोटू.कॉम की स्थापना हुई थी। उसका मुख्यालय पासादेना, कैलिफोर्निया में था। डॉट कॉम उछाल के शुरुआती दौर में, जब वह मुनाफे में भी नहीं आई थी, 18 जून, 1998 को, गोटू.कॉम न्यूयॉर्क स्टॉक एक्सचेंज में सूचीबद्ध हो गई थी। ओवरचर सर्विसेज के वार्षिक वित्तीय प्रतिवेदन (एनुअल फाइनेंशियल रिपोर्ट-2002) के मुताबिक, 1998 (31 दिसंबर) में उसका कुल राजस्व 8.22 लाख डॉलर था, जो 1999 में करीब 2.68 करोड़ डॉलर और 2000 में करीब 10.30 करोड़

ए.ओ.एल. ने अपनी विशिष्ट सेवाओं की बदौलत इंटरनेट पर दुनिया का सबसे बड़ा नियंत्रित ग्राहक-साम्राज्य बनाया था, जो इंटरनेट के 'वाल्ड गार्डन' (दीवारबंद उद्यान) के उपनाम से संबोधित किया जाता था। इस सौदे के जरिए गूगल ने एक तीर से दो निशाने साधे थे—ए.ओ.एल. की जानकारी खोज सेवा से इंकटोमी को व विज्ञापन खोज सेवा से ओवरचर सर्विसेज को। लेकिन गूगल के लिए ए.ओ.एल. (अमेरिका ऑनलाइन) को अपने पाले में लाना आसान नहीं था।

डॉलर के स्तर पर पहुँच गया था। 8 अक्तूबर, 2001 को गोटू.कॉम ने अपना नाम बदलकर ओवरचर सर्विसेज रख लिया था; और वर्ष 2001 में कंपनी का राजस्व करीब 28.81 करोड़ डॉलर के स्तर पर पहुँच गया था।

चूँकि गूगल ने अपने एडवर्ड्स कार्यक्रम की सफलता को लेकर कोई शोर नहीं मचाया था और एडवर्ड्स सलेक्ट की शुरुआत भी गुपचुप ही हुई थी, इसीलिए ओवरचर के उच्च प्रबंधन को कतई गुमान नहीं था कि गूगल उसके सबसे बड़े ग्राहक—ए.ओ.एल. को झटकने की तैयारियों में जुटा हुआ था। जी हाँ, गूगल ने 1 मई, 2002 को ए.ओ.एल. के साथ अपने ऐतिहासिक समझौते का ऐलान किया था तो ओवरचर ही नहीं, उसकी ग्राहक कंपनियों की भी नींद खुली थी। सभी को पहली बार पता चला था कि सर्च इंजन के जरिए क्या किया जा सकता था। वैसे तो, अगले आठ महीने बाद 31 दिसंबर, 2002 में ओवरचर का राजस्व करीब 66.77 करोड़ डॉलर के रिकॉर्ड स्तर पर पहुँच गया था, लेकिन उसकी चूलें हिल गई थीं।

घबराहट में ओवरचर ने 19 फरवरी, 2003 को 14 करोड़ डॉलर में अल्टाविस्टा का अधिग्रहण कर गूगल से मुकाबला करने की कोशिश की थी। भले ही करीब दो साल पहले तक अल्टाविस्टा अग्रणी सर्च इंजन रही हो, लेकिन सर्च इंजन प्रौद्योगिकी व वेब सूचीक्रम के विकास के मामले में गूगल इतना आगे निकल चुका था कि उसका पीछा कर पाना मुश्किल था। अब तक याहू को एहसास हो गया था कि गूगल को अपनी खोज सेवा का ठेका देकर उसने कितनी बड़ी गलती की थी; और उसने 14 जुलाई, 2003 को 1.63 अरब डॉलर में अल्टाविस्टा सहित ओवरचर सर्विसेज का अधिग्रहण कर लिया था। उसके बाद ओवरचर सर्विसेज का

नाम बदलकर याहू! सर्च मार्केटिंग हो गया था; और अल्टाविस्टा, याहू! सर्च का हिस्सा बन गई थी। गूगल के ए.ओ.एल. सौदे का असर सिर्फ ओवरचर पर ही नहीं, उसे खोज सेवा प्रदान करनेवाली इंकटोमी कॉरपोरेशन पर भी हुआ था। नतीजतन, 23 दिसंबर, 2002 को याहू ने 23.5 करोड़ डॉलर में इंकटोमी कॉरपोरेशन का भी अधिग्रहण किया था; और वह भी याहू! सर्च का हिस्सा बन गई थी। याद रहे कि गूगल से पहले इंकटोमी ही याहू को खोज सेवा दे रहा था।

ओवरचर को पटकनी, माइक्रोसॉफ्ट को चुनौती

1 मई, 2002 से ए.ओ.एल. की भुगतानशुदा इटरनेट सेवाओं से जुड़े कुल 3.40 करोड़ ग्राहकों को उनके हर पृष्ठ पर एक खोज बक्सा दिखने लगा था, जिस पर लिखा था—पावर्ड बाय गूगल (गूगल द्वारा संचालित)। इसके अलावा मुफ्त सेवाओं से जुड़े करोड़ों आगंतुकों को अपने खोज नतीजों के तमाम पृष्ठों पर एक नई चीज दिखाई दे रही थी—पावर्ड बाय गूगल। जाहिर है कि ए.ओ.एल. के मंचों से अचानक गूगल करोड़ों नए उपयोगकर्ताओं के सीधे संपर्क में आ गया था। गूगल को ऐसा मौका ए.ओ.एल. के अलावा और कोई भी नहीं प्रदान कर सकता था। ए.ओ.एल. ने अपनी विशिष्ट सेवाओं की बदौलत इंटरनेट पर दुनिया का सबसे बड़ा नियंत्रित ग्राहक-साम्राज्य बनाया था, जो इंटरनेट के 'वाल्ड गार्डन' (दीवारबंद उद्यान) के उपनाम से संबोधित किया जाता था। इस सौदे के जरिए गूगल ने एक तीर से दो निशाने साधे थे—ए.ओ.एल. की जानकारी खोज सेवा से इंकटोमी को व विज्ञापन खोज सेवा से ओवरचर सर्विसेज को। लेकिन गूगल के लिए ए.ओ.एल. (अमेरिका ऑनलाइन) को अपने पाले में लाना आसान नहीं था।

स्मिथ को संस्थापकों के अति-आत्मविश्वास पर आश्चर्य तो नहीं हुआ था, लेकिन वे उस पर आँख मूँदकर भरोसा करने को तैयार नहीं थे और उन्होंने कोई अंतिम फैसला करने से पहले गूगल निदेशक मंडल को भरोसे में लेना जरूरी समझा था।

असल में, ए.ओ.एल. की सेवाओं के साथ गूगल की खोज सेवाओं को जोड़ने का शुरुआती विचार उसके सह-संस्थापक स्टीव केस, जो उस वक्त ए.ओ.एल. टाइम वॉर्नर के कार्यकारी सभापति (एग्जीक्यूटिव चेयरमैन) थे, को आया था। स्टीव केस ने गूगल के खोज नतीजों को काफी बेहतर पाया था; इसीलिए अपने अधिकारियों को गूगल के साथ समझौता करने का निर्देश

दिया था। लेकिन गूगल के लिए स्टीव केस की प्रशंसा काफी नहीं थी। इंकटोमी व ओवरचर—दोनों के विरुद्ध ए.ओ.एल. को इन सौदों के लिए राजी करने में उसे काफी मशक्कत करनी पड़ी थी। सौदेबाजी का सिलसिला काफी लंबा चला था; गूगल के पदाधिकारी ए.ओ.एल. को यह भरोसा दिलाने में कामयाब हुए थे कि इंकटोमी व ओवरचर—दोनों के मुकाबले गूगल बेहतर सेवा प्रदान करने में सक्षम था। लेकिन अंत में, ए.ओ.एल. ने इन सौदों के लिए गूगल को पाँच करोड़ डॉलर की नकदी जमानत (कैश गारंटी) पर हस्ताक्षर करने को कह दिया था।

यह बहुत बड़ी शर्त थी। उस वक्त गूगल के खाते में करीब 90 लाख डॉलर की नकदी थी और करीब उतना ही कर्ज भी था; यानी व्यावहारिक तौर पर गूगल के पास उस जमानत के लिए एक भी डॉलर नहीं था। ए.ओ.एल. की शर्त मानने का मतलब था—गूगल द्वारा अपनी तत्कालीन आर्थिक क्षमता के मुकाबले पाँच गुना से भी ज्यादा का जोखिम उठाना। जाहिर है कि गूगल के पेशेवर चेयरमैन व सी.ई.ओ. एरिक स्मिथ को यह सौदा कंपनी के भविष्य को अंधे कुएँ में धकेलने जैसा लगा था। हैरान होने की जरूरत नहीं, गूगल संस्थापकों—लैरी व सर्गेई ने इस शर्त को व्यावसायिक चुनौती के रूप में लिया था; उन्हें पाँच करोड़ डॉलर की शर्त से कतई घबराहट नहीं हुई थी। वे सौदे में गूगल की कमाई की असीमित संभावनाएँ देख रहे थे। वे बखूबी जानते थे कि यह सौदा गूगल के उपयोगकर्ता-आधार के साथ-साथ उसके विज्ञापन-मूल्यों में भारी उछाल लानेवाला था; और उन दोनों ने सौदे को तत्काल हरी झंडी दे दी थी।

स्मिथ को संस्थापकों के अति-आत्मविश्वास पर आश्चर्य तो नहीं हुआ था, लेकिन वे उस पर आँख मूँदकर भरोसा करने

गूगल ने न्यूयॉर्क टाइम्स के इंटरनेट संस्करण को अपनी खोज व सेवा से जोड़ लिया था। ऐसे में, गूगल के विज्ञापनों की पहुँच काफी बढ़ गई थी; छोटे व मझले स्तर की कंपनियों के अलावा फॉर्च्यून-500 सूची की बड़ी कंपनियों ने भी अपने विज्ञापन बजट का बड़ा हिस्सा गूगल पर बीज-शब्दों की बोली पर खर्च करना शुरू कर दिया था और गूगल के खोज नतीजों के साथ प्रदर्शित होनेवाले सटीक विज्ञापनों की संख्या के साथ उन पर क्लिक करनेवालों की संख्या भी रोजाना बढ़ती जा रही थी।

को तैयार नहीं थे और उन्होंने कोई अंतिम फैसला करने से पहले गूगल निदेशक मंडल को भरोसे में लेना जरूरी समझा था। निदेशक मंडल में मौजूद दिग्गज उद्यम पूँजीपतियों—जॉन डोएर व माइकल मोरित्ज ने भी गूगल संस्थापकों के अति-आत्मविश्वास को बचकाना नहीं माना था, उन्होंने अपनी दूरदृष्टि व अनुभव से सौदे की अपार संभावनाओं का आकलन कर लिया था। उन्होंने संस्थापकों के अदम्य साहस की सराहना की थी और निदेशक मंडल को आश्वस्त किया था कि वे विपरीत परिस्थिति में कंपनी को दिवालिया होने से बचाने के लिए पाँच करोड़ डॉलर का अतिरिक्त निवेश करने को तैयार रहेंगे।

जी हाँ, जब 1 मई, 2002 को ए.ओ.एल. के साथ गूगल के गठजोड़ की घोषणा हुई थी, न्यूयॉर्क स्टॉक एक्सचेंज में ओवरचर सर्विसेज का प्रति शेयर भाव 21.99 डॉलर से गिरकर 12.20 डॉलर रह गया था, और कंपनी के कुल बाजार मूल्य में कुल करीब 80 करोड़ डॉलर की गिरावट दर्ज की गई थी। इंकटोमी का शेयर भाव वैसे ही एक-डेढ़ डॉलर के आसपास घूम रहा था; उस दिन वह और नीचे चला गया था।

ए.ओ.एल. के साथ गूगल के गठजोड़ ने उसे परोक्ष रूप से माइक्रोसॉफ्ट के मुकाबले में भी खड़ा कर दिया था। पिछले काफी समय से माइक्रोसॉफ्ट अपने इंटरनेट सेवा मंच—एम.एस.एन. (माइक्रोसॉफ्ट नेटवर्क) को ए.ओ.एल. के मुकाबले खड़ा करने की कोशिशें कर रहा था। इसी अभियान के तहत माइक्रोसॉफ्ट ने हॉटमेल का अधिग्रहण किया था और मुफ्त इ-मेल सेवा शुरू की थी; उसके बाद जब ए.ओ.एल. ने नेटस्केप का अधिग्रहण किया तो उसे नुकसान पहुँचाने के इरादे से अपना इंटरनेट एक्सप्लोरर मुफ्त में देना शुरू कर दिया था। लिहाजा, माइक्रोसॉफ्ट के खिलाफ अमेरिकी न्याय विभाग के अविश्वास (एंटीट्रस्ट) मुकदमे में ए.ओ.एल. ने भी बड़ा मुआवजा दावा पेश किया हुआ था।

खैर, अब माइक्रोसॉफ्ट की नाराजगी का गूगल को कोई खतरा नहीं था। ए.ओ.एल. के समझौते से पहले, 7 फरवरी, 2002 को गूगल ने एक प्रमुख इंटरनेट सेवा प्रदाता कंपनी—अर्थलिंक के साथ अपनी खोज व विज्ञापन सेवा शुरू की थी, जिसके अंशदाता ग्राहकों की संख्या करीब 48 लाख थी। फिर, 2 जुलाई, 2002 को प्रमुख दूरसंचार सेवा प्रदाता कंपनी ए.टी. एंड टी. ने अपनी इंटरनेट सेवा के लिए गूगल की सेवाएँ शुरू की थी। फिर, 18 जुलाई, 2002 को गूगल ने अपनी प्रतिस्पर्धी सवाल-जवाब केंद्रित वेब खोज सेवा कंपनी आस्क जीवेस के साथ आगामी तीन

वर्षों के लिए 10 करोड़ डॉलर के विज्ञापन राजस्व हिस्सेदारी का समझौता किया था। याहू पहले से ही गूगल की सेवाएँ ले रहा था। इसके अलावा दुनिया भर के अधिकांश पोर्टल गूगल की सेवाएँ ले रहे थे। जल्द ही, गूगल ने न्यूयॉर्क टाइम्स के इंटरनेट संस्करण को अपनी खोज व सेवा से जोड़ लिया था। ऐसे में, गूगल के विज्ञापनों की पहुँच काफी बढ़ गई थी; छोटे व मझले स्तर की कंपनियों के अलावा फॉर्च्यून-500 सूची की बड़ी कंपनियों ने भी अपने विज्ञापन बजट का बड़ा हिस्सा गूगल पर बीज-शब्दों की बोली पर खर्च करना शुरू कर दिया था और गूगल के खोज नतीजों के साथ प्रदर्शित होनेवाले सटीक विज्ञापनों की संख्या के साथ उन पर क्लिक करनेवालों की संख्या भी रोजाना बढ़ती जा रही थी।

कृष्णा सूचना पुनर्प्राप्ति (इनफॉर्मेशन रिट्रीवल) विषय पर आयोजित एक सेमीनार में हिस्सा लेने न्यू ऑरलियंस (लुसिआना, अमेरिका) की यात्रा पर था और उस वक्त अपने होटल के कमरे में था। अमेरिकी प्रशासन की ओर सभी हवाई यात्राएँ रद्द कर दी गई थीं; और वह अपने परिवार के कुशल-मंगल व अपनी यात्रा के अगले कार्यक्रम को लेकर काफी चिंतित हो रहा था।

नतीजा यह हुआ कि ए.ओ.एल. के साथ समझौते के महज आठ महीनों में ही, यानी 2002 के पूरा होते-होते गूगल ने 44 करोड़ डॉलर का बिक्री राजस्व हासिल कर लिया था, और उसका शुद्ध लाभ सीधा 10 करोड़ डॉलर के पार चला गया था। लेकिन यह आँकड़ा गूगल के निदेशक मंडल व कुछ उच्च पदाधिकारियों के अलावा किसी को भी पता नहीं था। गूगल निजी कंपनी थी; उसे अपना आँकड़ा दुनिया के सामने उजागर करने की कोई कानूनी बाध्यता नहीं थी; अब तो गूगल के पास अपनी गाढ़ी कमाई थी, उसका जादुई सूत्र रोजाना नए रिकॉर्ड बनाता जा रहा था और बिना कोई शोर मचाए लैरी-सर्गेई-एरिक (एलएसई) की त्रिमूर्ति गूगल को मनचाही आक्रामकता के साथ नए शिखर की ओर ले जा रही थी।

'गूगल न्यूज' से ताजा खबरें भी गिरफ्त में

गूगल का ध्यान कमाई से ज्यादा अपने बुनियादी लक्ष्य—संपूर्ण ब्रह्मांड की जानकारियों को व्यवस्थित व सर्वसुलभ बनाना—की ओर लगा हुआ था। इस दिशा

में, गूगल ने, 22 सितंबर, 2002 को करीब चार हजार समाचार स्रोतों के साथ समाचार खोज सेवा—गूगल-न्यूज का शुभारंभ किया था। असल में, इसकी तैयारी पिछले एक साल से चल रही थी, और इसको अंजाम दिया था—भारतीय मूल के गूगल सॉफ्टवेयर इंजीनियर कृष्णा भारत ने।

भारतीय प्रांत कर्नाटक की राजधानी बेंगलुरु में जन्मे-पले-बढ़े कृष्णा ने इंडियन इंस्टिट्यूट ऑफ टेक्नोलॉजी (आई.आई.टी.-मद्रास, तमिलनाडु; 1987-91) से कंप्यूटर विज्ञान में स्नातक-प्रौद्योगिकी (बीटेक/बैचलर ऑफ टेक्नोलॉजी); और फिर जॉर्जिया इंस्टिट्यूट ऑफ टेक्नोलॉजी (जॉर्जिया टेक, अटलांटा, अमेरिका; 1991-96) से मानव कंप्यूटर अंतर्व्यवहार (ह्यूमन कंप्यूटर इंटरेक्शन) में पी-एच.डी. किया था। अक्तूबर 1999 में गूगल में वेब सर्च इंजीनियर के रूप में शामिल होने से पहले कृष्णा भारत ने करीब तीन वर्षों तक डिजिटल इक्विपमेंट कॉरपोरेशन (डी.ई.सी.) के सिस्टम रिसर्च सेंटर (पालो ऑल्टो) में शोध वैज्ञानिक (रिसर्च साइंटिस्ट) के रूप में काम किया था। (2004 में जब गूगल ने बेंगलुरु में भारत के पहले शोध व विकास केंद्र की स्थापना की थी तो कृष्णा भारत को उसका संस्थापक निदेशक नियुक्त किया गया था। फिलहाल वे गूगल मुख्यालय में प्रधान वैज्ञानिक पद पर हैं।)

कृष्णा के दिमाग में गूगल न्यूज की अवधारणा का जन्म 11 सितंबर, 2001 को हुआ था, जब इस्लामी आतंकियों ने अमेरिका की राजधानी वाशिंगटन व न्यूयॉर्क के वर्ल्ड ट्रेड सेंटर पर हमला किया था। कृष्णा सूचना पुनर्प्राप्ति (इनफॉर्मेशन रिट्रीवल) विषय पर आयोजित एक सेमीनार में हिस्सा लेने न्यू ऑरलियंस (लुसिआना, अमेरिका) की यात्रा पर था और उस वक्त अपने होटल के कमरे में था। अमेरिकी प्रशासन की ओर सभी हवाई यात्राएँ रद्द कर दी गई थीं; और वह अपने परिवार के कुशल-मंगल व अपनी यात्रा के अगले कार्यक्रम को लेकर काफी चिंतित हो रहा था। यह द्वितीय विश्व-युद्ध के दौरान, 7

गूगल के इंजीनियरों को अपना सपना साकार करने का मौका मिल रहा था, तो उनके दिल लगाकर काम करने से कंपनी की उत्पादकता बढ़ रही थी। इसके अलावा इन शौकिया शोध-परियोजनाओं में से गूगल को अपने मतलब की भविष्य में काम आने वाली काफी प्रौद्योगिकियाँ भी मिल रही थीं।

दिसंबर, 1941 को पर्ल हार्बर हुए जापान द्वारा किए गए हमले के बाद सबसे बड़ा हमला था। वह हमले से संबंधित तमाम जानकारियों से तत्काल रू-ब-रू होना चाहता था, लेकिन उस समय इंटरनेट पर भी संबंधित जानकारियाँ एक जगह कहाँ होती थीं? कृष्णा को तमाम जानकारियों के लिए घंटों तक टेलीविजन के चैनल बदलते रहना और विभिन्न समाचार-पत्रों व समाचार एजेंसियों की वेबसाइटों को बारी-बारी से खोजना पड़ा था। सेमीनार रद्द हो गया था और बाकी लोग भी संबंधित खबरों के लिए कृष्णा के कमरे में जमा हो गए थे।

तभी कृष्णा के दिमाग में एक ऐसी खोज प्रणाली विकसित करने का विचार कौंधा था, जो एक ही मंच पर विभिन्न विषयों की ताजा खबरों की प्रमुख कड़ियों को एक जगह इकठ्ठा कर सके ताकि इंटरनेट उपयोगकर्ताओं को खामख्वाह इधर-उधर भटकने की जरूरत ही न पड़े। वैसे कृष्णा खुद भी बचपन से ही खबर-प्रेमी था; काफी अखबार व पत्रिकाएँ पढ़ा करता था, टेलीविजन पर खबरें देखता और जब उससे भी जी नहीं भरता तो अपने दादाजी के पास बैठकर खासतौर पर रेडियो पर बीबीसी की खबरें सुनता था। लिहाजा वापस माउंटेनव्यू काम पर लौटने के बाद कृष्णा ने अपने व्यक्तिगत शोध-समय में समाचार खोज सेवा प्रणाली को विकसित करना शुरू कर दिया था।

जी हाँ, गूगल ने अपने इंजीनियरों को निर्धारित काम-काज के अलावा दफ्तर का 20 फीसदी समय व्यक्तिगत शोध-कार्य में लगाने की छूट दी हुई थी। यह भी गूगल कार्य-संस्कृति का अनोखा पहलू था और इससे कंपनी को काफी लाभ हुआ था। लैरी व सर्गेई बखूबी जानते थे कि गूगल में आनेवाले प्रतिभाशाली इंजीनियरों की अपनी खुद की भी खास शोध-महत्त्वाकांक्षाएँ थीं; ऐसे में यदि उन्हें आधिकारिक तौर पर उसे पूरा करने की छूट न दी जाती तो देर-सवेर कंपनी से मूल्यवान प्रतिभाओं के पलायन की आशंका काफी बढ़ सकती थी। इतना ही नहीं, यदि वे घरों से अपना काम करते तो उनका ध्यान भटकता; उनके दफ्तर के रोजाना के काम-काज की उत्पादकता घटती, और अंत में वे अपनी महत्त्वाकांक्षा को पूरा करने के लिए कंपनी को छोड़ देने से नहीं हिचकते। सिलिकॉन वैली में ऐसी कई कहानियाँ अकसर सामने आ रही थीं, और गूगल संस्थापकों ने मानव संसाधन प्रबंधन के अनोखे प्रयोग से इस समस्या को दोतरफा अवसर में बदल दिया था। गूगल के इंजीनियरों को अपना सपना साकार करने का मौका मिल रहा था, तो उनके दिल लगाकर काम करने से कंपनी की उत्पादकता बढ़ रही थी। इसके

गूगल का दावा था कि वह तो असल पाठक को उनके मूल प्रकाशक के पास भेजकर एक प्रकार से अपनी सामाजिक भूमिका निभा रहा था। इसका बड़ा फायदा प्रकाशकों को ही मिल रहा था, क्योंकि असल पाठक गूगल के जरिए उनके मंच पर आ रहा था; इससे उनकी वेबसाइट पर असल पाठकों का जमावड़ा बढ़ रहा था, जो न केवल उनकी खबरों का, बल्कि विज्ञापनों का महत्त्व बढ़ा रहा था।

अलावा इन शौकिया शोध-परियोजनाओं में से गूगल को अपने मतलब की भविष्य में काम आने वाली काफी प्रौद्योगिकियाँ भी मिल रही थीं।

कृष्णा की व्यक्तिगत शोध परियोजना भी इसी छूट का नतीजा थी। उसने अपनी खोज व उसकी प्रगति को गूगल के कंप्यूटर संजाल के आंतरिक समाचार पृष्ठ (बुलेटिन बोर्ड) पर डालना शुरू कर दिया था। अगले तीन महीनों में, कृष्णा भारत का यह प्रयोग गूगल के इंजीनियरों की मंडली में लोकप्रिय होने लगा था और दिसंबर 2001 के अंत में, एक दिन खुद एरिक स्मिथ भी उस परियोजना को देखने के लिए कृष्णा के कक्ष में चल कर आ गए थे। स्मिथ को इस परियोजना में काफी संभावना दिखाई पड़ी थी और उन्होंने इसकी प्रशंसा लैरी व सर्गेई से कर दी और संस्थापकों ने इसे गूगल की खोज सेवा का अहम हिस्सा बनाने का ऐलान कर दिया था। अब कृष्णा भारत को पूर्णकालिक रूप से इस परियोजना को जल्द-से-जल्द अंजाम पर पहुँचाने की छूट दे दी गई थी। जल्द ही कृष्णा ने खबरों को उनकी विश्वसनीयता क्रम में सूचीबद्ध करने के लिए 'स्टोरी रैंक' प्रणाली विकसित कर ली थी। यह बिल्कुल लैरी पेज द्वारा खोज नतीजों के मूल्यांकन क्रम तय करने के लिए विकसित 'पेजरैंक' प्रणाली जैसी ही थी।

लेकिन अभी समूचे प्रारूप को अंजाम देने के लिए काफी बुनियादी काम बाकी था। लिहाजा, कृष्णा की सहायता के लिए उसकी पसंद के दो इंजीनियरों को पूरी तरह उसी काम में लगा दिया गया था। अंतिम प्रायोगिक प्रदर्शन के लिए एक आकर्षक उपयोगकर्ता अंतरफलक (यूजर इंटरफेस) के लिए विशेषज्ञ वेब डिजाइनरों को लगाया गया था। उसे एक संपूर्ण सेवा उत्पाद की शक्ल देने व उपयोगकर्ताओं की अपेक्षाओं के अध्ययन का काम उत्पाद विकास मामले की प्रमुख मारिसा मेयर खुद देख रही थीं। लेकिन प्रणाली परीक्षण के दौरान एक बड़ा

सवाल खड़ा हो गया था—आखिर गूगल को विभिन्न मीडिया कंपनी द्वारा उत्पादित सामग्रियों को अपनी वेबसाइट पर पुनर्प्रकाशित करने का अधिकार किसने दिया था ? किसी ने भी नहीं।

गूगल ने इस संबंध में किसी को सूचित भी नहीं किया था। इस मुद्दे पर गूगल में आंतरिक तौर पर बहस जरूर हुई थी और तय पाया गया था कि इसकी कोई जायज कानूनी बाध्यता नहीं बनती थी। गूगल न्यूज को लेकर कंपनी की अवधारणा पूरी तरह से साफ थी—उसके अंतरफलक पर सिर्फ शीर्षक प्रदर्शित किया जा रहा था; जिस पर क्लिक करते ही उपयोगकर्ता मूल समाचार स्रोत की वेबसाइट पर चला जाता था। गूगल का तर्क था कि वह गूगल न्यूज पर किसी भी खबर को पुनर्प्रदर्शित कर उस पर अपना मालिकाना हक नहीं जता रहा था, क्योंकि उसकी वेबसाइट पर पूरी खबर नहीं पढ़ी जा सकती थी। उलटे, गूगल का दावा था कि वह तो असल पाठक को उनके मूल प्रकाशक के पास भेजकर एक प्रकार से अपनी सामाजिक भूमिका निभा रहा था। इसका बड़ा फायदा प्रकाशकों को ही मिल रहा था, क्योंकि असल पाठक गूगल के जरिए उनके मंच पर आ रहा था; इससे उनकी वेबसाइट पर असल पाठकों का जमावड़ा बढ़ रहा था, जो न केवल उनकी खबरों का, बल्कि विज्ञापनों का महत्त्व बढ़ा रहा था।

गूगल ने अपनी 'स्वचालित सामग्री लक्षित विज्ञापन (ऑटोमेटेड कंटेंट टारगेटेड एडवरटिजमेंट) प्रणाली' को 4 मार्च, 2003 को बिना किसी नाम के शुरू कर दिया था। लेकिन उसे जल्द ही पता चल गया था कि सांता मोनिका (कैलिफोर्निया) की एक सॉफ्टवेयर अनुप्रयोग कंपनी—एप्लाइड सीमेंटिक्स इनकॉरपोरेशन ने 2000 में 'एडसेंस' नामक एक अनुप्रयोग पेटेंट किया हुआ था, जो गूगल के 'स्वचालित सामग्री लक्षित विज्ञापन प्रणाली' से बहुत हद तक मिलती-जुलती थी।

लिहाजा, शुरुआती भ्रम के खत्म होते ही गूगल न्यूज के साथ जुड़ने के लिए प्रकाशकों की होड़ लग गई थी और गूगल न्यूज दुनिया भर की खबरों का विशाल खबर-कड़ी बाजार (न्यूज लिंक एक्सचेंज) बन गया था। शुरुआत करीब चार हजार प्रकाशन स्रोतों से हुई थी, जो लगातार बढ़ती चली गई थी। गूगल न्यूज इतना लोकप्रिय हुआ था कि उसे 2003 के वेब्बी अवार्ड के

लिए चुना गया था। (2014 की शुरुआत में, गूगल न्यूज कुल 50 हजार से अधिक खबर स्रोतों के जरिए दुनिया की 70 भाषाओं में अपने संस्करण पेश कर रहा था।)

वेब-मुद्रीकरण का अनोखा गूगल अभियान

2003 पहुँचते-पहुँचते, गूगल दुनिया भर के इंटरनेट उपभोक्ताओं की दैनिक आदत में शुमार होता जा रहा था। अब गूगल के खोज नतीजे दुनिया भर की करीब 100 भाषाओं में उपलब्ध होने लगे थे; गूगल व उसके नेटवर्क की वेबसाइटों पर रोजाना कुल आगंतुकों की संख्या औसतन 20 करोड़ हो गई थी; और एक लाख से अधिक छोटे, मझले व बड़े विज्ञापनदाता गूगल की विज्ञापन सेवाओं—एडवर्ड्स व एडवर्ड्स सलेक्ट के जरिए अपने लक्षित खरीदारों तक पहुँचने की कोशिशें कर रहे थे। अन्य विज्ञापन सेवाओं की तुलना में गूगल पर प्रदर्शित होनेवाले विज्ञापनों पर क्लिक करनेवालों की संख्या पाँच गुना ज्यादा थी। यही कारण था कि फॉर्च्यून-500 सूची की अधिकांश बड़ी कंपनियाँ न केवल अपने प्रचार-अभियान में गूगल को शामिल कर रही थीं, बल्कि लगातार अपने बजट भी बढ़ाती जा रही थी। ज्यों-ज्यों क्लिक की संख्या बढ़ रही थी, विज्ञापनदाता और भी ज्यादा क्लिक की उम्मीद करने लगे थे।

लेकिन इसके लिए गूगल के विज्ञापनों को और ज्यादा पृष्ठों पर प्रकाशित होना जरूरी था यानी गूगल को एक ऐसी प्रणाली विकसित करनी थी, जो उसके विज्ञापनों को खोज नतीजों के दायरे के बाहर के वेब पृष्ठों पर विज्ञापन का प्रदर्शन कर सके। ऐसा संभव करने के लिए गूगल को एक 'स्वचालित सामग्री लक्षित विज्ञापन (ऑटोमेटेड कंटेंट टारगेटेड एडवरटिजमेंट) प्रणाली' की जरूरत थी, जो संबंधित वेब पृष्ठ की सामग्री को पढ़ सके व उससे मेल खाते विज्ञापनों को प्रदर्शित कर सके। इस प्रणाली के विकास के लिए कुछ इंजीनियर जुटे हुए थे, लेकिन इसका कारगर स्वरूप सामने नहीं आया था।

इस बीच, 13 फरवरी, 2003 को गूगल ने अज्ञात शर्तों पर उस वक्त की सबसे लोकप्रिय ब्लॉग सेवा—ब्लॉगर.कॉम का अधिग्रहण किया था। लेकिन कंपनी ने इसका ऐलान 26 फरवरी को 'गूगल फ्रेंड्स न्यूजलैटर' के जरिए किया था। इस अधिग्रहण के जरिए गूगल को अपने विज्ञापनों को ब्लॉगर.कॉम के लाखों वेब पृष्ठों, जिन पर कहीं भी कोई विज्ञापन नहीं था, पर अपने विज्ञापनों को प्रदर्शित करने का मौका मिल गया था।

इसके अलावा, गूगल ने अपनी 'स्वचालित सामग्री लक्षित विज्ञापन

(ऑटोमेटेड कंटेंट टारगेटेड एडवरटिजमेंट) प्रणाली को 4 मार्च, 2003 को बिना किसी नाम के शुरू कर दिया था। लेकिन उसे जल्द ही पता चल गया था कि सांता मोनिका (कैलिफोर्निया) की एक सॉफ्टवेयर अनुप्रयोग कंपनी—एप्लाइड सीमेंटिक्स इनकॉरपोरेशन ने 2000 में 'एडसेंस' नामक एक अनुप्रयोग पेटेंट किया हुआ था, जो गूगल के 'स्वचालित सामग्री लक्षित विज्ञापन प्रणाली' से बहुत हद तक मिलती-जुलती थी। जैसा कि उसके नाम 'एप्लाइड सीमेंटिक्स' का हिंदी अनुवाद 'प्रायोगिक शब्दार्थ विज्ञान' व अनुप्रयोग 'एडसेंस' का 'विज्ञापन बोध' होता है; कंपनी ने पेटेंट वर्णन में कहा था कि 'एडसेंस' मानवीय विचार-प्रक्रिया की नकल करते हुए वेबसाइटों व सूचना संग्रहों के ज्ञान को समझता है, संगठित करता है व उसका सार निकालता है। एप्लाइड सीमेंटिक्स ने ओवरचर सर्विसेज के साथ 'एडसेंस' का विशेष अनुबंध किया हुआ था। लिहाजा, गूगल को साफ हो गया था कि उसकी प्रणाली के रास्ते में बड़ा कानूनी संकट खड़ा होनेवाला था; ओवरचर के साथ पहले ही 'एडवर्ड्स सलेक्ट' को लेकर कानूनी विवाद चल रहा था।

23 अप्रैल, 2003 को गूगल ने एप्लाइड सीमेंटिक्स के अधिग्रहण का ऐलान किया था और उसका नाम बदलकर 'गूगल सांता मोनिका' कर दिया था। सभी 40 कर्मचारियों को गूगल की वेतन-सूची में जरूर ले आया गया था, लेकिन बाकी कोई छेड़छाड़ नहीं—वही दफ्तर, वही कर्मचारी और वही काम।

लेकिन दूसरे संयोगों की तरह यहाँ भी सौभाग्य ने गूगल का साथ दिया था। ओवरचर के साथ एप्लाइड सीमेंटिक्स का विशेष अनुबंध खत्म होनेवाला था और उसके सह-संस्थापक गिल एल्बाज की सर्गेई ब्रिन से दोस्ती भी थी। सर्गेई ने जब अनुबंध की स्थिति के बारे में पूछा था तो एल्बाज ने बताया था कि ओवरचर जल्द ही सीमेंटिक्स के साथ कंपनी में भागीदारी का एक रणनीतिक, प्रस्ताव लाने जा रहा था। यह एक खतरनाक स्थिति थी। लिहाजा, सर्गेई ने तत्काल एल्बाज सहित सीमेंटिक्स के समूचे इंजीनियर दल को गूगलप्लेक्स में आमंत्रित किया था। 'न्यूजवीक' पत्रिका के पूर्व मुख्य प्रौद्योगिकी लेखक स्टीवन लेवी की बहुचर्चित पुस्तक 'इन द प्लेक्स—हाउ गूगल थिंक्स, वर्क्स एंड शेप्स आवर लाइव्स' (साइमन एंड शूस्टर, 2011) के मुताबिक, सीमेंटिक्स ने एक-दो दिन पहले ही ओवरचर से सौदेबाजी की थी, व 'एडसेंस' को एक अरब डॉलर

का सौदा बताया था। यही तर्क सर्गेई के साथ मुलाकात में भी पेश कर दिया गया था, लेकिन सर्गेई ने इस सौदे की संभावना को दो अरब डालर से भी ज्यादा का बताकर सभी को गूगल के साथ मिलकर इसे साकार करने का प्रस्ताव रख दिया था; सीमेंटिक्स के सदस्यों पर सर्गेई की सम्मोहक सौदेबाजी का जादू चल गया था, और सर्गेई ने उन्हें 4.20 करोड़ डॉलर के नकद भुगतान व एक फीसदी शेयर हिस्सेदारी पर गूगल द्वारा सीमेंटिक्स के अधिग्रहण के लिए राजी कर लिया था।

23 अप्रैल, 2003 को गूगल ने एप्लाइड सीमेंटिक्स के अधिग्रहण का ऐलान किया था और उसका नाम बदलकर 'गूगल सांता मोनिका' कर दिया था। सभी 40 कर्मचारियों को गूगल की वेतन-सूची में जरूर ले आया गया था, लेकिन बाकी कोई छेड़छाड़ नहीं—वही दफ्तर, वही कर्मचारी और वही काम। हाँ, अब गिल एल्बाज का पद नाम बदलकर अभियांत्रिकी निदेशक (इंजीनियरिंग डायरेक्टर) हो गया था, और उसे गूगल की बैठकों में शामिल होने के लिए अकसर माउंटेनव्यू की यात्रा करनी पड़ रही थी।

शुरू में, बड़े प्रकाशकों के ऑनलाइन संस्करणों व बड़ी वेबसाइटों को 'एडसेंस' की सेवा शुरू की गई थी। फिर 18 जून, 2003 को गूगल ने 'एडसेंस' के स्वचालित संस्करण का विधिवत् ऐलान किया था और उसे छोटे प्रकाशकों, वेबसाइटों व ब्लॉगों के लिए खोल दिया गया था। बहुत जल्द ही 'एडसेंस' विज्ञापन सेवा न केवल गूगल के लिए 'पैसा बनाने की मशीन' साबित हुई थी, बल्कि इसने सभी को बिना किसी मेहनत के कमाई का जरिया प्रदान किया था। गूगल के विज्ञापन संबंधित खाली वेब पृष्ठ पर तत्काल स्वत: प्रकाशित होने लगते थे; फिर ज्योंही उस पर कोई पाठक क्लिक करता था तो प्रकाशक के खाते में उसके हिस्से की रकम आ जाती थी, जिसका असल भुगतान मासिक रूप से किया जाता था।

हाँ, गूगल ने प्रतिस्पर्धियों को अपने मुकाबले में न आने देने के लिए यह तथ्य गोपनीय रखा था कि वह विज्ञापन की कमाई का कितना बड़ा हिस्सा अपने पास रख रही थी और प्रकाशकों को कितना देती थी। इसको लेकर गूगल की काफी तीखी आलोचना होती रही, लेकिन गूगल ने कोई जवाब नहीं दिया। चूँकि सभी को बिना किसी मेहनत के अपने खाली विज्ञापन स्थानों को भुनाने का मौका मिल रहा था, और अधिकांश के लिए उनके खाते में आने वाली रकम आशा से अधिक थी, इसलिए गूगल विरोधी स्वर धीमे पड़ते चले गए थे। बहुत बाद में, मई 2010 में, गूगल ने अपनी महान् पारदर्शिता प्रमाण के रूप में इस रहस्य से पर्दा उठाया था; तब

दुनिया को पता चल सका था कि एडसेंस की कमाई का 68 फीसदी प्रकाशकों के खाते में जाता रहा था, और गूगल सिर्फ 32 फीसदी ही अपने पास रखता रहा था।

चूँकि यह रकम इतनी बड़ी थी और इतनी तेजी से आ रही थी कि गूगल ने इसके आँकड़ों को व्यावसायिक रणनीति के तहत छुपाना जरूरी समझा था। वैसे तो गूगल ने अपनी विज्ञापन सेवाओं के अलग-अलग आँकड़ों को जगजाहिर नहीं किया, लेकिन गूगल के आई.पी.ओ. (19 अगस्त, 2004) के पहले जारी किए गए आँकड़े चौंकाने वाले थे।

मद/वर्ष (सभी राशियाँ करोड़ अमेरिकी डॉलर में)	2001	2002	2003
कुल राजस्व (वार्षिक वृद्धि दर)	8.65 (352%)	43.95 (409%)	146.60 (234%)
गूगल वेबसाइट राजस्व (वार्षिक वृद्धि दर)	6.70 (—)	30.70 (359%)	79.21 (158%)
गूगल नेटवर्क वेबसाइटों का राजस्व (वार्षिक वृद्धि दर)	—	10.40 (—)	62.86 (505%)
कुल विज्ञापन राजस्व (वार्षिक वृद्धि दर)	6.70 (—)	41.10 (514%)	142.07 (246%)
लाइसेंसिंग व अन्य राजस्व (वार्षिक वृद्धि दर)	1.95 (—)	2.86 (47%)	4.53 (58%)
कुल लागत व खर्च (वार्षिक वृद्धि दर)	7.55 (123%)	25.31 (235%)	112.35 (344%)
शुद्ध लाभ (राजस्व में हिस्सा)	0.70 (8%)	9.97 (23%)	10.57 (7%)

□

10

$150 करोड़ में 'वर्चुअल लाइब्रेरी' का दुस्साहस

ब्रह्मांड के समस्त ज्ञान भंडार को व्यवस्थित कर सर्वसुलभ बनाने के अपने बुनियादी लक्ष्य को पूरा करने की दिशा में गूगल का अगला कदम था—गूगल प्रिंट, एक नया सर्च इंजन, जो इंटरनेट उपयोगकर्ताओं के पुस्तकों के अंदर की सामग्रियों को खोजने में सक्षम बनाता था। 7 अक्तूबर, 2003 को फ्रैंकफर्ट बुक फेयर (जर्मनी)—पुस्तकों के लिए दुनिया का सबसे बड़ा व्यापार मेला—में इस महत्त्वाकांक्षा सेवा की घोषणा गूगल के संस्थापक लैरी पेज व सर्गेई ब्रिन ने खुद की थी।

अब उपयोगकर्ता नए सर्च इंजन में महज एक खोज शब्द या वाक्यांश टाइप करने के तुरंत बाद पलक झपकते ही, गूगल की मुख्य वेबसाइट के करोड़ों वेब पृष्ठों के साथ-साथ गूगल प्रिंट सूचीक्रम में शामिल डिजिटल पुस्तकों के संबंधित पृष्ठों पर सीधे पहुँच सकते थे। यह सेवा सबके लिए फायदे का सौदा था—पाठकों के लिए उपयोगी किताबों की पहचान करना व खरीदना, प्रकाशकों के लिए अपने पाठकों व खुदरा विक्रेताओं को अपने ग्राहकों तक पहुँचाना आसान हो गया था; और गूगल को विज्ञापन की कमाई बढ़ाने का एक नया जरिया मिल गया था।

यही कारण था कि फ्रैंकफर्ट बुक फेयर में 'गूगल प्रिंट' सेवा के शुभारंभ के वक्त ह्यूटन मिफ्लिन, स्कोलास्टिक, पेंगुइन, वार्नर बुक्स, हाइपेरियन सहित करीब दर्जन भर प्रकाशकों ने अपना उत्साह दिखाया था। लेकिन उन प्रकाशकों को इस सेवा के पीछे की महान् बुनियादी अवधारणा—सभी छपी हुई किताबों को खोज-योग्य अंकीय स्वरूप (डिजिटल फॉर्म) में उपलब्ध करना— ठीक प्रकार से समझ में नहीं आई थी; वे 'गूगल प्रिंट' को पाठकों तक पहुँचाने का एक क्रांतिकारी साधन

गूगल कॉपीराइट के अंतर्गत आने वाली किताबों के भी अधिकांश पृष्ठों को खोज के दायरे में लाकर पाठकों को उनकी छोटी-मोटी जानकारियाँ मुफ्त में हासिल करने का व संपूर्ण जानकारी के लिए किताबों को खरीदने से पहले उनकी उपयोगिता का भलीभाँति आकलन करने का मौका प्रदान करना चाहता था। गूगल का मानना था कि इस तरीके से गुणवत्तापूर्ण किताबों के बारे में पाठकों को बेहतर जानकारी मिलेगी और वे इधर-उधर खाक छानने की बजाय कम समय में अधिक उपयोगी किताबों को खरीदने के लिए उत्सुक होंगे।

तो समझ पा रहे थे, लेकिन उनकी सोच का दायरा सिर्फ पुस्तक-प्रचार व बिक्री तक ही सीमित था। यही कारण था कि उन्होंने गूगल की अपेक्षाओं के मुताबिक किताबों की संपूर्ण अंकीय प्रतियाँ मुहैया करने में कोई दिलचस्पी नहीं ली थी। वे तो स्वत्वाधिकार (कॉपीराइट) के अंतर्गत आने वाली विशाल सूची में से भी सिर्फ उन्हीं किताबों की संक्षिप्त जानकारियाँ प्रदान कर रहे थे जिन्हें वे असल में बेचने को इच्छुक थे।

हर छपी किताब के अंकीयकरण का महाभियान

इससे गूगल संस्थापकों का असली सपना पूरा नहीं होने वाला था। वे पाठकों को अधिक से अधिक जानकारियाँ मुफ्त में मुहैया कराने के पक्ष में थे और इस काम को समाज-सेवा के नजरिए से ले रहे थे। 'गूगल प्रिंट' सेवा में किताबों के पृष्ठों को सिर्फ देखा-पढ़ा जा सकता था, लेकिन उन्हें प्रिंटर के जरिए छापना या उसकी प्रति को कंप्यूटर में सुरक्षित करना संभव नहीं था। इसीलिए गूगल कॉपीराइट के अंतर्गत आने वाली किताबों के भी अधिकांश पृष्ठों को खोज के दायरे में लाकर पाठकों को उनकी छोटी-मोटी जानकारियाँ मुफ्त में हासिल करने का व संपूर्ण जानकारी के लिए किताबों को खरीदने से पहले उनकी उपयोगिता का भलीभाँति आकलन करने का मौका प्रदान करना चाहता था। गूगल का मानना था कि इस तरीके से गुणवत्तापूर्ण किताबों के बारे में पाठकों को बेहतर जानकारी मिलेगी और वे इधर-उधर खाक छानने की बजाय कम समय में अधिक उपयोगी किताबों को खरीदने के लिए उत्सुक होंगे। इसके एवज में, गूगल की अपेक्षा थी कि प्रकाशक गूगल प्रिंट सेवा के जरिए पाठकों को कॉपीराइट खत्म हो चुकी किताबों को मुफ्त में

पढ़ने का मौका देकर अपनी सामाजिक जिम्मेदारी निभाएँ।

लेकिन गूगल संस्थापक—लैरी पेज व सर्गेई ब्रिन अकेले प्रकाशकों के दम पर इस काम में नहीं जुटे थे; तैयारियाँ काफी पहले से चल रही थीं और फिर 14 दिसंबर, 2003 को गूगल ने यूनिवर्सिटी ऑफ मिशिगन, स्टैनफोर्ड (स्टैनफोर्ड ग्रीन लाइब्रेरी), हार्वर्ड (हार्वर्ड यूनिवर्सिटी लाइब्रेरी), ऑक्सफोर्ड (बोडलियन लाइब्रेरी) व न्यूयॉर्क पब्लिक लाइब्रेरी जैसे उच्च मान्यता प्राप्त विश्वविद्यालयों व सार्वजनिक पुस्कालयों की साझेदारी में 'गूगल प्रिंट लाइब्रेरी प्रोजेक्ट' का ऐलान कर दिया गया था। इस संयुक्त परियोजना के तहत गूगल ने दावा किया था कि अगले एक दशक में करीब डेढ़ करोड़ किताबों को अंकीय स्वरूप में बदलकर उन्हें गूगल प्रिंट सेवा के जरिए सबके लिए खोज-योग्य बना दिया जाएगा। मतलब, अब पुस्तकों की जानकारियों को ढूँढ़ने के लिए बड़े पुस्तकालयों में जाने, उनकी ऊबाऊ विषय-सूचियों में आँखें फोड़ने, फिर धूल फाँकती आलमारियों में संबंधित किताबों को खोजने और उनके सैकड़ों पन्नों को खँगालने की तमाम जरूरतें खत्म।

गूगल संस्थापकों के संकल्प व इसे पूरा करने के बेहिसाब खर्च का अंदाजा इस तथ्य से लगाया जा सकता है कि दुनिया की सबसे बड़ी व दौलतमंद तकनीकी कंपनी—माइक्रोसॉफ्ट अपनी पुस्तक खोज सेवा को दो साल भी नहीं चला सकी। गूगल की देखा-देखी माइक्रोसॉफ्ट ने भी अक्तूबर 2006 में 'लाइव सर्च बुक्स' की शुरुआत की थी; लेकिन करीब 7.50 लाख किताबों व 8 करोड़ पत्रिका-आलेखों की स्कैनिंग के बाद, मई 2008 में, कंपनी ने अचानक इसे बंद करने का ऐलान कर दिया था।

जी हाँ, यह एक विज्ञान-कथा का सच होने जैसा ही था। गूगल ने इस सेवा के जरिए एक विश्वस्तरीय 'आभासी पुस्तकालय' (वर्चुअल लाइब्रेरी) के विकास की दिशा में पहला कदम बढ़ा दिया था। यह काम आसान नहीं था। हालाँकि उस घोषणा में बिल्कुल साफ कर दिया गया था कि कॉपीराइट के अंतर्गत आने वाली किताबों की सिर्फ संक्षिप्त जानकारियाँ ही उपलब्ध हो सकेंगी, लेकिन बहुत जल्द ही करीब 300 बड़े प्रकाशकों के ताकतवर संगठन—एसोसिएशन ऑफ अमेरिकन पब्लिशर्स व लेखकों के संगठन—ऑथर्स

गिल्ड ने इस महान् अभियान के विरोध में तूफान खड़ा कर दिया था। सितंबर-अक्तूबर 2005 में इन दोनों संस्थाओं सहित कुछ बड़े प्रकाशकों ने गूगल के विरुद्ध बाकायदा कॉपीराइट उल्लंघन के कई मामले दर्ज करा दिए थे। इन कानूनी विवादों को सुलझाने व इस कार्यक्रम में प्रकाशकों की सक्रिय भागीदारी सुनिश्चित करने के लिए 'गूगल बुक्स पार्टनर्स प्रोग्राम' शुरू किया गया था। पुस्तक खोज सेवा का नाम 'गूगल बुक सर्च' व पुस्तकालय-साझेदारी परियोजना का नाम 'गूगल बुक्स लाइब्रेरी प्रोजेक्ट' कर दिया गया था।

इतने बड़े कानूनी विवाद के बावजूद गूगल के संस्थापकों ने इस परियोजना के कार्यान्वयन की गति को धीमा नहीं पड़ने दिया था; उन्होंने कानूनी बाधाओं से डटकर मुकाबला करने व किताबों के डिजिटलीकरण के लिए गूगल के अकूत खजाने का मुँह खोल दिया था; हालाँकि गूगल ने इस परियोजना की लागत को कभी भी जाहिर नहीं किया है, फिर भी इसमें अरबों डॉलर खर्च होने का अनुमान लगाया जाता है। ऐसा लगता है, मानो लैरी पेज व सर्गेई ब्रिन ईश्वरीय प्रेरणा से इस महान् यज्ञ को संपन्न करने के लिए संकल्पित हों! गूगल संस्थापकों के संकल्प व इसे पूरा करने के बेहिसाब खर्च का अंदाजा इस तथ्य से लगाया जा सकता है कि दुनिया की सबसे बड़ी व दौलतमंद तकनीकी कंपनी—माइक्रोसॉफ्ट अपनी पुस्तक खोज सेवा को दो साल भी नहीं चला सकी। गूगल की देखा-देखी माइक्रोसॉफ्ट ने भी अक्तूबर 2006 में 'लाइव सर्च बुक्स' की शुरुआत की थी; लेकिन करीब 7.50 लाख किताबों व 8 करोड़ पत्रिका-आलेखों की स्कैनिंग के बाद, मई 2008 में, कंपनी ने अचानक इसे बंद करने का ऐलान कर दिया था।

इस संघर्ष के बीच, विभिन्न विश्वविद्यालयों के साथ गूगल का संयुक्त अंकीयकरण (डिजिटिलाइजेशन) अभियान जारी रहा था। एक तरफ जब गूगल की प्रकाशकों-लेखकों के संगठनों से सुलह-वार्त्ता समझौते के पास पहुँची थी, तो 30 अक्तूबर, 2008 को 'पी.सी. वर्ल्ड' पत्रिका ने यह उजागर सबको चौंका दिया था कि 'गूगल बुक्स पार्टनर्स प्रोग्राम' के तहत 70 लाख किताबों की स्कैनिंग हो चुकी थी।

दिलचस्प तथ्य यह है कि कई चक्रों में दो वर्षों तक चली सुलह वार्त्ताओं के बाद, 28 अक्तूबर, 2008 को गूगल ने लाखों किताबों को सार्वजनिक करने के अधिकार के एवज में प्रकाशक व लेखक संगठनों के

साथ मिलकर पुस्तक अधिकार पंजीकरण (बुक राइट रजिस्ट्री) स्थापित करने के लिए 12.5 करोड़ डॉलर के अदालती भुगतान का ऐलान किया था। लेकिन इसका भारी विरोध हुआ था, ऐसा लगा था मानो गूगल ने अपने पक्ष में तख्ता पलटने के लिए कोई व्यापारिक साजिश को अंजाम दिया था। 2008 तक बुक सर्च के जरिए गूगल की कमाई का अनुमान 10 अरब डॉलर था, जिसके हिसाब से समझौते की रकम काफी कम थी। इतना ही नहीं, उस समझौते के जरिए गूगल दुनिया की पुस्तकों के ऐतिहासिक व व्यापक खजाने का एकमात्र पुरालेखपाल (सोल आर्काइविस्ट) बन गया था; और आगे उस धंधे में उसके किसी प्रतिस्पर्धी के सामने आने की गुंजाइश खत्म हो गई थी।

किताबों के अंकीयकरण (डिजिटलाइजेशन) की परियोजना के लिए बिल्कुल अलग प्रकार की चुनौतियाँ थीं। किताबों को अंकीय टुकड़ों (डिजिटल बिट्स) में बदलने की प्रक्रिया में कंप्यूटर विज्ञान की विशेषज्ञता की अपेक्षाकृत कम जरूरत थी। इसके लिए सबसे बड़ी जरूरत थी—विशेष प्रकार के छवि निर्माण उपकरण (इमेजिंग इक्विपमेंट) यानी स्कैनर की, जिसकी बनावट व रचना के लिए यांत्रिक अभियांत्रिकी (मैकेनिकल इंजीनियरिंग) की विशेषज्ञता की जरूरत थी।

जाहिर है कि अमेरिकी न्याय विभाग की नजर में यह 'अविश्वास' (एंटीट्रस्ट) का मामला बनता था और उसने अदालत के सामने गूगल के समझौते का विरोध जाहिर किया था; और 22 मार्च, 2011 को अदालत ने उस समझौते को खारिज कर दिया था। अंततः 4 अक्तूबर, 2012 को गूगल ने एसोसिएशन ऑफ अमेरिकन पब्लिशर्स (ए.ए.पी.) के साथ एक गोपनीय समझौते का ऐलान कर दिया था और इस तरह 19 अक्तूबर, 2005 को ए.ए.पी. सदस्य प्रकाशकों द्वारा गूगल के विरुद्ध किए गए सात साल पुराने मुकदमे का निपटारा हो गया था। चूँकि निपटान-समझौता मुकदमेबाजी के दो पक्षों के बीच हुआ था, इसलिए अदालत से उसकी शर्तों की मंजूरी की आवश्यकता नहीं थी।

इस समझौते से ऑथर्स गिल्ड मामले का कोई लेना-देना नहीं था; लेकिन 14 नवंबर, 2013 को अदालत ने उस मामले में भी गूगल के पक्ष में अपना फैसला सुना

दिया था कि उसने कॉपीराइट का उल्लंघन नहीं किया था। हालाँकि ऑथर्स गिल्ड ने उक्त फैसले के खिलाफ अपील की बात कही थी, लेकिन लंबे कानूनी विवाद के बाद गूगल के पक्ष में अंतिम अदालती फैसले ने साबित कर दिया था कि गूगल संस्थापकों की लड़ाई न केवल कानूनी तौर पर जायज थी, बल्कि उनका इरादा महान् था।

इस संघर्ष के बीच, विभिन्न विश्वविद्यालयों के साथ गूगल का संयुक्त अंकीयकरण (डिजिटिलाइजेशन) अभियान जारी रहा था। एक तरफ जब गूगल की प्रकाशकों-लेखकों के संगठनों से सुलह-वार्त्ता समझौते के पास पहुँची थी, तो 30 अक्तूबर, 2008 को 'पी.सी. वर्ल्ड' पत्रिका ने यह उजागर सबको चौंका दिया था कि 'गूगल बुक्स पार्टनर्स प्रोग्राम' के तहत 70 लाख किताबों की स्कैनिंग हो चुकी थी। इनमें से, 10 लाख किताबों को पूर्ण पूर्वावलोकन रूप (फुल प्रीव्यू मोड) में, व सार्वजनिक ज्ञान-क्षेत्र (पब्लिक डोमेन) की 10 लाख किताबों को पूरी तरह से देखने योग्य व उतारने योग्य (डाउनलोडेबल) रूप में उपलब्ध कराया गया था; जबकि इस विशाल संग्रह की बाकी 50 लाख किताबें अप्राप्य (आउट ऑफ प्रिंट) श्रेणी की थीं। इसके बाद, 9 दिसंबर, 2008 को गूगल ने न्यूयॉर्क मैगजीन, एबोनी, पोपुलर मैकेनिक्स सहित कई अन्य पत्रिकाओं को गूगल बुक्स के दायरे में लाने का ऐलान किया था। गूगल डेटाबेस में कुल डिजिटल किताबों की संख्या—जून 2010 तक 1.20 करोड़, मार्च 2012 तक 2.00 करोड़ व अप्रैल 2013 तक 3.00 के स्तर से ऊपर जा चुकी थी। इसमें दुनिया के 40 बड़े पुस्तकालयों में करीब 480 भाषाओं में उपलब्ध किताबों को शामिल किया गया था।

$150 करोड़ में सपने साकार का दाँव

असल में, यूनिवर्सिटी ऑफ मिशिगन (एन अर्बोर) में पढ़ाई के दौरान ही गूगल के संस्थापक लैरी पेज के अवचेतन मन में दुनिया का सबसे बड़ा आभासी पुस्तकालय (वर्चुअल लाइब्रेरी) बनाने के सपने का अंकुर फूटने लगा था। वह विश्वविद्यालय के विशाल पुस्तकालय में किताबों व पत्रिकाओं को ढूँढ़ने के लिए घंटों लगाया करता था, और वह काम उसे एवरेस्ट पर चढ़ने जैसा लगता था। लेकिन उस वक्त लैरी ने नहीं सोचा था कि वह स्टैनफोर्ड में सर्गेई ब्रिन के साथ 'स्टैनफोर्ड डिजिटल लाइब्रेरी प्रोजेक्ट' पर काम करेगा, जो 'पेजरैंक' के आविष्कार का माध्यम बनेगा, और अंततः गूगल की स्थापना होगी। इस तरह हम कह सकते हैं कि गूगल बुक्स की परियोजना के इतिहास को गूगल की स्थापना के साथ जोड़ा जा सकता है।

हकीकत में गूगल संस्थापकों ने इस बारे में ठोस कदम उठाने के बारे में 2001 में सोचना शुरू किया था। गूगल सूचीक्रम में करीब 130 करोड़ पृष्ठों को शामिल करने के बाद, लैरी व सर्गेई इस तथ्य को लेकर परेशान हो रहे थे कि असलियत में वेब पर विश्व ज्ञान भंडार एक फीसदी भी मौजूद नहीं था। जाहिर है कि अब दोनों के मन में दुनिया भर के पुस्तकालयों में मौजूद करोड़ों किताबों में बंद ज्ञान के अपार महासागर में गोता लगाने का इरादा कुलबुलाने लगा था; और जब उन्होंने समूचे ब्रह्मांड के ज्ञान को व्यवस्थित करने व सर्वसुलभ बनाने का गूगल का लक्ष्य निर्धारित किया था तो इस दिशा में ठोस कदम बढ़ाना उनकी नैतिक ज़िम्मेदारी भी बनती थी।

दुनिया में छपी हर किताब के अंकीयकरण का काम महासागर को तैरकर पार करने जैसा ही भीषण व जोखिम भरा था, संभवतः इसीलिए गूगल ने इस परियोजना को 'प्रोजेक्ट ओशन' नाम दिया था। 20 नवंबर, 2002 को गूगलप्लेक्स में विधिवत्, लेकिन अन्य परियोजनाओं की ही तरह बिल्कुल गुपचुप तरीके से, इस परियोजना पर काम शुरू कर दिया गया था।

लेकिन गूगल के पास वेब पृष्ठों के सूचीकरण व मूल्यांकन का अनुभव था, जबकि किताबों के अंकीयकरण (डिजिटलाइजेशन) की परियोजना के लिए बिल्कुल अलग प्रकार की चुनौतियाँ थीं। किताबों को अंकीय टुकड़ों (डिजिटल बिट्स) में बदलने की प्रक्रिया में कंप्यूटर विज्ञान की विशेषज्ञता की अपेक्षाकृत कम जरूरत थी। इसके लिए सबसे बड़ी जरूरत थी—विशेष प्रकार के छवि निर्माण उपकरण (इमेजिंग इक्विपमेंट) यानी स्कैनर की, जिसकी बनावट व रचना के लिए यांत्रिक अभियांत्रिकी (मेकैनिकल इंजीनियरिंग) की विशेषज्ञता की जरूरत थी। दूसरी बड़ी जरूरत थी—कूटनीतिक विशेषज्ञता की, जिसके भाव में किताबों के सबसे बड़े भंडारों—विश्वविद्यालयों के पुस्तकालयों—को इस परियोजना में शामिल होने के लिए राजी कर पाना मुश्किल हो सकता था। तीसरी बड़ी चुनौती थी—संभार तंत्र (लॉजिस्टिक्स) की, जो किताबों को सँभालकर स्कैनिंग केंद्र तक लाने व उसे बिल्कुल सुरक्षित हालत में वापस पुस्तकालयों तक पहुँचाने के काम आनेवाली थी और इन सबसे भी ज्यादा संवेदनशील जरूरत थी—स्वत्वाधिकार कानून (कॉपीराइट लॉ) विशेषज्ञता की, जो यह सुनिश्चित करनेवाला

था कि सारे काम कानून की हद में हो रहे थे।

हाँ, इन सबसे बड़ा मामला था—वित्तीय प्रतिबद्धता (फाइनेंशियल कमिटमेंट) का; क्योंकि गूगल के संस्थापकों का लक्ष्य एक बड़े पुस्तकालय की सभी किताबों या सबसे कम महत्त्ववाली किताबों या सबसे ज्यादा पढ़ी जानेवाली किताबों या फिर समीक्षकों द्वारा सबसे ज्यादा प्रशंसित किताबों तक सीमित नहीं था; लैरी व सर्गेई तो वर्ल्डकैट—दुनिया भर के पुस्तकालयों की संयुक्त सूची—की हरेक किताब का अंकीयकरण करने का महान् इरादा पाले हुए थे। चौंकिए मत! उस वक्त तक भी, वर्ल्डकैट में दुनिया के 25 हजार पुस्तकालयों में मौजूद सामग्रियों का प्रतिनिधित्व करनेवाले 3.20 करोड़ ग्रंथसूची अभिलेखों (बिब्लिओग्रफिक रिकाड्र्स)/किताबों को शामिल किया जा चुका था। (जनवरी 2014 तक, वर्ल्डकैट में 31.3 करोड़ से अधिक ग्रंथसूची अभिलेख शामिल हो चुके थे, जो दुनिया के 170 देशों के 72 हजार पुस्तकालयों में करीब 470 भाषाओं में मौजूद करीब दो अरब सामग्रियों का प्रतिनिधित्व करते थे।)

वैसे तो सभी किताबों के अंकीयकरण का सपना कई लोगों का रहा था, इसके लिए कई परियोजनाएँ भी शुरू हुई थीं, लेकिन उन्हें अति-महत्त्वाकांक्षी करार दिया गया था, और मान लिया गया था कि छोटे कालखंड में इसका पूरा हो पाना लगभग असंभव मान लिया गया था। लेकिन 'हमेशा कुछ असुविधाजनक रोमांचक काम के लिए कड़ी मेहनत करना' ही, खासतौर पर, लैरी पेज की बुनियादी आदत थी; और अब इस तरह के कामों में सर्गेई ब्रिन भी उसके साथ कंधे-से-कंधा मिलाकर चलता आ रहा था। अक्तूबर 2000 में गूगल को कमाई का जादुई सूत्र—एडवड्‌र्स—भी मिल चुका था, खाते में धन की बारिश-सी शुरू हो चुकी थी। लिहाजा, इस महान् कार्य को अंजाम देने के रास्ते में आर्थिक अड़चन की भी कोई आशंका नहीं रह गई थी। इतना ही नहीं, इस असंभव व भारी निवेश वाले काम

सवाल सिर्फ लागत का नहीं था, तत्कालीन स्कैनिंग मशीनों की गति काफी धीमी थी; कार्नेगी मेलन के प्रौद्योगिक तरीके से तो गूगल का सपना 200 सालों में पूरा होता दिखाई पड़ रहा था। फिर, अचानक एक दिन लैरी पेज ने, बिल्कुल गूगल अंदाज में, इस काम को अंजाम देने के लिए खुद ही एक नायाब स्कैनिंग प्रौद्योगिकी ईजाद करने का ऐलान कर दिया था।

में किसी अन्य प्रतिस्पर्धी के कूदने की भी कोई आशंका नहीं थी।

दुनिया में छपी हर किताब के अंकीयकरण का काम महासागर को तैरकर पार करने जैसा ही भीषण व जोखिम भरा था, संभवतः इसीलिए गूगल ने इस परियोजना को 'प्रोजेक्ट ओशन' नाम दिया था। 20 नवंबर, 2002 को गूगलप्लेक्स में विधिवत्, लेकिन अन्य परियोजनाओं की ही तरह बिल्कुल गुपचुप तरीके से, इस परियोजना पर काम शुरू कर दिया गया था। गूगलर्स के एक छोटे दल को परियोजना से जुड़े तमाम पहलुओं—तकनीकी, संभार-तंत्र संबंधी, कानूनी व आर्थिक—के व्यापक अध्ययन की जिम्मेदारी सौंप दी गई थी। इस दल का पहला काम पुस्तक अंकीयकरण की अब तक की सबसे बड़ी परियोजनाओं—प्रोजेक्ट गुटेनबर्ग, अमेरिकन मेमोरी प्रोजेक्ट, मिलियन बुक प्रोजेक्ट/यूनिवर्सल लाइब्रेरी प्रोजेक्ट आदि के कार्यस्थलों की यात्रा कर यह समझना था कि वे कैसे काम कर रही थीं।

गूगल तथ्यान्वेषण दल ने अध्ययन में पाया कि विभिन्न कारकों के चलते अंकीयकरण परियोजनाओं में प्रति पुस्तक लागत 10 से 100 डॉलर तक आ रही थी। इस तरह यदि औसत लागत 50 डॉलर भी मानकर चला जाए तो गूगल के लिए दुनिया की तत्कालीन सभी अद्वितीय 3 करोड़ किताबों के अंकीयकरण की चुनौतीपूर्ण लागत 150 करोड़ डॉलर बैठती थी। उस वक्त गूगल तेजी से आगे बढ़ रहा था; 2000 में करीब 1.90 करोड़ डॉलर पर उसका घाटा 1.50 करोड़ डॉलर था; लेकिन अगले दो सालों में परिस्थितियाँ तेजी से बदली थीं, 2002 में गूगल ने करीब 44 करोड़ डॉलर के राजस्व पर 10 करोड़ डॉलर का राजस्व कमाया था; और गूगल संस्थापकों का आत्मविश्वास सातवें आसमान पर था। (जी हाँ, 2003 में गूगल का राजस्व 234 फीसदी बढ़कर 147 करोड़ डॉलर के आसपास पहुँच गया था, लेकिन कंपनी के ताबड़तोड़ विस्तार से खर्च में भारी वृद्धि हुई थी। नतीजतन, शुद्ध लाभ सिर्फ सात फीसदी बढ़कर 10.57 करोड़ ही रहा था।) फिर भी, उस वक्त 150 करोड़ डॉलर की पुस्तक अंकीयकरण परियोजना गूगल के लिए कतई व्यावहारिक सौदा नहीं था; लेकिन लैरी व सर्गेई कहाँ माननेवाले थे—उन्हें तो असंभव को संभव करने की परेशानियाँ उठाना रोमांचक लगता था और उन्हें विश्वास था कि अब तक की तमाम समस्याओं की तरह वे इसका भी कोई क्रांतिकारी प्रौद्योगिक हल निकाल लेंगे।

क्रांतिकारी 'बुक स्कैनिंग' प्रणाली का आविष्कार

सवाल सिर्फ लागत का नहीं था, तत्कालीन स्कैनिंग मशीनों की गति काफी

गूगल परिदृश्य में आए इससे पहले तक, किताब की स्कैनिंग एक कठिन प्रक्रिया थी, जो कभी-कभी एक किताब की मौत साबित होती थी। पुस्तकों को स्कैन करने के लिए इस्तेमाल सॉफ्टवेयर–प्रकाशकीय चरित्र पहचान (ऑप्टिकल कैरेक्टर रिकग्निशन/ओ.सी.आर.) सॉफ्टवेयर–को पुस्तक के प्रत्येक पृष्ठ के बिल्कुल सपाट रहने की आवश्यकता होती थी।

धीमी थी; कार्नेगी मेलन के प्रौद्योगिक तरीके से तो गूगल का सपना 200 सालों में पूरा होता दिखाई पड़ रहा था। फिर, अचानक एक दिन लैरी पेज ने, बिल्कुल गूगल अंदाज में, इस काम को अंजाम देने के लिए खुद ही एक नायाब स्कैनिंग प्रौद्योगिकी ईजाद करने का ऐलान कर दिया था।

लैरी पेज ने ठान लिया था कि वह दुनिया की सभी किताबों को गूगल सर्च इंजन में डालकर ही दम लेगा; सर्गेई ब्रिन तुरंत तैयार हो गया था; अब इस विचार को एरिक स्मिथ की सूँघ–परीक्षा (स्निफ्फिंग टेस्ट) से गुजरना था। स्मिथ ने लैरी की बातों को ध्यान से सुना था, वे भी इस परियोजना की भीषण लागत को लेकर चिंतित नहीं हुए थे, क्योंकि वेब–सूचीक्रम में आनेवाला अनमोल विश्व–ज्ञान का विशाल भंडार गूगल वेबसाइट पर आगंतुकों व विज्ञापनों पर क्लिकिंग की संख्या को भी बढ़ाने वाला था; मतलब, विज्ञापन राजस्व के जरिए निवेश जोखिम की क्षतिपूर्ति संभव नजर आ रही थी। जाहिर है कि स्मिथ को हरी झंडी देने में ज्यादा सोच–विचार नहीं करना पड़ा था।

बाजार में उपलब्ध स्कैनर खरीदने की बजाय गूगल ने तथाकथित 'गैर–विनाशकारी स्कैनिंग' प्रणाली को खुद ही विकसित करने का फैसला किया था। हालाँकि गूगल को असल में मशीन के निर्माण के लिए नहीं जाना जाता था, लेकिन उसकी डाटा-केंद्रों की जरूरतों ने उस क्षेत्र की ढेर सारी इंजीनियरिंग विशेषज्ञता को जन्म दिया था—याद रहे, गूगल दुनिया का सबसे बड़ा कंप्यूटर सर्वर निर्माता रहा है। लिहाजा, गूगल ने अपनी दिग्गज इंजीनियरिंग प्रतिभाओं को यह काम सौंपा था। माउंटेनव्यू में एक अज्ञात स्थान पर युद्ध स्तर पर प्रायोगिक परीक्षण का दौर शुरू हो चुका था। विभिन्न प्रक्रियाओं को आजमाने व शुरुआती पुस्तक–सूचीकरण तैयार करने के लिए भारी संख्या में किताबों की जरूरत थी। इसके लिए कार्यदल के कुछ सदस्यों को एक खास बजट के साथ फोनिक्स (एरिजोना) में होने वाले सालाना

दान पुस्तक मेले में भेजा गया था, जिन्होंने वहाँ जमकर सौदेबाजी की और बहुत ही सस्ती दरों पर ढेर सारी पुरानी किताबें माउंटेनव्यू में उठा लाए थे।

गूगल परिदृश्य में आए इससे पहले तक, किताब की स्कैनिंग एक कठिन प्रक्रिया थी, जो कभी-कभी एक किताब की मौत साबित होती थी। पुस्तकों को स्कैन करने के लिए इस्तेमाल सॉफ्टवेयर—प्रकाशकीय चरित्र पहचान (ऑप्टिकल कैरेक्टर रिकग्निशन/ओ.सी.आर.) सॉफ्टवेयर—को पुस्तक के प्रत्येक पृष्ठ के बिल्कुल सपाट रहने की आवश्यकता होती थी। अब कोई भी, जिसने कभी भी एक किताब को खोला है, जानता है कि बिना किसी प्रकार के उपकरण के एक किताब के लिए सपाट लेटना असंभव जैसा ही है। समस्या का एक समाधान यह था कि शीशे की पट्टियों का इस्तेमाल कर खासतौर पर प्रत्येक पृष्ठ को चपटा किया जाए, लेकिन यह तरीका ठीक नहीं था। अन्य समाधान किताब के बंधन को काट देने का था, लेकिन वह विधि पुस्तक को नष्ट कर देनेवाली थी। फिर बिना नुकसान पहुँचाए किसी के लिए कमाल की फुर्ती व कुशलता से किताब की स्कैनिंग कैसे संभव हो सकती थी? यही तो एक समस्या थी, जब तक गूगल इसका समाधान लेकर आया था, किताबों की स्कैनिंग करनेवाले जूझते आ रहे थे।

एक तरफ जब प्रकाशक व लेखकों के संगठन ने गूगल के खिलाफ कानूनी मोर्चे खोल रखे थे व संचार-माध्यमों में गूगल की तीखी आलोचनाओं का दौर जारी था, गूगल के विशेष प्रशिक्षण प्राप्त अलग-अलग स्कैनिंग दल विभिन्न विश्वविद्यालयों के पास किराए के गुप्त स्थानों पर अपने अड्डे जमाए हुए लक्ष्य को अंजाम पर पहुँचाने में जुटे हुए थे।

गूगल ने तथाकथित 'गैर-विनाशकारी स्कैनिंग' प्रणाली को विकसित करनेवाले अपने सभी इंजीनियरिंग दिग्गजों के नाम अभी जगजाहिर नहीं किए हैं, लेकिन इससे संबंधित पेटेंट प्रमाण-पत्रों में आविष्कारक के रूप में दो नाम कंप्यूटर विज्ञान स्नातकों—फ्रेंकोइस मारी लेफवेरे (स्टैनफोर्ड विश्वविद्यालय; 2003) व मरीन सारिक (रॉयल इंस्टिट्यूट ऑफ टेक्नोलॉजी/केटीएच-स्टॉकहोम, स्वीडन; 2002)—का नाम प्रकाशित है। गूगल की आधिकारिक वेबसाइट पर इनके बारे के अभी भी कोई जानकारी उपलब्ध नहीं है; लेकिन अन्य स्रोतों से पता चलता है कि

संभवत: अप्रैल 2003 में इन दोनों की नियुक्तियाँ हुई थीं और करीब डेढ़ वर्षों के गंभीर शोध के बाद वे क्रांतिकारी नतीजे लेकर सामने आए थे। गूगल ने सितंबर व दिसंबर 2004 में कुल छह पेटेंट दाखिल कराए थे, जिनके शीर्षक हैं: स्कैन छवियों में नालियों की जाँच; स्कैन छवियों की ऐंठन हटाना (डी-वार्पिंग); दस्तावेज छवियों में स्वचालित उँगली-खोज (ऑटोमेटिक फिंगर डिटेक्शन); अभिविन्यास व स्थिति संवेदनशील (ओरिएंटेशन एंड पोजीशन सेंसिटिव) अंशांकन पद्धति (कैलिबरेशन पैटर्न) का उपयोग कर तीन आयामी अंशांकन (थ्री डायमेंशनल कैलिबरेशन); प्रसंस्करण के लिए कच्चा-छवि-आँकड़ा (रॉ इमेज डेटा) का पुनर्गठन; व असंरचित पद्धति (अनस्ट्रक्चर्ड पैटर्न) का उपयोग कर तीन आयामी प्रारूप निर्माण (थ्री डायमेंशनल मॉडल कंस्ट्रक्शन)। बाद में गूगल ने इससे संबंधित कुछ और पेटेंट भी दाखिल किए थे।

2009 में जब तक इन पेटेंट आवेदनों के प्रमाण-पत्र जारी किए गए थे, तब तक गूगल की अनूठी प्रौद्योगिकियों के बारे में किसी को कुछ भी पता नहीं चल सका था, क्योंकि गूगल ने अपनी परियोजना के सभी साझेदारों—यूनिवर्सिटी ऑफ मिशिगन, स्टैनफोर्ड (स्टैनफोर्ड ग्रीन लाइब्रेरी), हार्वर्ड (हार्वर्ड यूनिवर्सिटी लाइब्रेरी), ऑक्सफोर्ड (बोडलियन लाइब्रेरी) व न्यूयॉर्क पब्लिक लाइब्रेरी—से बाकायदा गैर प्रकटीकरण समझौते (नॉन-डिस्क्लोजर एग्रीमेंट) पर हस्ताक्षर कराए हुए थे। एक तरफ जब प्रकाशक व लेखकों के संगठन ने गूगल के खिलाफ कानूनी मोर्चे खोल रखे थे व संचार-माध्यमों में गूगल की तीखी आलोचनाओं का दौर जारी था, गूगल के विशेष प्रशिक्षण प्राप्त अलग-अलग स्कैनिंग दल विभिन्न विश्वविद्यालयों के पास किराए के गुप्त स्थानों पर अपने अड्डे जमाए हुए लक्ष्य को अंजाम पर पहुँचाने में जुटे हुए थे। विश्वविद्यालय में कुछ लोगों को ही इसकी जानकारी थी, गूगल की सेना को पुस्तकालयों द्वारा किताबें सौंप दी जाती थीं, वे उन्हें ट्रक में भर सावधानी से स्कैनिंग केंद्र तक ले जाते और कुछ दिनों बाद वापस दे जाते थे। सबकुछ गुपचुप तरीके से चल रहा था। नवंबर 2008 में गूगल ने 70 लाख किताबों को ऑनलाइन उपलब्ध कराकर सबको चौंका दिया था। दुनिया पागल हुई जा रही थी कि आखिर गूगल ने ऐसा कौन सा जादुई तरीका ईजाद कर लिया था, जिसके जरिए इतनी तेजी से बिल्कुल दोषरहित साफ-सुथरी स्कैनिंग संभव हो पा रही थी?

जैसा कि पेटेंट शीर्षकों से साफ है कि गूगल ने न तो कोई विशेष प्रकार का

कैमरा ईजाद किया था और न ही स्कैनिंग मशीन; गूगल की खोजें प्रौद्योगिकी से ज्यादा स्कैनिंग की प्रक्रिया (प्रोसेस) व प्रणाली (सिस्टम) पर केंद्रित हैं। शुरू में, गूगल अनुसंधान दल का लक्ष्य एक ऐसी प्रणाली डिजाइन करना था, जो प्रकाश की गति से तो चले, लेकिन किताबों को हल्का-सा स्पर्श करे। इसके लिए उन्होंने शुरू में, मानव-स्पर्श रहित पूर्ण-स्वचालित उपकरणों को भी आजमाया था, जिनमें किताब के पन्नों को पलटने के 'रोबोटिक आर्म्स' (रोबोट संचालित बाँहों) या फिर हवा चूषण (एयर सक्शन) विधि का इस्तेमाल किया जाता था। लेकिन वे उपकरण भी पूर्णतया दोषरहित नहीं थे, उनके संचालन में एक हल्की-सी चूक किताबों को नुकसान पहुँचाने वाली साबित हो सकती थीं। अंततः गूगल अनुसंधान दल ने अपनी खास जरूरतों के लिए दूसरों की उपलब्ध प्रौद्योगिकियों को अपनाकर एक ऐसी प्रक्रिया को चुना था, जिसमें अधिक शारीरिक श्रम की भी जरूरत थी। इसके लिए गूगल को कुशल कर्मियों की एक छोटी सेना भी तैयार करनी पड़ी थी; अच्छी-खासी संख्या में नई भर्तियाँ की गई थीं और उन्हें स्कैनिंग मशीन चलाने व किताबों की सँभाल के लिए सावधानीपूर्वक प्रशिक्षित भी करना पड़ा था।

लाइब्रेरी ऑफ कांग्रेस की इच्छा के मुताबिक सभी किताबों की मुफ्त स्कैनिंग के गूगल के प्रस्ताव को बिलिंटन ने उत्साह में तत्काल 'ओके' कह दिया था; लेकिन बहुत जल्द ही उनके कॉपीराइट कार्यालय के प्रमुख ने 'लाल झंडी' दिखा दी थी (अंत में, गूगल को लाइब्रेरी ऑफ कांग्रेस संग्रह के एक छोटे अंश की स्कैनिंग की इजाजत मिल सकी थी।

असल में, गूगल के इंजीनियरिंग दिग्गजों ने अपनी क्रांतिकारी स्कैनिंग प्रणाली में पुस्तक में पृष्ठों के वक्रता-दोष को स्वचालित रूप से ठीक करने के लिए त्रिआयामी (थ्री डायमेंशनल) समस्या का द्विआयामी (टू डायमेंशनल) समाधान निकाला था। इसके लिए दो विशेष प्रकार के कैमरों—जिनमें कई त्रिविमदर्शी लेंस/मछली आँख लेंस (स्टीरियोग्राफिक लेंस/ फिशऑय लेंस) लगे हुए थे और एक अवरक्त कैमरे (इन्फ्रारेड कैमरे) का इस्तेमाल किया गया था। इस प्रक्रिया में, पहले पुस्तक के हरेक पृष्ठ का तीन आयामी प्रारूप निर्मित किया जाता था; उसके बाद उनकी 'डी-वार्पिंग' की जाती थी, यानी दो पन्नों के बीच की वक्रता

लैरी ने कहा था कि गूगल विश्वविद्यालय पुस्तकालय की हरेक किताब की सिर्फ छह वर्षों में स्कैनिंग संभव कर सकता है, और वह भी अपने खर्च पर। हाँ, शर्त यह थी कि विश्वविद्यालय इस विशाल सूचना संग्रह को गूगल की वेबसाइट पर भी सूचीबद्ध करने की अनुमति प्रदान करे।

को खत्म किया जाता था; और फिर उस मेटाडाटा फाइल को कंप्यूटर में सुरक्षित कर लिया जाता था, जिसे आसानी से तत्काल ऑनलाइन भी किया जा सकता था।

जब तक यह प्रयोग चल रहा था, गूगल की त्रिमूर्ति अन्य मसलों को सुलझाने में जुटी हुई थी; उनके सामने अगला सवाल था—एक ऐसे बड़े पुस्तकालय की तलाश जहाँ एक स्थान पर अधिक से अधिक किताबों की स्कैनिंग की अनुमति मिल जाए। जाहिर है कि तीनों की नजर लाइब्रेरी ऑफ कांग्रेस पर थी; उन्होंने अपने अघोषित सलाहकार अल्बर्ट अर्नोल्ड 'अल' गोर (राष्ट्रपति बिल क्लिंटन के शासनकाल, 20 जनवरी, 1993 से 20 जनवरी, 2001 तक, संयुक्त राज्य अमेरिका के 45वें उपराष्ट्रपति) से बातचीत की थी। बहुत जल्द ही, वाशिंगटन में तत्कालीन पुस्तकालय निदेशक जेम्स बिलिंटन व उसके सहयोगियों से अल गोर के साथ लैरी, सर्गेई व उनके कानूनी सलाहकार की मुलाकात हुई थी। लाइब्रेरी ऑफ कांग्रेस की इच्छा के मुताबिक सभी किताबों की मुफ्त स्कैनिंग के गूगल के प्रस्ताव को बिलिंटन ने उत्साह में तत्काल 'ओके' कह दिया था; लेकिन बहुत जल्द ही उनके कॉपीराइट कार्यालय के प्रमुख ने 'लाल झंडी' दिखा दी थी (अंत में, गूगल को लाइब्रेरी ऑफ कांग्रेस संग्रह के एक छोटे अंश की स्कैनिंग की इजाजत मिल सकी थी।)

खैर, गूगल की त्रिमूर्ति ने विश्वविद्यालय व सार्वजनिक पुस्तकालयों की ओर रुख करने का फैसला किया था। लैरी के दिमाग में जबरदस्त विचार आया था—क्यों न इस शुभकार्य को अपनी मातृ संस्था—यूनिवर्सिटी ऑफ मिशिगन (एन अर्बोर) से शुरू किया जाए। चूँकि लैरी वहाँ के सफलतम छात्रों में था और लगातार विश्वविद्यालय पदाधिकारियों के संपर्क में रहा था, इसलिए उसे वहाँ लीक से हटकर भरपूर मदद मिलने की गुंजाइश दिख रही थी।

फिर, दिसंबर 2002 में, लैरी पेज अपने गृहनगर की यात्रा पर निकल पड़े थे; उन्होंने विश्वविद्यालय में चल रही दो प्रमुख परियोजनाओं : अकादमिक

पत्रिकाओं का डिजिटल पुस्तकालय—'जेस्टोर' (जरनल स्टोर का संक्षिप्त) व युद्धकाल से लेकर पुनर्निर्माण काल तक की अमेरिकी इतिहास के प्राथमिक स्रोतों का दस्तावेजीकरण—'मेकिंग ऑफ अमेरिका' का जायजा लिया था। इन दोनों कार्यक्रमों की मंथर गति को देखकर लैरी ने अनुमान लगाया था कि विश्वविद्यालय को अपने विशाल पुस्तकालय की 70 लाख किताबों की स्कैनिंग में कम से कम एक हजार वर्ष लगने वाले थे। फिर, लैरी ने विश्वविद्यालय की अध्यक्षा मैरी सूए कोलमैन, जिन्होंने अगस्त 2002 में यह पद सँभाला था, से मुलाकात की थी। बातचीत के दौरान लैरी ने कोलमैन के सामने एक ऐसा आश्चर्यजनक, लेकिन लुभावना प्रस्ताव रख दिया था, जिसे वह इनकार कर ही नहीं सकती थी। लैरी ने कहा था कि गूगल विश्वविद्यालय पुस्तकालय की हरेक किताब की सिर्फ छह वर्षों में स्कैनिंग संभव कर सकता है, और वह भी अपने खर्च पर। हाँ, शर्त यह थी कि विश्वविद्यालय इस विशाल सूचना संग्रह को गूगल की वेबसाइट पर भी सूचीबद्ध करने की अनुमति प्रदान करे।

लैरी को संकेत मिल गया था। कुछ महीनों बाद, यूनिवर्सिटी ऑफ मिशिगन के दो पुस्तकालयाध्यक्षों—विलियम गोसलिंग व जॉन विल्किन के साथ लैरी की लंबी मुलाकात हुई थी; वे लोग तो शुरू से ही लैरी के प्रस्ताव को स्वीकार करने को तैयार बैठे थे, क्योंकि किताबों का अंकीयकरण उनकी खुद की इच्छा-सूची पर था, लेकिन तब तक वे कोई वित्तपोषण या उपयुक्त साझीदार खोज नहीं सके थे। मिशिगन के कुल संग्रहों के अंकीयकरण के संबंध में आई.बी.एम. व अन्य कंपनियों से उनकी वार्त्ताएँ जरूर हुई थीं, लेकिन बौद्धिक संपदा, काम करने के इरादों, मानकों, प्रारूपों—आदि मसले उनके सामने नहीं रखे गए थे। लेकिन लैरी के साथ गोसलिंग व विल्किन की मुलाकात बिल्कुल अलग-सी थी। शुरू से ही परस्पर विश्वास व भरोसे का आधार था। लिहाजा, दोनों को लैरी का अंदाज निराला लगा था और कार्ययोजना को हरी झंडी दे दी गई थी।

याहू ने परोक्ष रूप से सालाना तीन से पाँच लाख डॉलर के सहयोग का वादा किया था; ह्यूलेट पेकार्ड व एडोबी ने उपकरण व सॉफ्टवेयर प्रदान किए थे; और माइक्रोसॉफ्ट ने भी अपनी 'लाइव बुक सर्च' सेवा शुरू कर इस अभियान को समर्थन दिया था।

याद रहे कि जब अक्तूबर 2003 में गूगल प्रिंट का शुभारंभ हुआ था, अमेजन. कॉम ने भी ऑनलाइन बुक सर्च सेवा शुरू

की थी, उसके साथ सिमॉन एंड शूस्टर, रैंडम हाउस सहित 190 प्रकाशक सूचीबद्ध हुए थे; और उसकी वेबसाइट पर ऑनलाइन बिक्री के लिए 1.20 लाख किताबें पेश की गई थीं। लेकिन विश्वविद्यालयों के जरिए गूगल सूचीकरण में तूफानी वृद्धि का मुकाबला करना किसी के वश में नहीं था। गूगल की तरह खोज नतीजों के साथ विज्ञापन प्रदर्शित करना अमेजन का मूल धंधा नहीं था; वह तो सिर्फ उन्हीं किताबों को ऑनलाइन रखने को इच्छुक था जिनकी बिक्री हो। लिहाजा, अभी भी उसकी साइट पर कुल तीन लाख किताबें ही उपलब्ध हैं।

हाँ, इंटरनेट आर्काइव के संस्थापक ब्रूस्टर काहले शुरू से ही गूगल के अभियान का विरोध कर रहे थे; उन्होंने गूगल विरोधियों को लामबंद कर एक विकल्प देने की कोशिश की थी, और अक्तूबर 2005 में 'खुली सामग्री संधि' (ओपन कंटेंट अलायंस/ओ.सी.ए.) का ऐलान किया था। याहू ने परोक्ष रूप से सालाना तीन से पाँच लाख डॉलर के सहयोग का वादा किया था; ह्यूलेट पेकार्ड व एडोबी ने उपकरण व सॉफ्टवेयर प्रदान किए थे; और माइक्रोसॉफ्ट ने भी अपनी 'लाइव बुक सर्च' सेवा शुरू कर इस अभियान को समर्थन दिया था। लेकिन ओ.सी.ए. संस्थागत अनुदानों पर ही निर्भर था; मसलन, 2006 में स्लोअन फाउंडेशन की ओर से 10 लाख डॉलर आया था। दो साल बाद भी इस अभियान के तहत कुल एक लाख किताबों को ही ऑनलाइन किया जा सका था; शुरू में ओ.सी.ए. को समर्थन देने वाले यूनिवर्सिटी ऑफ कैलिफोर्निया ने दिसंबर 2007 में गूगल के साथ समझौता कर लिया था; तब तक गूगल के साथ आनेवाले विश्वविद्यालयों की संख्या 27 हो चुकी थी। 7.50 लाख किताबों की स्कैनिंग के बाद माइक्रोसॉफ्ट ने इस अभियान से तौबा कर लिया था, जिसमें से करीब तीन लाख किताबें अब इंटरनेट आर्काइव का हिस्सा हैं। 9 जुलाई, 2013 को, इंटरनेट आर्काइव ने दावा किया था कि उसकी वेबसाइट पर कुल 44 लाख किताबें उपलब्ध थीं; उनमें से 20 लाख उसने खुद स्कैन की थीं; बाकी किताबें सहयोगी संस्थाओं ने उसे प्रदान की थीं, जिनमें से 9 लाख से अधिक किताबें गूगल द्वारा स्कैन की गई हैं।

□

11

'जीमेल' के धमाके से महारथियों को चुनौती

पिछले दो वर्षों में ताबड़तोड़ राजस्व वृद्धि ने गूगल के आत्मविश्वास को ठोस आधार प्रदान कर दिया था और अब लैरी व सर्गेई अपने सपनों को हर हाल में सच करने वाली परियोजनाओं का अमल में लाते जा रहे थे। गूगल ने डॉट कॉम बुलबुले फूटने का भी बड़ा फायदा उठाया था; उसने दिवालिएपन की कगार पर खड़े डाटा-केंद्रों में बहुत ही सस्ती दरों पर दीर्घकालीन सौदे कर लिये थे, बल्कि उनसे जुड़ने वाले फाइबर ऑप्टिक नेटवर्क को भी अपने कब्जे में कर लिया था।

गूगल डाटा-केंद्रों का विश्वव्यापी महा-संजाल

तूफानी बढ़त के मद्देनजर गूगल ने, 2003 के मध्य में, अपना खुद का अत्याधुनिक डाटा-केंद्र स्थापित करने का फैसला किया था। गूगल ने महसूस कर लिया था कि आनेवाले समय में जब एक बार फिर से डाटा-केंद्रों में स्थानों की माँग बढ़ेगी और नए किरायेदारी सौदों को सस्ते में पटाना असंभव होता जाएगा, तब लागत को नियंत्रण में रखना मुश्किल होगा। जी हाँ, गूगल ने इंटरनेट की दुनिया में एक नई शब्दावली—क्लाउड कंप्यूटिंग—को प्रचलित करने, उसे अपने अभेद्य किला समूहों में सुरक्षित करने, और फिर वेब दुनिया का सबसे ताकतवर बादशाह बनने की दिशा में तेजी से ठोस कदम बढ़ाना शुरू कर दिया था। लेकिन आने वाले दशक में यह सब 'गूगल-रहस्य' ही साबित हुआ था।

गूगल ने पहली बार 17 अक्तूबर, 2012 को अपने रहस्यमय डाटा-केंद्रों के बारे में कुछ जानकारियों को बाहर आने का मौका दिया था, जब 'वायर' पत्रिका में 'इन द प्लेक्स—हाउ गूगल थिंक्स, वर्क्स एंड शेप्स आवर लाइव्स'

टॉयटाउन जर्मनी के संस्थापक जेम्स पार्न ने जनवरी 2012 में गूगल सर्वर की कुल संख्या करीब 18 लाख आँकी थी, जिसके 2013 में बढ़कर लाख 24 लाख हो जाने का अनुमान लगाया था। हालाँकि गूगल ने अपनी तरफ से कोई दावा नहीं किया है, लेकिन कहा यही जाता है कि असली आँकड़ा इन अनुमानों से काफी अधिक है, क्योंकि मई 2012 में दुनिया के 67 सार्वजनिक इंटरनेट विनिमय बिंदुओं (इंटरनेट एक्सचेंज पॉइंट्स/आईएक्सपी) व 69 विभिन्न स्थानों से गूगल नेटवर्क में पहुँच बनाना संभव था।

(सिमॉन एंड शूस्टर, 2011) के लेखक स्टीवन लेवी का इस संबंध में एक आलेख प्रकाशित हुआ था। फरवरी 2014 में, गूगल की आधिकारिक वेबसाइट पर अपने 12 प्रमुख डाटा-केंद्रों की संक्षिप्त जानकारियाँ, कुछ आंतरिक चित्र, वीडियो मौजूद थे। ये इस प्रकार हैं—

उत्तरी अमेरिका : द डेल्स, ऑरिगोन (स्वयं विकसित पहला व सबसे बड़ा केंद्र, 2006, कुल लागत 1.20 अरब डॉलर, कुल कर्मचारी 80; कोलंबिया नदी के तट पर विशाल चार मंजिला कॉम्प्लेक्स); बर्कले काउंटी, दक्षिण कैरोलिना (2007, कुल लागत 1.20 अरब डॉलर, कुल कर्मचारी 150); काउंसिल ब्लफ्स, आयोवा (पहला-2007 व दूसरा-2012, कुल लागत 1.50 अरब डॉलर, कुल कर्मचारी 130); डगलस काउंटी, जॉर्जिया, अटलांटा के नजदीक (2003, लागत अघोषित- करोड़ों डॉलर, दो केंद्र, कुल कर्मचारी 350); माएस काउंटी, ओकलाहोमा (पहला-2007 व दूसरा-2012, कुल लागत 70 करोड़ डॉलर, कुल कर्मचारी 100); और लेनोइर, उत्तरी केरोलिना (2007, कुल लागत 1.20 अरब डॉलर, कुल कर्मचारी 110);

लैटिन अमेरिका : कुइलिकुरा, चिली (पहला केंद्र, नियोजित परिचालन-2014, अनुमानित लागत 1.50 अरब डॉलर)।

यूरोप : सेंट घिसलैन, बेल्जियम (अप्रैल 2007 में 25 करोड़ यूरो की निवेश घोषणा, सितंबर 2010 में पूर्ण परिचालन शुरू); हमिना, फिनलैंड (मार्च 2009 में 20 करोड़ यूरो मूल्य पर 60 साल पुरानी कागज मिल का अधिग्रहण, सितंबर 2011 में पहला चरण पूरा व परिचालन चालू; 15 करोड़ यूरो की लागत में दूसरे चरण

का निर्माण शुरू); और डबलिन, आयरलैंड (सितंबर 2011 में 7.50 करोड़ यूरो के निवेश से विशाल औद्योगिक गोदाम के पुनर्निर्माण की घोषणा, सितंबर 2012 में परिचालन शुरू)।

एशिया : चंघुआ काउंटी, ताइवान (एशिया का पहला केंद्र, सितंबर 2011 में 60 करोड़ डॉलर दीर्घकालीन निवेश की घोषणा व 15 हेक्टेयर में निर्माण शुरू, दिसंबर 2013 में परिचालन शुरू, कुल कर्मचारी 60); जुरोंग पश्चिम, सिंगापुर (दक्षिण-पूर्व एशिया को सेवा देने के लिए सितंबर 2011 में 2.45 हेक्टेयर के छोटे स्थल पर निर्माण शुरू, दिसंबर 2013 में परिचालन शुरू, कुल कर्मचारी व लागत अघोषित)।

अभी भी इन डाटा-केंद्रों की कुल क्षमता के बारे में सिर्फ अनुमान ही लगाया जा रहा है। टॉयटाउन जर्मनी के संस्थापक जेम्स पार्न ने जनवरी 2012 में गूगल सर्वर की कुल संख्या करीब 18 लाख आँकी थी, जिसके 2013 में बढ़कर लाख 24 लाख हो जाने का अनुमान लगाया था। हालाँकि गूगल ने अपनी तरफ से कोई दावा नहीं किया है, लेकिन कहा यही जाता है कि असली आँकड़ा इन अनुमानों से काफी अधिक है, क्योंकि मई 2012 में दुनिया के 67 सार्वजनिक इंटरनेट विनिमय बिंदुओं (इंटरनेट एक्सचेंज पॉइंट्स/आईएक्सपी) व 69 विभिन्न स्थानों से गूगल नेटवर्क में पहुँच बनाना संभव था।

'ऑरकुट' का अनमना शुभारंभ, याहू ने नाता तोड़ा

आई.पी.ओ. की गहमागहमी के बीच 22 जनवरी, 2004 को गूगल ने बड़े ही गुपचुप व अनमने तरीके से सामाजिक समूहीकरण (सोशल नेटवर्किंग) वेबसाइट—ऑरकुट.कॉम का शुभारंभ कर दिया था। इसका नाम तुर्की मूल के सॉफ्टवेयर इंजीनियर ऑर्कुट बुयुक्कोक्तें के नाम पर रखा गया था। 6 फरवरी, 1975 को, ऑरकुट बुयुक्कोक्तें का जन्म कोन्या (तुर्की) में हुआ था। उसने बिल्केंट विश्वविद्यालय (अंकारा (तुर्की) से कंप्यूटर अभियांत्रिकी व सूचना विज्ञान (कंप्यूटर इंजीनियरिंग एंड इनफार्मेशन साइंस) में स्नातक (बी.एस-सी.), और स्टैनफोर्ड

गूगल के तत्कालीन उत्पाद-प्रबंधक को ऑरकुट का विचार क्रांतिकारी लगा था, और उसने गूगल की सामाजिक समूहीकरण सेवा का नाम उसके आविष्कारक के नाम पर ऑरकुट.कॉम रखने का फैसला किया था।

21 मार्च, 2006 में शुरू हुए 'ट्विटर' की लोकप्रियता सातवें आसमान पर चढ़ी और उसने दूसरे स्थान पर कब्जा जमा लिया। 5 मई, 2003 में शुरू हुई 'लिंक्डइन' की लोकप्रियता में जबरदस्त इजाफा हुआ और वह तीसरे स्थान पर पहुँच गई। काफी देर बाद, 28 जून, 2011 को, गूगल+ (प्लस.गूगल.कॉम) के जरिए गूगल ने अपनी नाक बचाने की पहल शुरू की और उसमें बहुत हद तक कामयाबी भी मिली।

विश्वविद्यालय से कंप्यूटर विज्ञान में स्नातकोत्तर (एम.एस.) व पी-एच.डी. की थी। ऑरकुट के शोध का केंद्र—वेब खोज व व्यक्तिगत अंकीय सहायक (पर्सनल डिजिटल असिस्टेंट/पी.डी.ए.) का कुशल उपयोग रहा था।

वैसे तो 2000 से ही ऑरकुट ने ऑनलाइन समुदायों के विकास का काम शुरू कर दिया था, लेकिन उसे असली सफलता 2001 की शरद ऋतु में मिली थी, जब उसने स्टैनफोर्ड में पहली विश्वविद्यालय केंद्रित सामाजिक समूहीकरण वेबसाइट—क्लब नेक्सस—शुरू किया था। यह एक ऐसा तंत्र था, जो स्टैनफोर्ड के ऑनलाइन समुदाय की तमाम सामाजिक जरूरतों—इ-मेल, आमंत्रण, तत्काल संवाद, पुरानी चीजों की खरीद-बिक्री, समान रुचि व स्थान के व्यक्तियों की खोज, कलाकृतियों का प्रदर्शन, संपादकीय स्तंभों के प्रसारण आदि—को पूरा करने में सक्षम था। कुछ ही महीनों में 'क्लब नेक्सस' के साथ 2000 से अधिक छात्र जुड़ गए थे। फिर ऑरकुट ने स्टैनफोर्ड के पूर्व छात्रों के सामाजिक समूहीकरण के लिए एक अलग मंच—इनसर्किल—पेश किया था।

गूगल में आने के बाद, ऑरकुट ने अपने 20 फीसदी आधिकारिक कार्य-समय का उपयोग इस तंत्र को बड़े पैमाने पर इस्तेमाल के योग्य बनाने में लगाया था। अब उसका सपना समूचे इंटरनेट उपयोगकर्ताओं को आपस में जोड़ने का था, ताकि उन्हें एक-दूसरे के साथ संबंध स्थापित करने में आसानी हो और लोगों के जीवन में एक सार्थक बदलाव आ सके। गूगल के तत्कालीन उत्पाद-प्रबंधक को ऑरकुट का विचार क्रांतिकारी लगा था, और उसने गूगल की सामाजिक समूहीकरण सेवा का नाम उसके आविष्कारक के नाम पर ऑरकुट.कॉम रखने का फैसला किया था।

यह वही वक्त था जब 4 फरवरी, 2004 को, मार्क जुकेरबर्ग ने हार्वर्ड विश्वविद्यालय के अपने कमरे में सहपाठियों—एडुआर्डो सवेरिन, एंड्रयू मककोल्लुम, डस्टिन मोस्कोविज व क्रिस ह्यूजेस—के साथ 'फेसबुक' शुरू किया था। ऑरकुट व फेसबुक—दोनों के उपयोगकर्ताओं की संख्या तेजी से बढ़ी थी। लेकिन, ज़ल्द ही गूगल का ध्यान अपनी इ-मेल सेवा—जीमेल की तरफ चला गया था; गूगल के सर्वर पर दबाव बढ़ने के चलते ऑरकुट के नतीजे सुस्त साबित हुए थे; और खासतौर पर उत्तरी अमेरिका के उपयोगकर्ता तेजी से फेसबुक की ओर आकर्षित होते चले गए। शुरू में गूगल ने फेसबुक की उत्तरी अमेरिका में बढ़त को गंभीरता से नहीं लिया था, क्योंकि भारत व ब्राजील जैसे विकासशील देशों में ऑरकुट के उपयोगकर्ताओं की संख्या तेजी से बढ़ रही थी। फेसबुक अपनी एकमात्र सेवा में ज्यादा तेजी से सुधार कर पा रहा था, जबकि गूगल का ध्यान कई सेवाओं में हो रहे तेजी से विस्तार की ओर लगा रहा।

इसके बावजूद, अगले छह वर्षों तक ऑरकुट के मुकाबले फेसबुक को काफी पीछे रखने में गूगल कामयाब रहा था। इस दौरान, गूगल ने उपयोगकर्ताओं को अपने साथ रखने के लिए कई नई सुविधाओं के साथ ऑरकुट के प्रारूप में दो बार—25 अगस्त, 2007 व 27, अक्तूबर 2009—जबरदस्त फेरबदल भी किया था। अप्रैल 2010 में ऑरकुट पर विशिष्ट विश्वव्यापी आगंतुकों की संख्या 1.97 करोड़ थी, जबकि फेसबुक पर सिर्फ 1.80 करोड़। लेकिन महज तीन महीने बाद, जुलाई 2010 में फेसबुक ने 2.09 करोड़ विशिष्ट आगंतुकों के साथ, ऑरकुट से सामाजिक समूहीकरण के नंबर-1 वेबसाइट का ताज छीन लिया था; और फेसबुक ने अपनी ऐसी रफ्तार बनाई कि ऑरकुट के लिए अपना ताज वापस लेना असंभव-सा होता चला गया। अगस्त 2008 में गूगल ने ऑरकुट के परिचालन को पूरी तरह से ब्राजील में स्थानांतरित कर दिया था।

इस बीच, 21 मार्च, 2006 में शुरू हुए 'ट्विटर' की लोकप्रियता सातवें आसमान पर चढ़ी और उसने दूसरे स्थान पर कब्जा जमा लिया। 5 मई, 2003 में शुरू हुई 'लिंक्डइन' की लोकप्रियता में जबरदस्त इजाफा हुआ और वह तीसरे स्थान पर पहुँच गई। काफी देर बाद, 28 जून, 2011 को गूगल+(प्लस.गूगल. कॉम) के जरिए गूगल ने अपनी नाक बचाने की पहल शुरू की और उसमें बहुत हद तक कामयाबी भी मिली। 25 फरवरी, 2014 की अलेक्सा दर्जा-सूची (रैंकिंग) में, सामाजिक समूहीकरण वर्ग में फेसबुक, ट्विटर व लिंक्डइन के बाद गूगल+

जब 17 फरवरी, 2004 को याहू ने गूगल से नाता तोड़ने का ऐलान किया तो गूगल की सेहत पर ज्यादा फर्क नहीं पड़ा था, ठीक उसी दिन गूगल ने ऐलान कर सबको चौंका दिया था कि वह वेब सूचीक्रम में छह अरब सामग्रियों–4.28 अरब वेब पृष्ठों, 88 करोड़ तस्वीरों, 84.50 करोड़ ब्लॉग संवादों–को शामिल कर चुका था; मतलब याहू के नाता तोड़ने से अब उसकी खोज-बादशाहत की स्थिति पर कोई खास असर होनेवाला नहीं था।

चौथे स्थान पर थी; जबकि सभी वेबसाइटों के वर्ग में, ऑरकुट.कॉम का दर्जा विश्व में 3118वें, व ब्राजील में 228वें स्थान पर चला गया था।

घबराहट में याहू ने नाता तोड़ा : नेल्सन नेटरेटिंग्स के मुताबिक, जनवरी 2004 में संयुक्त राज्य अमेरिका के सर्च इंजन बाजार में गूगल की हिस्सेदारी 40 फीसदी तक पहुँच चुकी थी, लेकिन याहू !, ए.ओ.एल.–टाइम वार्नर नेटवर्क सहित दुनिया भर की वेबसाइटों पर अपनी वेब सर्च सेवा के जरिए गूगल परोक्ष रूप से करीब 85 फीसदी खोज नतीजे प्रदान कर रहा था। खोज नतीजों के मामले में याहू की बाजार हिस्सेदारी 30 फीसदी पर सिमट गई थी और उसके लिए भी वह बहुत हद तक गूगल सर्च सेवा पर निर्भर था।

कॉमस्कोर मीडिया मैट्रिक्स के सर्वेक्षण के मुताबिक, जनवरी 2004 में, अमेरिका में इंटरनेट उपयोगकर्ताओं की कुल संख्या 15.25 करोड़ थी, जो विभिन्न सेवाओं के लिए तमाम वेबसाइटों का भ्रमण कर रहे थे। करीब 11.08 करोड़ विशिष्ट आगंतुकों के साथ याहू पहले स्थान पर था; जबकि एम.एस.एन. पर 10.90 करोड़, ए.ओ.एल.–टाइम वार्नर नेटवर्क पर 10.79 करोड़, इ–बेय पर 7.25 करोड़ व गूगल पर 6.04 करोड़ विशिष्ट आगंतुक पहुँच रहे थे। जाहिर है कि भले ही, विशिष्ट आगंतुकों के मामले में गूगल पाँचवें स्थान पर था, लेकिन खोज नतीजों के जरिए वह परोक्ष रूप से याहू व एओल के आगंतुकों को भी प्रभावित कर रहा था। जाहिर है कि याहू के लिए बाजार समीकरण खतरनाक स्थिति में पहुँच गया था।

वैसे तो याहू ने जब 23 दिसंबर, 2003 को, 23.5 करोड़ डॉलर मूल्य के शेयर सौदे के जरिए इंकटोमी कॉरपोरेशन के अधिग्रहण का ऐलान किया था, तभी

यह साफ हो गया था कि गूगल की बढ़ती ताकत से याहू को खतरे का एहसास हो चुका था तथा यह जाहिर हो गया था कि याहू जल्द ही गूगल से नाता तोड़ लेगा। याहू अच्छी तरह से जानता था कि अकेले इंकटोमी की बदौलत वह गूगल से पंगा नहीं ले सकता था। लिहाजा, वह अपनी ताकत बढ़ाने की कोशिशों में जुटा रहा। इसी क्रम में, 24 जुलाई, 2003 को, याहू ने 1.63 अरब डॉलर मूल्य के शेयर सौदे के जरिए, ओवरचर सर्विसेज (अल्टाविस्टा व ऑल-द-वेब सहित) के अधिग्रहण का ऐलान किया था। इस सौदे के जरिए याहू ने एक तीर से गूगल के दो निशाने साधने का जुगाड़ बनाया था—ओवरचर के जरिए गूगल की जादुई विज्ञापन सेवा को, और इंकटोमी, अल्टाविस्टा व ऑल-द-वेब—तीन वेब सर्च इंजनों का संयुक्त मोर्चा बनाकर गूगल की खोज सेवा को चुनौती दी जा सकती थी।

एस.जी.आई. का त्रिआयामी चित्रात्मक प्रदर्शन टर्मिनल (3-डी ग्राफिक्स डिस्प्ले टर्मिनल), खासतौर पर हॉलीवुड फिल्मों के त्रिआयामी दृश्य प्रभावों (3-डी विजुअल इफेक्ट्स) के लिए दुनिया भर में मशहूर हो गई थी। एस.जी. आई. छोड़ने के कुछ समय बाद जिम क्लार्क ने 1994 में मार्क एंड्रीसन के साथ नेटस्केप कम्युनिकेशन का गठन किया था, जो 'नेटस्केप नेविगेटर' वेब ब्राउजर के लिए मशहूर हुआ था।

लेकिन सौदे संपन्न होने व व्यूह-रचना बनाने में याहू को काफी भय लग रहा था। लिहाजा, जब 17 फरवरी, 2004 को याहू ने गूगल से नाता तोड़ने का ऐलान किया तो गूगल की सेहत पर ज्यादा फर्क नहीं पड़ा था, ठीक उसी दिन गूगल ने ऐलान कर सबको चौंका दिया था कि वह वेब सूचीक्रम में छह अरब सामग्रियों—4.28 अरब वेब पृष्ठों, 88 करोड़ तस्वीरों, 84.50 करोड़ ब्लॉग संवादों—को शामिल कर चुका था; मतलब याहू के नाता तोड़ने से अब उसकी खोज-बादशाहत की स्थिति पर कोई खास असर होनेवाला नहीं था। इतना ही नहीं, गूगल अपने विश्व-मुख्यालय से 'क्लाउड कंप्यूटिंग' युग के आगाज की तैयारियों में जुटा हुआ था, जो जल्द ही जगजाहिर होनेवाला था।

भव्य 'गूगलप्लेक्स' में 'जीमेल' का आगाज

2001 से ही, 2400 बेशोर स्थित गूगल का मुख्यालय गूगलप्लेक्स, जो अब

बिल्डिंग जीरो या नलप्लेक्स के रूप में जाना जाता है, छोटा पड़ने लगा था; और जल्द ही कंपनी ने आसपास के इलाके में तीन भवन किराए पर ले लिये थे, लेकिन बात नहीं बन रही थी। गूगल को अपने भविष्य के मुख्यालय के लिए एक बहुत बड़ी जगह की जरूरत थी, और कंपनी इसकी बेसब्री से तलाश में जुटी हुई थी। अचानक 11 जुलाई, 2003 को, गूगल को एकदम बगल के अम्फीथिएटर पार्कवे में सिलिकॉन ग्राफिक्स इनकॉरपोरेशन (एस.जी.आई.) के मुख्यालय परिसर—एस.जी.आई. अम्फीथिएटर टेक्नोलॉजी सेंटर—को किराए पर ही सही, अपने कब्जे में लेने का मौका मिल गया था। कुल 26 एकड़ में फैले इस विशाल कार्यालय परिसर में सिर्फ चार भवन बने हुए थे, जिनमें कुल पाँच लाख वर्गफुट का कार्यालय स्थल मौजूद था; इसके अलावा, करीब दो हजार कारों के लिए भूमिगत (अंडरग्राउंड) पार्किंग सुविधा भी तैयार थी; और इसका सबसे बड़ा आकर्षण था—चार्ल्सटन पार्क, एक 5 एकड़ का सार्वजनिक पार्क।

फेडरल एयर फील्ड के पास सैन फ्रांसिस्को खाड़ी को निहारते इस परिसर का नाम 'बेव्यू' रखा गया है, जिसमें 11 लाख वर्गफुट के कार्यस्थल का निर्माण कार्य 2013 में शुरू हुआ था। यह पहला मौका है जब गूगल ने अपना कार्यालय परिसर खुद विकसित करने का फैसला किया था।

1994 में, एस.जी.आई. ने माउंटेनव्यू नगर परिषद् के योजना व सामुदायिक विकास अभिकरण (प्लानिंग एंड कम्युनिटी डेवलपमेंट एजेंसी) व अंतरराष्ट्रीय परिदृश्य वास्तुकला (लैंडस्केप आर्किटेक्चर) व शहरी योजना कंपनी—एस.डब्लू.ए. ग्रुप (साओसालिटो, सैन फ्रांसिस्को बे एरिया) के साथ मिलकर तथाकथित 'फार्मर'स फील्ड' (किसान का खेत) पर महत्त्वाकांक्षी कार्यालय परिसर का निर्माण शुरू किया था। इसका उद्देश्य निजी स्वामित्व वाले कंपनी मुख्यालय के साथ-साथ पूरक सामाजिक कार्य के रूप में सार्वजनिक हरित-क्षेत्र का विकास भी था। कार पार्किंग को भूमिगत रखकर दो खुली जगहों को जल सुविधाओं, उथले जलकुंडों, फव्वारों, रास्तों, चौकों व डायनासोर की एक विशाल प्रतिमा से एकीकृत किया गया था। इसका निर्माण कार्य 1997 में सपन्न हुआ था।

असल में, स्टैनफोर्ड विश्वविद्यालय में एक इलेक्ट्रिकल इंजीनियरिंग के एसोसिएट प्रोफेसर डॉ. जेम्स एच. (जिम) क्लार्क ने स्टैनफोर्ड से सात स्नातक

छात्रों व अनुसंधान कर्मचारियों के एक समूह के साथ 1982 में एस.जी.आई. का गठन किया था। जल्द ही एस.जी.आई. का त्रिआयामी चित्रात्मक प्रदर्शन टर्मिनल (3-डी ग्राफिक्स डिस्प्ले टर्मिनल), खासतौर पर हॉलीवुड फिल्मों के त्रिआयामी दृश्य प्रभावों (3-डी विजुअल इफेक्ट्स) के लिए दुनिया भर में मशहूर हो गई थी। एस.जी.आई. छोड़ने के कुछ समय बाद जिम क्लार्क ने 1994 में मार्क एंड्रीसन के साथ नेटस्केप कम्युनिकेशन का गठन किया था, जो 'नेटस्केप नेविगेटर' वेब ब्राउजर के लिए मशहूर हुआ था। उधर, एस.जी.आई. का कारोबार तेजी से बढ़कर 1997 में 3.70 अरब डॉलर हो गया। लेकिन उसके बाद कंपनी का कारोबार गिरना शुरू हो गया था और डॉट कॉम बुलबुला फूटने के बाद वह बंदी के कगार पर आ चुकी थी। लिहाजा 'एस.जी.आई. अम्फीथिएटर टेक्नोलॉजी सेंटर' को गूगल को पट्टे पर देने से कंपनी को सालाना करीब डेढ़ करोड़ डॉलर की आमदनी की उम्मीद बनी थी, और उसने अपना मुख्यालय पास के क्रिटेंडन टेक्नोलॉजी सेंटर में स्थानांतरित कर लिया था।

इंटेल (सांता क्लारा, कैलिफोर्निया) जैसी विशाल कंपनी की जटिल नौकरशाही का माहौल बुखीट को रास नहीं आ रहा था; और वह किसी दिलचस्प शुरुआती कंपनी की तलाश कर रहा था। तभी स्लैशडॉट—कंप्यूटर इंजीनियरों का लोकप्रिय ऑनलाइन विचार समूह—पर उसे गूगल का पता चला था; उसने गूगल सर्च को इस्तेमाल करना शुरू किया तो वह काफी दिलचस्प लगा, और उसने जॉब्स@गूगल.कॉम पर आवेदन भेज दिया।

उसके बाद गूगल ने इस परिसर को कार्यस्थल बनावट (वर्कप्लेस डिजाइन) में अग्रणी वास्तुकार व आंतरिक सज्जाकार (आर्किटेक्ट एंड इंटीरियर डिजाइनर) क्लाइव विल्किनसन के हवाले कर दिया था। (2005 में एस.जी.आई. को न्यूयॉर्क स्टॉक एक्सचेंज से हटना पड़ा था और फिर 8 मई, 2006 को दिवालियापन संरक्षण का आवेदन दाखिल कर दिया था। फिर जून 2006 में गूगल ने करीब 31.90 करोड़ डॉलर में इस समूचे परिसर—1600 अम्फीथिएटर पार्कवे सहित एस.जी.आई. की क्रिटेंडन लेन की संपत्ति को भी खरीद लिया था।) इस बीच, पहले चरण का काम पूरा होने के बाद, मार्च 2004 में गूगल ने अपना मुख्यालय—गूगलप्लेक्स को इस

परिसर में स्थानांतरित कर लिया था। 2005 में विल्किंसन का काम संपन्न हो गया था।

वैसे तो अब गूगलप्लेक्स में कुल 20 कार्यालय भवनों का निर्माण हो चुका है, लेकिन मुख्य गतिविधियों का असल केंद्र मूल चार भवनों (40 से 43) में ही है। परिसर में 18 छोटे-बड़े बहुव्यंजन (मल्टी कुजीन) उपाहार-गृह (कैफेटेरिया), कई सैंड वॉलीबॉल कोर्ट, स्विमिंग पूल आदि की सुविधाएँ विकसित हो चुकी हैं। 2007 में गूगल परिसर में आठ भवनों की छतों पर सौर ऊर्जा पैनल लगाए गए थे, और कुल 1.6 मेगावाट बिजली का उत्पादन कर गूगलप्लेक्स अमेरिका के कंपनी परिसरों का सबसे बड़ा सौर ऊर्जा उत्पादन केंद्र बन गया था। 4 जून, 2008 को गूगल ने अपने परिसर से सटे 44.2 एकड़ भूखंड पर विस्तार के लिए नासा अमेस रिसर्च सेंटर के साथ 40 वर्षों का पट्टा-समझौता किया था। फेडरल एयर फील्ड के पास सैन फ्रांसिस्को खाड़ी को निहारते इस परिसर का नाम 'बेव्यू' रखा गया है, जिसमें 11 लाख वर्गफुट के कार्यस्थल का निर्माण कार्य 2013 में शुरू हुआ था। यह पहला मौका है जब गूगल ने अपना कार्यालय परिसर खुद विकसित करने का फैसला किया था। इस अत्याधुनिक कार्यालय का निर्माण कार्य अंतरराष्ट्रीय ख्यातिप्राप्त कंपनी एन.बी.जे.जे. (सीएटल, वाशिंगटन) देख रही है; इस पर कुल 12 करोड़ डॉलर की लागत का अनुमान है। 2015 में इस कार्यालय के चालू हो जाने की उम्मीद जताई गई थी।

जीमेल का धमाकेदार शुभारंभ : 2004 का वसंत शुरू हो चुका था; गूगल का कारोबार फल-फूल रहा था; गूगल की लगातार बढ़ती लोकप्रियता की चमक में लैरी व सर्गेई का आत्मविश्वास चरम पर था और नए गूगलप्लेक्स में एक खास तरह की इ-मेल सेवा के जरिए इंटरनेट उपयोगकर्ताओं को आकर्षित करने की तैयारियाँ अपने अंतिम चरण में थीं। गूगल ब्रांड नाम के मजबूत आधार पर नई सेवा को नाम दिया गया था—जीमेल।

गूगल के उद्यम पूँजीपति माइकल मोरित्ज पिछले कई वर्षों से आग्रह करते रहे थे कि अधिकांश लोग इंटरनेट पर मुख्य रूप से दो काम करते हैं—संवाद के लिए 'इ-मेल' या फिर जानकारी के लिए 'सर्च'। चूँकि अब तक 'सर्च' पर गूगल की बादशाहत कायम हो चुकी थी, लिहाजा 'इ-मेल' ही गूगल का स्वाभाविक व तार्किक अगला कदम था। इससे गूगल को न केवल इंटरनेट उपयोगकर्ताओं की परम सेवा का नया मौका मिलने वाला था, बल्कि उसके कारोबार की संभावना में भी विस्तार होने की उम्मीद थी। आश्चर्यजनक तत्त्व (एलिमेंट ऑफ सरप्राइज) को

जीवंत बनाए रखने के लिए गूगल के उच्चाधिकारियों ने जीमेल की विकास प्रक्रिया को अब तक गूगलप्लेक्स का आंतरिक रहस्य ही बनाकर रखा हुआ था।

असल में, 'जीमेल' का आविष्कारक पॉल बुखीट, जुलाई 1996 में हॉटमेल के शुरू होने से पहले से ही, वेब आधारित इ-मेल सेवा को विकसित करने के विचार को आगे बढ़ता आ रहा था। तब वह केस वेस्टर्न रिजर्व यूनिवर्सिटी (क्लीवलैंड, ओहियो) में स्नातकोत्तर-कंप्यूटर अभियांत्रिकी (एमएस कंप्यूटर इंजीनियरिंग) की पढ़ाई कर रहा था। वेबस्टर (मोनरो काउंटी, न्यूयॉर्क) में पला-बढ़ा बुखीट एक सनकी किस्म का कंप्यूटर दीवाना रहा था। 1998 में पढ़ाई पूरी करने के बाद व गूगल में आने से पहले उसने इंटेल कॉरपोरेशन में करीब साल भर काम किया था। इंटेल (सांता क्लारा, कैलिफोर्निया) जैसी विशाल कंपनी की जटिल नौकरशाही का माहौल बुखीट को रास नहीं आ रहा था; और वह किसी दिलचस्प शुरुआती कंपनी की तलाश कर रहा था। तभी स्लैशडॉट—कंप्यूटर इंजीनियरों का लोकप्रिय ऑनलाइन विचार समूह—पर उसे गूगल का पता चला था; उसने गूगल सर्च को इस्तेमाल करना शुरू किया तो वह काफी दिलचस्प लगा, और उसने जॉब्स@गूगल.कॉम पर आवेदन भेज दिया। 1999 में गूगल में 23 वें कर्मचारी के रूप में बुखीट गूगल में शामिल हो गया था। शुरू में, बुखीट ने 'गूगल ग्रुप्स' व 'गूगल एडसेंस' पर काम किया था, लेकिन 2001 के मध्य में उसे 'जीमेल' पर अपना ध्यान केंद्रित करने की इजाजत मिल गई थी। (याद रहे कि 2000 में जब 'गूगल-दर्शन' पर विचार-विमर्श चल रहा था तो बुखीट व एक अन्य गूगलर अमित पटेल ने 'डोंट बी ईविल'/ 'बुरा मत बनो' का नारा दिया था; हालाँकि उसे आधिकारिक तौर पर कभी भी घोषित नहीं किया गया, लेकिन व्यावहारिक रूप से 'गूगलप्लेक्स' का सबसे लोकप्रिय घोषवाक्य है।)

एक जीबी भंडारण की इतनी बड़ी आश्चर्यकारी मात्रा थी कि गूगल ने ऐलान किया था कि जीमेल उपयोगकर्ताओं को कभी भी अपनी इ-मेल को मिटाने की जरूरत नहीं पड़ेगी। जाहिर, है कि उसमें गूगलवाला जादू भी शामिल होगा—पुरानी इ-मेल को ढूँढ़ना अब चुटकियों का खेल होगा। मतलब, जीमेल के जरिए इ-मेल की छँटाई व भंडारण की समस्या से सदा के लिए मुक्ति।

लैरी व सर्गेई जीमेल को एक बहुत बड़े धमाके के रूप में पेश करना चाहते थे। जाहिर है कि इस इ-मेल सेवा को तब तक शुरू करने का कोई मतलब नहीं बनता था, जब तक कि वह माइक्रोसॉफ्ट, याहू, ए.ओ.एल. व अन्य की सेवाओं के मुकाबले मौलिक तौर पर बेहतर न हो। वे जीमेल को ज्यादा तीव्र, आसान, सस्ता व विशिष्ट बनाना चाहते थे अन्यथा न तो गूगल के उपयोगकर्ताओं को प्रभावित किया जा सकता था और न ही गूगल खुद के उच्च आदर्श पर खरा उतर सकता था। यह उनके लिए खुद को भी खुश करने का मौका था, क्योंकि वे भी अन्य इ-मेल सेवाओं की तमाम खामियों से जूझते रहे थे। उन्होंने इ-मेल समस्याओं की पुख्ता पहचान की थी, जिन्हें गूगल अपनी बहुत बड़ी कंप्यूटिंग शक्ति से हल कर सकता था। मसलन, उपयोगकर्ताओं के लिए पुरानी इ-मेल को खोजना या उन्हें दुबारा प्राप्त करना, भले ही असंभव न हो, लेकिन यह एक कठिन काम जरूर था। अमेरिका ऑनलाइन/ए.ओ.एल. अपनी प्रणाली लागत को नियंत्रित रखने के लिए, उपयोगकर्ताओं के खाते से 30 दिनों से ज्यादा पुरानी इ-मेल को स्वचालित तरीके से मिटा देता था। एक सक्रिय इंटरनेट उपयोगकर्ता के लिए अपनी इ-मेल के पहाड़ को सँभालना एक बड़ी समस्या थी; यदि वह इ-मेल डाटा को अपने व्यक्तिगत कंप्यूटर पर संगृहीत करते थे, कंप्यूटर धीमा हो जाता था। लिहाजा, उनके लिए एक ही विकल्प बचता था कि वह अतिरिक्त भंडारण स्थान के लिए ए.ओ.एल., माइक्रोसॉफ्ट, याहू या अन्य सेवा प्रदाताओं को भुगतान करें।

प्रतिस्पर्धियों के छक्के छुड़ाने व गूगल का 'वाह' तत्त्व जोड़ने के लिए, लैरी व सर्गेई सहित गूगल परियोजना के तमाम सदस्यों ने जीमेल में इ-मेल की सभी समस्याओं को हल किया था। साथ ही, नई सेवा की तत्काल सफलता सुनिश्चित करने के लिए, उन्होंने हर जीमेल खाते के साथ एक जीबी (गीगाबाइट) का भंडारण स्थान मुफ्त में देने की योजना बनाई थी। यह माइक्रोसॉफ्ट के हॉटमेल के दो एमबी (मेगाबाइट) व याहू मेल के चार एमबी के मुफ्त भंडारण स्थान के मुकाबले क्रमशः 500 व 250 गुना ज्यादा बड़ा प्रस्ताव था। गूगल अपने उपयोगकर्ताओं को इतना बड़ा भंडारण-स्थान मुफ्त में देना बरदाश्त कर सकता था, क्योंकि उसका खुद का उच्च-शक्तियों वाला कंप्यूटर संजाल था। गूगल की जिस ताकत ने इंटरनेट-खोज को नई ऊँचाइयों तक पहुँचाया था, उसी की बदौलत वह इ-मेल सेवा में भी वही सफलता दोहराने जा रहा था। एक जीबी भंडारण की इतनी बड़ी आश्चर्यकारी मात्रा थी कि गूगल ने ऐलान किया था कि जीमेल उपयोगकर्ताओं को कभी भी अपनी इ-मेल

को मिटाने की जरूरत नहीं पड़ेगी। जाहिर, है कि उसमें गूगलवाला जादू भी शामिल होगा—पुरानी इ-मेल को ढूँढ़ना अब चुटकियों का खेल होगा। मतलब, जीमेल के जरिए इ-मेल की छँटाई व भंडारण की समस्या से सदा के लिए मुक्ति।

विश्वस्त कर्मचारियों के बीच इस सेवा को पहले से ही आजमाया जा रहा था, और उन्होंने गूगलप्लेक्स के अंदर इसे दूसरों को भी नमूने के तौर पर देना शुरू किया था; हालाँकि वे बाहर नहीं बोल रहे थे, लेकिन जीमेल के सार्वजानिक शुभारंभ को लेकर उत्साहवर्धक माहौल बन रहा था। परीक्षण के अंतिम चरण में इस उत्तेजना को और बड़े स्तर पर फैलाने के लिए, 21 मार्च 2004 को, गूगल ने इस सेवा-उत्पाद को अपने एक हजार सक्रिय उपभोक्ताओं—'ओपिनियन लीडर्स' को अग्रसारित करने का फैसला किया था; साथ ही, उन्हें अपने परिवार व दोस्तों के बीच सीमित संख्या में जीमेल खाते बाँटने की अनुमति भी दी गई थी।

28 जनवरी, 2007 को जीमेल के साथ 'गूगल डॉक एंड स्प्रेडशीट' को भी एकीकृत किया गया था; और 7 फरवरी, 2007 को इसे आम जनता के लिए खोला गया था। 7 जुलाई, 2009 को, बाकी गूगल अनुप्रयोगों–'गूगल एप्प' के साथ एकीकृत कर जीमेल को बीटा परीक्षण की अवस्था से उन्नत कर दिए जाने का ऐलान किया गया था यानी पाँच साल से अधिक समय के कड़े परीक्षण दौर से गुजरने के बाद जीमेल को संपूर्ण सेवा का दर्जा दिया गया था।

अपने अधिकांश उत्पादों के विपरीत गूगल ने जीमेल को परीक्षण-काल से ही कमाई का जरिया बनाने का इंतजाम कर लिया था। विज्ञापन-प्रदर्शन स्थान में इजाफे का दबाव पहले से ही बना हुआ था, लिहाजा लैरी व सर्गेई ने खोज-नतीजों की ही तरह जीमेल के पृष्ठों के दाहिने हाशिए पर संदर्भ प्रासंगिक (कॉन्टेक्चुअली रेलेवेंट) मजमून-विज्ञापनों को प्रदर्शित करने का फैसला किया था। मतलब, जीमेल की सॉफ्टवेयर प्रणाली इ-मेल के मजमून को पढ़कर उसके शब्दों से मेल खाते विज्ञापन को प्रदर्शित करेगी। यह एक ऐसा कारोबारी प्रारूप था, जो 'गूगल सर्च' सेवा में विज्ञापनदाताओं व उपयोगकर्ताओं दोनों के लिए उपयोगी साबित हुआ था, और गूगल को कमाई का जादुई-सूत्र प्रदान किया था। लिहाजा, गूगल के रंगीन-कारोबारी चश्मे से इसे जीमेल

सेवा में भी लागू करना हर लिहाज से एक शानदार विचार था।

हालाँकि उत्पाद प्रबंधक मारिसा मेयर ने 'निजता का उल्लंघन' का मुद्दा छेड़ा था, लेकिन इ-मेल के साथ विज्ञापन प्रदर्शित करने के मामले में बुखीट को शुरू से लैरी व सर्गेई का समर्थन प्राप्त था, और वे इसे लागू करने पर आमादा थे। चूँकि लैरी, सर्गेई व अधिकांश गूगलर्स 'आभासी दुनिया' के प्राणी थे, जहाँ 'निजता' जैसे शब्द बेमानी थे; लिहाजा जमीनी हकीकत को समझने के लिए उन्होंने न तो खुद कोई कानूनी सलाह लेना और न ही अपने एक हजार 'ओपिनियन लीडर्स' को भी इस सेवा-उत्पाद की संवेदनशीलता के बारे में आगाह करना जरूरी समझा था। लेकिन वे गलत थे। एक बड़ा राजनीतिक तूफान उनका इंतजार कर रहा था। उन्हें जल्द ही 'निजता' से जुड़ी गंभीर जमीनी हकीकत का सामना करना था, जो न केवल गूगल की साख को, बल्कि उनकी निजी विश्वसनीयता को भी संदेहास्पद बनाने जा रहा था।

खैर, अगले कई वर्षों जीमेल का विस्तार आमंत्रण के जरिए ही जारी रहा था, लेकिन उसने माइक्रोसॉफ्ट के हॉटमेल व याहू के याहूमेल को कड़ी टक्कर देना शुरू कर दिया था। 28 जनवरी, 2007 को जीमेल के साथ 'गूगल डॉक एंड स्प्रेडशीट' को भी एकीकृत किया गया था; और 7 फरवरी, 2007 को इसे आम जनता के लिए खोला गया था। 7 जुलाई, 2009 को, बाकी गूगल अनुप्रयोगों—'गूगल एप्प' के साथ एकीकृत कर जीमेल को बीटा परीक्षण की अवस्था से उन्नत कर दिए जाने का ऐलान किया गया था यानी पाँच साल से अधिक समय के कड़े परीक्षण दौर से गुजरने के बाद जीमेल को संपूर्ण सेवा का दर्जा दिया गया था। 28 जून, 2012 को गूगल ने घोषित किया था कि करीब 42.50 करोड़ सक्रिय मासिक उपयोगकर्ताओं के साथ जीमेल दुनिया की नंबर-1 इ-मेल सेवा बन चुकी थी। वैसे, मई 2012 की रिपोर्ट में वेब विश्लेषक कंपनी कॉमस्कोर अद्वितीय आगंतुक (यूनिक विजिटर) संख्या के आधार पर हॉटमेल (32.50 करोड़) को पहले, याहू (29.80 करोड़) को दूसरे व जीमेल (28.90 करोड़) को तीसरे स्थान पर रखा था।

□

12

लैरी-सर्गेई बने सिलिकॉन वैली के नए 'देवदूत'

लैरी व सर्गेई जब तक रोक सकते थे, गूगल को सार्वजनिक किए जाने से रोका हुआ था, लेकिन अब ऐसा कर पाना संभव नहीं था। गूगल के शेयरधारकों की संख्या 500 से ज्यादा हो चुकी थी। लिहाजा, गूगल कानूनी तौर पर बाध्य था कि वह अपने कारोबार संबंधियों को सार्वजनिक करे, और प्रारंभिक सार्वजनिक प्रस्ताव (आई.पी.ओ.) लाकर अपने शेयरधारकों को अपनी हिस्सेदारी खुले बाजार में बेचने का अवसर दे। गूगल संस्थापकों की भी मजबूरी थी; गूगल को निजी कंपनी बनाए रखने की जिद का वाजिब कारण था; वे गूगल के जादुई लाभ-सूत्र (प्रॉफिट फॉर्मूला) को 'बुरी नजरों' से बचाना चाहते थे— खासतौर पर अपनी 'गिद्ध-दृष्टि' से बदनाम माइक्रोसॉफ्ट से और याहू जैसी बहुत बड़ी 'दोस्त कंपनी' से भी।

मजबूरन कंपनी सार्वजनिक करने को राजी

यह लैरी व सर्गेई की व्यावहारिक समझदारी ही थी कि वे अब तक गूगल को 'शत्रुतापूर्ण अधिग्रहण' (होस्टाइल टेकओवर) का शिकार हो जाने से बचाए रख सकने में कामयाब हुए थे। वे गूगल को भी सिलिकॉन वैली की उन अभागी कंपनियों में शामिल नहीं करना चाहते थे, जिनके संस्थापक व कर्मचारी आई.पी.ओ. से प्राप्त अप्रत्याशित धन के नशे में अपने मूल उद्देश्य से ही भटककर बरबादी के रास्तों पर आगे बढ़ गए थे, और अंत में किसी बड़ी कंपनी द्वारा निगल लिये जाने को मजबूर हुए थे।

संस्थापकों को पता था कि गूगल के सैकड़ों कर्मचारी, जो अब तक एक साधारण कार खरीदने में सक्षम नहीं थे, आई.पी.ओ. के बाद अचानक करोड़पतियों

जहाँ तक आई.पी.ओ. से गूगल की माइक्रोसॉफ्ट जैसी दुर्दांत कंपनियों से आशंकित मुकाबले के लिए अतिरिक्त पूँजी की जरूरत का सवाल था, तो लैरी व सर्गेई को इसकी कोई खास परवाह नहीं थी, क्योंकि कंपनी में अपने कारोबार के ही धन की बरसात हो रही थी। यह एक आश्चर्यजनक तथ्य है कि एक ओर जहाँ सिलिकॉन वैली के अधिकांश प्रौद्योगिकी उद्यमियों का सबसे बड़ा सपना आई.पी.ओ. के धन से मालामाल होकर खुद को 'प्रसिद्ध व्यक्ति' बनाने का रहा था, न तो लैरी और न ही सर्गेई की ही ऐसी कोई ख्वाहिश थी।

की सूची में शामिल होनेवाले थे। इससे भी बड़ी चिंता उन्हें खुद की व अपने परिवारों की सुरक्षा को लेकर थी, क्योंकि अचानक अरबपतियों में शामिल होकर उनकी रोजाना की जिंदगी की आजादी हमेशा के लिए खत्म हो जानेवाली थी। वे यह सोचकर भी परेशान हो उठते थे कि उन्हें चौबीस-घंटे अंगरक्षकों की निगरानी में रहने के लिए मजबूर होना पड़ेगा। सर्गेई को अपने पिता (यूनिवर्सिटी ऑफ मेरीलैंड में गणित के प्राध्यापक) व माता (नासा के गोडार्ड फ्लाइट सेंटर में शोधार्थी) की चिंता सता रही थी, जो अब तक गूगल की कामयाबी की छाया से दूर प्राध्यापकों व छात्रों के बीच आजाद जीवन का आनंद ले रहे थे।

अब तक चाहे वे जितना भी बचने की कोशिशें करते रहे हों, लेकिन लैरी व सर्गेई खुद भी इस हकीकत को जानते थे कि उन्होंने गूगल को सार्वजनिक करने की दिशा में उसी दिन पहला कदम बढ़ा दिया, जब उन्होंने क्लीनर पर्किंस व सिकोइया कैपिटल से कुल 2.50 करोड़ डॉलर का उद्यम-पूँजी निवेश स्वीकार करने का फैसला किया था। उद्यम-पूँजी कंपनियों की तो यह जिम्मेदारी ही बनती थी कि वे कंपनियों में अपने निवेश को भुनाकर अपने हिस्सेदारों को अच्छे फायदे के साथ उनकी रकम वापस लौटाएँ व कंपनी की निवेश-पूँजी आधार को पुख्ता करें। इतना ही नहीं, लैरी व सर्गेई की यह भी जिम्मेदारी थी कि वे एंडी बेचटोल्शेइम जैसे फरिश्ता निवेशकों व पारिवारिक मित्रों, जिन्होंने उनके सपने को आगे बढ़ाने में 10 लाख डॉलर का निवेश कर सबसे बड़ा जोखिम उठाने का साहस किया था, को वर्षों के इंतजार के बाद अच्छी कमाई का मौका दें। ऐसा तभी संभव था, जब गूगल न केवल आई.पी.ओ.

लाने की औपचारिकता निभाए, बल्कि उसकी सफलता भी सुनिश्चित करे।

जहाँ तक आई.पी.ओ. से गूगल की माइक्रोसॉफ्ट जैसी दुर्दांत कंपनियों से आशंकित मुकाबले के लिए अतिरिक्त पूँजी की जरूरत का सवाल था, तो लैरी व सर्गेई को इसकी कोई खास परवाह नहीं थी, क्योंकि कंपनी में अपने कारोबार के ही धन की बरसात हो रही थी। यह एक आश्चर्यजनक तथ्य है कि एक ओर जहाँ सिलिकॉन वैली के अधिकांश प्रौद्योगिकी उद्यमियों का सबसे बड़ा सपना आई.पी.ओ. के धन से मालामाल होकर खुद को 'प्रसिद्ध व्यक्ति' बनाने का रहा था, न तो लैरी और न ही सर्गेई की ही ऐसी कोई ख्वाहिश थी। चूँकि दोनों अपेक्षाकृत शालीन व सरल जीवन जीते आ रहे थे, इसीलिए उन्हें अरबों की रकम अपनी जेबों में डालने की कोई जरूरत नहीं महसूस हो रही थी। वे व्यक्तिगत धन को अपनी सफलता के आकलन का पैमाना या प्रमाण-पत्र नहीं बनाना चाहते थे। धनवानों की आम भेड़चाल से उन्हें एक तरह से नफरत-सी थी और वे अपनी जिंदगी की निजता व आजादी से बेहद प्यार करते थे।

यही कारण है कि वे विश्लेषकों व प्रतिस्पर्धियों द्वारा गूगल की सफलताओं को लगातार कम करके आँकने को लेकर अंदर-ही-अंदर खुश होते रहे थे। चूँकि कंपनी कर्जमुक्त (डेब्ट फ्री) थी, स्व-वित्तपोषित (सेल्फ फंडेड) थी, और उसके पास पर्याप्त नकदी भी थी, इसलिए उन्हें धन उगाही करने के लिए कंपनी में अपनी हिस्सेदारी को सार्वजनिक तौर पर बेचने की कोई जरूरत नहीं थी। हाँ, आई.पी.ओ. को लेकर लैरी व सर्गेई के मन में यदि कोई अच्छी धारणा थी तो वह यह थी कि गूगल के अपने सपनों को बड़ा बनाने व साकार करने के लिए उनके पास ज्यादा संसाधन होंगे।

ऐसे में जब लैरी व सर्गेई गूगल को सार्वजनिक करने व अपनी निजी जिंदगी को कुरबान करने को सहमत हुए थे, तो उन्होंने यह भी ठान लिया था कि वे यह काम बिल्कुल अपने अंदाज में करेंगे—जैसा कि उन्होंने उद्यम-पूँजी हासिल करते समय

> **वॉल स्ट्रीट के इतिहास में कभी भी किसी कंपनी के लिए अरबों डॉलर का सफल आई.पी.ओ. लाना उस तरीके से संभव नहीं हुआ था, जिस तरीके से लैरी व सर्गेई उसे करने को आमादा थे। उन्हें इस हकीकत से डर भी नहीं लग रहा था। उन्हें तो उन सपनों व कार्यों को अंजाम देने की आदत-सी थी, जिन्हें किसी और ने कभी भी करने की जुर्रत नहीं की।**

निवेश साहूकारी व दलाली संस्थाएँ ऐसे तरीके नहीं खोज रही थीं जिससे प्रत्येक ग्राहक/निवेशक के लिए सबसे अच्छा हो सकता था, बल्कि वे अपने संबंधों व शुल्कों पर 'अधिशुल्क' (प्रीमियम) वसूल करने की पुरानी पक्षपाती कारोबारी रणनीति अपनाए जा रही थीं।

किया था। इस मामले से निपटने में भी उन्हें न तो वॉल स्ट्रीट की और न ही किसी अन्य की ही कोई परवाह थी। वे बखूबी जानते थे कि पूँजी बाजार की जटिलताओं का समझ पाना उनकी मूल विशेषज्ञताओं के दायरे से बाहर का विषय था, फिर भी वे सब कुछ अपने हिसाब से करने को आमादा थे। उन्हें महान् सर्च इंजन का निर्माण, कर्मचारियों का उत्साहवर्धन और तेजी से बढ़ रही व लाभ कमानेवाली कंपनी का संचालन के मुकाबले वॉल स्ट्रीट साधारण लगता था।

लिहाजा, लैरी व सर्गेई को लगता था कि वे गूगल व आई.पी.ओ. पर भी अपना संपूर्ण नियंत्रण बरकरार रखने का रास्ता खोज लेंगे। उन्हें यह काम अपने बैंक खातों को भरने से कुछ ज्यादा लग रहा था। भले ही आई.पी.ओ. लाना उनकी मजबूरी थी, लेकिन इसका मतलब यह नहीं था कि वे वॉल स्ट्रीट वालों की सहायता के लिए उनके पीछे भागते फिरें। वॉल स्ट्रीट के इतिहास में कभी भी किसी कंपनी के लिए अरबों डॉलर का सफल आई.पी.ओ. लाना उस तरीके से संभव नहीं हुआ था, जिस तरीके से लैरी व सर्गेई उसे करने को आमादा थे। उन्हें इस हकीकत से डर भी नहीं लग रहा था। उन्हें तो उन सपनों व कार्यों को अंजाम देने की आदत-सी थी, जिन्हें किसी और ने कभी भी करने की जुर्रत नहीं की। लिहाजा, उनका इरादा पक्का था कि वे आई.पी.ओ. के इतिहास में एक नया पृष्ठ जोड़ पाने में सफल होंगे। उन्होंने तय किया था कि वे सवाल पूछेंगे, जवाब लेंगे और फिर जो सही लगेगा, उसके आधार पर फैसले करेंगे। यदि वॉल स्ट्रीट के किसी भी व्यक्ति को यह पसंद नहीं था, तो वे बाहर बैठ सकते थे।

वॉल स्ट्रीट में 'समतावादी व्यवस्था' का दुस्साहस

पारंपरिक आई.पी.ओ. के मौके पर, वॉल स्ट्रीट की निवेश साहूकारी संस्था (इंवेस्टमेंट बैंकिंग फर्म) निवेशकों की माँग, बाजार की स्थितियों व अन्य मुद्दों के आधार पर किसी कंपनी की प्रतिभूति (स्टॉक) के शेयर का प्रस्तावित मूल्य (ऑफर प्राइस) निर्धारित करती है। अब तक वॉल स्ट्रीट की मुट्ठी भर प्रमुख निवेश साहूकारी संस्थाएँ ही आई.पी.ओ. की संपूर्ण प्रक्रिया को नियंत्रित करती रही

थीं। वे ही तय करती रही थीं कि शेयर का प्रारंभिक मूल्य क्या हो या फिर किन निवेशकों को शेयरों का आवंटन हो; और फिर अपनी तथाकथित विशेषज्ञ सेवाओं के लिए आई.पी.ओ. लानेवाली कंपनियों से सेवा-शुल्क के रूप में मुँहमाँगी रकम भी वसूलती रही थीं।

लैरी व सर्गेई को वॉल स्ट्रीट के ऐसे कई घोटालों की जानकारियाँ थीं, जिनमें से कुछ आपराधिक, कुछ अनैतिक, लेकिन सभी बुरे थे। अधिकांश घोटालों में आई.पी.ओ. की कीमतों को जानबूझकर कम रखा गया था। देखते-ही-देखते सारे शेयर बिक गए थे और कीमतें आसमान छूने लगी थीं; फिर तथाकथित कृपाप्राप्त ग्राहकों (फेवर्ड क्लाइंट्स) ने भारी मुनाफे पर अपने आवंटित शेयरों की बिकवाली शुरू कर दिए थे; कारोबार के पहले ही दिन कंपनियों के बाजार मूल्य धड़ाम हो गए थे; और आम निवेशकों को लूटकर कंपनियों की साख 'मिट्टी में मिला' दी गई थी। लिहाजा, गूगल के तथाकथित 'लड़के' किसी भी रूप में न तो अपनी साख को वॉल स्ट्रीट के तथाकथित 'दिग्गज विशेषज्ञों' के रहमोकरम के हवाले करने और न ही वॉल स्ट्रीट की 'भ्रष्ट व सड़ी हुई व्यवस्था' का हिस्सा बनने को तैयार थे।

जाहिर है कि आत्मविश्वास से लबालब लैरी व सर्गेई ने वॉल स्ट्रीट के 'शुल्क के भूखे' सलाहकारों की बजाय गणितीय समीकरण, सॉफ्टवेयर व प्रौद्योगिकी पर भरोसा किया था। असल में, उन्हें यह समझ पाने में काफी कठिनाई महसूस हो रही थी कि इंटरनेट युग में प्रवेश कर लेने के बावजूद 'वॉल स्ट्रीट' कंपनियाँ धन उगाही करने के लिए पुराने फैशन की तरह दशकों पहले अपनाई गई बुनियादी प्रक्रिया का अब भी क्यों उपयोग किए जा रही थीं। अब ऐसी प्रौद्योगिकी आ चुकी थी, जो इस काम को बेहतर तरीके से कर सकती थी, लेकिन 'वॉल स्ट्रीट की भीड़' कारोबार को उसी तरीके से करने को तरजीह दे रही थी, जैसा कि हमेशा से करती आ रही थी। मतलब, निवेश साहूकारी व दलाली संस्थाएँ ऐसे तरीके नहीं खोज रही थीं जिससे प्रत्येक ग्राहक/निवेशक के लिए सबसे अच्छा हो

गूगल यह भी सुनिश्चित करना चाहता था कि दलाली संस्थाओं के माध्यम से आदेश करनेवाले निवेशकों से ऑनलाइन बोली प्रस्ताव प्राप्त करने से पहले वह सार्वजनिक तौर पर न्यूनतम व अधिकतम मूल्य की घोषणा करेगी ताकि आम निवेशक कीमत-सीमा को ध्यान में रखकर ही बोली लगा सके।

सकता था, बल्कि वे अपने संबंधों व शुल्कों पर 'अधिशुल्क' (प्रीमियम) वसूल करने की पुरानी पक्षपाती कारोबारी रणनीति अपनाए जा रही थीं।

गूगल संस्थापक पूँजी बाजार के हरेक निवेशक की भलाई के लिए पुरानी दागदार 'तरजीही व्यवस्था' (फेवर्ड सिस्टम) की बजाय पारदर्शी 'समतावादी व्यवस्था' (इगलीटेरियन सिस्टम) लागू करना चाहते थे; लेकिन उन्हें बखूबी पता था कि जब तक बड़ी निवेश साहूकारी संस्थाएँ ऐसा करने को तैयार नहीं होंगी, तब तक अन्य संस्थाएँ भी ऐसा करने को राजी नहीं होंगी। गूगल जैसी शक्तिशाली, ढीठ व जानी-पहचानी कंपनी 'वॉल स्ट्रीट' के पुराने तौर-तरीके को बदलने के लिए सक्षम थी, और उसने ऐसा ही किया भी था। यही कारण था कि जब गूगल ने अमेरिकी प्रतिभूति व विनिमय आयोग (यूएस सिक्योरिटी एंड एक्सचेंज कमीशन/एस.ई.सी.) में अपना वित्तीय प्रस्ताव बयान (फाइनेंशियल ऑफरिंग स्टेटमेंट) दाखिल किया था तो उसमें आम जनता को प्रतिभूति/शेयर वितरण के लिए बिल्कुल अलग 'डच नीलामी' प्रक्रिया पर आधारित एक उच्च-प्रौद्योगिक प्रणाली को अपनाने का उल्लेख किया था। हॉलैंड के किसान तुलिप व अन्य फूलों की कीमतें तय करने व बेचने के लिए 'डच नीलामी' प्रणाली का उपयोग करते हैं। गूगल ने दावा किया था कि इस प्रणाली के जरिए वॉल स्ट्रीट पर कब्जा जमाए बैठी निवेश साहूकारी व दलाली संस्थाओं की 'अंडर प्राइसिंग' (कम मूल्य निर्धारण) की पक्षपाती बाजार रणनीति से आम निवेशकों को निजात दिलाई जा सकती थी।

जैसा कि गूगल विज्ञापन बेचने के लिए 'सतत स्वचालित नीलामी' (कंटीन्युअस ऑटोमेटेड ऑक्शन) का इस्तेमाल करती रही थी, कंपनी ने सुझाया था कि वह उसी से मिलते-जुलते तरीके को अपनाकर संभावित निवेशकों से प्राप्त ऑनलाइन बोलियों के आधार पर अपने शेयर के भाव निर्धारित करना व बेचना चाहती थी। चूँकि एस.ई.सी. के नियमानुसार सभी निवेशकों के लिए एक आई.पी.ओ. कीमत को निर्धारित करना जरूरी था, इसीलिए गूगल की विज्ञापन बोली की तरह लगातार बदलती कीमत निर्धारण प्रक्रिया में मामूली बदलाव कर तथाकथित 'समाशोधन मूल्य' (क्लीयरिंग प्राइस) का प्रावधान रखा गया था। मतलब, हरेक निवेशक जो कंपनी द्वारा निर्धारित समाशोधन मूल्य के बराबर या उसके ऊपर बोली लगाएगा, उसे शेयर आवंटित कर दिया जाएगा और जिसकी बोली नीचे रहेगी, उसे नहीं। इस प्रणाली के तहत, गूगल यह भी सुनिश्चित करना चाहता था कि दलाली संस्थाओं के माध्यम से आदेश करनेवाले निवेशकों से

ऑनलाइन बोली प्रस्ताव प्राप्त करने से पहले वह सार्वजनिक तौर पर न्यूनतम व अधिकतम मूल्य की घोषणा करेगी ताकि आम निवेशक कीमत-सीमा को ध्यान में रखकर ही बोली लगा सके।

मतलब, चाहे वह बहुत बड़ा निवेशक हो या फिर बहुत छोटा, सभी एक ही प्रक्रिया से शेयर खरीदने के योग्य होंगे; कोई पक्षपात नहीं, परिवार व दोस्तों को कोई शेयर-आवंटन नहीं, और न ही कोई 'आकर्षक सौदा' (स्वीटहार्ट डील)। बिल्कुल नौसिखिया निवेशक भी, जिन्हें अकसर वॉल स्ट्रीट के दलालों द्वारा नजरअंदाज कर दिया जाता था, इस बोली प्रक्रिया में शिरकत कर सकते थे, हाँ, एक शर्त जरूर थी, वह कम-से-कम पाँच शेयरों को खरीद सकने में सक्षम हों। यदि गूगल ने जोर न डाला होता तो दलाली संस्थाएँ ऐसी न्यूनतम सीमा को कतई मानने को तैयार नहीं होतीं।

दिलचस्प तथ्य यह भी है कि लैरी व सर्गेई ने आई.पी.ओ. की प्रक्रिया के दौरान किसी को भी गूगल के निदेशक मंडल के सभापति (चेयरमैन) के रूप में भी नामित करने से मना कर दिया था; यानी उक्त अवधि में कोई भी गूगल का चेयरमैन नहीं होगा, यह पद रिक्त रहेगा। यह बेहद असामान्य था, लेकिन कंपनी पर संपूर्ण नियंत्रण रखने का लैरी व सर्गेई का अपना तरीका था। एरिक स्मिथ, जो सी.ई.ओ. भी थे, को गूगल निदेशक मंडल की कार्यकारी समिति के सभापति के रूप में आई.पी.ओ. प्रक्रिया में जरूरी कानूनी व स्वागती भूमिका अदा करने भर का ही अधिकार दिया गया था। लैरी व सर्गेई, दोनों ने खुद को सह-अध्यक्ष (को-प्रेसिडेंट) पद पर बनाए रखते हुए शेयरधारकों का सारा नियंत्रण अपने पास ही रखा था। अब उनकी मर्जी थी कि वे कब व किसे गूगल निदेशक मंडल का सभापति नामित करें।

गोल्डमैन सैश, मेरिल लिंच, सिटी समूह सहित तमाम दिग्गजों को निवेश साहूकारी संस्थाओं को संभावित बड़े कारोबार के लिए अपना अहंकार छोड़कर गूगल का दरवाजा खटखटाना पड़ा था। उनके प्रतिनिधियों के लिए यह पहला मौका था, जब आई.पी.ओ. लाने जा रही कंपनी खुद के बारे में बताने की बजाय उन्हीं से पुलिसिया अंदाज में इस तरह पूछताछ कर रही थी, मानो वे 'अपराधी' हों।

असल में, 2003 की शुरुआत में ही,

लैरी व सर्गेई ने गूगल आई.पी.ओ. प्रकिया को अंजाम देने के लिए कंपनी के मुख्य वित्तीय अधिकारी (चीफ फाइनेंशियल ऑफिसर/सी.एफ.ओ.) के नेतृत्व में विशेषज्ञों को नियुक्त करना शुरू कर दिया था। 'हामीदार' (अंडरराइटर) व आई.पी.ओ. प्रबंधकों के चुनाव करने की गूगल की प्रक्रिया निराली थी; 20 अक्तूबर, 2003 को गूगल की तरफ से वॉल स्ट्रीट के तमाम संभावित निवेश साहूकारी संस्थाओं को 20 सवालों की एक सूची भेजी गई थी और उनसे एक परीक्षार्थी की तरह सारे सवालों के विस्तृत जवाब देने को कहा गया था। ये सारे सवाल आई.पी.ओ. का प्रबंधन करने के उनके तौर-तरीकों से संबंधित थे। कुछ संस्थाओं को गूगल का यह तरीका अपमानजनक लगा था। उन्होंने तत्काल इस मसले को फोन पर ही निपटाने की कोशिश की थी, लेकिन उन्हें निराशा हाथ लगी थी। गूगल की तरफ से साफ कर दिया गया था कि हर इच्छुक को इस प्रक्रिया से गुजरना पड़ेगा। सूचना रिसाव के प्रति अति संवेदनशील गूगल ने हरेक निवेश साहूकारी संस्थाओं के लिए शब्दावली में फेरबदल कर अलग-अलग सवाल-सूची व पत्र तैयार किया था ताकि वह बाद में बाजार-आसूचना (मार्केट इंटेलिजेंस) के जरिए उन संस्थाओं की विश्वसनीयता को परखा जा सके।

खैर, गोल्डमैन सैश, मेरिल लिंच, सिटी समूह सहित तमाम दिग्गजों को निवेश साहूकारी संस्थाओं को संभावित बड़े कारोबार के लिए अपना अहंकार छोड़कर गूगल का दरवाजा खटखटाना पड़ा था। उनके प्रतिनिधियों के लिए यह पहला मौका था, जब आई.पी.ओ. लाने जा रही कंपनी खुद के बारे में बताने की बजाय उन्हीं से पुलिसिया अंदाज में इस तरह पूछताछ कर रही थी, मानो वे 'अपराधी' हों। उनकी मजबूरी यह थी कि वे कोई खुसर-फुसर करने की भी जुर्रत कर सकते थे, क्योंकि वे 'अप्रकटीकरण समझौता' के खतरनाक प्रावधानों पर हस्ताक्षर कर चुके थे। खैर, गूगल संस्थापकों ने अपनी कठिन साक्षात्कार प्रक्रिया—जो परोक्ष रूप से घमंड तोड़ने/बेइज्जत करने वाली थी—के जरिए वॉल स्ट्रीट को साफ इशारा किया था कि कारोबार करना है तो बाँह मरोड़ने की पुरानी आदत छोड़ दो।

गूगल ने अंत में, मॉर्गन स्टैनली को 'नेतृत्वकर्ता निवेश साहूकार' (लीड इंवेस्टमेंट बैंकर) व क्रेडिट सुइस फर्स्ट बोस्टन को सहायक निवेश साहूकार (को-लीड इंवेस्टमेंट बैंकर) की भूमिकाओं के लिए सबसे योग्य उम्मीदवार पाया था। इन दोनों संस्थाओं ने न केवल सवालों के सटीक व विस्तृत जवाब दिए थे, बल्कि साक्षात्कार के दौरान भी वे गूगल की अपेक्षाओं पर पूरे खरे उतरे थे। असल में,

इन दोनों संस्थाओं ने गूगल संस्थापकों की मूल भावना को समझने की समझदारी दिखाई थी। उन्होंने गूगल की सबसे कठिन शर्त—प्रचलित 7 फीसदी हामीदारी शुल्क दर को आधे से भी कम करना—को भी मान लिया था, और महज 2.8 फीसदी की दर पर काम करने को राजी हो गए थे।

आंतरिक सलाहकारों के लावा लैरी व सर्गेई ने, सिलिकॉन वैली व वॉल स्ट्रीट से जुड़े तमाम बड़े मामलों को सँभालने के लिए मशहूर कानूनी सलाहकार संस्था 'विल्सन सोनसिनी गुडरिच एंड रोसाती' को भी नियुक्त किया हुआ था। अन्य मामलों के अलावा, इस संस्था की ओर से दोनों संस्थापकों को सुझाया गया था कि एस.ई.सी. में आई.पी.ओ. संबंधी दस्तावेज दाखिल करने के बाद तथाकथित 'शांत अवधि' (क्वाइट पीरियड) में वे ऐसा कुछ भी नहीं बोल सकते थे, जो 'गूगल शेयर' के मूल्य को बढ़ानेवाला हो। लेकिन लैरी व सर्गेई को इस प्रतिबंध में कोई तुक नजर नहीं आई; उनका तर्क था कि यदि उन्हें 'शांत अवधि' में तथाकथित 'रोड शो' के नाम पर बंद कमरों में धन्ना सेठों, संस्थागत निवेशकों व वॉल स्ट्रीट के शेयर विश्लेषकों के सामने कंपनी की उपलब्धियों के प्रतिपादन (प्रेजेंटेशन) व सवाल-जवाब करने की अनुमति दी जा सकती थी, तो फिर आम निवेशकों के सामने कंपनी संबधी सूचनाएँ रखने पर पाबंदी क्यों?

जब 29 अप्रैल, 2004 को, गूगल ने एस.ई.सी. में अनिवार्य प्रकटीकरण (मैनडेटरी डिस्क्लोजर) के तहत वित्तीय व परिचालन संबंधी दस्तावेज दाखिल किया था, तो उसके साथ आम निवेशकों के नाम 'संस्थापक का पत्र' भी जोड़ दिया गया था और उस पत्र को तत्काल ऑनलाइन कर सभी के लिए उपलब्ध करा दिया गया था।

गूगल संस्थापकों को वॉल स्ट्रीट की यह परंपरा बेहद स्वार्थपूर्ण लगी थी, जो बड़े निवेशकों को हर प्रकार की सूचना देकर लाभ पहुँचाने व आम निवेशकों को अँधेरे में रखकर आई.पी.ओ. प्रक्रिया से दूर रखने की 'कारोबारी साजिश' नजर आई थी, लेकिन उन्होंने इस 'विभेदकारी' परंपरा को सीधे चुनौती देने की बजाय एक अलग परोक्ष तरीका अपनाया था। देश प्रमुख शेयर बाजारों में 'रोड शो' के नाम पर होनेवाली 'गुप्त सभाओं' के आयोजन से उन्होंने मना नहीं किया था; लेकिन

आंतरिक तौर पर फैसला किया था कि वे या फिर उनके अधिकारी उन सभाओं में कुछ भी नया नहीं बोलेंगे, और गूगल संबंधी अतिरिक्त आँकड़ों को इंटरनेट पर जारी किया जाएगा ताकि हरेक निवेशक को एकसमान सूचनाएँ उपलब्ध हों।

वित्तीय प्रकटीकरण के साथ 'स्वामी-नियमावली' भी

लिहाजा जब 29 अप्रैल, 2004 को, गूगल ने एस.ई.सी. में अनिवार्य प्रकटीकरण (मैनडेटरी डिस्क्लोजर) के तहत वित्तीय व परिचालन संबंधी दस्तावेज दाखिल किया था, तो उसके साथ आम निवेशकों के नाम 'संस्थापक का पत्र' भी जोड़ दिया गया था और उस पत्र को तत्काल ऑनलाइन कर सभी के लिए उपलब्ध करा दिया गया था। इस 'दार्शनिक पत्र' को लैरी व सर्गेई—दोनों ने मिलकर तैयार किया था; उन्होंने इस बात का विशेष ध्यान रखा था कि भाषा बिल्कुल आसान हो ताकि कम जानकार निवेशक भी कंपनी संबधी जटिलताओं को समझ सकें और उन्होंने उस पत्र को 'गूगल शेयरधारकों के लिए स्वामी की नियमावली (ओनर'स मैन्युअल)' नाम दिया था। उक्त पत्र के मुख्य संपादित अंश इस प्रकार हैं—

हमारा कारोबारी माहौल तेजी से बदलता है और लंबी अवधि के निवेश की जरूरत होती है। हम भरोसा देने वाले नए अवसरों पर बड़ा दाँव लगाने में संकोच नहीं करेंगे। हम कम समय की आय के दबाव में 'उच्च जोखिम, उच्च इनाम' परियोजनाओं से नहीं भागेंगे।

गूगल पारंपरिक कंपनी नहीं है। हम वैसा नहीं बनना चाहते हैं। निजी तौर पर आयोजित एक कंपनी के रूप में गूगल के विकास के दौरान हमने गूगल को अलग तरीके से प्रबंधित किया है। हमने रचनात्मकता व चुनौती के माहौल पर भी बल दिया है, जिससे हमें दुनिया भर में उन लोगों, जो हम पर भरोसा करते हैं, को निष्पक्ष, सही व मुक्त जानकारी की पहुँच प्रदान करने में मदद मिली है।

लंबे समय का ध्यान-केंद्र (लॉन्ग टर्म फोकस) : एक निजी कंपनी के रूप में हमने लंबे समय पर ध्यान केंद्रित किया है और इसने हमारी अच्छी सेवा की है। एक सार्वजनिक कंपनी के रूप में हम ऐसा ही करेंगे। हमारी राय में, बाहरी दबाव भी अकसर कंपनियों को त्रैमासिक बाजार अपेक्षाओं को पूरा करने के लिए लंबी अवधि के अवसरों का बलिदान करने के लिए उकसाते हैं। कभी-कभी यह दबाव कंपनियों के 'तिमाही बनाने के क्रम में' वित्तीय परिणामों में हेरफेर करने का

कारण रहा है। वॉरेन बफेट के शब्दों में, "हम त्रैमासिक या वार्षिक परिणामों को 'चिकना' नहीं करेंगे/होंगे— यदि मुख्यालय पहुँचने पर कमाई के आँकड़े ढेलेदार हैं तो आप तक पहुँचने पर भी वे ढेलेदार ही रहेंगे।"

लंबे समय में जोखिम बनाम पुरस्कार : हमारा कारोबारी माहौल तेजी से बदलता है और लंबी अवधि के निवेश की जरूरत होती है। हम भरोसा देने वाले नए अवसरों पर बड़ा दाँव लगाने में संकोच नहीं करेंगे। हम कम समय की आय के दबाव में 'उच्च जोखिम, उच्च इनाम' परियोजनाओं से नहीं भागेंगे। हमारे अतीत के कुछ दाँव असाधारण रूप से अच्छे रहे हैं, दूसरे नहीं। क्योंकि हम ऐसी परियोजनाओं का पीछा करने को अपनी लंबे समय की सफलता की कुंजी के रूप में पहचान करते हैं, हम उसे खोजना जारी रखेंगे।

आई.पी.ओ. के बाद, सर्गेई, एरिक व मैं गूगल के 37.6 फीसदी मतदान शक्ति पर नियंत्रण करूँगा और कार्यकारी प्रबंधन मंडली व निदेशकगण एक समूह के रूप में 61.4 मतदान शक्ति को नियंत्रित करेंगे। नए निवेशकों का पूरी तरह से गूगल के दीर्घकालिक आर्थिक भविष्य में हिस्सा होगा, लेकिन उनके मतदान के अधिकार के माध्यम से इसके रणनीतिक निर्णयों को प्रभावित करने की थोड़ी सी क्षमता होगी।

पदाधिकारियों की भूमिका : हम एक तिकड़ी के रूप में गूगल चलाते हैं। सर्गेई व मैं पिछले आठ साल से, गूगल में पाँच, एक साथ मिलकर काम किया है। एरिक, हमारे सी.ई.ओ. तीन साल पहले गूगल में शामिल हुए। हम तीनों, सर्गेई व मैं अध्यक्षों के रूप में आपसी सहयोग से कंपनी चलाते हैं। ढाँचा अपरंपरागत है, लेकिन हमने इस तरह सफलतापूर्वक काम किया है। समय पर फैसलों को सुविधा प्रदान करने के लिए एरिक, सर्गेई व मैं कारोबार पर एक-दूसरे को अद्यतन (अपडेट) करने और सबसे महत्त्वपूर्ण व तात्कालिक मुद्दों पर अपनी सहयोगी सोच को केंद्रित करने के लिए रोजाना मिलते हैं। निर्णय अकसर हम में से एक द्वारा किया जाता है, दूसरों को बाद में संक्षिप्त जानकारी दी जाती है। यह काम करता है, क्योंकि हम में एक-दूसरे के लिए जबरदस्त विश्वास व सम्मान है, और हम आमतौर पर एक जैसा सोचते हैं।

निगमित ढाँचा (कॉरपोरेट स्ट्रक्चर) : हम एक ऐसे निगमित ढाँचे की रचना कर रहे हैं, जिसकी बनावट लंबे समय की ज्ञान की सीमाओं के ऊपर स्थिरता के लिए की गई है। गूगल में निवेश करके, आप एक मंडली—विशेष रूप से सर्गेई और मैं, व हमारे नवीन दृष्टिकोण—पर एक असामान्य दीर्घकालिक दाँव लगा रहे हैं।

हम गूगल को एक महत्त्वपूर्ण व अर्थपूर्ण संस्था बनाना चाहते हैं। उस समय, स्थिरता व स्वतंत्रता लेता है। हम जनसंचार माध्यम (मीडिया) व प्रौद्योगिकी (टेक्नोलॉजी) उद्योगों—जिन दोनों ने उल्लेखनीय एकत्रीकरण (कंसोलिडेशन) व शत्रुतापूर्ण अधिग्रहणों (होस्टाइल टेकओवर) की कोशिशों का अनुभव किया है—के बीच पुल का काम करते हैं। सार्वजनिक स्वामित्व (पब्लिक ओनरशिप) के संक्रमण (ट्रांजीशन) में, हमने एक (ऐसा) निगमित ढाँचा गठित किया है, जो बाहर के दलों के लिए गूगल को कब्जाना या प्रभावित करना ज्यादा कठिन बनता है। इस ढाँचे को 'दोहरा वर्ग मतदान ढाँचा' (ड्यूल क्लास वोटिंग स्ट्रक्चर) कहते हैं।...वर्ग-ए का जो सामान्य शेयर हम पेश कर रहे हैं, उसका प्रति शेयर एक मत (वोट) है, जबकि कई मौजूदा शेयरधारकों द्वारा धारण किया गया वर्ग-बी के सामान्य शेयर का प्रति शेयर 10 मत है।

हम मजबूती से मानते हैं कि लंबे समय में, एक कंपनी द्वारा जो दुनिया के लिए अच्छा काम करता है, यदि हम कुछ अल्पकालिक लाभों को छोड़ भी दें, तो शेयरधारकों के रूप में व अन्य तरीकों से हमें बेहतर सेवा मिलेगी। यह हमारी संस्कृति का एक महत्त्वपूर्ण पहलू है, और मोटे तौर पर कंपनी के भीतर साझा किया जाता है।

जैसे कि गूगल के शेयरों के हाल बदलेंगे, इस ढाँचे का मुख्य प्रभाव हमारी मंडली को, विशेष रूप से सर्गेई व मुझे, कंपनी के फैसले व भाग्य पर अधिक तेजी से अर्थपूर्ण नियंत्रण का साथ छोड़ जानेवाले हैं। आई.पी.ओ. के बाद, सर्गेई, एरिक व मैं गूगल के 37.6 फीसदी मतदान शक्ति पर नियंत्रण करूँगा और कार्यकारी प्रबंधन मंडली व निदेशकगण एक समूह के रूप में 61.4 मतदान शक्ति को नियंत्रित करेंगे। नए निवेशकों का पूरी तरह से गूगल के दीर्घकालिक आर्थिक भविष्य में हिस्सा होगा, लेकिन उनके मतदान के अधिकार के माध्यम से इसके रणनीतिक निर्णयों को

प्रभावित करने की थोड़ी सी क्षमता होगी। हालाँकि प्रौद्योगिकी कंपनियों के लिए यह ढाँचा असामान्य है, (लेकिन) जनसंचार माध्यम कारोबार (मीडिया बिजनेस) में इस तरह के ढाँचे आम हैं, और वहाँ उसका एक गहरा महत्त्व रहा है। न्यूयॉर्क टाइम्स कंपनी, वाशिंगटन पोस्ट कंपनी और डॉव जोंस, वॉल स्ट्रीट जर्नल के प्रकाशक, सभी के पास इसी तरह की 'दोहरा वर्ग स्वामित्व ढाँचा' है।

आई.पी.ओ. मूल्य निर्धारण व आवंटन : हमारे पास अपनी आई.पी.ओ. के लिए उचित प्रक्रिया का होना, जो छोटे व बड़े निवेशकों—दोनों का समावेशी है, महत्त्वपूर्ण है। यह भी नाजुक है कि हम गूगल व इसके मौजूदा शेयरधारकों के लिए अच्छा परिणाम प्राप्त करें। यह हमें अपनी समूची पेशकश को नीलामी के आधार पर आई.पी.ओ. को आगे बढ़ाने के लिए प्रेरित करता है। हमारा लक्ष्य शेयर की (ऐसी) कीमत पाना है, जो गूगल का कुशल बाजार मूल्यांकन दरशाता है, (और) जो हमारे कारोबार व शेयर बाजार के बदलावों के आधार पर तार्किक रूप से कार्यवाही करता है। हम चाहते हैं कि आप लंबी अवधि के लिए निवेश करें, और आपको गूगल के आई.पी.ओ. के बाद जल्द ही लाभ के लिए गूगल के शेयरों को बेचने की उम्मीद नहीं करनी चाहिए। हम निवेशकों को, यदि उन्हें लगता है कि लंबे समय में कीमत टिकाऊ नहीं है, तो आई.पी.ओ. पर या उसके बाद कुछ समय के लिए गूगल में निवेश करने के लिए प्रोत्साहित नहीं करते हैं। यहाँ तक कि लंबे समय में (भी), गूगल के शेयर की कारोबारी कीमत (ट्रेडिंग प्राइस) में गिरावट हो सकती है।

गूगलर्स : हमारे कर्मचारीगण, जिन्होंने खुद को 'गूगलर्स' नाम दे रखा है, सब कुछ हैं। गूगल असाधारण प्रौद्योगिकीविदों व कारोबारी लोगों की प्रतिभा को आकर्षित करने व लाभ उठाने की क्षमता के आसपास संगठित है। हम कई रचनात्मक, सैद्धांतिक व कड़ी मेहनत करनेवाले सितारों की भर्ती करने में भाग्यशाली रहे हैं। हम भविष्य में बहुत अधिक की भर्ती करने की आशा रखते हैं। हम उन्हें पुरस्कृत करेंगे व अच्छा बरताव करेंगे।

बुरा मत बनो : हम मजबूती से मानते हैं कि लंबे समय में, एक कंपनी द्वारा जो दुनिया के लिए अच्छा काम करता है, यदि हम कुछ अल्पकालिक लाभों को छोड़ भी दें, तो शेयरधारकों के रूप में व अन्य तरीकों से हमें बेहतर सेवा मिलेगी। यह हमारी संस्कृति का एक महत्त्वपूर्ण पहलू है, और मोटे तौर पर कंपनी के भीतर साझा किया जाता है।

गूगल के चौंकानेवाले आँकड़ों ने संस्थापकों—लैरी पेज व सर्गेई ब्रिन को 'सिलिकॉन वैली के नए देवदूत' और उनके पत्र को 'ईश्वरीय संदेश' साबित किया था। डॉटकॉम बुलबुले के दौर में तो वॉल स्ट्रीट ने सिर्फ संभावनाओं पर आम निवेशकों का अरबों डॉलर लुटाया था।

दुनिया को बेहतर स्थान बनाना : हमारी गूगल को ऐसी संस्था बनाने की ख्वाहिश है, जो दुनिया को एक बेहतर जगह बनाती है। इस लक्ष्य का पीछा करने में हमेशा अपने शेयरधारकों, कर्मचारियों, ग्राहकों व व्यावसायिक भागीदारों के लिए अपनी जिम्मेदारियों के प्रति जागरूक रहेंगे। हमारे उत्पादों के साथ, गूगल सारी दुनिया भर में लोग व जानकारी को मुफ्त में जोड़ता है। सेवाओं को मुफ्त में जारी कर, जैसे कि 'जीमेल', हमें डिजिटल खाई को पाटने में मदद की उम्मीद है। 'एडवर्ड्स' उपयोगकर्ताओं व विज्ञापनदाताओं को, दोनों की मदद कर, कुशलतापूर्वक जोड़ता है। 'एडसेंस' विशाल विविधताओं वाली ऑनलाइन वेबसाइटों की पूँजी में मदद करता है, और (उन) लेखकों को सक्षम बनाता है जो अन्यथा प्रकाशन नहीं कर सकते।

गूगल संस्थापकों के दार्शनिक-पत्र के साथ-साथ कंपनी के आश्चर्यजनक वित्तीय प्रदर्शन ने न केवल वॉल स्ट्रीट बल्कि समूचे प्रौद्योगिकी उद्योग को चौंका दिया था; आम निवेशकों का तो कहना ही क्या, लैरी व सर्गेई उन्हें 'वेब दुनिया के देवदूत' के रूप में दिखाई देने लगे थे। जी हाँ, जिन आँकड़ों को लैरी व सर्गेई ने कंपनी के अंदर भी रहस्य बनाकर रखा हुआ था, उसकी झलकियाँ एस.ई.सी. में दाखिल दस्तावेज के जरिए पहली बार दुनिया के सामने आई थीं। चौंकना लाजमी था, क्योंकि आँकड़े थे ही ऐसे। जरा आप भी गौर फरमाएँ—

गूगल का वित्तीय प्रदर्शन (सभी आँकड़े लगभग करोड़ डॉलर में)							
परिचालन आँकड़ों का एकत्रिकृत विवरण	वर्ष (31 दिसंबर तक)					तिमाही (31 मार्च तक)	
	1999	2000	2001	2002	2003	2003	2004
शुद्ध राजस्व	0.022	1.91	8.64	34.78	96.18	17.88	39.96
लागत व खर्च							
राजस्व लागत	0.090	0.60	1.42	3.98	12.18	1.75	5.34
शोध व विकास	0.293	1.05	1.65	3.17	9.12	1.25	3.50
बिक्री व विपणन	0.167	1.04	2.01	4.38	12.03	1.78	4.79
सामान्य व प्रशासनिक	0.122	0.43	1.23	2.43	5.67	1.00	2.15
शेयर मुआवजा	—	0.25	1.24	2.16	22.94	3.64	7.64
कुल लागत व खर्च	0.673	3.38	7.55	16.14	61.94	9.42	23.34
परिचालन आय (घाटा)	(0.651)	(1.47)	1.09	18.65	34.25	8.47	15.53
ब्याज आय (खर्च)	0.044	0.004	(0.09)	(0.16)	0.42	0.004	0.03

परिचालन आँकड़ों का एकत्रिकृत विवरण	वर्ष (31 दिसंबर तक)					तिमाही (31 मार्च तक)	
	1999	2000	2001	2002	2003	2003	2004
आय/घाटा							
आयकर–पूर्व आय (घाटा)	(0.607)	(1.47)	1.01	18.49	34.67	8.47	15.56
आयकर प्रावधान	—–	—–	0.31	8.53	24.10	5.88	9.16
शुद्ध आय (घाटा)	(0.067)	(1.47)	0.69	9.96	10.56	2.58	6.39

स्रोत : गूगल आई.पी.ओ. दस्तावेज, अमेरिकी प्रतिभूति व विनिमय आयोग (यू.एस.–एस.ई.सी.), 29 अप्रैल, 2004

एस.ई.सी. दस्तावेज के आँकड़ों के मुताबिक, गूगल के राजस्व में अंतरराष्ट्रीय बाजार की हिस्सेदारी की दर लगातार बढ़ती जा रही थी। 2001 में गूगल के कुल राजस्व में अमेरिका की कुल हिस्सेदारी 86 फीसदी थी, जो 2004 की पहली तिमाही (31 मार्च तक) में घटकर 70 फीसदी रह गई थी; जबकि इसी दौरान अंतरराष्ट्रीय बाजारों की कुल राजस्व हिस्सेदारी 14 फीसदी से बढ़कर 30 फीसदी हो गई थी। इस दस्तावेज से ही पहली बार पता चला था कि गूगल ने किस तेजी से अपने कारोबार का विस्तार किया था। 31 मार्च, 2004 तक गूगल के कुल कर्मचारियों की संख्या 1907 हो चुकी थी, जिसमें शोध व विकास से जुड़े कंप्यूटर विज्ञानियों व सॉफ्टवेयर इंजीनियरों की संख्या सिर्फ 596 थी, जबकि बिक्री व विपणन विभाग में 961 व सामान्य व प्रशासनिक विभाग में कर्मचारियों की संख्या 350 हो चुकी थी; और सभी कर्मचारी कंपनी में शेयरधारक थे। यही कारण था कि कंपनी की लागत में शेयर मुआवजा मद के खर्च में तेजी से वृद्धि हुई थी; 2000 में इस मद में सिर्फ 25 लाख डॉलर का प्रावधान किया गया था, जो 2001 में 1.25 करोड़, 2002 में 2.16 करोड़ व 2003 में 22.94 करोड़ डॉलर हो गया था।

सिलिकॉन वैली के नए 'देवदूत' के कारनामे

गूगल के इन आँकड़ों के सामने आने के बाद खासतौर पर वॉल स्ट्रीट के विश्लेषक, प्रतिस्पर्धी व बड़े निवेशक अचंभे में थे। अब तक सिलिकॉन वैली व वॉल स्ट्रीट की धारणा यही रही थी, सर्च इंजन फायदे का धंधा नहीं था; लेकिन पिछले पाँच वर्षों में जिस हिसाब से गूगल के राजस्व में बढ़त दर्ज की गई थी, वे बिल्कुल उलट तथ्य पेश कर रहे थे। इसके अलावा जिस हिसाब से कंपनी अपने खर्च भी बढ़ा रही थी, उससे आगे की शुद्ध आय में जबरदस्त तेजी का सहज ही अनुमान लगाया जा सकता था। खासतौर पर 2003 व 2004 की एक तिमाही (1 जनवरी से 31 मार्च तक) के तुलनात्मक आँकड़े चौंकानेवाले थे। इस

गूगल ने साफ किया था कि याहू को जून 2000 से दी जा रही 'गूगल सर्च' सेवा, जो आगामी जुलाई 2004 से प्रभावी तौर पर खत्म होने जा रही थी, से कोई खास फर्क नहीं पड़ेगा; क्योंकि 2003 (31 दिसंबर तक) के कुल राजस्व में याहू-समझौते की हिस्सेदारी सिर्फ 3 फीसदी थी, और 2004 की पहली तिमाही (31 मार्च तक) में उससे भी कम रह गई थी।

दौरान राजस्व 17.88 करोड़ डॉलर से बढ़कर 39.96 करोड़ हो गया था जबकि शुद्ध आय 2.58 करोड़ डॉलर से बढ़कर 6.39 करोड़ डॉलर हो गई थी। जाहिर है कि आने वाले समय में गूगल और भी चौंकानेवाले नतीजे लाने जा रहा था।

जी हाँ, गूगल के चौंकानेवाले आँकड़ों ने संस्थापकों—लैरी पेज व सर्गेई ब्रिन को 'सिलिकॉन वैली के नए देवदूत' और उनके पत्र को 'ईश्वरीय संदेश' साबित किया था। डॉटकॉम बुलबुले के दौर में तो वॉल स्ट्रीट ने सिर्फ संभावनाओं पर आम निवेशकों का अरबों डॉलर लुटाया था। उस दौर में आई.पी.ओ. लानेवाली तमाम कंपनियाँ भारी घाटे में रही थीं और उन्होंने सिर्फ भविष्य की योजनाओं के आधार पर ही निवेशकों को खूबसूरत सपने दिखाए थे। लेकिन अब एक ऐसी प्रौद्योगिकी कंपनी पूँजी बाजार में आ रही थी, जिसने अपने दम पर पिछले पाँच वर्षों में इतनी तेज राजस्व वृद्धि, भीषण कारोबार विस्तार व मोटी शुद्ध आय हासिल की थी।

गूगल के नतीजे तो अनोखे थे ही, उससे भी बड़ी बात यह थी कि उसके संस्थापक कंपनी की अप्रत्याशित सफलता के बावजूद निवेशकों को लुभाने की बजाय सावधान कर रहे थे। यही कारण था कि लैरी व सर्गेई के पत्र का एक-एक शब्द सबको सम्मोहित कर रहा था। सब हैरान थे कि पूँजी बाजार में आने वाली कंपनियाँ खूबसूरत भविष्य की तस्वीर पेश करती हैं, लेकिन गूगल संस्थापक निवेशकों को प्रौद्योगिकी उद्योग के अप्रत्याशित कारोबारी परिदृश्य को उजागर कर कम समय में लाभ कमाने की लालसा रखनेवाले निवेशकों को साफतौर पर निवेश न करने की सलाह दे रहे थे। इतना ही नहीं, वे यह भी साफ कर रहे थे कि आई.पी.ओ. के जरिए, कंपनी में हिस्सेदारी हासिल करनेवाले कंपनी के कामकाज में कोई खास दखल नहीं दे सकेंगे, क्योंकि 60 फीसदी से अधिक मताधिकार कंपनी के मूल शेयरधारकों के पास है।

एस.ई.सी. दस्तावेज में गूगल ने माइक्रोसॉफ्ट व याहू को अपना सबसे बड़ा प्रतिस्पर्धी घोषित कर दिया था। कंपनी ने सूचित किया था कि माइक्रोसॉफ्ट अपनी घोषित योजना के तहत नई खोज प्रौद्योगिकी का विकास कर रही थी, जिसे वह अपनी 'विंडोज परिचालन प्रणाली' के साथ एकीकृत कर सकती थी। कंपनी का अनुमान था कि उसके साथ प्रतिस्पर्धा करने के लिए माइक्रोसॉफ्ट अपने वित्तीय व इंजीनियरिंग संसाधनों का ज्यादा तेजी से इस्तेमाल करेगी। गूगल ने यह भी साफ किया था कि ओवरचर सर्विसेज का अधिग्रहण कर याहू बड़ी तेजी से उसकी प्रमुख प्रतिस्पर्धी बनती जा रही थी। कंपनी का कहना था कि याहू ओवरचर के इंटरनेट

विज्ञापन समाधानों के जरिए उसके एडवर्ड्स व एडसेंस कार्यक्रमों से प्रतिस्पर्धा करने की कोशिश कर रही थी तो इंकटोमी, अल्टाविस्टा व ऑल-द-वेब सर्च इंजनों के जरिए उसके खोज कारोबार को। गूगल ने साफ किया था कि याहू को जून 2000 से दी जा रही 'गूगल सर्च' सेवा, जो आगामी जुलाई 2004 से प्रभावी तौर पर खत्म होने जा रही थी, से कोई खास फर्क नहीं पड़ेगा; क्योंकि 2003 (31 दिसंबर तक) के कुल राजस्व में याहू-समझौते की हिस्सेदारी सिर्फ 3 फीसदी थी, और 2004 की पहली तिमाही (31 मार्च तक) में उससे भी कम रह गई थी।

उस दस्तावेज में गूगल ने माइक्रोसॉफ्ट व याहू के कर्मचारियों की विशाल फौज (माइक्रोसॉफ्ट के पास 20 गुना ज्यादा), खासतौर पर माइक्रोसॉफ्ट के पास ज्यादा नकदी, उन दोनों के लंबे परिचालन अनुभव व ग्राहक संबधों को अपने लिए खतरनाक बताया था। कंपनी ने आशंका जताई थी कि दोनों कंपनियाँ उसके खिलाफ कई तरीकों—संबंधित कंपनियों का अधिग्रहण कर, शोध व विकास में और अधिक आक्रामक तरीके से निवेश कर, विज्ञापनदाताओं व वेबसाइटों से और ज्यादा आक्रामक प्रतिस्पर्धा कर अपने बड़े संसाधनों व लंबे अनुभव का इस्तेमाल कर सकती थीं। कंपनी का कहना था कि माइक्रोसॉफ्ट व याहू के पास उपयोगकर्ताओं को आकर्षित करने व अपने पास बनाए रखने की ज्यादा बड़ी क्षमता हो सकती थी, क्योंकि वे उत्पादों व सेवाओं की एक विस्तृत शृंखलावाले वेब पोर्टलों का संचालन कर रहे थे। गूगल ने निवेशकों को आगाह किया था कि यदि माइक्रोसॉफ्ट व याहू उसके समान या बेहतर खोज सेवा दे पाने में सफल हुईं तो उसके (गूगल) उपयोगकर्ताओं की संख्या में गिरावट आ सकती है, जो उसके शुद्ध राजस्व को प्रभावित कर सकती थी।

'न्यूजवीक' पत्रिका ने गूगल आई.पी.ओ. को 'सदी के सबसे प्रत्याशित आई.पी.ओ.' करार दिया था, लेकिन एस.ई.सी. दाखिल दस्तावेजों में जरूरी संशोधन के बिना गूगल के आई.पी.ओ. को अपना आशीर्वाद देने को तैयार नहीं हो पा रहा था। हालाँकि गूगल ने कुछ मुद्दों पर एस.ई.सी. को 'रियायत' देने का मन बनाया था, लेकिन लैरी व सर्गेई अपनी 'कसौटी' को छोड़ने को राजी नहीं हुए थे।

लेकिन एस.ई.सी. दस्तावेज की इस औपचारिक आशंका को गूगल संस्थापकों के पत्र के जादुई संदेश ने हवा में उड़ा दिया

था। सभी को यही लग रहा था कि लैरी व सर्गेई ने बड़ी ही चालाकी से माइक्रोसॉफ्ट व याहू—दोनों को अपना प्रमुख प्रतिस्पर्धी बताकर गूगल को उनके बराबर खड़ा कर दिया था। सचमुच, गूगल संस्थापकों को पता था कि गरीब व कमजोर लोगों की बजाय दुनिया अमीर व ताकतवर के शब्दों को ज्यादा नजदीकी से सुनती-समझती है, लिहाजा उन्होंने हर संभव समय तक कंपनी को निजी रखते हुए खुद को दुनिया की नजरों से बचाया था; और जब वे गूगल को सार्वजनिक करने के लिए तैयार हुए थे, वह इतनी अमीर व ताकतवर हो चुकी थी तो सभी उनकी बातों को 'ईश्वरीय संदेश' की तरह सुनने के लिए लगभग मजबूर-से हो गए थे। अब तो आँकड़े साबित कर रहे थे कि गूगल तो असल में 'मनी मेकिंग मशीन' (धन बनाने का यंत्र) बन चुकी थी; जाहिर है कि गूगल अमेरिका ही क्यों दुनिया भर के संचार माध्यमों की सुर्खियों में आ गया था और उसकी एक हिस्सेदारी के लिए छोटे-बड़े सभी निवेशकों के मुँह से लार टपकने लगी थी।

12 अगस्त, 2004 को, जब नीलामी प्रक्रिया शुरू करने की तैयारियाँ अंतिम दौर में पहुँच चुकी थीं, 'प्लेबॉय' ने प्रेस विज्ञप्ति जारी कर बताया था, वह अपने सितंबर 2004 अंक की आवरण-कथा (कवर स्टोरी) के रूप में लैरी व सर्गेई के साक्षात्कार प्रकाशित करने जा रही थी। कुछ दिनों में पत्रिका दुनिया भर में उपलब्ध होनेवाली थी। असल में, 22 अप्रैल, 2004 को, वरिष्ठ पत्रकार डेविड शेफ ने गूगलप्लेक्स में लैरी व सर्गेई का साक्षात्कार किया था।

'न्यूजवीक' पत्रिका ने गूगल आई.पी.ओ. को 'सदी के सबसे प्रत्याशित आई.पी.ओ.' करार दिया था, लेकिन एस.ई.सी. दाखिल दस्तावेजों में जरूरी संशोधन के बिना गूगल के आई.पी.ओ. को अपना आशीर्वाद देने को तैयार नहीं हो पा रहा था। हालाँकि गूगल ने कुछ मुद्दों पर एस.ई.सी. को 'रियायत' देने का मन बनाया था, लेकिन लैरी व सर्गेई अपनी 'कसौटी' को छोड़ने को राजी नहीं हुए थे।

विश्लेषकों का मानना था कि चूँकि मामला अरबों डॉलर की उगाही का था और अब तक किसी ने भी इस तरह के अपरंपरागत सौदे के लिए अगस्त को नहीं चुना था, इसीलिए गूगल भी कोई जोखिम नहीं उठाएगा। अगस्त में अमूमन वॉल स्ट्रीट में सुस्ती का माहौल रहता रहा था। लेकिन लैरी व सर्गेई बिल्कुल अलग थे;

उन्हें आई.पी.ओ. की संपूर्ण प्रक्रिया ही काफी समय खपानेवाली व बेकार की व्याकुलता दिखाई दे रही थी; और वे चाहते थे कि जल्द-से-जल्द किसी भी तरह मामले को निपटा लिया जाए, ताकि कंपनी का कामकाज सामान्य स्थित में लौटे। गूगल संस्थापकों को डर था कि यदि वॉल स्ट्रीट के दिग्गजों, प्रतिस्पर्धियों व विश्लेषकों को ज्यादा समय मिला तो उनको कंपनी के अनुमानों, खासतौर पर 110 से 135 डॉलर के प्रति शेयर प्रस्तावित मूल्य को लेकर (जो कि प्रति शेयर आय के मुकाबले 150 गुना ज्यादा था), खामख्वाह की कमियाँ ढूँढ़ने का मौका मिलेगा, और कंपनी को ज्यादा बड़े नुकसान की स्थितियों का सामना करना पड़ सकता था।

जी हाँ, 2004 की गरमियों के कुछ महीनों में गूगल तेजी से कमजोर होता जा रहा नजर आ रहा था। चूँकि आई.पी.ओ. को गहराई से परखा जा रहा था, इसीलिए हर छोटी गलती या संभावित मामूली जोखिम को भी बड़ा व विकराल बनाकर पेश किया जा रहा था। रही-सही कसर अंतरराष्ट्रीय वयस्क पत्रिका 'प्लेबॉय' में प्रकाशित गूगल संस्थापकों के साक्षात्कार ने पूरी कर दी थी। शेयर बाजार के नियमों के मुताबिक यह 'शांत अवधि' का उल्लंघन था। इस लफड़े ने एक बार फिर से गूगल संस्थापकों की नेतृत्व-क्षमता व समझदारी पर नया सवाल खड़ा कर दिया था। यही साक्षात्कार 'वॉल स्ट्रीट जर्नल' या 'बिजनेस वीक' जैसे गंभीर कारोबारी अखबारों-पत्रिकाओं में छपा होता तो गूगल की छवि एक सफल अमेरिकी कंपनी की बनती। हालाँकि साक्षात्कार में बेहद गंभीर कारोबारी मुद्दों पर सवाल पूछे गए थे, लेकिन उसका शीर्षक था—'गूगल गाइज', और वह नंगी तस्वीरों के लिए कुख्यात पत्रिका 'प्लेबॉय' में प्रकाशित हुआ था। साथ ही, उस साक्षात्कार की भूमिका में

जब 11.50 बजे कारोबार शुरू तो शेयर भाव 15.01 डॉलर से सीधे 100.01 डॉलर पर पहुँच गया। संपूर्ण आई.पी.ओ. से गूगल को 1.67 अरब डॉलर की उगाही हुई थी और कंपनी शेयर का बाजार मूल्य 23.1 अरब डॉलर के स्तर पर पहुँच गया था। लैरी व सर्गेई—दोनों में हरेक के गूगल शेयर का बाजार मूल्य 3.8 अरब डॉलर हो गया था। यह तो महज शुरुआत थी। एक साल बाद गूगल का प्रति शेयर मूल्य 280 डॉलर, उसके साल भर बाद 383 डॉलर और तीन साल से कुछ ज्यादा समय के बाद 700 के स्तर पर पहुँचनेवाला था।

गूगलप्लेक्स के संस्थापकों के दफ्तर के अजीबोगरीब माहौल व उनके रहन–सहन की भी चर्चा की गई थी। साक्षात्कारकर्ता ने लिखा था, जब वह उनसे मिलने पहुँचा था तो दोनों वॉलीबॉल खेल रहे थे और बाद में भी वे कभी भी एक जगह स्थिर होकर नहीं बैठे थे। जाहिर है कि उस साक्षात्कार को पढ़े बिना ही अधिकांश लोगों के दिमाग में लैरी व सर्गेई की 'लड़कों' वाली नादान छवि ही बनी थी।

12 अगस्त, 2004 को, जब नीलामी प्रक्रिया शुरू करने की तैयारियाँ अंतिम दौर में पहुँच चुकी थीं, 'प्लेबॉय' ने प्रेस विज्ञप्ति जारी कर बताया था, वह अपने सितंबर 2004 अंक की आवरण–कथा (कवर स्टोरी) के रूप में लैरी व सर्गेई के साक्षात्कार प्रकाशित करने जा रही थी। कुछ दिनों में पत्रिका दुनिया भर में उपलब्ध होनेवाली थी। असल में, 22 अप्रैल, 2004 को, वरिष्ठ पत्रकार डेविड शेफ ने गूगलप्लेक्स में लैरी व सर्गेई का साक्षात्कार किया था।

'जीमेल' के जरिए गूगल ने पहले ही ऐलान कर दिया था कि वह अपने मूल कारोबार–वेब सर्च इंजन–के दायरे से बाहर निकलकर उत्पादकता सॉफ्टवेयर के क्षेत्र में कदम बढ़ा रही थी। गूगल का सबसे बड़ा लक्ष्य आम इंटरनेट उपयोगकर्ताओं को माइक्रोसॉफ्ट की एकाधिकारवादी लोकप्रिय उत्पादकता अनुप्रयोगों (प्रोडक्टिविटी एप्लीकेशन) से मुक्ति दिलाना था।

…और तमाम संकटों को पार कर 19 अगस्त, 2004 को गूगल के ऐतिहासिक आई.पी.ओ. के लिए न्यूयॉर्क स्टॉक एक्सचेंज तैयार था। कंपनी ने 85 डॉलर प्रति शेयर मूल्य पर कुल 1,96,05,052 शेयरों को बिक्री के लिए पेश किया था। सुबह 9.30 बजे लैरी पेज व एरिक स्मिथ ने 'प्रारंभिक घंटा' (ओपनिंग बेल) बजाकर बाजार खोलने की रस्म अदायगी की; फिर मॉर्गन स्टैनले के दफ्तर में शेयर की चाल को देखने चले गए थे। खैर, थोड़ी कम मात्रा में ही सही लेकिन शेयर की मांग, आपूर्ति से ज्यादा रही थी। लेकिन जब 11.50 बजे कारोबार शुरू तो शेयर भाव 15.01 डॉलर से सीधे 100.01 डॉलर पर पहुँच गया। संपूर्ण आई.पी.ओ. से गूगल को 1.67 अरब डॉलर की उगाही हुई थी और कंपनी शेयर का बाजार मूल्य 23.1 अरब डॉलर के स्तर पर पहुँच गया था। लैरी व सर्गेई—दोनों में हरेक के गूगल शेयर का बाजार मूल्य 3.8 अरब डॉलर हो गया था। यह तो महज शुरुआत थी। एक साल बाद गूगल का

प्रति शेयर मूल्य 280 डॉलर, उसके साल भर बाद 383 डॉलर और तीन साल से कुछ ज्यादा समय के बाद 700 के स्तर पर पहुँचनेवाला था।

अनंत ब्रह्मांड समेटने की गूगल महायात्रा

समूचे ब्रह्मांड के ज्ञान को वेब पर लाकर सबके लिए सुलभ बनाने का गूगल का बुनियादी सपना ठोस कारोबारी आधार पर खड़ा हो चुका था। लैरी व सर्गेई का आत्मविश्वास सातवें आसमान पर था, उनकी रही-सही हिचक दूर हो चुकी थी और वे गूगल की ब्रह्मांडीय-सोच के अनंत विस्तार को समेटने की रोमांचक यात्रा पर निकल चुके थे। वे बखूबी जानते थे कि इस खतरनाक यात्रा में उन्हें माइक्रोसॉफ्ट व याहू जैसे महारथियों का मुकाबला करना पड़ेगा। उन्हें सचमुच में कभी भी डर नहीं लगा था, बल्कि वे समझदार थे, इसीलिए सीधे टकराने की नादानी से बचते रहे थे। अब वेब कारोबार की असली कमान गूगल के हाथों में थी; गूगल सर्च इंजन जैसी प्रौद्योगिक ताकत व उसके कारोबारी विस्तार को पकड़ पाने के लिहाज से माइक्रोसॉफ्ट व याहू काफी पीछे छूट चुके थे। चाहे वे जितने बड़े व ताकतवर रहे हों, लेकिन उनके पास न तो गूगल की तरह 'महान् क्रांतिकारी सोच' थी और न ही उन्हें साकार करने के लिए 'पागलों जैसा जुनून' था। हाँ, इन महारथियों ने गूगल से भले ही कुछ न सीखा हो, लेकिन गूगल ने उन्हीं की 'कारोबारी रणनीति' का इस्तेमाल किया। आई.पी.ओ. के बाद गूगल ने छोटे-बड़े अधिग्रहण व विलय सौदों (फरवरी 2014 तक करीब 145) का सिलसिला इतना तेज कर दिया था कि दोनों महारथी भौचक देखते रह गए और वेब कारोबार के हर मोर्चे पर गूगल ने सफलता के नए मानक गढ़ दिए।

'जीमेल' के जरिए गूगल ने पहले ही ऐलान कर दिया था कि वह अपने मूल कारोबार—वेब सर्च इंजन—के दायरे से बाहर निकलकर उत्पादकता सॉफ्टवेयर के क्षेत्र में कदम बढ़ा रही थी। गूगल का सबसे बड़ा लक्ष्य आम इंटरनेट उपयोगकर्ताओं को माइक्रोसॉफ्ट की एकाधिकारवादी लोकप्रिय उत्पादकता अनुप्रयोगों (प्रोडक्टिविटी एप्लीकेशन) से मुक्ति दिलाना था। गूगल का पहला निशाना माइक्रोसॉफ्ट ऑफिस (माइक्रोसॉफ्ट वर्ड, माइक्रोसॉफ्ट एक्सेल व माइक्रोसॉफ्ट पावर पॉइंट) था, जिसके लिए गूगल ने 'गूगल डॉक्स' का विकास किया था। इसे बाद में, फाइल भंडारण व समकालीकरण (फाइल स्टोरेज एंड सिंक्रनाइजेशन) सेवा—गूगल ड्राइव—के साथ एकीकृत कर दिया गया था। इस बीच, गूगल ने डिजिटल छवि आयोजक-प्रदर्शक-संपादक (फोटो ऑर्गेनाइजर-व्यूअर-एडिटर)—पिकासा, समय-प्रबंधन

(टाइम मैनेजमेंट) अनुप्रयोग—गूगल कैलेंडर व त्वरित संदेश (इंस्टेंट मैसेजिंग) सेवा—गूगल टॉक को भी अपने अनुप्रयोगों के दायरे में ला चुका था। समाचार एकत्रीकरण (न्यूज एग्रीगेशन) सेवा—गूगल न्यूज—काफी पहले ही लोकप्रिय हो चुकी थी। जाहिर है कि तमाम लोकप्रिय सेवाओं में माइक्रोसॉफ्ट व याहू के मुकाबले में खुद को खड़ा कर गूगल ने अपने विशिष्ट आगंतुकों (यूनिक विजिटर्स) के कहीं और जाने की जरूरत खत्म कर दी थी और अपने विज्ञापन राजस्व की तीव्र वृद्धि को बरकरार रखने में कामयाब रहा था।

गूगल का अगला निशाना था 'माइक्रोसॉफ्ट एक्सप्लोरर', जो दुर्दांत वेब ब्राउजर के जरिए माइक्रोसॉफ्ट वेब-गतिविधियों को नियंत्रित करने में सक्षम रहा था और इसके लिए गूगल ने पेश किया था—गूगल क्रोम, जो बहुत जल्द ही सबसे लोकप्रिय वेब ब्राउजर साबित हुआ था। (इसकी कड़ी में गूगल ने 'गूगल क्रोम ओएस' भी जारी किया, जो 'माइक्रोसॉफ्ट विंडोज' का संपूर्ण विकल्प बनने की दिशा में आगे बढ़ रहा है।) इस बीच, एप्पल के आईफोन (स्मार्ट फोन) के जरिए मोबाइल इंटरनेट क्रांति आई, तो अचानक वेब-कारोबार की कमान एप्पल के एकाधिकार में आती नजर आई। इस बार गूगल को अपनी मित्र कंपनी को ही चुनौती देनी थी। अनुमान लगाया जा रहा था कि वह एप्पल के सामने घुटने टेक देगी। लेकिन जल्द ही गूगल ने अपनी क्रांतिकारी मोबाइल परिचालन प्रणाली—एंड्राइड—के जरिए सबको गलत साबित किया था। इतना ही नहीं, अपनी वेब-बादशाहत को कायम रखने के लिए गूगल ने लीक से हटकर मोटोरोला

इतना ही नहीं, गूगल बुक्स, 'यूट्यूब' (वीडियो साझा व खोज सेवा), 'गूगल मैप्स' (वेब मानचित्रण सेवा), 'गूगल अर्थ' (आभासी दुनिया, मानचित्र व भौगोलिक सूचना कार्यक्रम), 'गूगल ट्रांसलेट' (बहुभाषी सांख्यिकीय मशीन अनुवाद सेवा) जैसी महत्त्वाकांक्षी परियोजनाएँ गूगल को अपने प्रतिस्पर्धियों से अलग करती हैं। अधिकांश परियोजनाएँ अभी विकास-क्रम में ही हैं और इनकी लागत अरबों डॉलर में है। लिहाजा, अनुमान लगाना मुश्किल है कि व्यापारिक तौर पर कितनी सफल हो पाएँगी। जी हाँ, यह अनंत ब्रह्मांड को इंटरनेट पर समेटने की रोमांचक गूगल-यात्रा है।

मोबिलिटी का अधिग्रहण कर स्मार्ट फोन व टेबलेट कंप्यूटर का उत्पादन भी किया। नोकिया का अधिग्रहण कर माइक्रोसॉफ्ट ने इस मुकाबले में अपनी जगह तलाशने की असफल कोशिशें कीं, लेकिन जल्द ही साबित हो गया था कि मोबाइल इंटरनेट कारोबार का भी असली बादशाह गूगल ही है।

इतना ही नहीं, गूगल बुक्स, 'यूट्यूब' (वीडियो साझा व खोज सेवा), 'गूगल मैप्स' (वेब मानचित्रण सेवा), 'गूगल अर्थ' (आभासी दुनिया, मानचित्र व भौगोलिक सूचना कार्यक्रम), 'गूगल ट्रांसलेट' (बहुभाषी सांख्यिकीय मशीन अनुवाद सेवा) जैसी महत्त्वाकांक्षी परियोजनाएँ गूगल को अपने प्रतिस्पर्धियों से अलग करती हैं। अधिकांश परियोजनाएँ अभी विकास-क्रम में ही हैं और इनकी लागत अरबों डॉलर में है। लिहाजा, अनुमान लगाना मुश्किल है कि व्यापारिक तौर पर कितनी सफल हो पाएँगी! जी हाँ, यह अनंत ब्रह्मांड को इंटरनेट पर समेटने की रोमांचक गूगल-यात्रा है। लैरी व सर्गेई को कतई परवाह नहीं है कि उनके सपने को साकार करने की लागत कितनी है, क्योंकि उनके पास गूगल सर्च इंजन के रूप में 'धन पैदा करने की मशीन' जो है। जरा गूगल के वित्तीय प्रदर्शन पर गौर फरमाएँ—

गूगल का जोरदार वित्तीय प्रदर्शन (करोड़ डॉलर में/जनवरी से दिसंबर तक)

वर्ष/मद	राजस्व			लागत व खर्च				शुद्ध लाभ
	विज्ञापन	लाइसेंस व अन्य	कुल	यातायात अधिग्रहण	शोध व विकास	बिक्री व विपणन	कुल	
2004	314.32	4.59	318.92	122.86	39.51	29.57	254.90	39.91
2005	606.50	7.35	613.85	211.49	59.95	46.81	412.12	146.53
2006	1049.26	11.22	1060.49	330.87	122.85	84.95	705.49	307.74
2007	1641.26	18.13	1659.39	493.38	211.99	146.12	1150.95	420.37
2008	2112.85	66.70	2179.55	593.89	279.31	194.62	1516.35	422.68
2009	2288.88	76.17	2365.05	616.94	284.30	198.39	1533.83	652.04
2010	2823.60	108.50	2932.10	731.70	376.20	279.90	1894.00	850.50
2011	3653.10	137.40	3790.50	881.10	516.20	458.90	2616.30	973.70
2012	4368.60	235.30	5017.50	1095.60	679.30	614.30	3741.50	1073.70
2013	5057.80	497.20	5982.50	1225.80	795.20	725.30	4585.90	1292.00

स्रोत: गूगल वार्षिक प्रतिवेदन

□□□